고양이는 내게 행복하라고 말했다

CONVERSACIONES CON MI GATA
by Eduardo Jáuregui

© Eduardo Jáuregui 2013
Korean Translation © 2020 Dasan Books
All rights reserved.

The Korean language edition is published by arrangement with
Under Cover Literary Agents through MoMo Agency, Seoul.

고양이는
내게 행복하라고
말했다

에두아르도 하우레기 장편소설

심연희 옮김

다산
책방

◆ 차례 ◆

1부
고양이의 뜻밖의 방문

창문을 톡톡 … 9

낼모레면 마흔 … 28

고양이에게 입양되다?! … 48

수상한 냄새가 나 … 72

차라리 몰랐으면 좋았을걸 … 84

어떤 진실이든 막연한 의심보다는 낫다 … 101

은하소녀와 은하소년 … 115

내 편이 필요해 … 133

행복이라는 잔인한 농담 … 147

2부
버리는 연습

고통을 제자리에 두기 … 169

행복이 보이는 집 … 189

진짜 세상을 보는 방법 … 207

고양이 요가 … 220

수백 일의 비 오는 날 … 240

'못 해'라는 말은 이제 그만 … 263

식탁 위의 낙원 … 277

내 인생 최고의 날 … 289

3부
내게 온 완벽하게 편안한 삶

새로운 삶의 시작 … 311

로시난테 2세의 마지막 여행 … 324

고양이처럼 … 351

절대 잊을 수 없는 포옹 … 367

고양이의 마지막 장난 … 381

감사의 글 … 401

1부

◆

고양이의 뜻밖의 방문

◆

1
창문을 톡톡

우리가 처음 만난 날, 그녀는 번개처럼, 램프의 요정처럼 나타났다. 아, 물론 푸른색 연기가 모락모락 났다거나 하프 소리가 도로롱 났다거나 뭘 문질렀다거나 한 건 아니다. 난 그저 내 문제를 놓고 걱정만 하고 있었을 뿐, 아무것도 한 건 없었다.

그날 아침도 항상 그렇듯 미칠 듯이 바빴다. 로열 페트롤리엄Royal Petroleum사와 미팅할 생각에 배 속이 울렁거려서 토스트도 한 입 삼킬 수 없을 정도였다. 그때 난 주방 식탁에 앉아 발표용 프레젠테이션 자료를 마지막으로 세심하게 손보길 끝낸 참이었다. 식탁 위에는 최신형 노트북 옆으로 아이리시 버터와 도로명이 나와 있는 런던 시가지 지도책, 호아킨이 아침에 서둘러 나가느라 두고 간 털장갑, 손도 안 댄 토스트 접시, 그리고 윌리엄과 케이트 왕세손 부부의 결혼 기념 머그잔이 흩어져 있었다. 찬장 속에 깨끗한 컵이라곤 이것뿐이라 어쩔 수 없이 꺼낸 것이었다. 파일을 저장하고 나서 한 손엔 노트북을 들고 한 손엔 남은 아침밥을 든 채 싱크대로 서둘러 달려갔다.

갑자기 눈앞이 흐려졌다. 아, 또 어지럼증이 시작되었구나. 나는 접시와 머그잔, 버터 묻은 나이프와 먹지도 않은 토스트를 몽땅 떨어뜨렸고, 그것들은 호아킨이 싱크대에 놔둔 그릇과 부딪치며 쨍그랑 소리를 냈다. 나는 그릇을 놓친 손으로 스테인리스 싱크대 표면을 붙잡고 기대섰다. 다른 팔로는 노트북을 가슴에 꼭 끌어안고서. 온몸에 구역질이 퍼지고 살짝 찌릿하던 전기 자극이 피부 아래에서 점점 심해지는 느낌이 들자 난 단단히 대비했다. 지난 몇 주간 늘 있어온 일이었으니까. 심호흡을 하고 계속해서 침을 꿀꺽 삼켰다. 계속, 정말로 계속해서.

"괜찮아, 사라. 이러다 나아질 거야. 나아질 거라고. 지난번처럼 다 나을 거야."

혼잣말을 되풀이하면서 두 눈으로 세상을 꽉 잡기라도 하려는 듯 창문 밖을 내다봤다. 여느 때와 다름없이 런던을 뒤덮은 회색빛 하늘, 히스로 공항으로 날아가는 비행기들, 반대편으로 죽 늘어선 어두운 벽돌집들 사이에 낀 손질 안 된 불쌍한 우리 정원이 보였다. 그다지 아름다운 풍경은 아니었지만 그래도 내가 여기 있다는 현실감이 들게 했고, 익숙한 광경을 보자 그런대로 마음에 위안이 되었다. 현기증이 점차 사라지기 시작했다.

"나 대체 어떻게 된 거지?"

이런 구역질이 아침마다 찾아오기 시작한 뒤로, 그때서야 처음으로 난 스스로에게 질문을 던졌다.

몇 년 전이었다면 이럴 때 처음 든 생각은 혹시 임신한 건 아닐까, 하는 거였겠지. 그리고 무서운 마음으로 테스트기를 사러 가까운 약국으로 달려갔을 거야. 지금이라면 오히려 그럴 가능성이 있다면 대환영이라고 해야겠지만. 사실 호아킨과 재밌고도 뜨거우며 난장판인 놀이를 즐길 전제 조건이 되는 평온함과 친밀감을 나눈 지도 꽤 오래되었다. 예전엔 구석진 자리라도 보이면 그 자리에서 바로 할 수 있을 정도로 쉬운 일이었는데. 어떤 교과서에선 생식이라는 초월적인 기적과 연관지어버리는 (사실 별로 그래 보이진 않지만) 바로 그 놀이 말이다. 언제나처럼 우중충한 구름에 싸인 하늘을 가르는 비행기를 바라보고 있자니, 다시금 여러 모로 걱정스러운 마음이 들면서 머릿속에 아까의 질문이 다시 떠올랐다. 나 대체 어떻게 된 거지?

바로 그때 어디선가 요정이 짠 나타난 거다. 난 시선을 잠깐 내려 접시와 기념 머그잔이 깨지진 않았는지만 확인하고는 다시 눈을 들었다. 1초도 안 걸렸을 거다. 그런데 어디선가 야생고양잇과 짐승 한 마리가 창문에 떡하니 나타나 초록빛 눈을 반짝이며 잡아먹을 듯 쏘아보는 게 아닌가. 깜짝 놀라 비명을 지르며 뒤로 물러섰다. 손에 든 티타늄 노트북을 그 '야수'를 막는 방패로 삼으면서.

조금 뒤 정신을 차리고 자세히 보니, 창문 뒤에 있는 거라곤 순진무구한 고양이 한 마리뿐이었다. 짧은 금빛 털에 꼬리가 올라선 게 아주 세련된 풍모를 지닌 고양이였다. 비명을 질러댔는데도 고양이는 수염 하나 까딱 않고서 강렬한 호기심을 내뿜으며 나라는 인간의 이상행동을 계속 관찰했다.

나는 웃기 시작했지만 그 키득거림은 고양이의 말소리를 듣자마자 목에 콱 걸려버리고야 말았다.

"나 좀 들여보내줄래?"

가냘프고 보드라운 게 그르렁거리는 듯한 목소리로 보아 암컷인 게 분명했다. 깊고도 섬세한 그 소리는 스트라디바리우스 첼로 소리 같아서 나이 들었다기보다는 성숙했다는 느낌을 주었다. 그렇지만 분명 거기엔…… 의심할 여지 없이 야생의 음색이 섞여 있었다.

나는 컴퓨터를 테이블 위에 놓고 좌우를 살피며 내가 정말 여기 혼자 있는 건지, 혹시나 싱크대 안에 복화술사라도 있는 건 아닌지, 찬장에 몰래카메라라도 설치해놓은 건 아닌지 확인했다. 하지만 아무것도 이상한 게 없었다. 벽에 걸려 있는 시계는 그리니치 표준시에 맞춰져 있었다. 말이 나왔으니 말인데 미팅에 늦지 않으려면 당장 현관을 박차고 나가야 하는 시간이었다. 호아킨의 펠트 장갑은 아직도 손에 끼었다 뺀 자국이 남아 있는 채였고, 그 아래로 전기세 고지서와 지역 택시 회사의 전단지가 삐죽 나온 게 보였다. 냉장고는 여느 때와 마찬가지로 낮게 윙윙거리며 돌아가고 있었다. 모든 게 완벽하게 정상적이었다.

딱 하나, 창가에 있는 고양이만 빼고. 이제 그것은(아니, 성별을 알았으니 여자 대접을 해줘야 하나?) 더 이상 기다릴 수 없다는 듯 창틀 이쪽저쪽을 왔다 갔다 하며 걷기 시작했다. 그러다 이윽고 멈추더니 웅크리고 앉아서 다시 입을 열었다. 이번엔 좀 더 간절한 목소리로, 게다가 내 모국어인 스페인어로.

"케리다 데자메 엔트라르Querida, déjame entrar."

해석하면 '얘, 나 좀 들여보내줘'란 말이다.

적어도 나한텐 그렇게 들린 것 같다. 얼마나 어처구니없는 일인가. 난 평상시와 다름없는 우리 집 부엌에서 이상할 것 없는 물건들에 둘러싸여 있는데. 그녀(고양이가 암컷이 분명한 것 같으니 그녀라고 하겠다)를 똑바로 바라보니, 이 고양이가 말할 때 입을 전혀 움직이지 않았다는 건 확실히 알겠다. 어떻게 말하면서 입을 안 움직일 수 있겠어? 고양이가 말을 한다고? 지금 들은 게 이 짐승이 낸 소리일 리 없어. 뭐, 그렇다고 라디오라든가 다른 데서 흘러나온 소리 같진 않고. 고양이가 직접 낸 소리 같긴 한데…….

"그래, 나라고. 창문에 앉은 내가 한 말이야."

이제 난 고양이의 보드라운 목소리를 들었고, 당혹감이 점점 커졌다. 고양이는 스페인어로 다시 말했는데, 그게 더 낫다고 판단한 듯싶었다. 고양이의 목소리는 벽에 달린 시계가 재깍거리는 소리만큼이나 분명했다. 목소리가 다시 들려왔다.

"나 들여보내줄 거야, 말 거야?"

이번엔 앞발로 창문을 두 번 치기까지 했다. 마치 이게 급한 일이라는 걸 강조하는 듯. 그 작은 앞발이 톡톡 두드리는 소리에 난 한 번 더 치면 창문 전체가 깨지기라도 할 것처럼 깜짝 놀랐다. 생각해보라. 지금처럼 고양이가 당신 앞에서 떡하니 말을 시작한다. 그것도 태연한 모습을 하고 아주 유창하고도 매혹적인 목소리로 영국에서 끈질기게 스페인어를 쓰고 있다. 이런 일도 일어나는데 미치고 팔짝 뛸 일이 또 일어나지 말라는 법이 어디 있겠는가?

'그래, 당연하지, 난 지금 꿈을 꾸고 있는 거야.'

나는 애써 생각하며 노트북을 집어 들었다. 그러나 표면에서 금속의 차갑고 딱딱한 감촉이 느껴지는 걸 보면 이게 꿈일 리는 없었다. 그렇다면 지금 환각을 보는 건가? 평소 생활도 그리 여유 있는 건 아니었지만, 요새 너무 과로한 데다 잠도 거의 못 자긴 했다. 아침엔 일어나자마자 커피를 마시고 밤엔 수면제를 복용하지 않고선 잘 수 없는 사람들의 마음을 난 너무나 잘 안다. 평소에도 겪곤 했던 편두통은 더 심해졌고, 지금은 아침에 일어나면 이상하게 속이 울렁거리기까지 한다…… 좀 더 여유가 있었더라면 몸 생각을 더 했을 텐데. 그런 생각을 하던 중 이제 30분만 있으면 로열 페트롤리엄 고객과 미팅을 해야 한다는 사실이 떠올랐다. 다시 속에서 구토가 밀려오는 게 느껴졌다. 나는 노트북을 덮어 검은 나일론 서류 가방 속에 넣고서 주방문으로 급히 달려갔다. 고양이가 앞발로 창문을 치는 소리가 두 번 들렸지만, 돌아볼 새도 없이 집을 빠져나갔다.

* * *

미팅은 정확히 오전 9시에 시작할 예정이었다. 스페인과는 달리 영국에서는 진짜로 회의를 정시에 시작한다. 내가 이가 딱딱 부딪치는 차가운 거리로 달려 나갔을 땐 이미 8시 27분이었다. 그리고 웨스트 햄프스테드 역 계단을 뛰어 내려간 시간은 8시 36분, 도착해봐야 이미 늦은 시각이었다. 그레이가 빈정대는 어조로 자기 동료는 스페인 출신이라 지중해 지역 사람답게 시간관념이 없다는 말을 고객에게 늘어놓을 게 뻔했다. 가는 동안 해골같이 앙상한 2월의 나무들도, 내 주위를 빠르게 지나가는 다른 런던 사람들도, 지하철 역 에스컬레이터 옆에 쭉 붙어 있는 광고들도 전혀 눈에 들어오지 않았다. 정신없이 달려가면서, 머릿속으로는 준비해왔던 프레젠테이션을 마지막으로 다시 떠올렸다. 어제 오후에 글래스고에서 열차를 탔을 때부터 시작해 집에 도착해서도 자정까지 연습했었지. 그레이는 30분 간격으로 전화를 해댔고.

"자, 페넬로페, 드디어 내일이라고. 뭔가 제대로 된 걸 해내지 않으면 당신을 상어 밥으로 던져버릴 수밖에 없어."

그레이는 나를 페넬로페라고 부르는 걸 아주 좋아했다. 그가 이름을 들어본 스페인 여자라고는 페넬로페 크루즈밖에 없었기 때문이다. 11년을 같이 일해왔는데도 그레이는 그걸 아직도 재미있어한다. 물론 나중에 와서 더 재미있어하게 된 이유도 있다. 그레이가 축구, 맥주와 더불어 서구 문화의 정점이라고 생각하는 〈캐리비언의 해적〉 최신편에 페넬로페 크루즈가 출연하게 되었으니까.

버캐니어 디자인 회사 사무실에 처음 들어갔을 때가 떠오른다. 노팅힐의 마구간을 개조한 곳을 사옥으로 쓰는, 작지만 시장의 흐름을 선도하는 이 웹 컨설턴트 회사에 대해 미리 기사 몇 개를 읽고 갔었다. 그래서 고무풍선으로 만든 야자나무라든지 스펀지로 만든 칼, 초콜릿 바와 과자 주머니로 가득 찬 보물 상자 같은 걸 봐도 놀라지 않았다. 하지만 나(뿐만 아니라 오는 손님이라면 누구나)를 맞이하려고 사무실에 앉아 있던 '그레이 선장'의 응대를 보리라고는 전혀 예상치 못했었다. 벽 한가운데엔 엄청난 조각으로 장식된 나무 액자 속에 17세기풍의 몸집이 큰 남자 초상화가 걸려 있었다. 남자는 날카로운 눈초리에 우아한 밤색 옷을 입고 바로크 시대 가발을 썼으며 손엔 칼을 들고 있었다. 그 초상화 바로 아래엔 황금 보좌 같은 사무실 의자가 있었고, 거기에 똑같은 자세로 몸집이 큰 남자가 앉아 있었다. 역시 날카로운 눈초리에 밤색 정장(물론 현대적인 옷이었다)을 입고 회색 머리털이 덥수룩한 데다 턱수염까지 기른 남자는 아이맥 키보드를 두드려대고 있었다. 아이맥의 사과 무늬엔 십자무늬로 뼈를 그려 넣은 해골 그림이 덧그려진 지 꽤 되어 보였다.

잘 왔다는 인사나 사전 논의도 없이, 그레이엄 제닝스는 초상화

속의 남자인 자신의 8대 전 조상님, 악명 높은 헨리 제닝스에 대한 이야기를 늘어놓기 시작했다. 조상님은 이미 오래전 금을 전부 탕진했든지 바다에서 잃어버렸든지 했기 때문에, 오로지 저 초상화 하나만이 대대로 전해졌다고 한다. 이제 그의 8대손인 자신이 인터넷 세상을 정복하고 있노라고 그는 말했다.

난 그의 현란한 이야기를 하나도 믿지 않았고, 속으로는 그 얘기가 캡틴 해덕 이야기에서 영감을 받았을 게 뻔하다고 생각했다. 하지만 그가 보여준 쇼에는 깊은 인상을 받을 수밖에 없었다. 회색 수염 사장은 버캐니어 디자인 회사가 이 도시에서 제일 멋진 웹 디자인 회사라고, 자기는 스티브 잡스와 동급인 천재라고 날 설득하려 들었다. 사실 내가 본 결과물로 판단해보자면, 회사 문을 들어서기 전 그의 첫마디부터가 사실이 아니라는 걸 알았다. 물론 이 회사에 좋은 디자이너와 똑똑한 프로그래머가 한두 명은 있었지만 그들은 사용성에 대해 별로 아는 게 없었다. 난 그 점을 보완할 수 있었고, 어쩌면 이 두 평짜리 신생 기업을 21세기의 디지털 골드러시 판에서 한몫 거하게 잡게 될 몇 안 되는 기업으로 변모시키는 데 주도적인 역할을 해낼 수도 있었다. 그래서 정열적인 라틴계의 대담성을 발휘하면서도 무난한 영국식 영어로 떠벌여대는 그레이를 깜짝 놀라게 하며, 그가 사랑해 마지않는 웹사이트를 노란 양피지에 그린 '보물 지도' 스타일로 다시 디자인한 시안 몇 개를 제시했다. 그걸 본 그레이는 순간 크게 웃음을 터뜨리면서 사무실에 있던 자기의 첨단 기술 뱃사람을 몇 명 불러들였다. 내가 과제를 잘 해낸 거다.

"배에 타신 걸 환영합니다, 세뇨리타."

그는 30분 뒤에 이렇게 말했다. 그리고 내가 만든 지도를 말아

옆구리에 끼워주고는 인사과로 보냈다.

면접을 보면서 알아낼 수 있었던 또 다른 점은 그레이가 스티브 잡스 같은 사람이 전혀 아니라는 거였다. 하지만 그는 분명 타고난 세일즈맨이었다. 다만 그렇게 대포알을 쏘면서 노호하듯 떠들어대는 것 말고는 이렇다 하게 팔 만한 물건이 없다 뿐이었다. 정말 그랬다. 우리의 첫 번째 성공작인 '웹웨딩닷컴webwedding.com'이 처음 몇 달 만에 수천 명의 유저를 끌어들이고 5천만 파운드의 가치가 있다는 판정을 받자, 우리는 '래스트미니트Lastminute'나 '클릭망고Clickmango' 같은 당시 가장 잘나가던 영국 인터넷 회사들과 함께 일하기 시작했다. 나는 말 그대로 회사에서 살았지만, 그렇게 밤낮없이 일하면서도 그 일을 사랑했기에 항상 열정에 가득 찬 상태였다. 우린 이루 말할 수 없을 정도로 즐겁게 회사 분위기를 이끌어갔고, 그때를 생각하면 회사 생활이라기보다는 여름 캠프에 간 듯한 추억으로 느껴진다. 하지만 나한테 가장 좋았던 건 바로 더 참여적인 사회, 더욱 투명한 민주주의, 그리고 더 현명하고 단결된 인류애의 지평을 여는 문화적, 사회적, 정치적 실험에 우리가 참여하고 있다는 점이었다. 그땐 새로운 기술로 더 좋은 사회를 이룰 수 있다는 희망이 있었다.

하지만 2000년 중반에 이르자, 인터넷 기반 경제 위에 지은 거대한 모래성이 비틀거리기 시작했고, 뉴욕에서 9.11 테러가 터졌다. 우린 다 같이 회의실에 모여 커다란 TV 화면으로 그날 오후의 상황을, 가장 진보적인 기술이 뒤틀려 가장 끔찍한 결과를 낳는 모습을 지켜봤다. 인류애라는 걸 알려면 아직도 배워야 할 게 많다는 점과 더불어 확인 사살이라도 당한 듯 알게 된 것은 우리의 탑 역시 완전히 무너지기 시작하고 있었다는 점이다. 세계 경제는 급격히 요동 쳤고, 투자자들은 온라인 상점의 지불 능력을 믿지 않게 되었으며, 신생 기업들은 초고속으로 쓰러져갔고, 내 스톡옵션은 재활용 쓰레기통에 들어갈 휴지조각 신세가 되었다.

그레이는 기존의 기업 고객들을 유치하고 있던 더 큰 회사인 넷사이언스 주식회사에 버캐니어 디자인 회사를 매각해야 했고, 우리는 도심지에 있는 넷사이언스 본부로 사무실을 옮겼다. 물론 거기선 야자나무나 보물 상자 같은 건 물론이고 전설적인 해적의 초상화를 거는 일 같은 건 꿈도 꿀 수가 없었다. 회사 분위기는 새로운 근무처의 미니멀리즘 인테리어만큼이나 삭막해졌다. 내가 새로운 동료들에게 주려고 크루아상을 가져왔던 날, 상황이 얼마나 바뀌었는지 비로소 파악할 수 있었다. 동료들은 (물론 아주 정중한 태도였지만) 차례차례 크루아상을 거절했다. 이 새로운 사람들은 엄격한 전문가적 관계 이외의 어떠한 종류의 인간관계도 시작하기를 두려워하는 것처럼 보였다. 나는 결국 크루아상을 거의 다 다시 집으로 가져가야 했다.

이제 그 옛날 해적이었던 사장 역시 다른 컨설턴트와 똑같이 회색 정장에다 깔끔한 넥타이를 매고 짧은 머리에 턱수염을 단정하게 다듬은 차림새가 되었다. 우리가 은행 분야 일을 많이 맡게 되었으니 그런 차림이 적당하긴 했다. 난 가상 거래와 사기 방지 시스템, 모기지 계산과 주식시장의 전문가가 되어갔다. 차세대 경제의 버블과 부동산 붐, 그리고 그 후 2008년에 시작해 아직도 꺼질 줄 모르는 대공황을 창조하고 파괴하는 데 나도 티끌만큼 기여했노라고 주장할 순 있겠다. 그리고 부끄럽게도 온라인 카지노 프로젝트(웹 시장에서 가장 융성하는 분야다)에 참여하고, 담배 산업과 영국에서 가장 큰 무기 제조업체 관련 일도 했다. 그레이는 이런 면에서 그다지 양심의 가책을 받는 것 같진 않았다. 아마도 해적의 기질이 좀 작용한 거겠지.

"걔들이 이번 달 월급을 줄 거잖아? 그러면 갑판 청소를 해줘야지, 페넬로페. 그렇게 까다롭게 굴지 말라고."

그래도 싫은 건 어쩔 수 없었다. 그런 고객과 일하는 건 짜증나기만 할 뿐이다. 그리고 로열 페트롤리엄도 당연히 그런 고객 중 하나였다. 비틀스 시대에 영국으로 망명한 스페인 내전 난민이었던 우리 부모님은 프랑코 독재 정권이 끝나자 마드리드로 돌아갔다. 그들은 머리를 길게 기른 진짜 히피족 부부로, 요란하게 칠한 폭스바겐 밴에 시대를 앞서간 환경주의자적 양심을 탑재하고 있었다. TV 다큐멘터리로 스페인 사람들에게 자연의 숨겨진 아름다움을 소개해주던 환경주의자인 펠릭스 로드리게즈 드 라 푸엔테는 내 열 살 적 우상이었다. 나는 스라소니Lynx 클럽이라는 게 있다는 소리를 듣자마자 가입했다. 그리고 거기서 이 환경 연합의 부대 행사로 시에라 데 과아라마를 탐험하면서 내 평생 친구들인 베로와 파트리와 수잔나를 만났다. 훗날 내가 언론학을 공부하기로 했을 때, 내 목표는 환경 문제 취재를 전공하는 것이었고, 1학년부터 콤플루텐세 대학교 환경 단체의 열혈 회원으로 활동했다. 결국 내 삶은 완전히 다른 방향으로 튀어버렸지만, 환경 문제에 대해서만은 언제나 민감한 양심을 유지하고 있었다. 그래서 런던 지하철을 이용할 땐 매일 '튜브'라는 별명에 걸맞게 밀쳐져서 들어갔다가 뽑어지듯 나와야 한다는 걸 감수하고서라도 이 도시와 지구별에 나 하나가 뽑어내는 오염을 피할 수 있다는 점을 생각했다.

그래서 난 로열 페트롤리엄의 새로운 홈페이지 일을 맡아야 한다는 게 썩 내키지 않았다. 이건 그저 자기네 기업 이미지를 새롭게 해 난국을 빠져나가겠다는 술책이었다. 멕시코 만에 있는 석유 시추 플랫폼에서 끔찍한 사고가 나 흘러나온 수백억 리터의 원유가 카리브 해를 오염시켰으므로, 이 회사는 그 이미지를 씻어버려야 했다. 그래서 '석유(페트롤리엄)'라는 말을 사명에서 뺐을 뿐 아니라 환경 단체한테나 어울릴 법한 초록색 태양으로 회사 로고를 새로 바꾸고 슬로건도 '새로운 에너지'로 바꿨다. 이걸 전부 정당화시키려는 의도로, 이 석유 회사는 작은 재생에너지 회사를 몇 개 샀다. 전체 사업에 비하면 새 발의 피도 안 되는 이 회사들은 로열의 홈페이지에서 아주 도드라져 보이겠지.

난 이런 프로젝트에 억지로 참여하게 된 게 아주 짜증이 나서 오늘 미팅 준비를 일주일이나 미뤄왔다. 미팅에서는 이 로열 페트롤리엄 브랜드의 온라인 론칭에 대한 넷사이언스의 전략을 간략하게 발표할 예정이었다. 당연하게도, 내가 일을 이렇게 질질 끄는 바람에 그레이는 막다른 골목에 몰렸고, 내가 일을 진척시키고 있는지 확인하려고 며칠 동안 전화와 문자로 나를 달달 볶아댔다. 고객과 미팅이 급하게 잡히는 게 별다른 일은 아니다. 하지만 이번엔 좀 달랐는데, 만약 우리가 로열 페트롤리엄 입찰을 따게 되면, 넷사이언스가 허약한 재정적 위기에서 벗어날 수 있었기 때문이다. 그러니 지하철 터널에서 빠져나와 지면으로 올라오자마자, 그레이에게서 적어도 문자 두 통과 부재중 전화 다섯 통이 걸려왔다는 걸 알게 될 게 불보듯 뻔했다. 이 도시가 다 그렇듯 런던 지하철도 너무 낡아서 웬만큼 운이 좋지 않고선 지하에서 전화를 받기란 불가능하니까.

이런 생각이 들자 갑자기 몽상에서 깨어났다. 막 지하철이 본드 스트리트 역에서 정차해 있는 걸 봤기 때문이다. 이 역에서 내려 중앙선으로 갈아타야 하는데. 이제 문이 막 닫힐 참이었고, 겹겹이 쌓여 빼곡하게 들어선 사람들이 두꺼운 장벽을 이루며 그 열린 문을 가로막고 있었다.

"잠시만요!"

난 미친 사람처럼 사람들을 밀쳐대고 우산에 발이 걸려 넘어지면서, 마지못해 길을 터주는 사람들의 원성을 자아냈다.

"출입문 닫겠습니다. 물러서세요!"

나같이 지각없는 승객들이 생각 없이 타거나 내리다가 철문에 끼지 않도록 차장의 목소리가 스피커에서 울려댔다.

마지막 순간에 난 간신히 비틀거리며 돌진해 군중 속에서 빠져나올 수 있었다. 승강장에 가까스로 서서 문이 완전히 꽉 닫히기 전에 코트의 허리띠를 문에서 빼냈다. 안도의 한숨이 나왔다. 그런데 그 순간, 허리띠 말곤 손에 아무것도 든 게 없다는 사실을 깨달았다. 내 서류 가방! 내 노트북과 하나밖에 없는 프레젠테이션 자료가 든 가방을 열차 안에, 그러니까 사람들로 빼곡히 들어찬 문의 저 뒤쪽에 두고 나온 것이다. 난 그저 멍청히 서서 정어리 통조림처럼 유리문 안에 사람들을 가득 채운 채, 그들이 입고 있는 코트와 손에 든 우산과 신문, 그리고 지금 내게 다급히 필요한 물건을 싣고서 검은 구멍으로 사라지는 열차를 지켜볼 수밖에 없었다. 그게 바로 9시 정각에 일어난 일이었다.

* * *

다른 노선으로 갈아타고 역 여섯 개를 지나 에스컬레이터를 뛰어 올라가면서, 난 그레이에게 무슨 일이 있었는지 경고했다. 물론 그동안 그가 내게 보낸 메시지 알림음이 폰에서 마구 울려대고 있었다. 넷사이언스의 본부가 있는 우드 스트리트의 통유리 건물 안으로 막 달려 들어가던 찰나 난 그의 답문을 받았다.

"알겠어. 상어 밥 될 준비나 해."

회의실에 들어서자 우리 팀원들이 디자인 부서와 프로그래밍 부서, IT 매니저들과 함께 있었고, 프로젝트 매니저로 있는 그레이 본인과 함께 넷사이언스의 최고경영자인 앤 볼프슨도 몸소 앉아 있는 모습이 보였다. 볼프슨을 보면 마거릿 대처 수상이 떠올랐다. 아니, 전대 수상이 그녀의 제정신 버전이라고 봐야 할까. 실제로 그녀는 철의 여인이 졸업한 옥스퍼드 칼리지에서 공부했고, 언제나 재킷에 서머빌 졸업 배지를 달고 있는 것으로 모두에게 내심 그 사실을 알렸다. 내가 그녀를 처음 본 건 우리가 넷사이언스사에 들어온 기념으로 열린 500명의 직원들과 함께한 축하연에서였다. 그때 그녀는 지금 시장이 원하는 건 우리의 노력과 헌신, 희생이라는 말만 반복했다. 그 '희생'이라는 걸 우린 매일같이 이어지는 소문으로 이해하기 시작했다. 우리는 그 정교하고도 비밀스럽고 잔혹한 '일시 해고'라는 기업의 의식이 벌어지는 상황 안에 있고, 그녀는 그 의식을 집전하는 최고 사제의 임무를 수행할 것이다. 몇 주가 지나고 누군지도 모를 고위급 마녀들의 안식일이 끝나자, 그녀는 우리 모두를 다시 부른 뒤 회사가 '구조조정'을 해서 네 명 중 한 명에게 그 여파가 미칠 거라고 알려주었다.

"아, 왔군요!"

그레이가 깔끔하게 다듬은 수염 사이로 어색한 미소를 지으며 말했다.

"사람에 따라서는 시간 엄수가 무엇보다도 중요하다고 생각하기도 합니다. 하지만 우리 스페인 동료 새러 레온은 우리에게 따뜻하게 사람을 맞이하는 게 참 중요하다는 걸 알려주었죠. 부에노스 디아스, 새러!"

방 안에 있는 사람 모두가 웃었다. 딱 한 사람, 누구나 짐작하듯 절대로 웃지 않는 볼프슨을 제외하면 말이다. 나도 최선을 다해 애써 웃어 보였지만, 지하철에서 막 달려온 지금 내 모습이 어떨지 걱정이 들었다. 그레이는 내게 로열 페트롤리엄 마케팅 및 커뮤니케이팅 부서 매니저들을 소개했고, 그 팀에게 조언을 하기 위해 합류한 동료 세 명을 더 소개해주었다. 그렇게 총 다섯 명의 고객이 온 거다. 딱 보니 그들은 이미 다른 디자인 회사에서도 비슷한 미팅을 몇 번 거친 듯했다. 키가 크고 호리호리한 체격에 코가 뾰족하고 연두색 뿔테 안경을 쓴 커뮤니케이팅 매니저는 스마트폰만 만지작거릴 뿐 나와 악수도 하지 않았다. 머리숱이 없고 좀 더 연배가 있는 신사인 마케팅 담당자는 배짱 좋게도 하품을 했다.

"그럼 시작할까요?"

앤이 말하며 내게 손짓하더니 자기 옷깃을 살짝 잡아당겼고, 그러자 그녀의 금배지가 반짝였다.

난 지하철에서 무슨 일이 일어났는지 막 설명하려던 참이었다. 사과도 여러 번 하고 내가 지금 참 죄송스럽다는 걸 제대로 보여주려고 했는데, 그레이가 자기 조상 헨리 제닝스에게나 바칠 법한 연설을 하며 나를 상어 밥으로 던져버리는 게 아닌가.

"넷사이언스가 제안하는 새로운 로열 페트롤리엄의 론칭 전략은 단순함이라는 개념을 바탕으로 합니다. 브랜드명은 점점 단순화되는 과정을 거쳐왔습니다. 우리의 그래픽 디자인 템플릿은 캐서린이 설명했듯 정돈된 흰 공간과 자연스러운 초록색 및 노란색 톤 몇 가지로 이루어져 있습니다. 하지만 이러한 단순함의 핵심은 웹사이트의 구조에서 드러날 것이고, 새러는 그 분야의 진정한 전문가라 할 수 있죠. 그런 연유에서, 새러는 디지털 방식을 전혀 쓰지 않기로 결정하고 더 단순한 프레젠테이션 기술을 택했습니다. 바로 이 화이트보드죠!"

그레이는 다시 한 번 큰 웃음을 터뜨렸고 다른 이들도 따라 웃었지만, 역시 앤은 웃지 않았다. 그녀는 이런 식의 창의적이고 혁신적인 프레젠테이션을 별로 믿지 않는 것 같았다. 그래서인지 반짝이는 검은 테이블 위에 팔꿈치를 얹고 자기 서머빌 배지를 흔들어대기 시작했다. 반면 로열 페트롤리엄 팀 사람들은 이 소리에 정신이 번쩍 든 것 같았다. 요즘 누가 감히 고객한테 번뜩이는 디지털 슬라이드도 없이 프레젠테이션을 한단 말인가? 마케팅 과장은 연두색 뿔테 안경을 고쳐 쓰고 양복 주머니에 스마트폰을 집어넣었다.

그래, 그레이 선장님께서는 타고난 세일즈맨이지. 근데 그건 대포알을 쏘면서 노호하듯 떠들어대는 게 아니라 팔 만한 물건이 있을 때의 이야기다. 그리고 지금은 팔 물건이 전혀 없다.

나는 어안이 벙벙한 채로 말하기 시작했다.

"음…… 고마워요, 그레이엄. 이 웹사이트에서 우리는 단순함과 기능성을 조화시키기 위해⋯⋯."

몸과 정신이 분리된 채로 마치 꿈속에서 내가 말하는 걸 듣고 손짓하는 걸 보는 것 같았다. 머릿속으로는 몇 시간 전까지 준비해온 것들, 드롭다운 메뉴와 개념의 위계들, 버튼과 링크들, 지도, 세부 사이트 등이 저 멀리 사라지는 걸 필사적으로 그러모으고 있었다. 하지만 그런 노력에도 불구하고, 순간 방 안으로 기름 범벅이 된 바다가 밀려오더니, 파도치는 바닷속에서 그 내용들이 부글부글 끓어오르며 소용돌이를 이루었다. 심장이 마구 뛰었다. 손에 쥔 보드마커를 바닥에 떨어뜨리면서 난 기절하지 않고는 그걸 다시 집어들 수 없겠다고 생각했다.

"죄⋯⋯송합니다."

난 이렇게 우물대며 흐릿하게 보이는 사람들에게 미소를 지으려 했다. 하지만 방이 파도치듯 넘실대서 그들의 얼굴이 제대로 보이지 않았다.

혈관 속에서 피가 엄청난 소리를 내며 마구 요동쳐 스스로 한 말도 들을 수가 없을 정도였다. 이제 그 파도는 걷잡을 수 없는 밀물이 되었고, 난 기름으로 뒤덮인 바다에 내려앉은 갈매기처럼 내 몸을 띄울 수조차 없겠다는 느낌이 들었다. 그리고 마침내 일이 닥쳐왔다. 거대한 파도는 이제 검고 찐득찐득한 산이 되어 시야를 온통 가리는 검은 그림자를 드리웠고, 난 그저 파도가 나를 집어삼키는 걸 보고 있을 수밖에 없었다.

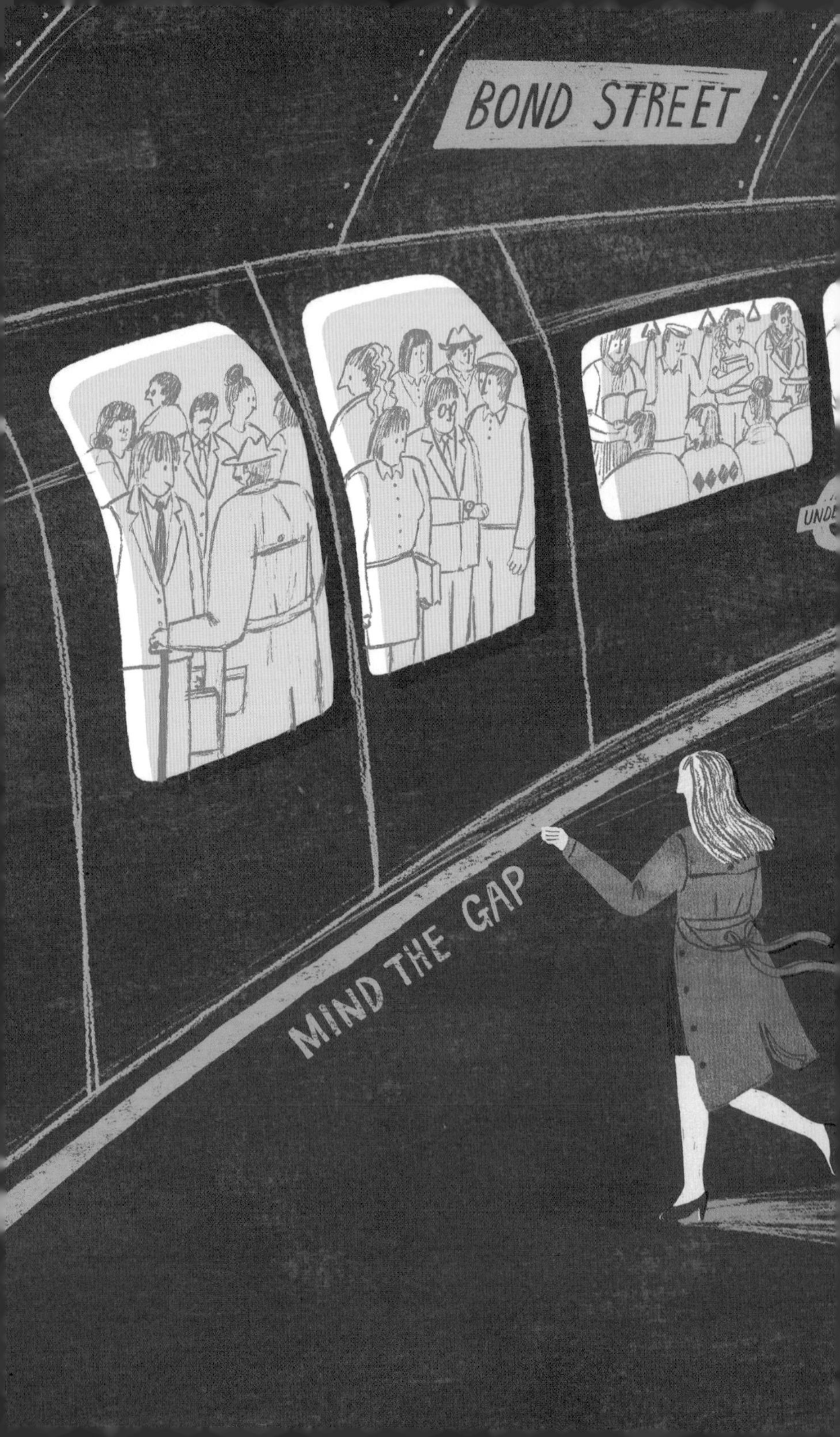
BOND STREET
MIND THE GAP

2
낼모레면 마흔

"올라 미 아모르Hola mi amor(안녕 내 사랑)……."

호아킨이 내 손에 키스하고 있었다.

"올라Hola."

난 힘없이 대답했다.

"여기서 뭐 하는 거야?"

나는 본의 아니게 손을 잡아 뺐다. 지금 키스하고 있는 사람이
누군지 알 수 없게 되어 그랬는지도 모른다. 아니면 이렇게 모든 사
람이 지켜보는 환한 병실에서 키스를 받는 게 민망해서였는지도.
더 단순하게 생각해보면 호아킨이 내 손등에 부드럽게 키스한 게
정말 오랜만이어서 그런 걸 수도 있다. 난 손을 겨드랑이 사이에 집
어넣었다. 물론 곧바로 후회하곤 다시 호아킨에게 손을 내밀어 키
스하게 하고 싶었다. 하지만 그럴 타이밍은 이미 지났다.

"그레이엄이 전화해서는 글쎄 널 응급차에 태워 보냈다잖아. 여
기 와서 봐줄 수 있느냐고 부탁하더라고."

"아, 그랬구나. 고마워."

난 여전히 정신을 차리지 못한 채로 말했다.

"좀 웃기지 않아? 나흘이나 서로 못 보다가 드디어 만난 게 여기라니……."

사실 맞는 말이었다. 지난 일요일 이후로 난 글래스고에 있었다. 그리고 지난밤에는 호아킨의 따스한 몸이 내 옆에 눕는 듯싶기도 했지만 아침에 일어나서는 그가 먹고 남긴 아침 식사와 빈 장갑만이 주방 식탁에 있는 걸 봤으니까. 어쨌든 난 스코틀랜드로 오랫동안 출장을 다녀왔고, 그는 최근에 야근을 많이 했기 때문에 우리는 족히 일주일은 서로 못 봤다.

"자기가 기절한 게 차라리 잘된 일 아닐까? 나도 다음 주쯤에 한 번 기절할 테니 그때 다시 만나면 될 것 같아."

난 그의 농담이 그렇게 재밌지 않았다. 호아킨은 좋을 때든 나쁠 때든 언제나 즉석에서 농담을 해댔다. 그는 만사를 진지하게 보는 법이 없었다. 내가 기절한 것만 해도 그렇다. 아니, 우리 관계를 생각해보자. 이게 무슨 관계인가? 그래, 우린 서로 사랑했지만, 더 이상 서로를 만날 수가 없다. 어쩌다 둘이 집에서 마주친다 해도, 서로 같이 있고 싶은 마음이 없는 것 같았다. 그는 엑스박스와 함께 거실에 틀어박혀서 온라인상의 친구들이나 낯선 이들과의 가상 슈팅에 푹 빠져 있다. 나는 TV를 보거나 아빠한테 전화를 걸지 않으면 친구들과 스카이프를 한다. 주말에 둘 중 하나가 일이 없으면 언제나 스페인으로 여행을 갔었다. 아니면 손님을 초대하거나 집안일을 하거나 조립해야 할 가구들을 손보곤 했다. 이 말은 결국 우리가 같이 시간을 보낸 적이 거의 없었다는 뜻이다.

처음엔 전적으로 내 잘못이었다. 내가 호아킨을 영국으로 데려왔으니까. 난 어릴 적에 영국에서 자랐고, 부모님도 망명한 조부모님 아래 영국에서 자랐다. 이 나라에 대해서 알고 싶었고, 또 영국인으로서의 정체성도 어느 정도 지니고 있었다. 동시에 런던은 디지털 기술을 갖춘 야심만만한 젊은 여자에겐 기회의 땅이었다. 그래서 난 근무 시간이 '유동적인' 컨설턴트가 되었는데, 그 말인즉 근무 시간이 얼마든지 늘어날 수 있으며, 필요하다면 밤이건 주말이건 상관없이 일해야 한다는 뜻이었다. 난 옆구리에 노트북을 끼고 언제든지 들고 탈 수 있는 기내용 가방을 챙겨놓은, 브리티시 에어웨이 골드 카드를 지닌 비즈니스 클래스 여행자였다.

반면 호아킨에겐 여유 시간이 많았다. 런던으로 이사하자 호아킨의 집에서 여유 자금으로 우리에게 집을 사줬다. 내 월급은 우리 둘이 쓰고도 남을 만큼이어서, 호아킨은 급히 직업을 구할 필요가 없었다. 그래서 1년간은 영어 강좌를 들었다. 그 뒤 항공기 설계 회사의 엔지니어로 첫 직장에 입사한 그는 9시 출근 5시 퇴근을 지켜가며 편히 다녔고, 여가 시간이 아주 많았다. 호아킨은 집안일을 하고 정원을 돌보며 꼬박꼬박 체육관에 가서 운동을 하는 것뿐 아니라 일본 요리, 마사지, 천문학, 프라모델 만들기 등등 온갖 종류의 문화 강좌를 들었다. 그중에서도 제일 부러웠던 건 책 읽을 시간이 많았다는 점이다. 그가 읽는 건 내가 못 읽고 넘어간 소설들 같은 게 아니라 본인이 좋아하는 주제들, 즉 서양사의 정설에 의문을 제기하고 종교, 민주주의, 신자유주의 경제의 신비를 파헤쳐 위조할 만한 모든 것을 위조할 수 있는 가설을 제기하는 책이었다.

하지만 몇 년이 지나 일에 몰두하기 시작하면서 호아킨에겐 여유 시간이 점점 없어졌고, 프로젝트 매니저가 되고 나서부터는 나보다도 더 자주 집을 비우기 시작했다. 심지어 나한테는 언제나 잔소리를 하면서 정작 본인은 일이 끝나고 팀원들과 맥주 한잔하러 가는 게 습관이 되어버리기까지 했다. 그렇게 집에 들어가면 따뜻한 저녁이 차려져 있고, 깨끗이 정돈되어 있으며, 접이식 마사지 침대를 펼쳐놓고 나를 기다리는 동거인이 있는 호사스러운 생활은 사라졌다. 그리고 예전엔 아이를 갖는 시기를 미뤄왔던 게 언제나 내 쪽이었다면, 출산 적령기가 지나도 한참 지난 지금에 와서는 아기 이야기만 나오면 말을 돌려버리는 게 호아킨 쪽이 되었다.

우리는 몇 가지 검사를 하면서 기다리느라 공립 병원에 두 시간가량 머물렀다. 그동안 호아킨은 계속해서 내게 그레이한테 전화하라고 몰아붙였는데, 난 정말로 그러고 싶지가 않았다. 사실 그 미팅에 대해서, 아니 넷사이언스와 잃어버린 검은 노트북 가방, 새로운 로열 페트롤리엄 로고에 대해서 아무것도 기억하고 싶지 않았으니까. 하지만 호아킨은 계속해서 고집을 피웠다. 네가 정신을 차리는 대로 전화하라고 전하겠다고 그레이엄에게 말했다는 둥, 그레이엄이 죽을 만큼 걱정하고 있다는 둥, 자기가 꼭 그러겠다고 약속을 했다는 둥⋯⋯. 그래서 난 알겠다고, 1~2분 내에 전화하겠다고 했지만 할 수 있는 한 계속 미루고 버텼다.

그러다 결국 전화를 하고 말았는데, 하길 잘했다 싶었다. 그레이는 속을 알고 보면 인정 많은 해적이었고, 어쩐지 이게 다 본인 책임인 것처럼 느껴진다며 계속해서 사과했다. 그리고 '원래' 내가 하려던 화이트보드를 이용한 프레젠테이션에 자기가 몇 마디 덧붙여서 도우려 했던 것뿐이었다는 점을 내게 확실하게 전했다. 난 그 말을 믿었다. 그리고 그레이는 자기가 구급차를 부르는 동안 볼프슨조차도 마음이 누그러져서 아픈 강아지 쓰다듬듯 내 얼굴을 쓰다듬었다고도 했다. 그 말은 믿을 수 없었기에 난 그에게 헛소리는 집어치우라고 쏘아붙였다.

"아, 세상에. 로열 페트롤리엄 사람들 엄청 놀랐겠지……."

난 그 민망한 순간을 상상하며 말했다. 그러자 그레이가 웃었다.

"하하! 바로 그거야. 분명 그랬지…… 뭐라고 해야 할까? 아주 충격적인 조우였다고나 할까. 그 사람들이 이걸 금방 잊지는 않을 거야. 내가 보기엔 그게 마케팅의 첫 번째 법칙이지, 안 그래? 당신 덕택에 우리가 계약을 따게 될 거라고 난 확신해."

"아, 그러지 좀 마, 그레이."

"나 뻥 안 치고 진지해. 당신이 그렇게 죽은 듯 쓰러지는 걸 다 같이 보고 나서 우린 한 가족이나 다름없어졌다고. 마케팅 디렉터가 그러는데 자기도 맨체스터 유나이티드 경기를 보던 중에 심장마비가 온 적이 있었대. 그러곤 가슴팍을 열어 자기 심실제동기를 보여주더라니까! 제길. 무슨 아침부터……."

"그렇지만 미팅은 어떻게 됐어?"

"그건 신경 쓰지 마. 오랫동안 커피 타임을 가지면서 내가 당신이 평소에 말하던 사용성에 대해서 확실하게 전해졌으니까. 난 이제 그게 뭔지 정확히 안다고. 그리고 당신이 만든 제안서를 이메일로 보내겠다고 했어. 그래서 지금 내 걱정은 뭐냐면, 당신 노트북을 못 찾는다면 그걸 다시 써야 한다는 거야."

나는 그레이에게 고맙다고 말한 다음 난 괜찮으니까 아무것도 필요 없고 나중에라도 여기 와서 날 보고 갈 필요가 없다고 확실하게 말했다. 그는 내게 안 쓴 연차가 아주 많이 쌓여 있다는 듯 이번 주

주말까지 쭉 쉬라고 했다. 이렇게 반가운 제안은 처음이었다.

* * *

신체검사가 끝나고, 의사가 내가 느낀 증상에 대해 몇 가지 질문을 던져 어지럼증과 두통이 있다고 대답했다. 그러자 의사는 호아킨에게 밖에 나가달라고 부탁하더니 예상치 못한 질문을 던졌다.

"감정 상태는 어떠신가요? 기분은 어떠세요? 행복하신가요?"

질문을 듣자 새삼 구역질이 밀려왔다. 의사가 눈썹을 찌푸리는 걸로 봐서 그게 얼굴에 드러난 게 틀림없었다. 의사는 서류를 찾으려 손을 뻗으면서 말했다.

"알겠습니다. 제대로 질문을 해보죠. 이 질문지를 작성해주시겠어요?"

난 의사가 주는 종이에 적힌 질문이 마음에 들지 않았다. 그리고 내가 적고 있는 대답은 더더욱 마음에 들지 않았다. 질문지를 작성하고 돌려주자, 의사는 다 읽더니 내게 신체적인 이상은 없는 것 같다고 했다. 지금 증상은 분명 단순한 우울증인 게 확실하다면서.

"이건 아주 널리 퍼진 증상입니다. 생각하시는 것보다 이런 분들이 많아요. 21세기에 흔한 감기라고도 하죠. 기분이 좀 나아지시도록 항우울제를 처방해드릴 겁니다. 그동안엔 운동을 좀 더 하시는 걸 추천합니다. 그리고 너무 많이 일하지 마세요! 필요하시다면 상담 과정을 처방해드릴 수도 있습니다."

다시 병원 대기실로 돌아온 나는 눈물을 터뜨리며 의사가 해준 말을 호아킨에게 전했다. 우리 주위론 목발을 짚은 영국 노인들이 기침을 해대며 서 있었는데, 불쌍한 눈으로 나를 바라보는 게 뭔가 끔찍한 병, 가령 암에라도 걸렸다는 말을 들었다고 믿고 있는 것 같았다. 호아킨은 나를 안아주었다.

"진정해, 내 사랑. 그렇게 심각한 건 아니야. 의사 말이 맞아. 우울증에 걸린 사람은 많아. 따져보면 다섯 명 중 한 명은 우울증이라고. 뇌 속 신경전달물질 문제거든. 어떤 사람들은 콜레스테롤 수치가 낮아. 당신의 경우엔 세로토닌이 문제고. 이제 심리학도 과학적이 되어서 이게 다 화학반응 때문이라는 걸 이해하게 됐지. 심리학자들이 프로이트 이론에서 들먹이는 오이디푸스콤플렉스나 끝없이 생겨나는 요법이니 뭐니 하는 돌팔이 치료법을 전부 다 포기하고 진지한 약을 다룰 수 있는 때가 된 거야. 이제까지 그놈들 사기도 참 많이 쳤지……."

지금 나는 호아킨이 늘어놓는 과학과 유사 과학에 대한 장광설을 정말이지 듣고 싶지 않았다. 그는 언제나 척척박사라도 된 양 어떤 주제에 대해서든 사실관계와 통계를 끝없이 늘어놓았고, 기존의 정설과 반대되는 이론에 관해서라면 특히 더 심했다. 그는 성경에 있는 모순들과 동종 요법의 속임수를 밝혀낸 실험들, 이념 싸움을 벌이는 좌파와 우파가 각각 지닌 약점을 비롯해 CIA의 비밀스러운 역사까지 다 꿰고 있었다. 리먼 브라더스가 몰락하기 5년 전에는 주택 대출 거품이 곧 붕괴될 거라고 경고한 경제학자들의 블로그를 구독했다. 또한 누구나 믿고 있는 진실이 사실 속임수임을 드러내거나 사기나 오류를 들출 기회, 또 그가 보기에 이 세계의 모든 악의 근원인 거짓을 폭로하는 기회라면 거의 놓치는 법이 없었다. 가끔은 이런 그의 무례함이 지나쳐 주변 사람을 화나게 하거나 모욕감에 빠지게 했고, 심지어 그 때문에 친구 한둘을 잃기도 했다. 이걸 두고 그는 자신이 '진실에 몸 바치고' 있는 거라고 즐겨 말하곤 했다.

그리고 분명히 난 지금 이런 걸 결코 바라지 않는다. 그냥 꼭 안아주길 바랄 뿐이다. 그러면 그가 나를 사랑하고 있다는 걸 알 수 있을 텐데.

호아킨은 자기 아우디에 나를 태우고 웨스트엔드 레인에 있는 약사에게 들른 뒤, 집에서 한 블록 떨어진 곳에 차를 세웠다. 거기서부터 우린 손을 잡고 걸어갔다. 그러자 문득 이렇게 단순히 손을 맞잡은 것도 참 오랜만이라는 생각이 들었다. 사실 우리가 예전의 우리 모습을 따라 하고 있다는 생각에 언짢은 느낌이었다. 게다가 그렇게 따라 해봤자 잘하고 있지도 않은걸. 호아킨은 언제나 내게 끝도 없이 이야기를 들려주곤 하는데, 그중엔 이런 이야기도 있었다. 찰리 채플린이 '찰리 채플린 흉내내기' 대회에 참가한 적이 있었는데 1등을 놓치고 2등을 했다는 이야기였다. 우리도 지금 그런 상황일까? 예전에 있던 불꽃 튀는 감정은 이제 없어진 걸까?

내가 호아킨을 만난 건 20세기 후반의 어느 날 밤 마드리드에서 열린 신년 파티에서였다. 우리는 몇 시간 동안 쉬지 않고 토론을 벌였다. 처음엔 내 유토피아적 이상주의와 그의 과학적인 현실주의와의 대결이었다. 나는 그때 막 언론학과를 졸업해 월드와이드웹과 이메일이라는 게 아직도 새로운 개념이던 당시 컴퓨터 잡지 회사에 취업을 한 참이었다. 회사에서 HTML을 만지작거리며 잡지의 온라인 판을 수정하는 일을 맡았으며, 차후에 내 직업에서 다루게 될 '사용자 경험'이 얼마나 중요한지 배워가고 있었다. 그날 밤 내내 나는 인터넷의 가능성에 대해 변호했다. 이 새로운 네트워크 기술이 지식을 교환하게 해주고 기존 사회 구조를 부수며, 문화 교류를 가능하게 하고 종이의 사용을 줄이며 민주적 발전을 촉진할 거라고 말이다. 반면 잘생기고 지적임은 물론 다소 오만하기까지 한 이 남자는 인터넷이 사회를 통제하는 궁극적인 무기가 될 것이며, 사기와 위조를 위한 완벽한 도구이자 인류의 온갖 실수와 잔인함과 편견을 훨씬 빠른 속도로 퍼뜨리는 기술이 될 거라고 주장했다. 우리는 서로의 주장에 거의 동의하지 않았지만, 그렇게 토론하는 몇 시간 동안 형성된 창조적인 긴장감과 균형 잡힌 반대 의견, 찬사가 깃든 경쟁의식이 우리 둘을 사로잡았다. 그리고 동이 트기 전에 타오르게 된 불꽃이 급기야는 열정적인 키스와 서로 얽힌 몸으로 번졌던 것이다.

몇 년 동안, 이러한 창조적인 긴장감은 계속해서 발전했다. 난 스스로 확실하다고 생각한 것들에 의문을 품고, 이제까지 배워왔던 생각들에 방법론적 의구심을 적용했으며, 더욱 비판적이고 실용적인 자세를 취하게 되었다. 그리고 천문학과 이론 물리학, 인류학을 비롯해 거의 모든 자연과학과 사회과학 분야에 대해 아주 많은 것을 알게 되었다. 그리고 호아킨은 이 우주 안에서 사는 우리를 지배하는 뭔가 마법 같은 것(그게 신이든 운명이든 도든)을 믿는 신앙을 내 머릿속에서 완전히 몰아내진 못했지만, 청소년기 동안 믿어온 천주교만큼이나 우리 엄마의 뉴에이지 사상에 미신적 요소가 많다는 걸 내게 납득시켰다.

호아킨의 경우엔, 무례함이 한풀 꺾이고 다른 사람의 의견에 좀 더 관용적인 태도를 보이도록 발전했으며, 아직도 인류에 대한 회망이 어느 정도 남아 있다고 납득할 수준까지 이르게 되었다. 나는 정치적, 종교적으로 상당히 보수적인 그의 가족과 호아킨이 잘 지낼 수 있도록 도와주었다. 그전까지 호아킨은 가족을 대할 때 그저 논쟁만 할 줄 알았다. 무엇보다 중요한 변화는 바로 로맨스 감정이란 그저 두뇌의 화학작용에 불과하다고 일평생 냉소해왔던 그가 드디어 사랑에 마음을 열었다는 점이다. 그리고 예전에는 '이런 미친놈의' 세상에서 아이를 낳는다는 생각을 하면 경기를 일으켰었지만, 나와 살면서 아이를 가질 수도 있다는 가능성도 열어두었다. 다시 말해, 우리가 붙인 불 때문에 우린 성장할 수 있었고, 서로를 만나기 전보다 더 좋은 사람이 될 수 있었다.

하지만 지난 몇 년간 이 불씨는 꺼져버렸다. 원래 다 이렇게 되는 건가? 우리가 함께 있던 시간이 너무 적어서 그런 건가? 아니면 우리가 서로를 너무 잘 알게 되어서 그런가? 이유야 어쨌든 우리는 더 이상 서로의 존재가 편하지 않은 것처럼 보인다. 우린 예전처럼 웃지 않는다. 예전처럼 논쟁하는 일조차 없다. 어쩌면 이 몇 년간 우리는 서로 다른 방향으로 성장해서 급기야 우리가 누군지 알지 못할 정도가 되었고, 그래서 잠시 동안은 10년 전 런던에 왔었을 때의 모습처럼, 서로 손을 잡고 거리를 걸으며 보토벨로 마켓에 있는 새집을 꾸밀 장식을 고르던 커플, 토요일 오후면 리젠트 파크 호수에서 보트를 타고서 유토피아적 관념에 대해 토론하고 시내에 있는 정통 태국 레스토랑에서 메뉴판을 애써 해독하면서 깔깔대던 커플, 두 몸으로 하나를 이루어 사랑을 나누다가 결국은 태어날 아이의 이름을 딸이면 멜리사로 해야 한다 아니다 파멜라가 좋다, 아들이면 스튜어트로 해야 한다 아니다 마누엘로 해야 한다 말싸움을 벌이던 그 커플 그대로인 척 안전하게 연기하며 애써 몸을 사리고 있었던 거다. 우리가 바라던 대로 되지 않는 런던을 꿈꾸던 그 옛날의 커플이 되길 바라면서. 하지만 우린 더 이상 그 옛날 그대로가 아니었고, 흉내내기 대회에 나가봤자 기껏해야 위로상이나 받을 만했다. 거리를 내려가면서 맞잡은 손엔 날씨가 추운데도 불편할 정도로 땀이 차서 잉글우드 로드에 다다를 즈음엔 이제 헤어지게 된 게 다행스러울 정도였다.

"미안해, 내 사랑. 같이 있어주고 싶지만 평소보다 자리를 너무 오래 비웠어. 이따 웨스트엔드 레인에 있는 초밥 집에서 배달시켜 줄까?"

예전엔 직접 초밥을 만들어줬었잖아.

"아냐, 괜찮아. 알아서 할게."

"그래야 자기답지. 괜찮을 거야. 좀 쉬고 약 먹으면 돼. 오늘 밤에 이야기하자, 알았지? 저녁 먹을 시간에 집에 갈 수 있도록 해볼게. 뭐, 안 될 수도 있다는 건 알겠지만……."

"응, 걱정 마. 난 괜찮을 거야. 와줘서 고마워, 호아킨."

난 이렇게 말하며 이번엔 진짜라는 생각이 드는 키스를 해주었다. 최소한 고맙다는 마음은 담아서.

그러자 아주 잠깐, 그에게 가지 말라고 말하고 싶어졌다. 미팅을 미루라고, 그리고 내 손을 다시 잡으라고, 조금만 더 걷자고 말이다. 이번엔 아까만큼 손에서 땀이 나지 않길 바라면서. 하지만 호아킨은 벌써 문에 나를 버려두고 갈라진 보도블록 위를 성큼성큼 걸어가고 있었다.

　　　　　　　　　　　* * *

　　우리는 폭이 좁고 테라스가 딸린 전형적인 영국식 이층집에 살
았다. 아래층 주방과 거실, 위층의 침실 사이로 두 층을 이어주는
카펫이 깔린 좁은 계단이 있는 집이었다. 집에 들어서자 차갑고 습
한 기운이 느껴졌다. 아직 한낮이라 예약된 난방장치가 가동하지
않은 것이다. 집은 깜짝 놀랄 정도로 고요했다. 이웃집에도 아무도
없는 것 같았다. 나는 신발을 벗고 코트를 벗어서 복도 벽 옆에 겹
겹이 쌓인 코트 더미 위에다 올려놓았다. 원래는 그 아래 선반이 있
었지만, 몇 년이나 이런 식으로 쌓아두다보니 거대하고 둔중한 이
끼처럼 된 코트 더미가 길목을 막아 몸을 살짝 옆으로 돌리지 않으
면 위층 계단으로 올라갈 수 없을 정도가 되었다. 난 이제야 이 더
미가 어처구니없을 정도로 보기 안 좋으며 위태롭다는 걸 깨달았
다. 그래서 코트를 벽 쪽으로 밀어 무너뜨리려고 했지만 소용없었
다. 어떻게 이걸 그간 모르고 살았지?

　　그 순간 고요함을 깨는 소리가 들렸다. 주방에서 나는 소리였다.
무언가, 아니 누군가가 창문을 가볍게 두드리고 있는 것 같았다. 문
쪽으로 고개를 내밀자, 아니나 다를까, 거기에 그녀가 있었다. 지금
까지 내내 참을성 있게 내가 돌아오길 기다렸다는 듯 창문턱에 앉
아 있는 고양이 말이다.

　　"나 좀 들여보내줄래?"

　　고양이는 암컷인 게 확실한 목소리로 말했다.

　　나는 부르르 떨면서 주방문을 닫아버렸다. 말하는 고양이라니,
이런 말도 안 되는 일은 까맣게 잊고 있었다. 기억했다 하더라도 어

젯밤 꾼 꿈이라고 생각했을 거다. 하지만 그게 아니었다. 이 지독한 게 아직 저기 있다. 선반 위의 코트 더미처럼 그녀의 존재 역시 떡하니 버티고 있다.

다시 어지럼증이 느껴졌고, 이번에는 더 무서웠다. 병원으로 돌아가서 언제인지도 모를 때까지 갇혀 있고 싶진 않았다. 그래서 거실로 가 라디오를 켜고 BBC 채널을 맞췄다. 호아킨이 즐겨 듣는 과학 프로그램이 흘러나왔다. 리드 대학의 교수가 나와서 수면에서 약 6킬로미터 아래 있는 깊은 해구 바닥에 해저 화산이 있으며, 지각이 1년에 7.6센티미터씩 이동한다는 이야기를 하고 있었다. 고양이가 아니라 정상적인 인간의 목소리가 지질학적 현상에 대해 이야기하는 걸 들으니 위안이 되었다. 구름 사이를 막 뚫고 나온 햇살이 거실을 비춰 먼지들이 허공을 아주 천천히 빙글빙글 도는 모습을 바라보는 것 역시 위안이 되었다.

나 정말 살짝 미친 게 틀림없어. 오늘 일어난 쇼 같은 일은 분명히 정상이 아니야. 아빠한테는 뭐라 말하지? 하지 말자. 말해봤자 좋을 게 없어. 이건 '그저' 우울증 증상일 뿐이라고, 신경화학물질의 균형이 깨져서 그런 것뿐이라고 생각해봐도 전혀 위안이 되지 않았다. 내일 또 기절하면 어쩌지? 머릿속에 들려오는 목소리만으로도 정신이 없는데…… 말하는 고양이라니! 말도 안 돼! 내가 뭐, 메리 포핀스라도 된다는 거야?

나는 의사의 질문지를 다시 읽어봤다. 두통? 있지. 불면증? 있지. 성생활? 안 한 지 오래야. 입맛? 거의 없지. 스트레스? 항상 그렇지. 피곤함? 더할 나위 없지. 하지만 우울할 순 없었어. 난 그런 사람이 아닌걸. 난 행복한 사람이었잖아. 안 그래, 사라? 삶이 파티 같던 사람이었잖아. 난 몽상가에다 변치 않는 낙관주의자란 말이야. 아니면 나 변한 건가?

엄마가 돌아가시고 나서 지난 몇 년 동안 마음속이 어두웠던 건 사실이다. 엄마의 따뜻한 마음씨와 내게 해주던 조언, 시적인 감수성이 그리웠다. 지금 아빠와 멀리 떨어져 살고 있는 것엔 살짝 죄책감이 든다. 딱하게도 엄마가 돌아가신 이후로 상황은 예전 같지 않았다. 서점을 경영하는 아빠를 유일하게 도와주는 건 내 멍청한 남동생 알바로뿐이었지만 그 녀석은 차라리 없느니만 못했다. 동생이 떠올린 끝내주는 생각이란 게 이 경제 위기가 한창인 시점에 하나밖에 없는 아빠의 적금을 털어 서점을 리모델링하고 부지를 확장하는 거였으니. 이제 경제 위기는 예전보다 더 심해졌다. 호아킨과 내가 아직 런던에 살고 있는 이유도 그거였다. 난 영국에서 몇 년 머물다 마드리드로 돌아갈 생각을 언제나 품고 있었다. 그래서 서점 근처 아르구에예스에 아파트를 사두기도 했다. 그런데 지금 상황을 보니 내가 과연 돌아갈 수나 있을지 모르겠다.

이렇게 말하긴 했지만 사실 난 불평할 입장은 아니다. 남부럽지 않은 직업이 있고 멋진 도시에서, 그것도 런던에서도 으뜸가게 거주 환경이 좋은 곳에서 잘생기고 지적이며 믿음직한 남자 친구와 살고 있지 않은가. 물론 최근엔 초밥을 만들어주거나 마사지 침대를 꺼내는 일이 없고 나랑 사랑도 나누고 있지 않지만. 마사지해주는 게 그렇게 중요했나? 그럼 섹스는 어떻고? 사실은 둘 다 그리웠다. 이제 와서 생각해보니 많이 그리웠다. 오늘 밤 호아킨이 일찍 오면 우선 욕조에서 따뜻하게 목욕을 한 다음 서로의 체온을 나누는 요법을 좀 할 수 있을지 봐야겠다. 세로토닌 수치를 다시 돌려놓으려면 그 같잖은 약을 먹는 것보다 그 편이 더 효과적인지도 모르잖아. 뭔가 다른 게 또 있을까?

어쩌면 난 '중년의 위기'라는 걸 겪기 시작하고 있는지도 몰라. 이제 딱 6개월만 지나면 마흔이 되니까. 내가 이런 걸 신경 썼던가? 사실 거기에 대해서 이제까지 생각해본 적은 없다. 물론, 지난 몇 년간 흰머리를 염색했었고 완벽한 피부를 지닌 모델들이 나오는 안티에이징 크림 광고가 짜증날 때가 많아지긴 했다. 또 웃긴 건 뭐냐면, 예전엔 내게 비치타월이나 멋진 모자나 아로마 세트 같은 걸 선물로 주곤 했던 친구들이 이제는 저 짜증나는 안티에이징 크림을 준다는 거다. 그리고 난 고분고분하게 그걸 또 밤마다 꼬박꼬박 바르고 있는 형편이다. 게다가 내 친구 베로가 가르쳐준 복근과 힙업 운동을 밤마다 해야 하니 더 힘들 수밖에. 어떻게 시간을 내란 말이야?

난 아직도 스스로를 아름답다고 여긴다. 그리고 내 나이에 비해선 전혀 나쁘지 않은 몸을 지녔다. 물론 '내 나이에 비해서' 말이다. 어쨌든, 이번 주 같은 일을 겪고 난 다음 눈 밑에 생긴 다크서클만 아니었다면 이런 걱정 따윈 절대 안 했을 거다. 셀룰라이트도 위협적이고 또, 내 생체 나이가 점점 늘어나고 있다는 것도 걱정이긴 하다. 그렇잖아도 드는 생각은, 아이를 낳는 게 몇 살까지 가능한 거지? 하는 거다. 나도 모르겠다. 하지만 내 목표가 서른다섯에 아이를 낳는 거였다는 사실은 확실히 기억한다. 하지만 그게 조금씩 늦어지고, 그러다 호아킨이 직장을 잡았지…… 여기에 대해 같이 진지하게 이야기를 했어야 했다. 일단 오늘 체온을 나누는 요법을 한 다음에 해야지.

호아킨은 마흔이 되었다는 데 큰 충격을 받았던 게 틀림없다. 작년에 마흔 번째 생일을 맞이한 그는 자기 나이를 두고 그토록 많은 농담을 하면서도, 마흔 살을 대놓고 축하하는 건 거부했다. 두 달 전엔 콩팥에서 담석을 제거하느라 끔찍한 고통을 겪었는데, 택시를 타고 병원에 실려가는 도중에 자기가 죽는 줄로만 알았단다. 결국 담석은 별거 아니었지만, 그는 그걸 자기 몸이 이제 고물이 되어가고 있다는 고통스러운 신호로 받아들였다. 의학적 통계란 통계는 죄다 꿰고 있던 호아킨은 그 생각에 끝도 없이 겁에 질렸다. 사후 세계는 어떤 식으로든 인정하지 않는 데다가 늙어감과 죽음에 대해 전혀 낭만적으로 생각하지 않았기 때문이다. 솔직히 말해서 그는 생일이 돌아오는 걸 한 번도 진심으로 좋아한 적이 없었다. 정말 어처구니가 없긴 하지만, 일전에 내게 자기는 스무 살이 되었을 때 존재론적 위기를 처음으로 느꼈다고 말하기도 했다. 그때 큐어의 음악을 안주 삼아 질펀한 보드카 파티를 벌이다 쓰러지고 나서, 이게 자기가 분명하고도 생생하게, 이제는 피할 수 없이 죽어가는 과정이라는 걸 봤다는 거다.

반면에 난 항상 생일이 다가오는 게 좋았다. 최근 들어서는 생일을 그다지 축하하지 못하긴 했지만 말이다. 나이 때문일까? 케이크에 꽂는 초의 개수가 늘어나는 게 무서웠던 걸까? 아니, 그런 게 아니었다. 스페인에 있는 아빠와 내 평생 친구들과 떨어져 살다보니 그런 거였다. 이제는 친구들도 자기 가족을 부양해야 해서 여유 있게 전화 한 통 할 시간조차 없는데 런던으로 여행을 온다는 건 상상도 못할 일이었다. 아이가 없는 나조차도 일에다 출장에다 늘 서두르는 탓에 시간이 빡빡하다는 걸 느끼곤 하는데 걔들은 오죽할까……. '생일 파티를 하십니까?'라는 질문도 있었네? 아니요, 의사

선생님.

날씨가 추웠다. 태양은 벌써 어디론가 숨어버렸다. 영국 사람들이 가장 원하는 건 영국 기상학자가 '서니 스펠'이라 부르는 가끔 찾아오는 화창한 날씨다. 난방을 틀 기력조차 없어서 그냥 침실로 올라가 이불 속에 폭 파묻히기로 했다. 소파에서 일어서자 폐에서 죽어가는 양이 내는 소리 같은 게 들렸다. 정확히 말하자면 마흔 살 먹은 양이라고 해야겠지. 몸이 천근만근이라 몸을 질질 끌며 빛바랜 벽지에 기대어 좁은 계단을 올라갔다. 그렇게 꼭대기까지 올라가자 벌써 날이 어두워진 것 같았다. 어떻게 이럴 수가 있지? 지금 이 몇 신데? 침대 옆 읽지도 않은 소설 더미 위에 올려놓은 디지털 알람시계에 따르면 3시 53분이었다. 무슨 놈의 나라가 이렇담.

그렇게 침대로 다가가면서, 난 누군가 날 지켜보고 있다는 으스스하고 오싹한 기분을 느꼈다. 창문을 돌아보다가 심장마비가 올 뻔했다. 고양이는 이제 여기 있었다. 침대 옆 커다란 창문 유리 뒤에. 어떻게 왔지? 공중으로 날아오르지 않고서도 창틀에 올라오는 게 가능한가? 영국의 흐릿한 저물녘 빛을 받아 고양이는 거무스름해 보였다. 데 노체, 토도스 로스 가토스 손 파르도스De noche, todos los gatos son pardos. 엄마라면 끝없이 나올 것 같은 머릿속 속담을 하나 꺼내 이렇게 말했을 거다. '밤에는 모든 고양이가 검게 보이는 법이지.' 이 고양이가 아까 그 고양이인가? 쿵, 쿵! 고양이는 다시 앞발로 가볍게 창문을 쳤다. 이번엔 아무 말도 안 했지만, 어쩐지 난 그게 더 짜증이 났다.

"저리 가!"

소리를 질렀다.

그래. 난 고양이한테 말을 걸기 시작했다. 고양이에게 말려들고 있었던 거다. 아니면 내 미친 망상에 말려들었거나.

난 옷을 그대로 입은 채 다시 이불 속으로 파고들어 해저 화산 해구 속으로 내 몸이 빨려 들어가는 상상을 하면서, 따뜻한 어둠 속에서 안식을 찾으려 했다. 잠시 동안 저 멀리 수면으로부터 이따금씩 소리가 들리는 것 같았다. 그러다 이윽고 잠잠해졌다. 아주 오랫동안 소리가 없는 순간이 지속되었다. 암흑과 고요함, 그리고 무無의 경지. 나는 이 무 속으로 가라앉으면서 모든 걸 뒤집어보기 시작했다.

마흔이 다 되도록 난 뭘 한 걸까? 축하할 만한 거라도 있나? 아니 잘못한 게 있나? 왜 아침마다 진저리 치며 일어나야 하는 거지? 내 삶이 나를 역겨워하고 있는 건 아닐까? 이상주의를 품은 언론인이었던 젊은 시절의 내가 지금의 나를 본다면 뭐라고 말할까? 새천년이 시작될 무렵 영국에 온 젊은 연인이었던 우린 지금 어떻게 된 거지? 내가 떠나온 시간들을 이제와 생각해서 뭘 어쩌자는 걸까? 나는 이 길을 계속 걸어야 하나? 아니면 오래전에 떠났어야 하나? 난 누구지? 나 잘하고 있는 걸까? 아니면 지금 길을 잃고 헤매고 있나?

그래, 난 헤매고 있었다. 이제야 이해가 됐다. 숨겨진 보물을 찾는 지도를 그리는 데 몇 년을 허비했지만 정작 내 보물은 찾지 못했고, 내 지도엔 온통 물음표뿐이다. 난 끝없는 질문의 바다에서 길을 잃었고, 실은 그 안에서 길을 좀 잃을 필요가 있었다. 미팅 일정과 다가오는 마감으로 나를 꽁꽁 싸매기만 했지, 파도처럼 몰아치는 질문을 기꺼이 받아본 게 너무 오랜만이었으니까. 이제 질문은 한꺼번에 나를 내리 덮쳤고, 빠져나갈 틈 없는 그 폭풍에 뱃멀미는 더욱 심해졌다.

난 이불을 확 들췄다. 땀이 나서 머리가 얼굴에 착 달라붙었고 브래지어 때문에 가슴이 답답했다. 몸을 돌려 브래지어를 풀고, 다시 등을 대고 누웠다. 그러다보니 어느새 눅눅하고 얼룩진 침실 천장을 나도 모르게 응시하고 있었다. 저기 달린 중국식 연등은 더 좋은 등을 찾을 때까지만 '잠깐' 달기로 했었는데 그게 벌써 10년 전 이야기다. 그러고 보니 나 정말 저 등 싫어했지. 내일 바꿔야겠다.

이윽고 고양이가 떠올랐다. 들어오고 싶어 했잖아? 그래, 들어오라고 하지 뭐. 개랑 이야기를 해보자. 무서워할 게 뭐 있어? 난 일어서서 창문을 열었다. 하지만 고양이는 없었다. 다른 침실 창문에서도 보이지 않았다. 거실로 내려갔지만 거실 창문으로 보이는 거라곤 가로등과 건너편 집뿐이었다. 주방문을 열었다. 아무것도 없었다. 어쩌면 다 내 상상이었을지도 몰라. 나는 싱크대 쪽 창문으로 걸어가서 아래쪽을 붙잡고 있는 걸쇠를 열었다. 그리고 금속 손잡이를 잡아당겨 나무 창문을 들어올렸다. 차가운 공기가 휙 밀려들어오면서 이웃집에서 준비하는 저녁 식사의 이국적인 향신료 냄새가 풍겼다. 강황과 커민, 정향과 생강 냄새였다. 정원은 어둠에 싸여 있었고, 지금 보이는 불빛이라곤 그저 건너편 집에 드문드문 켜진 등불뿐이었다. 구름은 도시를 반짝이는 주황색으로 물들였고, 창 너머로 텔레비전도 불빛도 간혹 반짝였다. 하지만 나머지는 완전한 어둠이었다.

그러자 머리에 갑자기 생각이 떠올랐다. 난 휘파람을 불었다. 소녀 시절에 스라소니 클럽에서 배웠던 비밀 신호 같은 새소리가 물결치듯 울려 퍼졌다. 이런 건 절대 잊을 수가 없지. 그리고 영화에서

처럼 창턱에 우유 한 그릇을 놔둬야겠다는 생각도 들었다. 그래서 냉장고를 열고 세인즈버리 우유 통을 꺼냈다. 그러곤 뒤를 돌아보자, 식탁 위에 놓인 호아킨의 장갑 옆에 고양이가 있는 게 아닌가.

고양이는 입술을 핥으며 말했다.

"내 마음을 딱 맞췄네. 나 정말 배고팠는데."

3
고양이에게 입양되다?!

식탁에 우유 그릇을 놓던 내 손이 덜덜 떨리던 걸 기억한다. 그 순간이 아직도 생생하게 떠오르는 이유는 그때 속으로 계속해서 묻고 있었기 때문이다. 이게 지금 꿈인가 생시인가? 하지만 전부 다 진짜인걸. 매끈매끈한 도자기 그릇하며, 그 안에서 출렁이는 우유의 무게, 그릇이 나무 테이블 위에 닿으며 내는 둔탁한 소리에다 내 살갗에 닿는 고양이의 따뜻한 숨결까지. 이게 진짜가 아니라면 이 세상에 진짜인 건 아무것도 없어.

"그라시아스, 사라Gracias, Sara(고마워, 사라)."

고양이는 완벽한 스페인어로 공손하게 말하더니 그릇 위로 머리를 숙였다.

난 벽에 기대어 그녀가 언제나처럼 참을성 있게, 무슨 일이 있어도 서두르지 않으며 작은 혀로 우유를 할짝이는 모습을 지켜봤다.

"내 이름 어떻게 알았어?"

그게 지금 가장 놀라운 일인 양 나도 모르게 이렇게 물었다.

"우린 이웃이야, 사라. 사실 난 그렇게 오지랖이 넓진 않아. 진짜야. 하지만 이 동네 사는 사람은 다 알고 있지."

"그럼 그 사람들한테 다 말을 걸어?"

나는 이 우아한 고양이가 24번지에 사는 사람과 이야기를 할 거라곤 상상할 수 없었다. 24번지엔 1980년대 펑크록 밴드에서 활동했던 기타리스트가 살고 있었는데, 그는 여전히 문신을 여봐란 듯 드러내며 자기가 열다섯 살이기라도 한 양 맥주를 마셔대는 사람이었다.

"아니. 모두에게 말을 거는 건 아니야."

고양이는 이렇게 대답하고서 다시 우유를 핥았다.

저녁 식사를 끝낸 고양이는 조심스럽게 테이블 끝으로 다가와서 나무 바닥으로 가볍게 뛰어내렸다. 그리고 자기 나라로 귀환하는 여왕의 당당한 걸음걸이로 거실에 갔다. 그렇게 문 뒤로 사라지기 전, 잠시 멈추더니 고개를 돌려 다시 나를 불렀다.

"그건 그렇고, 내 이름은 시빌이야."

암컷인 줄은 알았어.

거실에 들어선 난 시빌이 제일 큰 소파 한가운데에 스핑크스 자세로 떡하니 자리 잡고 있는 걸 보았다. 소파의 진한 빨강을 배경으로 하니 고양이 털의 구릿빛 색조가 더욱 두드러져 확실히 위엄 있는 분위기가 연출되었다. 난 가만히 서서 고양이의 에메랄드빛 눈동자를 관찰했고, 그 에메랄드빛 눈동자 역시 나를 관찰했다. 우린 얼마간 말없이 가만히 있었다. 얼마나 오래 지났을까, 너무 오랫동안 이러고 있는 것 같다는 생각이 들어 살짝 불편해졌다.

"아무 말도 안 할 거야?"

결국 내가 물었다. 그러자 고양이는 놀란 목소리로 말했다.

"나? 아니, 난 안 할 거야, 사라. 난 여기 들어주려고 온 거야. 네 말을 듣는 거지."

고양이가 이 말을 발음하는 동안 난 그녀의 귀가 고양이치곤 너무 커서 박쥐 같아 보인다는 걸 알아챘다. 시빌이 가장 오래된 고양이 종류 중 하나인 아비시니안 종으로, 아직 박물관 같은 델 다닐 여유가 있던 옛 시절 영국 박물관에서 봤던 불멸의 이집트 조각품에도 나타나는 바로 그 종과 같다는 사실을 알게 된 건 그 뒤의 일이다.

"나보고 너한테 얘길 하라니 좀 이상한데."

할 말이 없어서 이렇게 말했다.

시빌은 놀랍다는 듯 고개를 갸웃거렸다.

"전혀 이상할 거 없어, 사라. 우리가 너희를 길들이기 시작한 이래로 너희 인간들은 고양이와 개에게 계속 말을 걸어왔는걸. 사실 너희 종끼리 말하기보다 반려동물에게 말하는 걸 더 좋아하는 인간들도 많지. 솔직히 그런 걸 봐도 별로 놀랍지 않고."

"그래. 하지만…… 그런 사람들도 동물들이 정말 자기 말을 이해할 거라고 기대하진 않아."

시빌은 앞발을 세웠다.

"너 정말로 동물한테 입양된 적이 한 번도 없나보구나!"

고양이는 자랑스럽게 야옹, 하고 울더니 이내 한숨을 쉬며 스핑크스 자세로 되돌아갔다.

"뭐, 그러니 내가 여기 오게 된 거겠지."

"무슨 소리야? 여기 왜 온 건데?"

"왜라니, 그야 널 입양하러 왔지."

나의 이성적인 사고가 또다시 폭동을 일으켰다. 호아킨이라면 지금 이 상황에 대해 자신의 과학적 세계관에 입각해 뭐라고 말할까? 전부 어처구니가 없었다. 상황을 다시 이해해봐야 했다. 난 창문으로 가서 정상적인 것들을 바라봤다. 주차된 차, 높이 솟은 가로등, 앙상한 겨울나무가 보였다. 그런 뒤 다시 소파로 눈을 돌려 저 나무줄기만큼이나 진짜이며 귀신 따위는 결코 아닌 것 같은 고양이가 있음을 확실히 보았다. 하지만 고양이는 말을 할 수 없는 동물인데. 그러니까 이걸 설명할 수 있는 길은 하나밖에 없었다. 지금 난 목소리를 듣고 있다. 다른 사람들도 종종 이럴 거야, 그렇겠지? 뭔가 이성이 일시적으로 착란을 일으킨 걸 수도 있다. 신경화학물질의 불균형 때문일 거야. 의사선생님이 말한 대로, 이건 21세기의 흔한 감기 같은 거라고…… 하지만 난 선생님한테 고양이에 대해서는 말 안 했는데.

"그래, 얘."

시빌은 내 생각을 끊고 말했다.

"미안하지만 상황은 네가 보는 바 그대로야. 난 널 입양했고, 거기에 대해 네가 할 수 있는 건 아무것도 없어. 어쨌든 너한테 그게 얼마나 필요한 일인진 네가 제일 잘 알 거야. 내가 뭐 여기 장난하러 온 줄 알아? 그런 생각은 버려. 장난칠 바에야 차라리 쥐 사냥을 하는 게 나아!"

나는 이 고양이가 환상이든 아니든 그 말은 맞는다고 인정해야 했다. 창문을 열고 고양이를 들인 건 바로 나니까. 내가 왜 그랬는진 아직도 정확히 모르겠지만.

"하지만…… 넌 나에 대해서 뭘 아는데? 오늘 나한테 무슨 일이 일어났는지 넌 못 봤을 거 아냐. 안 그래?"

"난 뭐가 중요한지 알아. 네 머리가 헤어볼처럼 완전히 헝클어진 채로 뭉쳐 있다는 것, 그리고 네 심장이 잊힌 채로 슬프게 시들고 있다는 게 중요하지. 누가 봐도 알 수 있어."

난 가슴에 손을 얹었다. 내 심장이 약하고 무방비한 상태라고 느껴지는 건 진짜였다. 금이 간 유리창 사이로 추운 겨울날의 바람이 새어드는 것같이. '누가 봐도' 알 수 있다고 생각하니 오싹해졌다. 아무리 상상 속의 고양이라고 해도 시빌이 그런 걸로 날 비난하는 건 마음에 들지 않았다.

"참 끔찍하지, 사라. 넌 어쩔 수 없이 그렇게 살아야만 하는 존재가 아니야. 삶이란 너무나 환상적이고 마법과도 같이 기쁜 건데……"

이 말을 듣자 더 이상 참을 수가 없었다. 이 고양이, 마치 자기가 뻔하디 뻔한 디즈니 뮤지컬 속에 나오는 미치도록 귀여운 고양이라도 되는 양 말하고 있잖아.

"내 인생은 안 그래, 시빌! 네가 뭘 알아? 난 낼모레면 마흔이라 인생에 환상 따원 없어. 나도 내가 어디로 가고 있는지, 이 나라에서 뭘 하고 있는지 모르겠어. 왜 내가 좋아하지도 않는 일들만 계속해서 하게 되는지도 모르겠고…… 내 남자 친구랑 어떻게 되어가고 있는지, 왜 만사가 그렇게 우울한지, 왜 우리한테 아기가 없는지도 모르겠어. 아니, 애가 생긴다 해도 그렇다면 내 일을 어떻게 조절해야 할지도 모르겠고…… 고양이의 삶은 환상적일지 모르지만, 인간의 삶은 훨씬 더 복잡하단 말이야!"

내가 자기에게 삿대질을 하며 고함을 치는 동안, 시빌은 무시무시한 집중력을 보이며 내 말을 듣고 있었다. 그 커다란 귀가 말 그대로 내 말소리를 빨아들여서, 말들이 나오자마자 고요한 방 안에 흩어지기도 전에 그 속으로 다 사라지는 듯했다. 이 고양이는 바로 그렇게 소리를 빨아들이려고 여기 온 것 같았다. 지금껏 이렇게 집중력이 좋은 존재는 본 적이 없었다. 사실, 탐욕적인 그 집중력 때문에 불안할 지경이었다. 영국 박물관에서 본 돌로 된 고양이 조각상의 고요한 모습에 어쩐지 불안해졌던 것처럼 말이다. 나는 창문 쪽으로 눈길을 돌려버렸다.

"그래, 인간의 삶은 복잡하지. 정확히 말하자면 인간이 삶을 복잡하게 만든다고 해야겠지."

시빌이 이렇게 동의하는 소리가 들렸다.

잠시 동안 우린 둘 다 아무런 말이 없었다. 내려다보이는 거리에서 술 취한 젊은이 둘이 술집에서 나와 서로에게 사납게 고함을 질러댔다. 그중 하나가 상대방의 어깨를 세게 밀쳤다. 그러자 밀쳐진 쪽이 뭐라 소리를 지르더니 가로등 옆에 붙여둔 작은 쓰레기통을 발로 찼다. 쓰레기통은 허공으로 날아올라 서 있던 차 위로 떨어졌고, 온 사방으로 쓰레기가 흩어져 거리를 메웠다.

인간들이란. 고양이들이 우릴 보고 뭐라고 생각하겠어? 하지만 실은 나도 쓰레기통을 걷어차고 싶은 마음이었다. 그 생각을 하자 다리에 힘이 들어갔다.

"진정해, 얘."

시빌은 가르랑거리며 자기 몸으로 내 오른 다리를 감싸더니 꼬리로는 왼 다리를 감쌌다. 구불구불하게 움직이는 고양이의 몸에서 온기가 느껴졌고, 몸속 저 깊이에서 올라오는 가르랑거리는 진동이 이윽고 다리를 둘러싼 긴장감을 다 녹여버렸다. '체온을 나누는 요법이네.' 얼마나 그리웠던가. 난 눈을 감고 그 체온을 한껏 받아들였다.

더 이상 거부하기가 힘들었다. 결국 난 쭈그려 앉아 고양이를 쓰다듬어야 했다. 털이 어찌나 부드럽고 매끈한지 몸의 굴곡을 따라 손을 미끄러뜨리자 기분이 아주 좋아졌다. 말하자면 감각적이고 본질적이며 야성적인 쾌락이었다. 시빌의 말이 맞다. 나는 고양이를 길러본 적이 한 번도 없다. 개도, 고양이도, 햄스터도 키워본 적이 없다. '동물은 자연에서 살아야지'라는 게 우리 엄마의 말이었으니까. 엄마에겐 이미 돌봐야 할 인간 새끼들이 둘이나 있었으니 벅찼던 것도 같다. 하지만 이젠 이해가 됐다. 태곳적부터 같은 종의 구성원들 사이에 존재했던 깊고 강력한 우정에 못지않은 고양이와 인간 사이의 우정 협정이 아시아와 아프리카, 유럽과 아메리카 대륙에서 생겼을 때, 그 협정은 바로 이런 쓰다듬기로 체결되었을 거다.

내가 고양이를 쓰다듬기만 한 게 아니다. 내가 그 몸을 훑어 내렸을 때, 시빌 역시 내 손을 눌렀던 것이다. 처음엔 자기 머리로, 이어서 목을 따라 척추를 지나고 활시위처럼 팽팽한 꼬리에 이르기까지 고양이 역시 나를 눌렀다. 사실, 누가 누굴 쓰다듬고 있는 건지도 정확히 말하기가 어려웠다. 하지만 한 가지는 분명했다. 여기서 주도권을 가진 쪽은 시빌이었다. 그녀의 말마따나, 시빌은 나를 입양하고 있었다.

이런 의식을 통해 날 최면에 걸린 거나 다름없는 상태로 만들어놓고, 시빌은 꼬리를 치켜든 채로 몇 발짝 물러섰다. 내 손가락과 손에는 아직도 찌르르 전기가 흘렀고, 그 부드러운 금빛 털을 만지길 갈망했다. 시빌은 뒷다리를 굽혀 앉고서 말했다.

"있지, 우린 아직 서로에 대해서 잘 모르고 있다는 걸 이제 알겠어. 게다가 내가 보기에 넌 날 그다지 신뢰하지 않아. 내가 인간 세상에 대해서 잘 모른다고 생각하고 있고. 하지만 난 상당히 많은 사람을 만나왔고, 우리 고양이 대가족들이 만난 사람들까지 따지자면 모든 인간을 다 만나봤다고 장담할 수 있을 정도야. 그러니 어쨌든 난 네게 조언을 해줄 거야. 그걸 듣고 말고는 너한테 달렸어."

나는 아무 말도 하지 않았다.

"의심이 될 땐 네 코로 냄새를 따라가봐."

"내…… 코로?"

이 상상 속의 고양이가 뭔가 더 심오한 조언을 해줄 줄 알았는데.

"그래. 사람들은 널 배신할 수 있지. 그들이 하는 말도 널 배신할 수 있고. 네가 스스로 하는 생각마저도 널 배신할 수 있어. 하지만 집중만 한다면 네 코는 널 배신하지 않아. 해봐."

그 순간 현관에서 열쇠 돌아가는 소리가 들렸고, 문이 열리자 호아킨의 목소리가 들려왔다.

"나 왔어……."

시빌은 이미 작고 빠른 보폭으로 주방으로 향했다. 그 뒤를 쫓아 고양이가 싱크대 위로 뛰어올라 열린 창틈으로 슬쩍 빠져나가는 순간을 포착할 수 있었다. 호아킨이 삐거덕거리는 소리를 내며 계단 위로 올라왔다. 복도엔 이미 호아킨의 그림자가 드리워져 있었다.

자신의 조언을 기억하라는 듯, 시빌은 흰 턱을 드러내고 커다란 소리를 내며 허공을 킁킁댔다. 그리고 까만 밤 속으로 사라졌다.

*　*　*

"사라? 좀 어때?"

호아킨은 벽에 걸린 산더미 같은 옷 옆 층계참에 있었다.

"나아졌어."

난 거기로 건너갔고 우리 둘은 포옹을 했다. 솔직히 말해 그건 포옹 축에도 끼지 못하는 거였지만. 이런 식의 신체 접촉은 그저 지난 몇 달간 서먹해진 우리 사이를 강조할 뿐인 듯했다. 하지만 호아킨에게 가까이 가자, 시빌의 조언이 떠올랐다. '네 코로 냄새를 따라가봐.' 난 눈을 감고서 숨을 들이쉬었고, 그렇게 그의 피부와 털 끝만큼 간격을 두고 목과 셔츠 바로 위쪽 부분의 냄새를 맡았다. 콧 구멍으로 면섬유 향기, 도시의 매연과 먼지, 나의 향기와 호아킨의 것이 분명한 향기가 들어왔다. 하지만 이상하게도 지금 그의 향기는 예전과는 상당히 달랐다. 먹은 것 때문인가. 예전엔 갈리시안산 문어 향이 났다면 지금은 타이 커리 향이 상당히 강했다. 예전에 나던 올리브유 향이 지금은 버터 향으로 바뀌었다. 와인 향이 나던 사람에게서 이젠 맥주 향이 났다. 확실히 맥주 냄새가 아주 강하게 나네. 하필이면 오늘 밤에 술을 마시고 온 거군.

호아킨이 직접 설명한 바에 따르면, 인간의 신체 내부 세포가 싹 바뀌게 되는 때가 있다고 한다. 그가 해대는 과학적 장광설 중 하나였는데, 그게 몇 년이더라…… 10년이라고 했던가? 우리가 영국에 온 지 벌써 10년이 넘었다. 신체적으로 따지자면 지금의 호아킨은 나와 함께 런던에 왔던 그 호아킨이 아닌 거다. 물론 그는 예전과 똑같이 잘생긴 남자지만. 사진을 보면 예나 지금이나 비슷했다.

흰머리 몇 가닥이 있고 군데군데 주름이 지긴 했지만 그것 말고는 달라진 게 없었다. 그렇지만 향기는 확연히 변했다. 이 호아킨은 예전보다 스트레스를 더 심하게 받는 모양이었다. 땀을 더 많이 흘리고 내 앞에서 신경을 곤두세웠으며 내 손에 닿지 않는 어딘가 저 깊은 곳에서 곰삭고 있는 생각을 숨기고 있었다. 시간이 지날수록 다정함이 사라지고 무뚝뚝해졌으며 심지어 까칠해지기까지 했다. 그리고 뭔지 정확히 알 순 없지만 분명히 수상한 자취도 찾아냈다. 그건 그의 체취와 섞여 있긴 했지만 분명히 그의 냄새는 아니었다. 호아킨이 아무리 자기 멋진 얼굴을 과시한다 하더라도, 내가 기억하는 호아킨과 거의 똑같은 겉모습을 보여준다 하더라도 속아 넘어가줄 수 없는 뭔가가 있었다.

아니, 예전의 호아킨에게선 이런 냄새가 나지 않았다. 그의 향기는 달랐다. 하지만 지금은 고약한 냄새가 난다. 머릿속에 그런 생각이 들자마자 난 민망해졌다. 예전엔 이런 생각을 한 번도 진지하게 한 적이 없었는데. 하지만 이건 시빌이 해준 조언을 따른 결과였다. 그리고 그것뿐이 아니었다. 뭔가 또 있었다. 어쩐지 맡으면 지루해지는 특이한 향이 났는데, 그 자체가 이상하다기보다 콕 집어 말할 순 없지만 뭔가가 생각나는 그런 향이었다. 이국적인 향신료 냄새 같은 게 희미하게 풍기는 그 복잡한 향이 어렴풋이 생각이 날 듯도 했다. 오래전 꿈속에서 만났거나 어린 시절 방학 때 맡았던 향 같기도 했다. 그리고 그 향이 여기, 호아킨의 목덜미에서 감도는 걸 맡고 나니 어쩐지 짜증이 났다. 난 그의 셔츠 바로 아래에 코를 파묻고 이 건방진 이국적 향수의 자취를 더듬어가며 더 조사해보고 싶어 견딜 수 없었다. 하지만 어설픈 포옹 때문에 향이 사라져버렸다.

"맥주를 마시러 갔다 왔구나."

난 물러서며 말했다.

"그래. 뭐, 잽싸게 딱 한 잔 했어. 어땠는지 알 거 아냐."

그는 검은 코트를 옷이 이미 네다섯 개 걸려 있는 옷걸이 위에 걸며 대답했다.

호아킨은 직장 동료들과 맥주 한잔 하러 가는 영국식 관습에 대해 말하고 있었다. 여기선 많은 사람들이 네다섯 잔 정도는 술을 들이켜야 마음을 열기 때문에 사람을 사귀고 싶으면 그런 술자리가 필요했다.

"그래, 그게 호아킨답다는 건 알아. 하지만 다른 날은 다 놔두고라도 오늘만큼은 바로 집으로 올 수도 있었잖아, 안 그래?"

사실 난 시빌과 이야기를 나누면서 그가 일찍 오지 않아서 오히려 좋았다. 그리고 솔직하게 말하자면, 그가 술집에 가도 별로 신경이 쓰이지 않았다. 지금 그와 얼굴을 마주 봐야 하는 이 상황이 더 거슬렸다. 내 코는 다른 낌새를 채고 있었으니까.

"올 수 있으면 왔을 거야."

그는 무뚝뚝하게 말했다.

"누구랑 있었는데?"

"뭐?"

묻는 말을 못 알아들었다는 듯한 대답.

"알잖아. 직장 동료들이지. 마이크랑 폴, 바네사……."

호아킨은 나랑 눈도 마주치지 않고 침실 쪽으로 이어진 계단을 조용히 올라가며 말했다. 이 호아킨, 겉모습은 예전과 동일하지만 세포는 완전히 새롭게 바뀐 호아킨은 내 눈을 똑바로 보지 않았다.

예전엔 둘이 있으면 언제나 살짝 수줍어하곤 했었는데. 최근엔 눈길을 피하는 그의 모습을 보면서 마음이 불편했다. 아직까지 그런 점을 깊이 생각해본 적은 없었는데. 이제는 그 때문에 신경이 점점 곤두섰다.

난 주방으로 들어갔다. 저 건방진 냄새와 눈길을 피하는 호아킨 때문에 지쳐버린 만큼 배도 고프다는 걸 이제야 알았기 때문이다. 아침부터 아무것도 먹은 게 없었다. 슬라이스 식빵 봉지를 열고 빵 한 조각을 우걱우걱 씹으면서 다른 한 손으로는 주전자를 가져다 수도꼭지의 세찬 물줄기로 그 안을 채운 다음 2천 와트짜리 불을 켰다.

스파게티에다 토마토소스 병이 하나 있을 거야. 주방엔 쌀이랑 파스타, 깡통 몇 개뿐이군. 우유 좀 남은 건 고양이가 먹어버렸지. 이 축 늘어진 영국식 슬라이스 밀가루 덩어리도 빵이라고 부를 수 있다면 빵도 있긴 하다. 하지만 그 빵은 이미 가장자리가 딱딱하게 굳기 시작했다. 나는 냉장고를 열어 작고 단단한 만체고^{Manchego} 덩어리를 꺼냈다. 지난번 스페인에 갔을 때 사 온 게 아직 남아 있네. 난 그걸 들고 쥐처럼 조금씩 갉아먹었다. 머리 위 침실을 돌아다니는 호아킨의 발자취를 따라 낡은 마룻바닥이 삐거덕거렸다. 최근에 그는 밤에 샤워하는 버릇이 생겼다. '아침에 시간을 절약하기 위해서'라고 했다. 샤워를 하면 분명히 향기도 지워지지. 이건 진짜 뭔가 냄새가 나기 시작하는데. 썩은 내 같기도 한 뭔가.

"사람들은 널 배신할 수 있어. 하지만 네 코는 아니야."

시빌이 이렇게 말했었잖아.

이 고양이는 정말 뭘 얼마나 알고 있는 걸까? 이 근처 사람들을 전부 안다고 했었지. 그러면 나조차도 모르는 호아킨의 무언가에 대해서 알고 있는 건가? 내가 집에 없는 동안, 그가 아무도 안 본다고 생각하는 때에도 그를 지켜봤을까? 어쩌면 누군가와 같이 있는 걸 보기라도 한 걸까?

이런 문제를 이미 경험한 내 친구 베로는 몇 번이고 내게 물어보곤 했다. 지난번 통화에서 난 베로에게 확실히 말했다.

"아니, 진짜 그렇지 않아. 모든 남자가 다 알베르토 같진 않다고."

베로는 사회학 교수와 결혼했는데, 그는 사회계층에 대한 연구 성과로도 유명했지만 학부생이랑 놀아나는 교수로도 유명했다. 그 때문에 베로는 벌써 세 번쯤 알베르토를 집에서 쫓아냈고, 마지막으로 쫓아낸 뒤로 1년이 좀 더 지났다. 하지만 알베르토는 그럴 때마다 끊임없이 사과하고 빌고 약속을 남발하며 돌아왔고, 베로는 언제나 결국은 항복하고 말았다. 두 아이들 때문이기도 했고, 그가 가족을 돌보며 제공하는 물자가 필요해서이기도 했지만 결국 어찌 되었건 베로는 아직도 알베르토를 사랑하기 때문이었다. 하지만 그녀는 필연적으로 경계를 바짝 세우는 법을 습득했고, KGB에게나 어울릴 법한 기술들을 일상생활에서 쓰곤 했다.

"내 말 들어, 사라. 난 네 친구라고. 우린 카뇰라 산에서 도마뱀을 잡으며 뛰어다니고 텐트 치고 자던 시절부터 친구잖아. 그래서 이따금씩 너한테 정신 차리라고 말해주는 거란 말이야. 넌 좀 순진한 구석이 있어. 그것도 좋다 이거야! 그게 너다운 거니까. 사람의 좋은 면만을 보고 잘 믿지. 그래서 그렇게 인생을 즐겁게 살 수 있는 거고. 하지만 그런 태도로 살면 허점도 생기게 돼. 어렸을 때 내가 너한테 산타클로스는 사실 네 엄마 아빠라고 말해주니까 나한테 화를 냈었잖아. 그땐 그러는 게 맞았을 것 같기도 해. 하지만 생각해 봐. 결국 산타클로스는 네 부모님이 맞았잖아."

"그만해. 넌 항상 그 얘기더라. 난 그때 여덟 살이었다고!"

"그랬지. 그리고 네가 산타의 정체를 제일 늦게 알아차린 애였 어. 항상 그런 식으로 제일 늦게 깨닫는 애였다고. 넌 어릴 때부터 모든 것에 다 홀딱 반하는 애였으니까. 주일학교도 그랬고, 이빨 요 정이랑 백마 탄 왕자님과 영원히 행복하게 사는 디즈니 이야기랑 아이 셋을 낳고도 노벨 생리학상을 탄 여자 과학자 이야기까지 말 이야."

"나한텐 그게 다 재미있는 이야기였다고."

"그래, 그건 그렇다 쳐. 하지만 세상은 절대로 그렇게 굴러가지 않아. 인생은 장미처럼 향긋하고 초콜릿처럼 달콤하기만 한 게 아 니라고. 장미는 시들고 초콜릿은 상해. 결국 우리네 인생이란 건 칼 로리 걱정 때문에 뻥튀기나 씹으면서 필라테스 강좌에 가는 거라 고. 남편이란 작자가 사무실에서 새로 들어온 여자애한테 홀딱 빠 져 있는 동안 말이야. 출산 휴가 갔다 오면 승진은 내 옆에 앉은 머 저리나 하는 게 인생이라고…… 잠깐만, 좀 있어봐. 카를로스, 동생 좀 때리지 마!"

테이블 위로 전화기가 떨어지는 소리가 나더니 아이를 엄하게 야단치는 소리가 났다. 이윽고 베로가 다시 전화기로 돌아왔다.

"미안해…… 애들이 이렇다니까. 그건 그렇고, 애가 없다고 불평 하지 마. 있으면 좋을 것 같다는 생각은 다 환상이야. 물론 아이가 생기면 아주 좋아. 하지만 그것도 태어나고 15분 정도만 그럴 뿐이 라고. 나머지는 결국 아무도 신경 써주지 않는 상황에서 영웅심을 발휘해가며 육아를 해야 해. 그리고 아빠라는 작자는 말이야, 네가 기저귀를 가느라 정신이 팔려 있는 상황을 이용해 만나는 여자마다 지가 조지 클루니라도 되는 것처럼 추파를 던지고 다닌다니까. 자기 아이보다 자기가 더 애 같아서 매일 뭘 하면 재미있을까 상상이나 해서 그래. 그런 실망스러운 삶을 사느니 차라리 애 없이 사는 게 더 나아."

베로가 통렬한 비난을 퍼부으며 카타르시스를 충분히 느끼게 둔 뒤 대답했다.

"있지, 베로. 네 남편은 성품이 원래 그런 거야. 그래도 최소한 네가 좀 바로잡아줬으니까……."

"바로잡았다라! 그놈 문자를 확인한 다음에 바로잡혔는지 대답해줄게."

"하지만 호아킨은 그렇지 않아. 내가 호아킨을 고른 이유가 있다면 그건 바로 그가 나름의 원칙을 지키는 사람이기 때문이란 걸 너도 알잖아. 호아킨에게 좋은 점이 있다는 거 너도 봤지. 물론 의사소통을 잘 못하고 오만한 구석은 있어. 가끔은 좀 퉁명스럽기도 해. 그래. 하지만 호아킨은 정직한 사람이야. 그 점은 모두가 알아. 그이는 자기 주변 사람들이 모두 진심으로 행동하길 바라는 사람이라서 거짓말을 하거나 속임수 쓰는 꼴은 못 봐. 우리가 왜 결혼 안 하는지 알잖아. 두 사람이 20년, 30년을 살면서 마음이 어떻게 바뀔진 아무도 모르니까. 하지만 바로 그 때문에 호아킨이 날 배신하거나 나한테 뭔가를 숨기는 일은 없을 거야. 그냥 말을 하면 되는 거거든. 물론 최근엔 좀 다정하지 않아지긴 했지만……."

"예전만큼 다정하지 않다고? 몇 달 동안 사랑을 나누지도 않았다면서!"

"뭐, 그건 어느 정도 내 책임이야. 그이가 직장에서 힘들게 일하는 시기이기도 해서 엄청 스트레스를 받았거든. 난 그게 어떤 건지 알아. 아니까 지지해주는 거야. 지난 몇 년간 내가 엄청나게 스트레스를 받았을 때 호아킨이 날 정말 많이도 참아줬거든. 그래서 나도 그이를 돕고 싶긴 한데…… 가끔 너무 서먹해질 때도 있지만, 말도 안 해주고 하니까…….."

"너한테 말도 안 한다면서 넌 어떻게 호아킨을 믿을 수 있다고 생각하는데?"

"베로, 이미 대놓고 물어봤어. 몇 번이나. 그이는 다른 사람 만나는 건 아니라고 맹세했어."

"넌 그걸 믿는단 말이지?"

"그래. 믿어."

"산타클로스를 믿었던 것처럼."

"베로!"

"만사를 좀 다른 식으로도 보라고 말하는 거야, 사라. 다 널 위해서야. 넌 물론 너 좋을 대로 살 수 있지만, 그래도 너한테 경고를 해주는 게 친구로서 내 의무라고."

"그이는 정직한 사람이야. 이번에만 해도 그이 말을 의심할 이유가 전혀 없어. 그리고 이제 15년이나 살았다고. 웬만한 사람들 결혼 생활보다 더 길다니까……."

베로가 딱 잘라 말했다.

"호아킨은 잘생긴 남자야, 사라. 잘생겼지, 똑똑하지, 거무스름한 게 신비로운 남자라고. 말하자면 위험하단 말이야. 특히 허여멀게서 햇빛도 못 보고 산 것 같은 그 나라의 얼빠진 남자들 사이에 있으면 엄청 두드러져 보인다고. 그리고 상황이 더 안 좋은 건 뭐냐면, 이제 흰머리가 희끗희끗 나기 시작한 게 굉장히 세련돼 보여서 섹시한 분위기를 풍긴다는 거지. 야, 네가 내 친한 친구만 아니었다면 나도 흑심을 품었을 거라고!"

우리는 한바탕 웃었고, 대화는 그렇게 끝났다. 지금까지 난 스스로에 대한 확신이 있었다. 그리고 호아킨에 대해서도 그랬다. 하지만 오늘 밤 내 코로 맡은 냄새 때문에 모든 게 다 의심스러워졌다. 내가 아는 호아킨은 거짓말을 하지 않는다. 하지만 이 호아킨은 정말 내가 알고 있던 그 남자가 맞는 걸까?

* * *

그가 잠옷 가운 차림으로 다시 내려왔을 때, 난 이미 만들어놓은 스파게티를 다 먹은 참이었다. 테이블 위에 상도 차리지 않고 그냥 책과 서류, 열쇠를 그릇을 놓을 수 있을 만큼만 옆으로 밀어놓은 채로. 오늘 밤엔 더 이상 야단법석을 피울 힘이 없었다. 호아킨이 자기 그릇에 파스타를 담는 동안 난 어떻게 대화를 시작해야 할까 곰곰이 생각하고 있었다. 그럼 코로 냄새를 따라가볼까.

"우리 얘기 좀 해."

순간 주방에 정적이 흘렀다. 호아킨이 잡고 있던 포크가 접시에 부딪히는 소리만이 유난히 크게 울렸다.

"무슨 얘기?"

"우리에 대해서지 뭐겠어?"

호아킨은 한숨을 내쉬며 접시를 테이블에 내려놓았다.

"꼭 오늘 밤에 해야겠어? 진심이야? 별로 좋은 생각이 아닌 것 같아, 사라. 너 피곤하잖아. 오늘 아침에 너……."

"나 안 피곤해."

나는 거짓말을 했다. 사실은 지쳐 있었지만 내 코가 냄새에 매우 민감한 상태였기 때문이다.

"그리고, 우린 너무 오랫동안 아무 일도 없는 척하고 있었어. 사실은 그렇지 않잖아. 내가 우울증이라면 거기엔 이유가 있는 거야. 그렇게 생각 안 해? 아니면 상관없다고 생각하는 거야?"

그러자 호아킨은 집에 들어오고 나서 처음으로 나를 바라보았다. 어쩌면 이번 주 처음일지도 모른다. 그의 검은 눈동자는 끝없는 지옥이라도 본 것처럼 떨리고 있었다. 그 눈길을 보자 그가 입을 열기도 전에 겁에 질렸지만, 뒤이어 나온 말은 더욱 무서웠다.

"그래. 네 말이 맞아, 사라. 우린 이대로 있을 수 없어."

난 다시 뱃멀미가 나기 시작했다. 테이블을 붙잡았다. 호아킨이랑 비슷한 냄새가 나는, 가운을 입은 이 남자가 이렇게 반응할 줄은 몰랐다. 지금까지 둘이서 우리 관계에 대해 말할 때 그가 보인 반응이란 언제나 문제를 과소평가하거나 잘못을 정당화하지 않으면 농담을 하거나 요리조리 말을 돌리는 것뿐이었다. 증거를 내놓고 우리의 문제를 직시하는 게 중요하다며 반론을 펼치는 건 항상 내 몫이었다. 그런데 지금 이 남자는 너무나 노골적으로 내 말에 동의하며 쉽게 물러서지 않으려 했고, 난 공포에 질린 채 그가 바라보고 있는 절벽에 같이 끌려온 기분이 들었다.

"너도 내가 진실에 몸 바치는 타입이라는 거 알지, 사라. 너한테 거짓말을 할 순 없어. 그리고 우리 관계가 예전 같지 않다는 게 진실이고. 나도 어느 정도 생각을 해봤어. 하지만 상황이 변하길 기다리며 지금껏 아무 말도 안 한 거야. 그런데 오늘 같은 일을 겪고 나니까 우리가 서로에게 좋을 게 없다는 걸 알겠어. 난 행복하지 않아. 그리고 너도 행복하지 않은 게 분명하고. 우린 서로 다른 방향으로 살아왔던 거야. 그러니까 내 말은……."

난 큰 충격을 받았다. 평소엔 아무 말도 없더니 갑자기 이런 장례식에나 나올 법한 뻔하디뻔한 말을 하다니. 그것도 미리 연습이라도 한 것처럼. 난 벌떡 일어서서 그의 말을 끊고 소리를 질렀다.

"호아킨, 그래서 헤어지자는 거야? 네가 하려는 말이 그거야?"

"진정해, 사라. 끝까지 진지하게 얘기해보자고, 네가 항상 말했던 것처럼 말이야. 우리 얘기를 해야 하지 않아? 둘 다 그러기로 했잖아, 그렇지? 지금 우리 사이는 잘 안 되고 있어. 서로 시간을 갖고, 잠깐 떨어져서 어떻게 될지 좀 지켜봐야 하는 게 아닌가 싶어."

"떨어져 지내자고? 너 지금 무슨 말을 하는지 알고는 있어? 잠깐, 더 말하기 전에 내 눈을 보고 똑바로 얘기해. 다른 게 있는 거지?"

"다른 거 뭐?"

"모르는 척하지 마. 다른 여자 만나는 거 아니야?"

"아니야, 사라. 절대 아니야. 맹세해."

그는 단호하게 말했다. 그의 눈동자는 나를 똑바로 바라보고 있었다. 지금 이 남자가 내가 알고 있던 호아킨이 맞는다면, 난 포기하고 그가 진실을 말하고 있는 거라 믿어야겠지. 하지만 그가 샤워를 하고 덜떨어지게 귀족적인 잠옷 가운까지 입고 있음에도 내 코는 온통 썩은 내만 맡을 뿐이었다. 이국적인 향수에다 달콤한 향신료, 포착할 수 없어 짜증이 나는 배신의 낌새. 난 끔찍한 생각을 하며 그를 뚫어져라 보았다. 생전 처음, 그가 거짓말을 하고 있다는 의심이 진지하게 들어서였다.

호아킨은 다시 준비한 연설을 시작했다. 사람들이 성장하고 변하는 건 정상적인 일이며, 어쩌면 우리가 잠시 떨어져 지내는 게 건강에 좋을지도 모른다고 그는 말했다. 건강에 좋을지도 모른다니! 얼마나 떨어져 지낼지는 정하지 말고 그냥 상황을 지켜보자고 했다. 물론 몇 달뿐일 거라고도 했다. 그는 선거 유세에 나온 정치인이나 할 법한 자신감에 찬 큰 몸짓을 해대며 점점 자기 언변에 스스로 흥분하기 시작했다.

"잠깐만, 호아킨! 여기엔 당신 혼자 있는 게 아니야. 이 문제에 대해서 내가 할 말도 못하게 하고, 이런 식으로 나와 헤어지겠다고 일방적으로 말해선 안 돼."

호아킨은 고집을 피웠다.

"너랑 헤어지겠다는 게 아니야! 잠깐만 떨어져 지내자고 하는 거야. 아주 잠시만."

"아니, 넌 나와 헤어지려는 거야, 호아킨. 아니, 이 집은 네 집이니까 날 쫓아내려는 거라고 봐야겠지. 갈라서자고 할 때 짐을 싸야 하는 쪽은 나니까. 뭐든 상관없어. 네가 시간을 두고 이런 계획을 세웠다는 게 딱 보이니까. 하지만 난 찬성할 수 없어. 그래, 우리에겐 문제가 있어. 알아. 하지만 문제를 직시해보자고. 탁 터놓고 말하잔 말이야……."

그 순간, 해결되지 않은 우리 사이의 문제들이 한꺼번에 밀려와 가슴을 콱 막았다. 우리가 아직 갖지 않은 아이부터 꼴 보기 싫어진 그의 비디오게임까지, 우리의 섹스 문제부터 언제나 엉망인 식탁과 집안 구석구석 등등의 크고 작은 문제들이었다. 나는 이걸 전부 터놓고 싶었다. 봄에 대청소를 언제 할까 정하자는 말로 이야기를 꺼내, 같이 좀 더 시간을 보내자고 말하려고 했다. 이제 그놈의 일 좀 그만하고 일과 생활의 균형을 맞춰 같이 휴가도 가자고, 정 시간이 없으면 주말에라도 마음 내키는 대로 아무 데나 획 떠나자고 말하려 했다. 그리고 중요한 일들, 우리가 좋아하는 것과 싫어하는 것들, 우리에게 부족한 것과 이제 하기 싫어진 것들, 지난 몇 년간 우리가 해온 것들과 앞으로 남은 인생 동안 하고 싶은 것들이 뭔지 말해보자 하려던 참이었다. 하지만 오랫동안 나를 피해오다 지금에 와서야 날 바라보고 있는 이 남자는 문제를 인정할 용기조차 없이 그냥 단칼에 없애버릴 준비가 되어 있는 듯했다.

"나 생각할 시간이 필요해, 사라. 머릿속을 차분하게 돌아봐야겠어. 혼자 있고 싶다고. 그냥 말해야 하니까 말을 하는 건 아무런 의미가 없어. 서로 잠깐 공백기를 갖자. 그런 다음엔 터놓고 대화하려고 만날 수도 있겠지."

난 믿을 수 없는 심정으로 그의 말을 따라 했다.

"만날 수도 있다고? 제발 이러지 마, 호아킨. 지금 무슨 말을 하고 있는지 생각 좀 해. 우린 15년 동안 같이 살았어. 난 너와 함께 인생을 꾸려왔다고. 네가 날 키워서 지금의 내 모습이 있는 것처럼, 나도 널 키웠기 때문에 지금 네가 있는 거야. 너 혼자 일방적으로 결론을 내리곤 무작정 이야기하면 어떡해. 나한테 기회를 줘. 적어도 그 면에서는 너도 내 덕을 본 거잖아."

"그래, 맞아."

호아킨은 갑자기 비웃음을 날리더니 식탁에서 벌떡 일어나 남은 음식을 쓰레기통에 던져 넣었다.

"우리 둘 다 서로의 덕을 봤지, 그렇지? 하지만 난 다른 걸 다 제쳐놓고 이 나라에 널 따라왔어, 알아?"

"무슨 말이야? 우린 같이 온 거잖아……."

"같이 왔지. 하지만 널 위해서 온 거야."

호아킨은 와장창 소리를 내며 자기 접시와 식기를 싱크대에 던지더니 성큼성큼 거실로 가버렸다. 난 그의 비난에 어안이 벙벙해진 채 그 뒤를 따랐다. 그는 바닥에 엉덩이를 대고 자기 엑스박스 앞에 앉아 있었다. 디지털 세계의 괴물들이 생생한 모습으로 위협적인 무기를 휘두르며 전투에 참여하는 동안, 호아킨은 스크린에서 눈을 떼지 않고 말을 이었다.

"잘나가는 신생 회사에 직업을 구한 건 너잖아. 영어를 하는 것도 너였고…… 나는 외국에 와서 내 살길을 찾느라 고생해야 했어. 게다가 너 먹을 요리하랴, 몸에 좋다는 요법 해주랴, 마사지하랴, 수도 없이 챙겨줬지. 네가 동료들과 술집에서 한잔하는 동안 난 네가 집에 오길 기다렸다고. 그런데 지금은 어때? 이제 내가 제대로 된 직업을 가지게 되니 요리할 시간도 없고 네가 늘어놓은 집안일을 할 시간도 없어. 그런데 내가 일 끝나고 술 마시러 가고 너만큼이나 시간이 없어지니까 이젠 네가 불평을 하네? 네가 사무실 바닥에 쓰러져서 기절했을 때 병원까지 달려가야 했던 건 나 아니었나? 좋아, 됐어? 근데 난 거기까지야. 이제 질렸어. 애가 갖고 싶다고? 좋지. 근데 다른 사람 찾아봐. 난 그럴 시간 없으니까."

호아킨은 이렇게 말하고 나서 관심을 꺼버리고 게임 속 전투로 들어가더니 악마들을 산산조각 냈고, 그 파편이 화면 오른편에 튀었다. 총탄과 비명, 폭발과 함께 번쩍이는 빛과 굉음이 거실에 퍼졌다. 이 남자는 새로운 호아킨이었다. 10년이 지나자 세포 구성이 완전히 변해버린 것이다.

"넌 오늘 여기서 자. 위층에서 네 얼굴 보고 싶지 않아."

나는 바보처럼 울지 않으려고 애쓰며 중얼거렸다.

4
수상한 냄새가 나

지붕 위에 오르면 인간들이 만든 대도시 전체를 훑어볼 수 있다. 이 도시는 벽돌과 금속, 아스팔트와 연기로 이루어진 거대하고 오래된 미로로, 지난 2천 번의 겨울을 지나며 주변 지역으로 성장하고 뻗어가 지평선까지 정복했다. 지금 인간들은 자고 있다. 그들이 만들어낸 등불만이 빈 거리를 비추고, 그래서 우리 고양이들은 가장 어두운 밤의 모습도 또렷하게 볼 수 있다.

갑자기 공기 중에 떠도는 무언가의 냄새가 흘러든다. 털이 곤두선다. 감각이 깨어난다. 난 꼼짝도 않고 습한 공기 가운데 미세한 움직임을 포착하려고 온 신경을 집중한다. 도시의 무한한 향기는 해류처럼 여러 갈래와 소용돌이를 이뤄 서로 섞이고 갈라지며, 퍼졌다가 줄어들고, 나타났다가 사라진다. 하지만 역시나, 그 냄새가 다시 나타난다. 생쥐의 냄새. 아니, 들쥐의 냄새. 심지어 두 마리.

이제 허비할 시간이 없다. 난 즉시 행동을 개시해 10미터 높이의 지붕 끝으로 내려가 왼쪽으로 돌았다. 끝없이 줄지어 늘어선 인간들의 소굴로 나아가는 동안 내 코는 능숙하게 그것들의 자취를 또

렷이 감지했고, 갈수록 들쥐의 냄새는 더 짙어졌다. 먹잇감이 눈치채지 못하게 발소리를 죽여가면서 나는 과감하게 더 빠른 속도로 움직였다. 그렇게 난 달리기 시작했고, 꼬리를 움직여 몸의 균형을 맞추면서 완벽하게 조율된 속도를 조용히 높였다. 왼편으론 굴뚝과 금속 안테나가 휑하니 솟아 있었고, 오른편으론 가로등과 헐벗은 나뭇가지들이 보였다.

냄새를 맡아보니 들쥐들은 저 끝 집, 바로 사라와 호아킨이 사는 곳에 있었다. 위험할 정도로 빠르게 속도를 높였다. 추격의 짜릿함에 몸이 들떴다. 아직 사냥감을 보진 못했지만 그것들이 머뭇거리며 찍찍대는 소리가 귓가에 들리고 체온이 느껴지며 그들의 피 냄새까지 맡을 수 있을 것만 같았다. 그렇게 난 순수한 본능에 빠졌다. 그리고 오랜 역사를 지닌 야만적인 의식에 완전히 굴복해버린 나머지 그만 목숨을 걸다시피 한 행동을 해버렸다. 지붕 끝에서 방향을 확 튼 뒤 다람쥐처럼 몸을 쭉 펴고 허공으로 높이 뛰어오른 것이다.

이런 무모한 움직임을 본 목격자는 아무도 없었을 거다. 그저 나 자신과 내가 찍은 희생양 두 마리만이 보았을 뿐이다. 나는 아래쪽 창턱에 도달하려 했다. 아찔한 찰나, 내 몸 왼쪽이 벽돌로 만든 벽에 쓸리는 게 느껴졌다. 겁도 없이 맹렬한 집중력을 발휘한 나는 다리를 착지자세에 놓고 용수철처럼 충격을 완화할 준비를 했다. 아, 그렇지. 난 거칠어진 나무에 솜씨 좋게 발톱을 박고서, 절체절명의 순간 뛰어올라 생긴 관성에 저항하며 목표물에 착지했다. 꼬리가 떨어졌다가 커다란 호를 그리며 침실 창문 옆으로 다시 튀어 올랐다.

저기 있다. 난 이불 속에서 미친 듯이 움직이는 거대한 들쥐 두 마리를 보았다. 인간 크기의 들쥐들이 내뿜는 본능적인 악취가 반경 안에 들어오자 들떠서 정신이 혼미해졌다. 쥐들은 딱 봐도 정신이 팔린 채 태평스레 정열적인 한때를 즐기고 있었다. 하지만 저러는 것도 이제 끝이야. 난 발톱을 끝까지 뻗었고, 만족스럽게 쉬익 소리를 내면서 턱을 크게 벌렸다. 쥐들의 꼬리는 이불 밖으로 삐져나와서 침대에서 비비적대며 인간이 걸어놓은 옷 아래로 보이는 흰색 서랍장을 쳐댔다. 그러자 그 꼬리 때문에 그만 보라색 가죽 재킷이 바닥으로 떨어졌다. 등에 이상한 글자가 그려진 재킷이었다. 그런데 가만있자…… 쥐가 인간의 옷을 입을 수 있나?

이런 의심이 들자 난 혼란에 빠졌다. 창문이 닫혀 있는 걸 깨닫고 나선 더더욱…… 그런데 내가 고양이라면 여기 어떻게 들어가지? 아무리 세게 밀어보고 딱딱하고 차가운 표면을 발톱으로 긁어봐도 이 장벽을 절대로 넘을 순 없을 거다. 들쥐들은 그 사실을 알았다. 그래서 내가 좌절해 울부짖는 소리가 들리는데도 힘 빠진 포식자 앞에서 승리에 찬 듯 끽끽대기 시작했다. 난 필사적으로 야옹거리며 울부짖었지만 아무 소용이 없었다. 창문을 만들고 여닫을 수 있는 호모사피엔스의 도시인 이곳에서 인간이 되고 싶다는 내 헛된 소망만이 밤공기를 가르며 울려 퍼졌다. 그런데 들쥐들이 그 소리를 듣자 얼어붙더니 침대에서 더러운 주둥이를 내미는 게 아닌가. 그리고 잠시 동안 그것들은 정말로 깜짝 놀란 것 같았다.

왜냐하면 내가 진짜 인간으로 변하고 있었기 때문이다. 몸에서 금빛 털이 없어지더니 매끈한 분홍빛 피부가 드러났고, 머리에서는 털이 길게 자라기 시작했다. 손톱은 줄어들어 없어지고 대신 가늘고 유연한 마디가 돋아 나왔다. 몸집 역시 커지면서 예민한 후각이 사라지고 시야도 반으로 줄어들었다. 그렇게 부푼 몸집 때문에 어쩔 수 없이 난 어두운 저 아래로 밀려나게 되었다. 게다가 내가 아무것도 입지 않은 채 10미터 가까이 되는 높이의 창턱에 불안정하게 서 있다는 사실을 알고는 공포에 질렸다. 떨어지기 직전의 고통스러운 순간, 난 들쥐들이 내게 관심을 두지 않은 채 새로운 힘을 받아 날뛰며 하던 일을 마저 하는 모습을 보았다. 그들은 이 밤 살아남을 것이고, 나는 그러지 못하리라. 난 안쓰럽고 힘없는 인간의 손톱으로 창틀을 부여잡으려 했다. 하지만 미끄러져서 비틀거리다 뒤로 곤두박질쳤고, 아무도 도와주는 이 없이 절망에 빠져 습한 런던의 공기를 향해 사지를 버둥댔다. 너무 많은 걸 알고 싶어 하다 이렇게 된 거다. 행복해지고 싶었지만 그 방법은 모르는 인간의 목소리로 비명을 지르며 난 죽음을 향해서 곤두박질쳤다. 고양이도, 들쥐도, 인간도 모두 언젠가는 맞이하게 되는 죽음을 향해서.

난 정신도 못 차리고 숨을 헉 들이쉬며 악몽에서 깨어났다. 마음으로는 맹렬한 고양이와 몸부림치는 들쥐의 어지러운 소용돌이 속으로 추락하는 장면에서 애써 빠져나오려 하는 중이었다. 침대에서 벌떡 일어나 불을 켜고 이불 아래서 기어 다니는 게 있는지 확인해야 했다. 없었다. 바닥과 침대맡에 흐트러져 있는 옅은 빛깔의 형체는 쥐가 아니었다. 호아킨과 이야기하고 나서 쿵쿵대는 비디오게임 속 전쟁 소리를 들으며 비참해진 마음에 왈칵 터져버린 눈물을 닦느라 써버린 크리넥스 휴지 뭉치였을 뿐이다. 하지만 그 역겹고 징그러운 것들이 이불 밑을 기어 다니던 광경이 떠올라 이불을 열어젖히며 여전히 등골이 서늘해졌다. 하지만 다행히도, 거기엔 아무것도 없었다.

잠옷 가운을 입고 슬리퍼를 신은 채 소변을 보러 화장실에 갔다. 거울을 보니 꼴이 아주 가관이었다. 나 이제 이런 모습의 여자가 돼 버린 건가? 갈색 눈은 부은 눈꺼풀 사이로 움푹 꺼져 있었다. 밤색 머리칼은 어깨에서 산발이 됐다. 피부는 창백해 밀가루 반죽처럼 허여멀건했다. 이 햇빛 부족한 나라에서 10년이나 살긴 했지만 그래도 이렇게 되다니 너무하다. 심지어 자세도 구부정해졌잖아. 더 이상 보고 싶지 않아서 당장 거울 앞을 떠났다. 지금은 허브티를 마셔줘야겠어.

영국인들에게 따뜻한 차는 어떤 경우에든 가장 훌륭한 치료제로 통한다. 혼자 있을 때나 친구와 함께할 때나, 여름에나 겨울에나 언제든지 말이다. '차 한 잔'은 일어났을 때도 좋고, 몸을 따뜻하게 할 때도 좋고, 초면에 얼굴을 익힐 때도 좋고 파티를 계획할 때도, 마케팅 전략을 짜거나 혁명을 모의할 때도 좋은 것이다. 어떤 이유를 대든 '그러니까' 차 한잔, 차이chai나 루이보스, 허브티를 한잔 마시자고 하면 다 통했고, 도자기 다기에다 찻잎을 넣고 우려내면 더 좋았다. 한쪽이 죽기 전엔 끝내지 않겠다고 맹세한 결투의 당사자들도 총을 뽑기 전에 차 한 잔을 마셨을 정도다. 그러니 차는 영국인들의 영혼에 만병통치약이나 다름없다.

10년 동안 런던에서 살다보니 난 어느새 열렬한 차 애호가가 되었다. 끝없는 종류의 차들에 흠뻑 빠져 날을 잡아 전기주전자와 티백 세트를 샀다. 이런 때가 왔을 때 부엌에 갈 필요 없이 자다가도 일어나서 차를 마실 수 있도록 말이다. 그리고 특히 오늘 같은 밤에는 이게 내가 한 일 중 가장 잘한 일이라는 생각이 들었다. 차를 마시려고 아래층에 내려갔다 호아킨이 코 고는 소리를 듣지 않아도 되고, 혹시라도 깨어 있다 마주치기라도 하면 더 큰일이니까.

난 침대 한편에 기대 유기농 베드타임 티를 홀짝거리면서 시빌이 정말로 오늘 밤 사냥 중일까 생각해봤다. 누군가 이야기할 상대가 필요했다. 그게 고양이라도. 사실 난 산타클로스를 믿었던 것처럼 내 상상이 만들어낸 이 특별한 존재를 믿게 되었다. 말이 나왔으니 말인데, 고양이가 해준 조언을 따랐는데도 그다지 좋은 일이 생기진 않았어. 이 런던 교외의 고요한 밤 시간에 홀로 깨어 발레리안과 라임플라워, 오렌지 블로섬을 혼합한 허브티를 마시며 조금씩 말짱한 정신으로 돌아가자 그런 생각이 들었다. 조언을 따른 결과는 커다란 참사를 불러왔다. 네 코로 냄새를 따라가보라고? 무슨 헛소리야. 어째서 내가 남의 일에 쿵쿵대며 냄새를 맡아야 한다는 거지? 뭐가 뭔지 알 수도 없는 말도 안 되는 일을 상상하면서 머릿속에 떠오른 생각을 되는대로 내뱉게 될 뿐이잖아?

어쩌면 이게 내가 방금 꾼 악몽에 대한 해몽인지도 몰라. 난 창밖을 바라보았다. 호아킨을 들쥐같이 대하는 짓은 그만둬야겠지. 거짓말한 걸 잡으려 하다니, 그런 게 내가 꾼 악몽 속 환상처럼 현실일 리 없잖아. 자꾸 이러다간 결국 위태로울 만큼 높은 곳에서 떨어지게 될 뿐이야. 이렇게 상상해봤자 스스로를 제어할 수 없다는 건 굳이 심리상담가를 찾아가 물어보지 않아도 알 수 있는 사실이지. 말하는 고양이라는 것도 환상이고, 날 배신하고 바람을 피운 남자 친구도 내 망상일 뿐이야. 편집증적인 망상에 빠져버려서 멀쩡한 호아킨만 애꿎게 의심했잖아. 잠깐 술집에 간 게 뭐가 어때서? 나 때문에 오늘 그렇게 겁을 먹었으니 술을 마시고 싶었을 수도 있지. 사람에 따라 만사를 풀어가는 덴 다 자기만의 방법이 있기 마련이니까.

호아킨은 우리 사이의 문제에 대해 의논할 때마다 좀 소극적이었잖아. 그에게도 생각할 시간이 필요하겠지. 좀 조심스럽게 접근해서 호아킨도 자기 페이스에 맞춰 마음을 열게 해야 했는데. 오히려 이런 일이 벌어진 날, 주중이라 스트레스도 심한데 엄한 순간에 고삐 풀린 망아지마냥 날뛴 내가 잘못한 거야. 게다가 우리 관계는 지난 몇 달 동안 점점 냉랭해져왔었잖아. 그땐 진짜 나 무슨 생각이었지? 우리 둘 다 완전히 지쳐 있었는데 그런 식으로 풀면 어쩌자는 거야? 이제 난 따뜻한 머그잔을 두 손으로 감싸고서 차를 홀짝거리며 고요하고 깊은 밤중에 내 실수가 얼마나 컸는지 깨닫기 시작했다.

이런 식으로 행동해선 안 돼. 쥐를 쫓아가는 것도, 고양이랑 말하는 것도 이제 그만하자. 있지도 않은 증거를 찾느라 코를 킁킁대고 호아킨이 날 두고 바람피웠다는 결론을 내리는 것도 다 망상이니 집어치워. 의심할 증거도 사실 전혀 없잖아. 다시 그의 마음을 돌려놓아야 해. 멍청하게 굴어서 미안하다고 하고 다시 시작해야 한다고.

자긴 줄 게 별로 없으면서 내가 요즘 자기에게만 너무 많은 걸 요구한다고 했던 호아킨의 말이 맞다. 지난 몇 달간을 되돌아보면, 우린 함께 있을 때를 견딜 수 없던 적이 많았다. 호아킨이 직장에서 잘돼가는 모습을 엄청 좋아했던 것도 아니다. 사실, 그가 더 이상 집안일을 하지 않고 집에 붙어 있지 않아서 점점 원망이 커지기도 했다. 그렇게 말할 권리도 없으면서. 나랑 같이 영국으로 가기로 했을 때, 그리고 내가 이곳에서 새로운 삶에 적응하며 야단법석을 떠느라 정신이 없었을 때 호아킨이 날 지지해주었던 것만큼 난 호아킨을 지지해주지 않았다. 어쩌면 그는 나를 몇 주, 아니 몇 달 동안 참을성 있게 기다리다 점점 속상해지고, 나에 대한 희망을 잃어버리면서 서운해지고 사랑이 식었을지도 모른다. 그리고 난 그런 낌새를 전혀 눈치채지 못했다. 눈치 빠르게 낌새를 잘 채던 내 코는 다 어디로 간 거야?

하지만 그래도 호아킨을 이해하기란 쉽지 않았다. 그의 머릿속에 뭐가 들었는지 알아내려고 항상 내 머리를 굴려야 한다는 건 너무 진이 빠졌다. 왜 정말로 중요한 문제에 대해서는 이토록 입을 꾹 다물고 있는 거야? 왜 아무 말도 없이 혼자서 끙끙대야 하느냐고? 그런 건 정말 이해가 안 됐다. 어째서 손짓과 행동, 중얼거림과 침묵이 무슨 뜻인지 읽고 마음을 다 알아주는 건 언제나 여자 쪽이어야 해? 술집에서 실컷 술을 마시고 들어와 게임 속 괴물들을 마구 죽여대기만 하는 게 무슨 뜻인지 어떻게 아느냐고!

호아킨이 자기 친구들이랑 어울리기 시작한 다음부터는 내게 친구들이 뭐 하고 사는지 절대 말하지 않는다는 점도 참으로 놀라웠다. 그들의 부인은 누구인지, 아이들이나 가족들은 어떤지에 대해서도 일절 말이 없었다. 호아킨은 친구들과 축구를 보거나 영국 럭비를 보러 가고, 술을 마시며 수다를 떨고, SF나 판타지 영화를 보고, 자신들의 삶에 대한 이야기는 전혀 없는 정치와 과학, 스포츠 같은 주제를 놓고 토론을 했다. 가끔은 편을 나눠 비디오게임을 하며 주말을 보냈다. 말하자면 정말 걱정되는 문제들을 논의하는 대신 무지막지하게 큰 곤충이나 죽이면서 시간을 때운 거다. 나는 3D 미로에서 27구경 권총이나 기관총, 레이저 대포들로 끔찍하게 큰 괴물을 죽인다고 해서 그네들의 피곤한 정신에 사는 악마들을 죽이게 되는 건 아니라고 생각했다. 그 악마들이란 바로 그들의 부인과 여자 친구들이 더 간단하고 덜 폭력적인 방법, 바로 대화를 통해서 근절하려는 대상 아닌가.

내일 난 사과할 거다. 그리고 어디든 그가 원하는 곳으로 주말여행을 가자고 할 거다. 전부 다 잊고 그냥 둘이서만 있게. 그럼 우린 부담이나 편집증적 망상 없이 이야기를 나눌 수 있겠지. 이제 혈관을 타고 발레리안과 라임플라워와 오렌지 블로섬이 돌게 되자 곤두선 신경이 좀 누그러진 난 호아킨을 조금만 이해해주면 될 거라는 확신이 들었다. 힘든 하루를 보내서 어안이 벙벙한 상태라 막말을 했던 걸 거야. 정말로 헤어지자는 뜻은 아니었을 거야. 전부 다 바로잡을 수 있고, 우린 바로잡게 될 거야. 난 이렇게 확신하며 차를 마저 마시고는 좀 더 편안히 잠자리에 들 준비를 했다. 컵을 서랍장 위에 올려놓고 거기 세워둔 액자를 집어 들었다. 우리가 베로나에 있는 줄리엣의 집 발코니에서 껴안고 찍은 사진이었다. 그때 사진을 찍어준 스페인 관광객은 미소 짓는 우리에게 '케레로스 마스 Quereros más(더 많이 사랑해보세요)!'라고 말하며 포즈를 취하게 했지.

그런데 액자를 다시 서랍장 위에 올려놓자, 악몽 속에서 서랍장 위에 걸어두었던 옷이 유령처럼 눈앞에 보이는 듯싶었다. 등에 힌디어인지 티베트어인지 알 수 없는 글자가 쓰인 보라색 가죽 재킷이 내 발밑으로 떨어지던 기억이 떠올랐다. 순간 등줄기가 서늘해졌다. 저 재킷 실제로 어디선가 본 적이 있어. 꿈이 아니라 내가 직접 두 손으로 잡았던 기억이 난다고. 냄새도 맡아봤었지. 향신료 같던 미묘한 그 냄새의 자취가 기억 속에 자리 잡았다. 거의 잊고 있었지만 틀림없어. 호아킨이 집으로 묻혀왔던 향과 똑같은 냄새라는 게 확실해지자 심장이 오그라드는 것 같았다.

　나는 바닥에 쭈그려 앉았다. 마치 그 유령 같은 재킷을 만지기라도 할 것처럼, 그러면 그 재킷이 눈앞에 다시 나타날 것처럼. 한 1년 전인가, 1년 반 전의 일이었다. 여름인가 초가을인가 그랬으니까. 계단 위쪽 벽에 달린 옷걸이에 재킷 하나가 걸려 있는 걸 봤었다. 당시 우린 파티를 여러 번 열었었고, 많은 사람들이 집에 드나들었기에 그저 누가 옷을 두고 갔다고만 생각했다. 난 호아킨에게 말했고, 우린 최근에 왔던 손님들에게 이메일을 보내기로 했었다. 정말로 메일을 보냈는지는 기억나지 않지만, 내가 알기로는 아무도 그 옷을 가지러 오지 않았다. 이제 와 생각해보니, 정말 신기한 일 아닌가. 그땐 두 번 다시 생각하지 않았고, 코트들이 켜켜이 쌓여가고 정신없는 일상생활에 파묻혀 전부 잊어버렸었다. 저기 산더미같이 쌓인 재킷과 코트와 점퍼 아래에 아직도 그 옷이 있을까?

　의심이 다시 몰려왔다. 그래, 난 미쳤는지도 몰라. 하지만 이 의혹의 밑바닥까지 가봐야 했다. 저 아래에 수상한 게 있다는 생각을 없애버리기 위해서라도. 시빌은 내게 내 코의 냄새를 따라가보라고 했고, 지금 내 코는 그 가죽 재킷에서 나는 냄새가 바로 그 냄새인지 확인할 수 있을 거다. 그 재킷은 절대로 상상 속의 물건이 아니라 실제로 존재하고 만져볼 수 있는 증거다. 무언가 잘못되었다는 증거, 우리가 사랑을 나누지도 않고 그의 눈길이 너무나 수상쩍게 날 피하기만 했던 지난 몇 달 동안 그가 밤마다 샤워를 하면서 씻어내려고 했던 그 냄새.

　순간 난 다시 어슬렁거리는 고양이가 된 것 같았다. 집중력 좋고 기민하며 들떠 있으면서도 겁에 질린 고양이. 난 핸드폰을 손전등 삼아 비추며 침실 문으로 걸어갔다. 그리고 작은 소리도 나지 않도록 조심스럽게 문을 열었다. 1층에서 호아킨의 코 고는 소리가 들렸다. 수없는 밤 나를 괴롭히던 짐승 같은 소음이었지만 지금 발각되지 않길 바라는 사냥꾼에겐 반가운 신호였다. 난 살금살금 계단을 내려가 거실 문까지 가서 손잡이를 감싼 뒤 천천히 문을 잡아당기고는 손목을 섬세하게 돌려서 닫았다. 코 고는 소리는 깊은 잠에 빠져 웅얼대는 소리와 섞여 여전히 크게 들렸지만 그래도 문을 닫으니 한결 나았다.

이제 불을 켤 수 있다. 스위치를 켜고 벽에 있는 옷걸이로 향했다. 툭 튀어 나온 섬유덩이는 극지방의 두꺼운 이끼처럼 부풀어 있었다. 우리 엄마가 '그레이 브리튼'이라고 부르곤 했던 이 나라의 으슬으슬한 추운 날씨로부터 몸을 지켜보고자 사들였던 온갖 종류의 옷들이었다. 난 이 시기에 자주 입는 코트부터, 내 하늘색 거위털 점퍼와 직장에 입고 가는 긴 모직 코트, 제일 추운 날 입는 소매 달린 까만 오리털 망토, 그리고 호아킨의 실용적이고 과학적인 패션 취향에 부합하는 기능성 이너웨어와 아우터들을 차례로 내려놓았다. 옷들을 체계적으로 계단 난간에 걸쳐놓고 그 옆엔 옷걸이에 같이 걸려 있던 목도리들을 두었다. 그리고 나머지 옷들은 바로 바닥으로 내려 무더기를 쌓기 시작했다. 얇은 봄 재킷들과 바람막이 점퍼들, 더 이상 입을 일이 별로 없는 낡고 빛바랜 옷들과 레인코트 두 벌. 결국 벽 사이로 툭 튀어나온 검은 금속 옷걸이가 드러났고, 남은 것이라곤 한쪽 옷걸이에 걸려 축 늘어진 파란색 싸구려 비옷뿐이었다.

믿을 수가 없었다. 난 바닥에 쌓아놓은 옷 더미와 난간에 걸어놓은 코트들을 다시 뒤져댔다. 혹시나 흥분한 채로 서두르다 옷 더미 속에 빠뜨렸을 수도 있으니까. 하지만 역시나 낯익은 옷들뿐이었다. 보라색 가죽 재킷은 사라지고 없었다.

5
차라리 몰랐으면 좋았을걸

    다음 날 아침 난 전날의 혼란스러운 기억 탓에 지끈대는 두통에 시달리며 일어났다. 지하철에 노트북을 두고 내린 일, 사무실에서 기절한 일, 응급실에서 깨어난 일, 창문에서 시빌을 봤던 일, 호아킨이 작정하고 던진 말, 그가 풍겼던 이상한 냄새, 런던 건물 지붕을 달렸던 악몽, 그리고 사라진 재킷까지. 베개 아래로 기어들어간 내 마음속으로, 배신당한 연인의 분노와 아무 죄 없는 호아킨을 비난했던 일에 대한 후회와 이런저런 이유로 이 모든 걸 다 잃어버릴 수 있다는 공포가 번갈아가며 넘실댔다. 이제 어떡하지? 일을 바로잡으려고 애써봐야 하나? 아니면 떨어져 있자는 생각을 순순히 받아들여야 하나? 호아킨에게 바람을 피웠느냐고 다그쳐봐야 하나? 짐을 싸서 나가야 하나? 아니 다 제쳐두고 정신과 의사를 먼저 만나봐야 하는 건 아닐까?

    사실 난 침대에서 일어날 기운조차 없었다. 어제 같은 일을 오늘도 또 겪어야 한다는 생각에 온몸의 힘이 쭉 빠졌다. 게다가 내겐 아주 그럴듯한 구실도 있었다. 그레이가 며칠 쉬라고 해서 지금 쉬고 있는 중이니까. 그런데 문제는 막상 쉰다는 게 내겐 익숙하지 않다는 거다. 공포와 분노, 혼란스러움보다 더 크게 날 괴롭히는 건 무언가 생산적인 걸 하지 않는다는 죄책감이었다. 사실은 뭘 해야 할지 알지도 못하면서. 수시로 자명종을 체크했고, 그렇게 시간을 볼 때마다 아까보다 훨씬 언짢아지며 마음이 오그라들었다.

10:25

10:43

11:06

이렇게 늦게까지 누워 있어본 것도 몇 년 만이었다. 머릿속에 날 걱정하며 이야기를 주고받는 사무실 사람 모두가 생생히 떠올랐다.
그러자 그레이와 했던 약속이 생각났다. 가능한 한 빨리 런던 대중교통 분실물 센터에 가서 혹시 내 노트북이 있는지 확인해보겠노라고 약속했었지. 있을 리가 없지만, 그래도 가봐야 했다. 그런 생각이 들자 마침내 침대에서 일어났다. 커피도 한잔해야 했으니까. 한쪽 손으로 머리를 부여잡고 다른 손으로는 난간을 짚어가며 아래로 내려갔다. 어제 의사가 처방해준 작은 알약 통이 계단을 내려갈 때마다 가운 주머니에서 조용히 흔들렸다.
주방에 다다르자 시빌이 창문 한쪽에서 날 기다리고 있는 게 보였다. 지금 당장 고양이랑 말하고 싶은 기분은 아니었다. 적어도 카페인 충전은 하고 나서 하자. 난 알루미늄 커피 주전자를 열어 물과 커피 가루를 채우는 동안 애써 고양이 쪽을 무시했다. 가스레인지에 불을 붙이고 주전자를 올려놓고 난 뒤엔 있지도 않은 깨끗한 컵을 찾아 주방을 둘러보며 내내 고양이 같은 건 없다는 듯이 굴었다. 고양이는 아무 말도 하지 않았다. 앞발로 창문을 치지도 않았고, 단 1센티도 움직이지 않았다. 하지만 그 엄연한 존재감을 무시할 수 있을 리 없었다. 그녀 앞에서 떡하니 머그잔을 씻기 시작했을 땐, 다 알면서 이게 지금 뭐하는 짓인지 그저 우습게만 느껴졌다.

"좋아, 들어와."

난 창문을 열며 침울한 말투로 말했다.

"사실 난 널 밖에서 만나고 싶었는데."

그녀는 어두운 빛이 감도는 분홍색 코를 정원 쪽으로 돌리며 말했다.

"말도 안 돼. 나 좀 봐. 잠옷 차림이잖아."

"그래서?"

"그래서 춥다고. 그리고, 음, 말하자면, 이웃 사람들은……."

나는 쇼 씨를 떠올렸다. 옆집에 사는 은퇴한 건축가로, 지금은 헌신적으로 관목과 꽃을 돌보고 있는 분이다. 그에게 지금 엉망진창인 내 꼴은 정말이지 보이고 싶지 않았다. 게다가 애완동물과 말하고 있는 모습은 더더욱.

"너희 인간들은 참 까다로워."

고양이는 한숨을 쉬더니 창문 밖으로 뛰어내려 내 시야에서 사라졌다.

하지만 그녀의 목소리는 바깥에서 다시 들려왔다.

"어서 와, 사라. 상쾌한 공기를 마시면 좋을 거야. 기다릴게."

고양이한테 이런 압박을 받다니 짜증이 났지만 그 말에 일리가 있다는 건 인정해야 했다. 흘러 들어오는 공기가 차가웠지만 어쩐지 창문을 닫고 싶지 않았다. 오히려 난 커피가 끓고 있는 동안 싱크대 쪽으로 몸을 숙이고 그 공기를 더욱 깊이 들이마셨다. 그리고 커피가 다 되자, 플라스틱 약통에서 작고 하얀 알약을 꺼내 커피 한 모금과 함께 삼켰다. 효과가 있으면 좋겠네. 그런 다음 긴 코트를 걸치고 주머니에 비스킷 반 봉지를 넣고는 레인부츠를 신고 뒷문으로 나섰다. 금요일 아침이라 고요한 교외 지역에서 울려 퍼지는 계단에 닿는 금속성 발자국 소리가 집과 집 사이의 공간을 가득 채웠다.

"나 줄 건 없니?"

시빌이 아래에서 물었다.

"미안해. 어젯밤에 네가 우유를 다 먹어서. 지금은 이 비스킷밖에 없어."

"흠."

그녀는 회의적인 표정으로 비스킷을 꼼꼼히 살폈다.

"나중에 우유 사러 갈게. 나도 뭣 좀 사야 하니까."

나는 아래에서 두 번째 층계에 앉은 다음 김이 오르는 머그잔을 두 손으로 감쌌다. 여기 앉아본 것도 참 오랜만이네. 이 집에서 제일 좋아하는 곳인데. 상쾌한 공기를 들이마시자 머릿속이 맑아져왔고 두통도 좀 덜한 것 같았다.

이곳의 경치는 완전히 달라져 있었다. 한때는 여기가 잘 가꿔진 정원이었고 쇼 씨의 정원이 야생의 상태였는데 이젠 반대가 되었다. 제비꽃과 수국은 온데간데없고 기다란 풀과 잡초들만이 미친 듯이 피어 있었다. 장미 덤불은 이미 가시투성이 정글이 된 지 오래였다. 이사 온 첫해에 친구들을 불러다가 기나긴 여름날 오후 피크닉과 바비큐를 즐기던 즐거운 장소는 몽땅 사라져버렸다. 어슬렁거리던 시빌이 내게 와서 무릎에 머리를 기댔다.

"그래서, 사냥은 어땠어?"

이 질문을 받자 긴장이 탁 풀렸다. 머릿속으로 도시 밤거리의 지붕 위를 헤매던 꿈속의 모습이 가득 떠올랐고, 잠시 동안은 그게 정말로 일어난 일이 아닐까 하는 생각마저 들었다. 혹시 내가 시빌의 꿈속에 들어갔던 건 아닐까. 아니면 시빌이 내 꿈속에 들어온 거였는지도 몰라.

"무슨 말이야?"

난 살짝 당황해서 물었다.

시빌은 내 무릎 위에 앉아 순진한 눈동자로 날 바라봤다.

"내가 해준 말 들었어? 네 코로 냄새를 따라가봤어?"

"아, 그런 것 같아."

난 커피의 강렬한 향을 느끼기 시작하면서 대답했다.

"모르겠어. 해봤는데, 솔직히 말하면 안 했으면 좋았을 뻔했어."

"그렇군."

시빌은 이렇게 말하며 계단을 내려가 정원 입구 쪽으로 뻗은 돌바닥 위를 걸어갔다.

그녀는 삐죽삐죽 높이 솟은 풀숲이 시작하는 곳에 딱 멈추더니 무성한 뒷마당을 응시했다. 그동안 난 커피를 계속 홀짝이고 있었다. 좀 많이 썼다. 호아킨과 나눈 대화를 떠올리는 것도 그처럼 쓰디썼다. 고양이는 자리에 앉더니 깊고 부드러운 목소리로 입을 열었다.

"네 코를 따라가다보면 때론 차라리 몰랐으면 좋았을 걸 마주칠 때도 있는 법이야."

나는 고양이가 쓰레기통이나 어두운 뒷골목, 버려진 정원의 잡초 덤불 속에서 마주칠 수 있는 예상치 못한 기분 나쁜 일이 뭐가 있을까 떠올려보려 했다. 처음으로 든 생각은 말라비틀어진 깃털 사이로 벌레가 우글대는 죽은 새의 환영이었다. 뒤돌아 빨간 벽돌로 쌓은 자그마한 우리 집을 바라보다 눈을 들어 위를 올려다보았다. 우리 사이가 죽어버린 걸까? 그래서 썩은 내가 나는 걸까? 언제부터였지? 나는 우리 사이가 정말 진짜라고 확신할 수 있었던 순간이 마지막으로 언제였는지 기억해보려 했다.

머릿속에 떠오른 건 이탈리아 여행이었다. 1년 반 전이었고, 하얀 서랍장 위에 있는 사진도 그때 찍은 거였다. 호아킨과 난 여행 계획을 짤 때 항상 다퉜다. 난 자연이 좋은 반면, 그는 자연으로 나가는 걸 힘들어했다. 난 친구들과 탁 트인 하늘 아래서 언덕을 자유로이 헤매거나 부모님의 캠핑카를 타고 갈 수 있는 해변과 산길을 찾아가는 게 여행이라고 생각했다. 하지만 호아킨은 도시 밖으로 나가는 걸 항상 불편해했다. 해변에선 내리쬐는 열기와 선탠 크림, 모래에 짜증을 냈고 물속에 들어가는 것도 별로, 그렇다고 파라솔 아래서 몇 시간이고 웅크리고 있는 건 또 싫어했다. 산에 가는 것도 마찬가지였다. 꽃가루 알레르기가 있는 데다 곤충이라면 질색을 했고 30분 이상 걷는 건 내켜하지 않았다. 그가 등산 분야에서 유일하게 인정하는 건 바로 자신이 모으는 등산용 기능성 의류였다. 그 소재와 통기성과 방수성, 보온성 등에 관해서는 말할 것도 없이 전문가였다.

결국 포기한 쪽은 나였다. 난 박물관과 건축을 향한 호아킨의 열정을 받아들였고, 우린 그가 좋아하는 그림 같은 도시 구석에 앉아서 그 지역의 나무들을 관찰했다. 지난 15년간 유럽의 주요 도시는 대부분 다 가봤고, 아메리카 대륙에 있는 도시 몇 군데도 여행했다. 파리, 리스본, 베를린, 비엔나, 상트페테르부르크, 스톡홀름, 프라하, 부에노스아이레스, 뉴욕, 리오, 이스탄불 등등…… 하지만 우리 둘 다 가장 좋아했던 곳은 바로 이탈리아였다. 그리고 마지막으로 갔던 그 여행이 제일 좋았던 여행이었다. 우리 사이는 그때 벌써 뭔가 달라지기 시작했었지만 말이다.

당시 호아킨은 막 프로젝트 매니저가 되었던지라 극심한 스트레스를 겪고 있었다. 하지만 우린 로마에서 젤라또를 손에 들고 모든 걸 다 잊었다. 고대 제국의 유적 사이를 누비며 현재의 위기에 대해 개똥철학을 세워보고, 산피에트로 대성당의 어마어마한 위용 앞에서 종교의 힘에 대해 토론하고, 사방으로 거대하게 뻗은 야외 미술관 같은 도시의 끝없는 아름다움에 눈을 휘둥그레져 감탄하며 입을 떡 벌리기도 했다. 베니스에서는 일부러 관광객이 많은 곳을 피해 다리와 골목길, 수로와 터널들로 이루어진 미로 속에 숨은 가장 한적한 골목들과 레스토랑들을 찾아다녔다. 거긴 마치 우리만의 숨바꼭질을 위해서 만든 것 같았다. 피렌체에서는 베키오 다리에서 해넘이를 본 뒤 옛 성벽 바로 너머에 있는 야외 와인 바에서 섬세한 크리스털 와인 잔에 키안티(이탈리아 토스카나 지방에서 만든 쌉쌀한 적포도주―옮긴이)를 채워 갈릴레오와 다 빈치, 미켈란젤로를 위해 축배를 들었다. 베로나에서는 아레나 극장에서 하는 〈아이다〉 공연을 보았다. 공연엔 코끼리도 나왔지만 우리가 앉은 자리에선 가수들의 노랫소리가 거의 들리지도 않았고 코끼리도 개미만 하게 보였다. 제일 재미있었던 순간은 마지막 장이 반쯤 진행됐을 무렵 갑자기 여름철 폭풍우가 몰아쳐서 모두가 호텔로 도망쳐야 했었을 때였다. 사실 우린 흠뻑 젖은 옷을 갈아입으며 즉석에서 아리아를 지어 부르는 게 훨씬 재미있었다. 다음 날엔 줄리엣의 집 발코니에서 감성적인 로맨틱 커플사진을 찍었다. 지금 그 사진을 넣은 액자가 바로 그때의 행복을 확실하게 증명하는 유일한 증거가 되었다. 하지만 어젯밤까지 몇 달 동안 난 액자에 대해 거의 생각해보지 않았다. 그 또한 내가 거들떠보지도 않는 소품이 되어버렸고, 관심을 두었다 하더라도 그저 불편한 그리움만 주었을 것이다.

나는 마침내 침묵을 깨고 말했다.

"무슨 생각을 해야 할지 모르겠어, 시빌. 그러니까 내 말은, 그래. 뭔가 찾기는 했는데…… 들쥐같이 냄새가 나는 게 있었어. 호아킨과 내 사이에서 말이야."

시빌은 고개를 돌려 나를 보았다. 그리고 커다란 귀를 쫑긋 세우곤 내가 말을 잇기를 기다렸다. 나는 커피를 한 모금 더 마셨다.

"솔직히 말해서, 우리가 잘되고 있지 않다는 건 알고 있었어. 아주 오래전부터. 예전에도 호아킨과 얘길 해보려고 했지만 그이가 워낙 소극적이라…… 그래서 그게 그냥 스트레스 때문이라고, 우리가 서로를 위한 시간을 갖지 않아서 그런 거라고 생각했어. 호아킨이 또 의사소통하는 데 좀 서툴기도 했으니까. 모르겠어, 그러다 시간이 지나고 나도 그냥 별생각 안 하고 있었는데 그런 식으로 어긋나기 시작한 게 벌써 2년 가까이 된 거야. 그래서 지금 내가 우리 얘기 좀 하자고 하니까 갑자기 하는 말이……."

시빌은 고개를 옆으로 살짝 숙여 내 눈에 맺힌 눈물을 보았다. 난 재빨리 마음을 추스르고 가운 소맷자락으로 눈물을 닦았다.

"……헤어지고 싶다는 거야. 모르겠어. 누가 알겠어. 그이는 그냥 당분간이라고 하지만, 난 그 말 안 믿어. 뭔가가 있어. 지독한 냄새가 나는 뭔가가. 진짜야, 시빌. 들쥐 냄새가 났다고."

시빌은 당황한 표정으로 일어나 앉았다.

"들쥐라고? 들쥐 냄새는 그렇게 지독하지 않아. 알잖아. 네 말은 다른 인간 냄새를 맡았다는 거지?"

나는 대답하지 않았다. 하지만 머그잔을 쥔 두 손에 저절로 힘이 들어갔다. 남은 커피와 함께 뒤뜰로 머그잔을 확 던져버리고 싶은 충동이 들었다. 시빌이 뭔가 눈치챈 게 틀림없었다. 내가 앉은 앞으로 잔을 던지면 날아갈 방향에서 재빨리 몇 발자국 물러섰기 때문이다.

난 마침내 화를 억누르고 이제는 미지근해진 커피 잔을 옆에 있는 철제 계단에 올려놓았다. 그러곤 일어서서 레인부츠를 신은 발로 풀숲을 몇 발짝 걷기 시작했다. 젖은 풀잎들이 드러난 정강이를 쓸어댔다.

"아무것도 이해가 안 가, 시빌. 어떻게 해야 할지 모르겠어. 이게 그냥 다 내 상상일지도 몰라. 고양이랑 말하고 있다는 것도 상상인 것처럼 말이야. 하지만 호아킨이 날 속인 게 아니라면 상황이 들어맞지 않아. 그이가 이런 식으로 나랑 헤어지고 싶어 한다는 건 말도 안 돼. 믿을 수가 없다고. 나랑 정말로 헤어지고 싶다면 그이가 잘못된 거야. 어쩌면 신경쇠약에 빠졌는지도 모르지. 그런 거라면, 이런 생각을 계속 하고 있는 호아킨이 인생 최대의 실수를 저지르게 되는 거야. 분명히 후회하게 될 거라고. 우리가 헤어진다면 그땐 이미 너무 늦어. 이제 끝났으니 난 절대로 뒤돌아보지 않을 거거든. 그게 나니까, 시빌. 난 결정을 내리면 끝까지 가는 사람이야."

나는 풀이 무성한 정원 한가운데에서 한참을 말하며 걸어 다녔다. 잠옷 가운 위에 두꺼운 코트를 걸치고 레인부츠를 신은 차림으로, 옆에는 말하는 고양이를 두고 혼잣말을 하다니. 아니, 고양이는 진짜일지도 모르지만 내가 말하려는 걸 완전히 이해할 순 없을 거야. 나도 내가 무슨 말을 하고 있는지 모르겠으니까.

"너희 인간들은 생각이 너무 많아."

시빌은 마침내 정원을 한 바퀴 돌아 다시 계단으로 돌아왔다.

나는 고개를 돌려 고양이를 보았다.

"음, 우리 인간이 제일 잘하는 게 생각하는 거라서가 아닐까?"

"제일 잘한다고? 그건 너희나 그렇게 생각하지. 동물의 왕국에 있는 나머지 동물들은 그렇게 생각 안 해."

그녀는 첫 번째 계단에 발 하나를 올려놓은 채로 잠시 멈췄다.

"아니 왜?"

시빌의 오만한 태도에 슬슬 짜증이 나기 시작했다. 그걸 보니 호아킨이 아주 꼴 보기 싫을 때가 떠올라서였다.

"너희는 뛰어난 두뇌를 지녔지. 그건 분명해. 고도로 복잡한 계산과 계획을 할 수 있으니까. 하지만 너희 중 대부분은 그걸 제대로 쓰는 법을 배우지 못했어. 꼬리에 꼬리를 물고 생각을 끝도 없이 반복하고 있으니까. 이미 일어난 일을 분석하고 미래를 예측하려 들고, 무슨 일이 일어날까 안 일어날까 생각해대는 게 아주 볼썽사납거든."

시빌은 이렇게 말하는 동안 몸을 돌려 계단 여기저기를 마구 건
너뛰며 계단을 산만하게 오르락내리락거렸다. 마치 인간의 사고 회
로를 따라 하려는 듯이. 그러다가 갑자기 놀란 듯 털을 곤두세우며
뒤쪽으로 펄쩍 뛰어올랐다.

"너희는 상상 속의 유령에 겁을 먹고 있지. 꾸며낸 환상에 오싹
해하고. 이야기와 망상과 거짓말의 세계 속에서 살면서 서로를 속
이고 있어. 머릿속에 그렇게 생각을 차고 넘치도록 담아서 빙빙 돌
리고 있으면 결국은 거기서 빠져나올 수가 없게 되고, 그 생각들은
네 감옥이 될 뿐이야."

그녀는 계단 한쪽에 있는 철제 손잡이에 머리를 기댔다.

"그렇게 생각하다보면 진실과 해결책, 심지어 인생의 의미까지
도 찾게 될 거라 믿지. 개념의 감옥에 갇힌 채로."

시빌은 손잡이에서 머리를 떼곤 계단을 내려와 돌바닥에 섰다.

"하지만 너희들이 정말로 찾는 건 거기 없어. 왜냐하면 결국 너
희가 알아야 할 건 딱 하나뿐이니까, 사라. 먹을 땐 먹는 데 집중하
고, 걸을 땐 걷는 데 집중해야 한다는 거."

그녀는 아주 조심스럽게 걸으면서 말했다. 한 발 한 발 내딛을
때마다 한 어절씩 내뱉는 모습은 마치 안달루시아산 말이 마상 쇼
를 펼치는 것처럼 보였다.

"그러지 않으면 너희는 그 끝도 없는 생각에 또 빠져들게 되고,
그럼 인생이 자기도 모르는 새 다 지나가버리게 될걸. 더 심하게는
지금 살고 있는 인생이 실은 자기 것이 아니게 될 거라고."

그녀는 어떤 향기에 정신이 팔리기라도 한 양 코를 땅에 대고 킁
킁댔다.

"네 생각을 너무 믿지 마. 지난번에도 말했듯이, 네 코를 믿어야 해. 네 본능을 관찰하고 듣고 따라가봐. 머릿속 훈련이 안 돼서 모든 게 혼란스러운 너희 인간들이 이 말을 이해하긴 어렵다는 건 알지만."

이 고양이의 설교가 무슨 말인지 정확히 이해는 안 갔지만, 어쨌든 좀 짜증이 났다. 하지만 정신적으로 혼란스러운 상태라는 말은 인정해야겠지.

"알아. 내 머릿속은 엉망이야. 아마 누가 봤으면 정신과에 끌고 갔을 거야."

시빌이 고개를 들었다.

"정신과 의사한테 가면 머리가 좀 나아질 거라고 생각해? 인간 정신과 의사를 몇 명 만나봤지. 솔직히 말해서, 나라면 그다지 믿지 않을 거야."

"그럼 나보고 어쩌라는 거야? 지금 나도 내 인생에 무슨 일이 일어나고 있는지 알아보려고 열심히 노력하고 있단 말이야!"

"아, 그건 나도 알려주려고 했던 건데…….."

고양이는 일부러 짓궂은 어조로 말했다.

"뭐? 무슨 일이 일어나고 있는지 말해주려고 했다고?"

"그럴지도."

시빌이 넌지시 내비치는 게 뭔지 알 순 없었지만, 난 그게 조금도 마음에 들지 않았다.

"정말 무슨 일이 일어나는 건지 아는 걸 말해주겠다는 거야?"

시빌은 계단에서 내려와 포식자의 걸음걸이로 내게 다가오기 시작했다.

"그래. 정말이야. 난 너보다 훨씬 더 잘 알고 있거든."

호아킨이 누구랑 있었다면 시빌이 보지 않았을까 생각해봤던 게 기억나 심장이 빠르게 뛰기 시작했다……

"너 뭔가 알고 있어?"

"네 인생에 진짜 무슨 일이 일어나는 건지 알고 있지. 그건 네가 전혀 생각도 못했던 일이야, 사라."

표범처럼 구불대는 움직임으로 높이 자란 정원의 잡초 사이를 헤치며 고양이는 내게로 다가왔다. 창백해진 난 한 걸음 뒤로 물러섰다. 이제 시빌이 바로 지금 여기서 모든 걸 다 밝혀줄 거라는 무시무시한 예감이 들었다. 호아킨이 나한테 숨기고 있는 일을 끔찍히도 세세하게 말해주겠지. 길고양이인 그녀가 내 집 창문을 통해서 모든 걸 다 봤을 테니까.

"내 인생에 무슨 일이 일어나고 있는 건데? 뭔데?"

난 교통사고 현장을 멍청하게 바라보는 사람들처럼 병적인 호기심으로 메스꺼워하면서도 무시무시한 예감에 완전히 사로잡혀서 물었다.

나와 눈이 마주친 고양이는 궁둥이를 내리더니 앞발로는 뛰어오를 자세를 취했다. 꼬리가 뱀처럼 풀 위로 구불댔다.

"정말로 알고 싶어?"

고양이는 놀리듯 야옹거렸다. 이제 난 정말로 미쳐가고 있었다.

"말하라고! 이 멍청한 고양이야!"

나는 덤빌 듯한 자세를 취하며 목청껏 소리를 질렀다.

그다음에 일어난 일은 순간 시간의 흐름이 느려진 것처럼 기억속에 남았다. 시빌이 턱을 크게 벌리니 초록색 눈동자가 불꽃이 타오르듯 커졌고, 내 귓가로 세 마디의 고성이 들려왔다.

"이런 일이 일어나지!"

그러자 고양이는 근육을 순식간에 수축시키더니 내게 번개처럼 뛰어들었다. 그녀의 수염이 내 오른뺨을 스치고 앞발이 목과 어깨를 할퀴는 게 느껴졌다. 잠시 후 고양이의 한쪽 엉덩이가 내 갈비뼈 부근의 두꺼운 코트 자락으로 미끄러져 내렸다. 난 비명이라도 지르듯 숨을 한 모금 들이쉬었지만 소리를 지르기도 전에 시빌이 벌써 내 코트 속으로 머리를 디밀었다. 고양이의 발톱이 내 등과 엉덩이를 파고들었고 몸통이 코트 아래로 빠르게 돌진하는 게 느껴졌다. 마침내 난 새된 비명을 내지르며 벌떡 일어서서 거칠게 몸을 돌려댔다. 내가 양쪽 발을 번갈아가며 팽이처럼 돌리는 동안 고양이는 악마처럼 빙빙 돌고 있었다. 부츠 한쪽이 날아간 채로 난 풀숲에 넘어졌다. 그렇게 가시와 가지들에 긁혀가면서 풀밭을 굴러다녔고, 나무 벽에 쿵 부딪힌 뒤에야 마침내 모든 게 잠잠해졌다. 정신을 차려보니 정원의 헛간 옆까지 와 있었다. 난 완전히 뒤죽박죽인 상태로 숨을 헐떡이고 웃으면서 삐죽삐죽 자라난 푸른 풀 사이로 회색 하늘을 올려다보았다. 시빌이 간지럽히고 긁어댄 피부는 아직도 얼얼했고, 젖은 풀 위로 드러난 벗은 발은 차가웠다. 난 숨을 가다듬으며, 정신없지만 이상하게도 상쾌한 기분에 젖어 오랫동안 꼼짝 않고 그대로 있었다. 커피로도 얻을 수 없는 묘한 기분이었다.

어디선가 낯선 목소리가 들렸다.

"저기요, 혹시 도와드릴까요?"

으악! 옆집에 사는 쇼 씨잖아. 난 재빨리 엉거주춤 일어서서 코트로 몸을 감쌌다.

"아뇨, 아뇨, 전 괜찮아요. 감사합니다."

부츠를 도로 찾아 신으며 그에게 괜찮다고 말했다.

몸집이 크고 머리가 벗겨진 은퇴한 건축가 쇼 씨는 나무 울타리 바로 뒤에 불쑥 나타나 서 있었다. 내 꼴을 본 그의 얼굴은 평소보다 시뻘게져 있었다. 내가 고양이한테 습격을 받았노라고, 하지만 지금은 다 괜찮아졌노라고 설명하자 그는 지나칠 정도로 사과했다. 그러면서 내 목에 긁힌 상처에서 피가 조금 난다고 가르쳐주었다.

대화를 마치고 돌아서자, 시빌이 철제 계단의 첫 번째 칸에 다시 앉아 있는 모습이 보였다. 이놈의 고양이가 커피 잔 옆에 태연히 앉아서 순진무구한 자세로 앞발을 핥고 있는 게 아닌가. 나는 쇼 씨가 자기 집으로 들어갈 때까지 기다렸다가 목소리를 낮춰 고양이에게 으르렁댔다.

"이게 뭐 하는 짓이지?"

시빌은 앞발을 바닥에 내리곤 학자 같은 권위를 풍기며 말했다.

"그건 중요한 게 아니야. 다 지난 일이잖아. 하지만 이건……."

고양이는 다시 뛰어오르려는 자세를 취했고, 그 순간 난 서너 걸음 뒤로 잽싸게 물러섰다. 그러자 고양이가 다시 차분하게 앉았다.

"이거야말로 네 인생에서 지금 일어나고 있는 일이야. 네 머릿속에서 날뛰고 있는 생각이 전부인 게 아니야. 아니, 정확히 말하자면, 네 인생에서 일어나는 일이란 사실 네 머릿속에서 날뛰고 있는 생각들과는 상관없다고 해야 할까. 관찰을 해봐, 사라. 네 주변 공기의 냄새를 맡아봐. 네 피부를 느껴보라고. 귀 기울여 들어봐. 인생은 매 순간 다시 태어나고 있어. 태초부터 그랬던 것처럼 항상 새롭게."

"무슨 말인지 모르겠어."

고양이의 알쏭달쏭한 말에 나는 더욱 혼란스러워졌다.

"아…… 아직 이해를 못 했단 말이지? 그럼 한 번 더 보여줄까?"

"아냐! 아냐! 하지 마!"

난 비명을 지르며 급히 계단으로 올라갔다. 뒤도 돌아보지 않고, 코트를 단단히 감싸 여밀 겨를도 없이.

문을 닫기 전에 계단에 두고 온 커피 잔이 보였다. 지금은 그냥 거기에 놔두는 게 낫겠어.

6
어떤 진실이든 막연한 의심보다는 낫다

런던 대중교통 분실물 센터는 베이커 스트리트 역 근처에 있는 커다란 빅토리아 양식으로 지은 건물에 있다. 베이커 스트리트 역은 1863년에 준공식을 한 최초의 지하철 역 중 하나다. 그로부터 150년 동안 이 분실물 센터는 지하철과 버스, 도시의 명물인 검은 택시에 놓고 내린 물건들을 모아 분류하고 때로는 되돌려주기도 하는 역할을 해왔다.

여기 온 건 처음이었다. 난 아주 부주의한 터라 목도리와 선글라스 같은 건 언제나 얼마 쓰기도 전에 잃어버리곤 한다. 지하철에 뭘 두고 내린 게 처음은 아니지만, 그래도 이렇게 비싼 물건을 잃어버린 적은 없었다. 난 분실물 센터 안으로 들어가면서 오스카 와일드나 에멀린 팽크허스트(영국의 사회 운동가—옮긴이)도 잃어버린 장갑을 찾으러 여기 왔었을지 모른다며 애써 위안을 삼았다.

최근 인테리어를 새로 한 접수창구는 물론 빅토리아 양식이 아니었다. 플라스틱 의자가 몇 개 놓인 긴 창구 뒤로 런던 대중교통국 직원들이 군청색 유니폼 셔츠를 입고 무리 지어 서 있었다. 열두어 명 정도 되는 사람들이 양식을 작성하거나 줄을 서서, 또는 의자에 앉아 자기 차례가 오기를 기다리고 있었다. 대부분은 관광객으로 보였다. 카리브 해 흑인 헤어스타일을 한 직원 하나가 내게 작성할 서류 양식을 건네주었다. 가방에 대한 사항을 전부 떠올리는 덴 시간이 한참 걸렸다. 주빌리 라인, 본드 스트리트 역. 2월 5일 오전 9시, 검은색 서류 가방, 나일론 재질, 브랜드 모름. 대략 가로 50, 세로 40, 높이 13센티. 안에 든 건 은색 맥북 프로 노트북, 충전 케이블, 로열 페트롤리엄사의 새로운 디자인에 대해 작성한 서류가 가득 든 넷사이언스사 폴더, 펜, 크리넥스 휴지 반 팩, 진통제 한 박스, 립스틱, 작은 이어폰, 동전……

양식을 작성해 건넨 지 15분쯤 지나자 군청색 유니폼을 입은 직원 하나가 대기 장소로 와서 내 스페인 이름을 애써 제대로 발음해주었다.

"새러…… 레이오운?"

"레온이에요. 네, 저예요."

"안녕하세요, 새러. 노트북을 찾을 수 있을지 보러 갈까요?"

유니폼에 달린 명찰에 '사이먼'이란 이름이 적힌 직원은 이스트런던 억양으로 이렇게 말했다.

사이먼은 예순 정도 돼 보이는 키가 크고 여윈 남자로, 평생을 여기서 일해왔다. 군청색 유니폼과 짝을 이루는 그의 낡은 청바지 역시 주인과 한평생 여기서 일한 것 같아 보였다. 그는 끼고 있는 작고 동그란 안경으로 물건을 바라보면서, 또 가끔은 그 안경 너머로 눈길을 들면서, 나를 데리고 다니며 주인 없는 물건으로 가득 찬 선반이 끝도 없이 늘어진 이 거대한 창고를 믿음직스럽게 안내해주었다.

내 흥미로운 눈길을 알아차린 사이먼은 이렇게 말했다.

"굉장하지 않습니까? 우리가 매일 받는 분실물이 몇 개나 된다고 생각하세요?"

"모르겠어요. 50개? 100개?"

내가 아무렇게나 숫자를 말하자 사이먼은 유쾌하게 웃으며 고개를 흔들었다.

"하루에 천 개 가까이 들어옵니다. 1년이면 35만 개죠."

사이먼은 내가 놀라는 표정을 짓기를 기다렸다가 말을 이었다.

"여긴 이 도시가 얼마나 멍한지 보여주는 박물관이라고나 할까요. 이 구역 보이세요? 웬만한 백화점보다 우산이 더 많아요. 대부분의 사람들은 우산을 찾으러 오질 않지요. 개중엔 비싼 브랜드도 있는데 안 찾아간다니 놀랍지 않습니까? 매달 우리는 이중 수백 개를 자선단체 상점에 기부합니다. 음, 정말로 비싼 것들은 경매에 부치고요. 비싼 물건들은 전부 경매로 넘어가죠. 그리고 거기서 나온 돈은 여러 군데의 자선단체로 가고요."

"예를 들면 노트북 같은 거군요."

내가 살짝 부끄러워하며 말했다.

"걱정하지 마세요. 그런 걸 잃어버리는 사람이 한두 명이 아니니까요. 컴퓨터들은 매주 들어오죠. 이런 작은 기계들이 참 문제예요. 아무 데나 가져갈 수 있으니까요. 그 말인즉슨 또 아무 데나 놔두고 올 수 있다는 거거든요."

"그러면 보시기에……."

"물건을 찾을 수 있을 것 같냐고요? 음, 놀라실걸요. 물론 많은 사람이 여기 물건을 찾으러 오죠. 특히 우리가 받은 적 없는 비싼 물건들을 찾으러 많이 오는 게 사실이에요. 하지만 제 경험으로 보자면 이 세상엔 아직도 정직한 사람들이 많아요. 런던 같은 도시에도요."

"그렇게 생각하세요?"

그러자 잃어버린 가죽 재킷과 함께 호아킨은 과연 정직할까, 하는 생각이 들었다. 이제 생각해보니 두 배로 뭐가 뭔지 모를 상태가되었다. 우린 코트와 재킷이 단정하게 걸린 옷걸이를 오래도록 지나쳤다. 옷걸이가 끝도 없이 나와서 옷에 눈길을 주지 않을 수가 없었다. 사이먼이 말을 이었다.

"그렇습니다. 보세요. 여기 와서 현금이 가득 든 돈지갑을 두고 가는 사람들도 있으니까요. 매주 1파운드를 주웠다며 주고 가는 사람이 나오죠. 상상이 되세요? 몇 년 전에는 어떤 할머니가 10만 파운드가 가득 든 스포츠 가방을 들고 나타난 적도 있어요. 농담이 아니라니까요! 하지만 그건 이상한 축에도 못 끼죠. 여기 이 구역을 보세요. 보이세요? 목발이랑 휠체어도 있어요. 사람들이 다리를 못 쓰는 채로 지하철에 내려왔다가 다 나은 채로 나가는 겁니다. 그러니까 런던 대중교통을 타다보면 기적이 일어나기도 한단 말입니다!"

사이먼은 자기가 말한 우스갯소리에 자기가 웃었다. 아마 매일 반복하는 농담일 거다. 그는 계속해서 다양한 구역의 물건을 보여 줬다. 가방과 배낭, 유모차, 장난감, 축구공, 술병, 면세 담배 상자 등등 각각의 물건들은 단정히 정리되어 이름표가 붙어 있었다. 마치 인테리어를 하지 않은 헤롯 백화점 같았고, 물건 하나하나가 아주 흥미로운 게 백화점보다 더했으면 더했지 덜하지 않았다. 물건들은 저마다 사연이 있고 주인이 있었으며 작든 크든 주인과 떨어지게 되어 고통스러운 순간을 거쳤기 때문이다. 어떤 지점에 이르자, 사이먼은 가장 특이한 물건들이 보관되어 있는 곳으로 날 데려갔다. 거기엔 이 기괴한 창고의 관리자가 보물같이 보관하는 것들이 있었다. 박제 여우, 부두교 마스크, 180센티가 넘는 크기의 미키마우스, 틀니와 섹스 토이들이었다. 사이먼은 섹스 토이를 보여주며 빈정대듯 말했다.

"언젠가 이것들을 찾아갈 사람이 오는 걸 보고 싶어요."

심지어 그 옆엔 뼛가루가 든 납골단지도 있었다.

이곳은 정말 대단한 곳이었다. 시빌이 뭐라고 했더라? 우리 인간들은 생각을 너무 많이 하느라 정신이 없어서 정작 실제로 일어나고 있는 걸 보지 못한다고 했었지. 언제나 과거를 곱씹으며 미래를 예측하고 머릿속으로는 끊임없이 떠오르는 무수한 가능성과 망상, 꿈과 악몽을 생각한다고. 그렇게 우리 마음이 다른 데 가 있는 동안에도 인생은 상관없이 흘러가는데 그걸 알아차리지도 못한다고. 지금 여기서 무슨 일이 일어나고 있는지 보지도 못한다고 말이다. 이 거대한 창고는 석 달마다 한 번씩 완전히 새로운 물건들로 바뀐다지. 바로 그 물건들이 우리가 정신없다는 증거야. 난 시빌이 목에 낸 상처를 손가락으로 쓸면서 고양이가 나한테 깨닫게 해주고 싶었던 게 이것이 아닐까 생각했다. 시빌은 영원히 멍한 상태에 빠졌있을 내가 정신을 차리게 하고 싶었던 거다. 하지만 내가 그러는 덴다 이유가 있다는 걸 시빌은 모르잖아…….

"저기요, 새러?"

사이먼이 안경 너머로 나를 바라보고 있었다.

또 그랬군. 생각하느라 정신이 팔려서 우리가 전자제품 보관 구역에 온 것도 알아채지 못했다. 여기엔 각 세대별 핸드폰과 어마어마하게 다양한 종류의 비디오게임기, 뭔지 알아볼 수도 없는 기계 장치가 있었고, 문 없는 수납장 두 개 안으로 가방에 든 노트북과 가방 없이 달랑 놓인 노트북이 가득했다.

그중엔 내 것도 있었다. 정말로 거기 있었다. 믿을 수가 없었다. 수도 없이 쌓인 다른 노트북 가방과 비슷해 보이긴 했지만 난 내 노트북 가방을 금방 알아볼 수 있었다. 주머니와 지퍼가 달린 모습하며, 살짝 손상된 부분과 사용하면서 모양이 변하고 미묘하게 자국이 남은 부분이 딱 봐도 내 노트북 가방이었다.

"이거 참 아름다운 만남이군요. 제가 눈물이 다 나네요."

사이먼은 내 얼굴에 기쁨이 번지는 걸 보면서 농담을 던졌다.

그는 내가 작성한 서류 양식의 물건과 가방 속 물품이 맞는지 확인했다. 그리고 지퍼를 열어 내 맥북과 서류들을 꺼냈다.

"맞아요! 이거예요!"

"축하합니다."

사이먼은 지퍼를 닫고서 서류 가방을 내게 건넨 다음 이렇게 덧붙였다.

"보세요, 사람들이 다 나쁜 건 아니라니까요."

* * *

난 홀가분한 마음으로 분실물 센터를 나섰다. 행복하다고까지 말할 순 없어도 분명히 안심이 된 상태였다. 최소한 한 가지는 제대로 해결된 거다. 이건 좋은 징조야. 어쩌면 지난 24시간 동안 잃어버린 것 같았던 다른 것들도 되찾을 수 있는 징조일지 몰라. 전문가로서의 평판이나 내 정신 건강, 그리고 무엇보다도 호아킨에 대한 모든 것을 되찾게 될지도. 난 베이커 스트리트 역 옆에 있는 식당에서 샌드위치를 하나 사 먹으면서 그레이에게 로열 페트롤리엄사 프레젠테이션 자료를 이메일로 보내놓은 뒤, 첫 번째로 할 일은 이제 시빌의 조언을 따르는 것이라고 생각했다. 바로 미래에 대한 걱정을 줄이고 현재에 집중하는 것이다. 나는 만사를 한 번에 하나씩 받아들이고 평소처럼 휘몰아쳐오는 감정과 생각에 너무 동요하지 않기로 마음먹었다.

난 테이블에 앉아서 유리창 너머로 도시의 바쁜 발걸음들을 관찰해봤다. 모든 게 움직이고 있었다. 까만 택시, 이층버스, 자동차, 스쿠터, 그리고 구름 아래로 보이는 적어도 두 대는 되는 비행기까지. 모든 사람이 급한 발걸음으로 지나갔다. 식당의 커다란 유리창은 이리저리 분주하게 움직이는 다양한 도시의 인종으로 가득 찬 인간 수족관 같았다. 스마트폰 키보드로 맹렬히 무언가를 두드리는 회사원 여자, 책가방을 멘 한 무리의 남루한 대학생들, 채소 상자를 차에서 내리는 아시아계 남자 둘, 마담 터소 밀랍인형관으로 향하는 관광객들, 그리고 지하철 입구를 빠르게 드나드는 끝없는 사람들의 물결. 난 지금 이 순간 여기 이 거리에서 무슨 일이 일어나는지 관찰하고 있는 유일한 인간이 된 듯한 느낌을 받았다. 시빌의 말이 맞았다. 물론 시빌이 저지른 '경험적인' 본보기 없이도 충분히 할 수 있는 일이었지만.

그런데 이 모든 움직임 속에서 나 말고도 꼼짝 않고 서 있는 또 다른 인간의 형상이 하나 보였다. 키가 크고 마른 체격에 예스러운 옷을 입고 짧은 망토와 챙이 둘 달린 모자를 쓰고 한 손엔 파이프를 든 남자였다. 나와 마찬가지로 그 남자도 엄청난 관심을 보이며 사방을 관찰하는 것 같았다.

그건 셜록홈스였다. 이제껏 이 동상을 눈여겨본 적은 단 한 번도 없었다. 그리고 베이커 스트리트 역이 코난 도일이 만든 유명한 탐정의 집과 가까울 거라는 사실도 전혀 깨닫지 못했다. 열 살인가 열한 살이었던가, 어렸을 때 홈스 시리즈를 좀 읽긴 했지만 이야기가 자세히 기억나진 않았다.

하지만 지금, 왁자지껄한 일상 속에서 우리 둘만이 미동도 하지 않고 있게 되자 셜록이 뭔가 나한테 할 말이 있는 것 같았다. 어쩌면 실마리 없는 인류에 대해 뭔가 알려줄 만한 단서를 얘기할지도 모르지. 나는 이 도시 어딘가에 셜록홈스에게 헌정된 박물관 같은 게 있다는 걸 어렴풋이 기억해내고선, 샌드위치 값을 치르며 젊은 점원에게 혹시 근처에 그런 박물관이 있느냐고 물었다.

"그럼요!"

점원은 열정적으로 말하더니 뒤돌아 거리의 어딘가를 가리켰다.

"이 세상에서 제일 잘 알려진 주소가 바로 베이커 스트리트 221B번지라고요! 바로 모퉁이를 돌면 있어요. 진짜 셜록홈스의 집이죠. 아직 안 가보셨어요? 꼭 가보세요. 아주 재미있는 곳이니까요."

그 말대로 셜록홈스 박물관은 모퉁이를 돌자 바로 있었다. 사실 221B번지는 내가 막 다녀온 분실물 센터 바로 앞에서 떡하니 보였다. 내 주의력이 평균 이하라는 게 이렇게 분명해지는군. 홈스에게서 배워야 할 게 많겠어. 난 세상에서 가장 유명한 탐정의 집 앞에 바로 분실물 센터가 있다는 기묘한 우연에 또 놀랐다. 이 모든 게 혹시 그 전설적인 영국식 유머 감각 때문은 아닐까.

벽돌 건물의 정문 벽을 바라보니 예스러운 가로등 둘과 가운데 창틀이 있는 거대한 창문을 사이에 둔 초록색 문 위로 파란색 현판이 보였다. 런던 어디서나 찾아볼 수 있는 것으로, 그 장소에 역사적 인물이 살았다는 사실을 알려주는 지표였다. 현판에는 '221B 수사 고문 셜록홈스(1881~1901)'라고 적혀 있었다. 내가 가장 이상하다고 생각한 건 홈스가 진짜 사람이 아니라 문학 속 인물인데도 우린 그렇게 생각하지 않는다는 점이었다. '진짜 셜록홈스의 집'이라니. 샌드위치 가게 점원이 그렇게 말했었지, 아마?

이 이상하다는 느낌은 작은 박물관 안 여러 방들을 둘러보면서 점차 커졌다. 정말로 유명한 형사의 '진짜' 집을 똑같이 만들어서 재현해놓았던 것이다. 오늘 오전엔 방문객이 그렇게 많지 않았다. 자기를 '미스터 왓슨'이라고 소개한 중산모 차림의 뚱뚱한 남자는 내게 2층으로 올라가는 열일곱 개의 계단을 보여주면서 구석구석 자그마한 것마다 얼마나 면밀하게 신경을 썼는지 설명했다. 서재에는 벽난로 옆 의자 위에 바이올린이 놓여 있는 모습이 마치 홈스가 몸소 바이올린을 내려놓고 최대의 적인 모리아티 박사와 대결하러 급히 떠난 것 같았다. 벽에는 파이프 여러 개가 전시되어 있었고, 유리 진열장엔 여러 화합물이 보였는데, 그 가운데 아편과 코카인이 담겼다는 유리병이 떡하니 자리 잡고 있었다. 방 전체에 홈스가 해결한 것 중 가장 유명한 사건들의 소품, 즉 가운데가 텅 빈 책 속에 숨긴 권총이나 지문이 찍힌 피 묻은 벽지 조각 등이 가득했다.

하지만 이것들이 모두 가짜라는 건 분명했다. 바이올린과 파이프, 한두 명의 희생자를 찔렀다고 여겨지는 딱지 붙은 칼들 모두가 가짜였다. 이런 가짜 단서들을 보고 관광객들은 기억을 더듬어 가짜 탐정을 떠올리게 되는 것이다. 생명을 불어넣은 허구, 아니면 허구적 재료로 만든 현실이라고나 할까. 이런 모조품들 속에서 유일하게 사실인 건 바로 이곳의 주소, 베이커 스트리트 221B뿐이다. 탐정이 살았던 적은 없지만 매년 수천 명이 방문해 자기가 '진짜' 홈스의 집에 가서 바이올린과 파이프를 보았노라며 말할 수 있는 그 장소만이 사실이다.

나는 다시금 시빌을 떠올리며 허구적 세계에 사는 인간의 습성에 대해 고양이가 했던 말을 생각해보았다. 이보게 왓슨, 인간은 자신의 삶을 바탕으로 이야기를 창작하고 그 안에서 살지만 지금 이 순간 일어나고 있는 가장 기본적인 진실에는 주의를 기울이지 않는다네. 이게 다 뭐야, 말도 안 돼. 그렇지만 난 여기까지 오게 됐고, 그것도 내 코의 냄새를 따라와서 정신이 흐트러지지 않고 또렷한 상태다. 잠시 동안 이리저리 오가는 사람들과 택시와 생각 사이에 멈춰 서서 그곳을 탈출한 거다. 내가 찾고 있는 그 무언가는 실제 삶 속에서뿐만 아니라 허구 속에서도 찾을 수 있다. 어쩌면 이런 논리로 시빌과 맞설 수도 있겠다. 우리 인간은 항상 허구와 상상, 거짓말 속에 있는 자기 자신에게 탐닉한다고 말한 고양이의 말은 맞다. 하지만 허구도 나름의 장점이 있단 말이야.

문학적 창작이란 게 없었다면 난 무슨 일을 했을까? 나는 어린 시절 내내 소설에 둘러싸여 지냈다. 부모님은 영국에서 중고책 장사 일을 배우고 나서 1960년대부터 '로시난테'라고 이름 붙인 낡아빠진 폭스바겐 밴을 타고 여름 동안 스페인 해변을 여행하며 1960년

대부터 해변에 놀러오기 시작한 관광객에게 여러 나라 말로 된 책들을 사고팔았다. 이 기묘한 이동식 서점이 성공했던 이유는 누구와도 서슴없이 대화를 시작할 수 있는 아빠의 재주 때문이기도 했지만, 두 부모님이 문학에 대해 품었던 열정 때문이었고, 난 아주 어렸을 때부터 그 열정을 물려받았다. 기억할 수 있는 아주 어릴 때를 떠올려보면 그때부터 아빠는 내게 항상 큰 소리로 책을 읽어주었다. 그런 책들 중에는 가끔 완전히 이해가 안 되는 것도 있었지만, 아빠는 열정적인 몸짓으로 어떻게든 내가 재미있게 이야기를 들을 수 있게 노력했다.

아빠가 처음으로 읽어준 책들은 『이상한 나라의 앨리스』『보물섬』『끝없는 이야기』『해저 2만 리』 등이었지만, 이런 아빠의 영향으로 난 열 살 무렵엔 벌써 조숙하게도 『돈키호테』『안나 카레니나』『제인 에어』 같은 소설에 푹 빠지게 되었다. 그리고 두 분이 마드리드에서 처음으로 해외 서적 전문점인 '바벨'을 열자, 오후 시간을 대부분 거기서 머무르며 스페인어와 영어, 프랑스어, 이탈리아어, 포르투갈어와 독일어로 쓰인 위대한 작품들에 둘러싸여 숙제를 하면서 보냈다. 그렇게 탐욕스러운 독자가 되어 매년 백여 권에 달하는 소설을 탐독했다. 책에는 우리 자신을 찾도록 돕고 삶에 의미를 부여해주는 크고 작은 교훈들이 담겨 있기도 하다는 걸 알게 된 것도 그때다. 거짓 가운데 진실이 봉인되어 있다고나 할까.

실제로 홈스가 살아 있다고 가정해놓은 사무실을 둘러보자 「주홍색 연구」「네 사람의 서명」「바스커빌가의 개」 등 가장 인기 있는 모험 이야기가 세세히 떠올랐다. 이 현명한 탐정이 언제나 강조했던 것도 시빌이 한 말과 똑같았다. 유명한 단편인 「보헤미아 왕실

스캔들」에는 그 점에 대한 홈스의 생각이 서술되어 있다. "자네는 눈으로 보긴 해도 관찰은 하지 않아. 보는 것과 관찰하는 것은 전혀 다르지."

나는 홈스의 책상 앞 의자에 앉았다. 사실은 셜록홈스가 한 번도 쓴 적이 없는 책상이다. 하지만 그 책상은 분명히 홈스가 썼을 것만 같았다. 테이블 위에는 그가 썼다고 하는 유물들이 담긴 유리 상자가 놓여 있었다. 예를 들면 여느 탐정이라면 절대로 즐겨 쓰지 않을 법한 돋보기 같은 것 말이다. 하지만 상아로 된 돋보기 손잡이는 정말 아름다웠다. 이건 다 어디서 난 걸까? 골동품 상점에서 샀을까? 아니면 바로 앞에 있는 이웃인 분실물 센터에서 받은 걸까? 만약 홈스가 살아서 자기 눈으로 이걸 봤다면 뭐라고 했을까? 아마도 똑같이 이렇게 말했겠지. '눈으로 보긴 해도 관찰은 하지 않아.' 그래서 내가 이 문제로 돌아오게 된 걸까? 그래서 의식적으로든 무의식적으로든 미스터리를 푸는 세계로 운명처럼 끌려와, 탐정의 수호성인 격인 홈스의 집에 오게 된 걸까? 셜록홈스라면 가죽 재킷 사건에 어떻게 접근했을까? 홈스 씨, 먼저 그 재킷은 우리 집에 아무런 설명도 없이 나타났어요. 그리고 조금 있다 흔적도 없이 사라졌죠. 이건 전부 무슨 뜻일까요? 호아킨이 날 두고 바람을 피운 걸까요? 아니면 제게 편집증이 있으니 하루 바삐 정신과 의사를 방문해야 하는 걸까요?

나는 손가락으로 유리 상자를 두드렸다. 그 재킷은 사실 그다지 설득력 있는 증거가 아니었다. 증거라기보다는 단서에 가깝고, 게다가 영원히 사라져버린 단서였다. 어떤 사건을 시작하기에 그다지 좋은 시작점으로는 보이지 않았다. 다른 한편으로, 왓슨 씨를 사칭

하는 가이드를 보자 떠오른 사실은 바로 가장 복잡한 사건만이 홈스의 관심을 끌었다는 점이다. 그는 자신의 천재적인 추론 능력을 연마할 수 있는 일급 미스터리를 필요로 했다. 그게 없었더라면 심한 지루함에 굴복해 그나마 인생의 흥미를 좀 더 느끼게 해주는 마약에 빠졌을 것이다. 유령처럼 나타났다가 사라진 재킷은 홈스의 호기심을 상하게만 할 뿐일지도 모른다. 아니라 해도 담배 한 대 태우며 생각해볼 거리밖에 되지 않았을 것이다.

유리 상자 아래로는 "셜록홈스의 일기"라는 가짜 일기장이 있었다. 일기장을 채운 손 글씨는 아마도 코난 도일이 직접 쓴 것일 테지. 펼쳐져 있는 페이지를 읽기 시작하자 문구 하나가 눈에 들어왔다. '정보를 얻기 전에 가설을 세우는 것은 크게 실수하는 거야.' 갑자기 모든 게 이해가 되었다. 나는 의자에서 일어섰다. 그리고 노트북 가방을 집어 들었다. 시빌도 같은 말을 했었다. 난 이 문제를 두고 계속해서 이럴까 저럴까 머릿속으로만 곱씹고 있었다. 하지만 아무런 증거도 없고 오로지 의혹과 나타났다 사라진 재킷만 있을 뿐이다. 난 가짜 사무소와 가짜 홈스의 박물관을 떠났다. 없어진 단서를 놓고 앉아만 있는 건 의미가 없다. 지하철 역 쪽으로 걸음을 재촉하다가 이내 달리기 시작했다. 좋은 탐정이라면, 세상 물정에 밝은 고양이라면, 조사하고 냄새를 따라가서 새로운 족적과 새로 생긴 단서와 허술하게 군 탓에 생긴 증거들을 찾았을 것이다. 언제나 범죄의 현장에는 증거가 남기 마련이며, 특히 범죄자가 초범인 경우엔 더더욱 그렇다. 이제껏 호아킨과 함께 살면서 그의 정절을 의심할 그 어떤 증거도 찾지 못했고, 우리 집에 있는 그의 소지품을 샅샅이 뒤져봐야겠다는 생각도 한번 한 적 없었다. 하지만 상황이 변했다. 내가 알던 냄새를 풍기지 않는 이 호아킨이 셜록홈스 박물관처럼 가짜가 아니라는 확신이 서지 않았다. 어쨌든 난 좋든 싫든 한 번에 알아내야 한다. 그가 제대로 된 설명도 해주지 않고 집에 와서 나를 쫓아내기 전에 말이다. 이 박물관 벽에 새겨진 문구에 따르면, "어떤 진실이든 막연한 의심보다는 낫다"고 하니까.

7
은하소녀와 은하소년

이제 몇 분만 있으면 악당이 자기 서랍장을 기습해 뒤지게 될 거란 사실을 어둠의 경로로 전해들은 탐정처럼, 나는 미친 듯한 속도로 집에 도착했다. 현관에 열쇠를 꽂아 넣고 돌려봤지만 잘 열리지 않자, 호아킨이 벌써 열쇠를 바꿔버렸다는 말도 안 되는 상상을 했다. 그래, 호아킨은 내가 의심하고 있다는 사실을 미리 안 거야. 그래서 나중에 내 물건들을 내가 새로 이사 간 주소로 보내려고 하는 거지. 하지만 그건 아니었다. 힘을 주어 열쇠를 돌리면서 어깨로 문을 밀자 가까스로 문이 열렸다. 난 들어가자마자 코트와 서류 가방을 아무렇게나 던져놓고 한 번에 두 계단씩 돌진해 2층으로 올라갔다. 이제 침실 옆에 있는, 우리가 손님방으로도 사용하는 서재에 갈 참이었다. 뭘 찾고 있는 건진 나 자신도 몰랐지만 뭔가를 찾아내게 될 거고, 그건 아마 서재에 있을 거다. 서류와 영수증, 편지에 있거나 서랍장 아니면 데스크톱 컴퓨터에 있을 거다. 적어도 홈스라면 여기서부터 시작했겠지.

우선 호아킨의 이메일을 훔쳐봐야겠다는 생각이 들었다고 솔직히 고백해야겠다. 비밀번호가 뭔지는 몰랐지만 분명히 추측할 순 있었다. 난 서재 의자에 앉아서 컴퓨터 전원을 켜놓고, 그게 삑삑대고 윙윙대며 부팅을 시작하는 동안 서재를 천천히 왔다 갔다 했다. 하지만 그렇게 기다리는 동안 양심의 가책이 들었다. 어떻게 이메일을 읽을 생각을 다 했지? 이건 그의 가장 내밀한 사생활을 침해하는 거잖아. 게다가 불법이라고! 사생활을 과도하게 보호하는 이 나라에서 그런 짓을 하다가는 감옥에 가게 될지도 몰라. 호아킨이 나를 경찰에 신고할 위인이라는 생각은 들지 않았다. 하지만 그는 내가 자기 이메일을 몰래 볼 거라는 생각 역시 결코 하지 않을 거다. 이제 컴퓨터는 조용히 윙윙대면서 새로운 명령을 기다리고 있었다. 데스크톱 모니터 위로 우리가 이탈리아 여행 중에 찍은 또 다른 사진이 보였다. 베니스의 호텔에서 찍은 풍경이었다. 우리가 정말로 사랑을 나눴던 마지막 장소였던 것 같다. 아니, 아무리 의심이 간다 해도 이런 식으로 호아킨의 신뢰를 저버릴 순 없어.

난 의자에서 일어나 서류를 정리해놓은 선반으로 걸음을 옮겼다. 내 서류들은 살짝 뒤죽박죽이었고, 호아킨의 서류들은 라벨이 잘 붙은 폴더와 바인더로 분류되어 있었다. 난 그가 가장 최근에 정리해놓은 영수증 파일을 뽑아 들었다. 손쉽게 볼 수 있는 거니까 좀 본다 해도 양심의 가책이 덜하다는 이유에서였다. 같은 이유로, 난 그 파일 중 가장 최근에 정리된 것인 냇웨스트 은행 거래 증명서를 9월치부터 보았다. 얼핏 보기에는 특별히 의심 가는 부분이 없었다. 브리티시 에어로테크 주식회사에서 받은 월급 내역, 핸드폰 요금 청구서, 매달 내는 가스와 전기 요금, 세인즈버리 슈퍼마켓과 옥스퍼드 스트리트에 있는 캠퍼 매장, 낯선 레스토랑에서의 구매 내역,

그리고 파리에서 열린 항공 박람회 출장 비용 내역이었다. 서류를 높다란 초록색 골판지 상자에 다시 넣으려 할 때, 갑자기 어떤 생각이 떠올랐다. 호아킨은 출장을 간 건데 어째서 파리 기차표와 호텔비를 자기가 계산했지? 나는 다시 서류를 꺼냈다.

유로스타 티켓: 156.00파운드
호텔 레 팔레즈: 360.00파운드
란 비우 크레페 레스토랑: 43.20파운드
……

이건 어떻게 봐도 좀 이상했다. 미리 비용을 지불하고 나중에 회사에 청구한 건지도 몰라. 하지만 그다음 달 그의 은행 거래 내역에서 돈을 돌려받은 내역을 찾을 수 없었다. 어쩌면 아직도 지급이 안된 건지 모르지. 한편 여기엔 내 의혹을 더욱 부추기는 뭔가가 있었다. 호아킨이 프랑스를 광적으로 좋아하는 이유에 난 한 번도 공감한 적이 없었다. 그가 찬미하는 프랑스 문화의 지적인 면이란 내가보기엔 좀 건방지고 지루해 보였다. 그런 면이 호아킨의 가장 몹쓸부분과 닮아 보여서였을지도 모른다. 그리고 우리 휴가를 언제나프랑스에서 샤토(성)를 보며 카페에 앉아서 보내자고 우겨대는 것도 싫었다.

19세기의 셜록홈스라면 어떻게 했을지 모르겠지만, 나는 즉시웹 브라우저를 열고 영수증에 적힌 호텔인 레 팔레즈를 검색해봤다. 검색 결과 화면에 호텔 웹사이트부터 시작해 이 호텔의 예약을대행해주는 다양한 온라인 여행사들이 나타났다. 하지만 그 호텔은 파리에 없었다. 노르망디의 에트레타라는 지역에 있는 호텔이었다. 해변에 있는 리조트인 이 호텔의 사진에서는 한쪽으로 높이 솟은 하얀 절벽과 바다에서 거인의 뼈같이 불쑥 솟아오른 날카로운 기둥들이 보였다. 난 검색 결과 페이지를 뒤로 여러 차례 넘겨보면서 파리에 레 팔레즈 호텔이 있는지 살폈지만 그런 호텔은 없었다. 도빌의 해변 마을에 같은 이름을 가진 호텔이 하나 있었고, 절벽과 골짜기 지형으로 유명한 프랑스의 다른 지역에도 또 하나가 있긴 했다. 온라인 사전에서 찾아본 결과 '팔레즈Falaise'는 프랑스어로 '절벽', '벼랑'이라는 뜻이었으니까. '란 비우 크레페 레스토랑'이라는 이름을 쳐보자, 그 이름을 지닌 레스토랑이 에트레타에 있는 걸로 나타났고, 더 이상 의심의 여지가 없어졌다.

호아킨은 파리에 간 게 아니었다. 노르망디에 있는 에트레타에 갔던 거다. 난 위키피디아와 여행 사이트, 노르망디 공식 관광청 홈페이지에서 그 장소에 대해 설명해놓은 글을 탐욕스럽게 읽어 치웠다. 그곳은 세상과 동떨어진 곳으로 예술가 중에서도 클로드 모네가 자주 은거하며 장엄한 해변 풍경을 지속적으로 그렸던 곳이라고 했다. 마법과도 같은 일몰이 유명해서, 가장 고대적이고 은밀하며 아름다운 인간의 의식을 치르는 새로운 세대의 연인들이 해를 거듭해서 찾아오는 곳이라는 것이다.

'날 속였어.'

나는 생각했다.

'날 속였구나.'

그 말이 머릿속에서 거듭 울려 퍼지더니 성난 바다가 되어 거대하지만 공허한 절벽, 더할 나위 없이 위대한 낭만적 모험을 찾는 두 연인들을 숨겨주었던, 단단하지만 부서지기 쉬운 거짓말이라는 절벽을 반복해서 내리쳤다. 난 무릎을 덜덜 떨면서 한 손에 파일 박스를 든 채 의자에서 일어났다. 그렇게 난 온라인 지도상의 표시에 따르면 에트레타에서 북서쪽으로 215마일 떨어진 집 2층의 작은 방 한가운데 서 있었다. 에트레타와 이 집 사이의 거리만큼이나 증오와 고통, 분노와 수치심이 가득 차고 넘쳐서 그 사이에 있는 들판을 태우고 바다를 펄펄 끓여서 기암 해변과 그림같이 예쁜 마을과 매력적인 호텔과 기념품 가게, 크레페 가게와 빵집을 비롯해 마음 놓고 깔깔대며 자기들이 똑똑하다고 생각하는 비밀의 연인을 전부 덮쳐버릴 지경이었다.

나도 모르게 파일 박스를 천장에 던졌던 것 같다. 방 안이 흰 서류로 가득 차더니 서류들이 떨어지고 날아다니며 빙글대는 모습은 마치 파도를 처음 맞고 무너진 연약한 절벽 부스러기 같았다. 은행 입출금 내역서와 프랑스에서 받은 영수증, 사용한 수표장, 해독해야 하는 숫자들, 손이 탔지만 잘 정리된 영수증들, 거짓말, 거짓말, 그리고 더 많은 거짓말들이 산산이 흩어졌다. 비명도 질렀던 것 같다. 곧 금이 가서 무너질 것만 같은 내 인생의 아찔한 벼랑 위에서 흩어진 돌조각에 끼어 비틀거리면서 진실로 향하는 중력에 가련하게 질질 끌려가고 있자니 목이 쓰라렸기 때문이다. 나한테 거짓말을 했어. 거짓말을 했어. 난 계속 생각했다.

얼마나 그렇게 바닥에 누워 있었을까. 난 그동안 내 과거를 생기 없는 눈으로 응시하며 '파리'에 간 호아킨과 전화 통화를 했던 일을 떠올렸다. 한 마디 한 마디 떠올릴 때마다 부싯돌처럼 그 말들이 내 가슴을 후벼 팠다.

"박람회는 잘되고 있어. 알잖아, 이런 데 오면 하루 종일 걸어다니는 게 일이라는 거…… 호텔? 나쁘지 않아. 미니멀리즘을 잘 실천한 곳이 다 그렇지 뭐. 편안하지만 차갑고 내가 싫어하는 그 네모난 세면대가 달린 곳이야……. 뭐 사다줄까? 팽 오 쇼콜라? 내일까지 있을 거 같아. 어쨌든 나 완전 지쳤어. 내일 이야기하자, 알았지? 응, 응, 나도 사랑해."

쓰나미 생존자처럼 상처 입고 두려움에 휩싸인 채로 마침내 일어난 나는 그 대가가 어찌되었든 모든 진실을 알아내기로 결심했다. 컴퓨터 앞에 앉아서 호아킨의 메일을 열고 그가 주로 사용하는 비밀번호인 원주율의 첫 여덟 자리 숫자 31415926을 쳤다. 엔터키를 치자마자 메일에 들어갈 수 있었다. 호아킨은 내가 절대로 자기 메일을 보지 않는다는 사실을 알기 때문에 다른 비밀번호를 만들 생각조차 안 했을 거라고 예상은 했었다. 하지만 이젠 상황이 바뀌었으니까. 그는 예전의 호아킨이 아니고, 난 예전의 사라가 아니다.

이렇게 난 그의 다른 삶을 알게 되었다. 그리고 결국 이렇게 내 세상은 붕괴되었다. 눈앞에 엄청난 양의 메일이 나타났다. 보낸 메시지, 받은 메시지, 분류한 메시지들은 종종 첨부 파일을 달고 있기도 했다. 대부분은 그의 일과 프로젝트에 관한 것으로 상당수가 친구와 동료에게 온 것이었다. 내가 보낸 것도 몇 개 있고, 누구나 다 그렇듯 스팸 메일도 어느 정도 있었다. 하지만 내 시선은 한 번도 들어본 적 없는 이름에 재빨리 꽂혔다. 나는 그 이름을 보자마자 기분이 나빠졌다. 은하소녀21 galacticgirl21 이라니.

메시지는 짧고 간결했지만, 보자마자 내 의심이 맞았다는 걸 분명히 알 수 있었다. 난 팔로 몸을 감싸고 손톱으로 살을 찌르면서 메일을 읽었다.

re: 드디어 말했어!
진짜 좋은 소식이다!!!! 믿기지가 않아!!!!!!!
몸이 으스러지도록 사랑해! 그리고 완전 보고 싶어.
1001번의 은하수 키스 뽕뽕
GG.

연인이 날 두고 바람을 피웠다는 확증을 보았을 때, 처음 드는 기분이 온몸이 오그라드는 느낌일 거라고는 상상도 못 했다. 은하소녀? 은하수 키스? 이 불쌍한 애는 도대체 몇 살인 거야? 정말 이런 유치한 애가 호아킨 취향인 거야? 나한테 뭐라고 했지? 메시지를 계속 읽어가자 머릿속엔 의문만 더 차올랐고 심장은 점점 더 빨리 뛰었다. 이 이메일은 어젯밤 오전 0시 12분에 호아킨이 보낸 메일에 대한 답장이었다. 아마도 비디오 게임을 끝내고 '드디어 말했어!'라는 제목으로 보낸 걸 거다. 호아킨의 메일은 다음과 같았다.

사랑하는 GG,
사라랑 끝내겠다고 내가 약속했었지. 그래서 오늘 밤 약속을 지켰어. 아직 세세한 일들을 정리해야 하지만, 이제 마지막 관문을 돌파한 거야. 샴페인 병 준비해둬!
예전보다 더 많이 사랑해. 우리가 함께 살아갈 새로운 인생이 빨리 왔으면 좋겠어.
은하소년.

나는 몇 번을 읽고 나서야 이 몇 글자 안 되는 디지털 단어에 담긴 정보를 겨우 이해할 수 있었다. 단어의 취향과 배어 나오는 젊은 연인의 열정, 닉네임(은하소녀라니!), 받은 사람…… 난 이게 정말로 호아킨의 메일 계정인지 확인해보기까지 했다. 혹시 내가 친 게 호아킨의 비밀번호가 아니었던 건 아닐까. 나는 각 문구와 단어, 글자와 심지어 하얀 바탕의 검은 픽셀까지 읽고 또 읽었다. 눈도 깜빡이지 않고 읽느라 급기야 눈이 따가워졌다.

내가 보고 있는 걸 이해할 수 없었던 난 은하소녀21이 보낸 다른 메시지들도 계속해서 찾아내기 시작했다. 메일은 찾는 족족 나왔다. 하지만 최근의 메시지들은 더 이상 이렇다 할 정보를 주지 않는 비교적 평범한 대화들이었다. '이따 술집에서 볼까?' '몇 시?' '오후 7시 어때?' '좋아' 같은 말뿐이었다. 그중에는 여자가 호아킨에게 이번 여름에 개봉할 공상과학영화 예고편 링크를 보낸 것도 있었다. 눈치챌 수 있는 사항이라곤 그 둘이 같은 사무실에서 근무한다는 것뿐으로, 둘이서 상사를 놓고 하는 말을 보고 알아낸 것이다. '로웨인이 당신 책상 지나가던데. 무슨 말을 했던 거야?' '별거 아니야. 그냥 지금 쌓여 있는 일에 일을 더 주고 갔어.' 주고받았던 메시지 중 2주 이상 된 메시지는 찾을 수가 없었다.

나는 좌절감에 젖어 비참한 기분이 들었다. 모든 걸 다 알아야 했다. 그 여자는 누구지? 내가 아는 여자인가? 그 둘은 얼마나 됐지? 그리고 무엇보다도…… 호아킨은 날 언제부터 속였던 거지? 그러자 생각이 하나 떠올랐다. 난 메일 검색창에 '은하소녀21'이라고 쳤다.

결과가 나왔다.

1883개의 메시지가 있습니다.

그러자 내 마지막 의문이 곧 풀렸다. 첫 번째로 받은 메일이 거의 2년 전이었기 때문이다. 1800통이라니! 정말 많은 숫자 아닌가. 23개월에 가까운 관계라 해도 이건 너무 많다. 아무도 안 보는 곳이나 구석에 숨어서 몰래 만나야 하는 연인의 비밀 대화 통로로 메일을 썼다고 봐야 말이 된다. 밀회로는 하고 싶은 말을 다 할 수가 없었을 테니까. 호아킨은 모든 메시지를 저장해놓았고, 그걸 나름의 보안 조치랍시고 전부 '관리자' 폴더에 숨겨놨다.

그 순간, 스러져가는 오후의 마지막 빛에 감싸인 시빌의 검은 형체가 창문에 나타났다. 하지만 난 고양이에게 관심을 둘 여유 따윈 없었다. 절벽에서 뛰어내려 아래 깔린 바위에 쾅 부딪힌 사람이 겪을 법한 어지러움과 공포에 사로잡힌 나는 이 메시지들을 처음 온 것부터 읽기 시작했다. 얼마 되지 않아 온몸이 뾰족한 대못에 찔리는 것 같은 느낌이 들었다.

맨 처음 메시지가 제일 명백한 증거였다. 한 차례 놀아나자는 말, 외설적인 언어유희, 도발적인 풍자를 담은 내용이었으니까.

- 17시 42분에 복사실에서 키스 한번 할까?
- 하나로는 부족하지. 20부 부탁해요.
- 그러면 복사기 데워놓고 있을게.
- 내 건 벌써 뜨거워.
- 음…… 그거 좋다!

그렇지만 지금 새빨갛게 달아오른 건 나였고, 그것도 이렇게 시작된 배신의 연대기를 읽어나가면서 폭발한 분노 때문이었다. 이건 전부 너무 뻔하고 너무 판에 박혀서, 누구나 예측할 수 있는 상황이었다. 마흔 살 먹은 남자가 사무실에 새로 온 여자애랑 벌이는 짓이라는 게 다 그런 것처럼. 아주 재치 있게 껄떡댔군. 즉석에서 비밀 만남이라니.

- 안녕, 라틴계 애인님. 어제 만났잖아. 이제 우리 또 언제 만나?

- 나 숨 좀 돌리면 안 돼?

- 라틴계 애인들은 언제나 즐길 준비가 된 줄 알았는데.

- 너 좀 위험해. 진짜.

- 내 질문엔 대답 안 하네.

- 내일 이야기하자.

- 내일? 말도 안 돼! 난 오늘 당신을 그 지루한 당신 여자 친구에게 돌려보내지 않을 건데?

그들이 주고받은 메시지에서 처음으로 내가 언급된 부분이었다. 이제 난 정말로 이 '은하소녀21'이라는 게 누군지 알고 싶어 미칠 지경이었다. 그러면 그년 얼굴을 앞에다 두고 최소한 눈알을 후벼 파는 내 모습을 상상이라도 할 수 있을 테니까.

정말이지 믿을 수가 없었다. 우리가 마지막으로 갔던 이탈리아 여행에서의 호아킨이 내가 사랑한 그 옛날의 연인이라고 여기며 난 그때를 그리워하고 있지 않았나. 그런데 그 둘은 벌써 그 몇 달 전부터 사귀고 있었다니. 사실, 가장 고통스러웠던 건 바로 첨부 파일에서 찾아낸 사진들이 우리 침실 액자에 끼워놓은 사진과 거의 흡사했다는 점이다. 베로나에 있는 줄리엣의 발코니에서 찍은 사진이지만, 여기엔 호아킨뿐이었다. 웃으면서, 사랑에 빠진, 그녀와 함께 있는 호아킨. 벌써 나를 자기 인생에서 지운 것처럼, 그리고 나만 사진에서 빠진다면 자기 애인에게 보낼 수 있는 사진이 되는 것처럼.

나는 침실로 달려가서 사진을 내동댕이치고 싶은 강렬한 충동을 느꼈다. 하지만 그 마음을 깊숙이 묻어두고 계속 메일을 읽기 시작했다. 아니, 정확히 말하자면 최대한 서둘러 빠르게 훑어보기 시작했다. 메시지들이 너무 많아서 호아킨이 여기 들어오기 전에 다 읽을 시간이 없었기 때문이다. 그동안 시빌은 창문을 앞발로 두드리고 작은 소리로 야옹거리며 내 시선을 끌려 했다. 난 최선을 다해 고양이를 무시했다.

몇 달이 지나자 메시지의 어조가 바뀌기 시작했다. 피상적인 이야기에서 좀 더 깊이 있는 이야기로 바뀌었다. 그들이 이제 한때의 불장난 같은 관계를 넘어 상호 관심사를 나누기 시작했다는 걸 알아챌 수 있었다.

- 당신 가족을 이루고 싶진 않아? 왜 사라와의 사이에서 아이가 없어?
- 난 진짜 아이를 갖고 싶어. 그거야말로 내가 바라는 유일한 불멸성이니까. 사라와 난 거기에 대해 이야기를 해봤고 아이를 갖기로 마음먹었지만, 사라는 일이 너무 많아서 오랫동안 아이를 미뤘어. 그래서 지금은…… 지금 난 더이상 아이를 갖고 싶지 않아! 사라랑 잘 안 될 게 뻔하잖아. 그건 너도 벌써 알고 있겠지 :)

비록 호아킨은 이 세상을 '텅 비고' '잔혹하고' '퇴폐적이라고' 생각하지만 그래도 아이를 갖는 게 가치 있는 일이라고 그를 설득한 게 나라는 사실은 까먹고 말 안 했군.

- 당신이 보고 싶어, 스페인 사나이. 너무 보고 싶어. 난 걱정이 되기 시작했어. 나 사랑에 빠진 걸까? 당신은 40년 동안 경험해왔을 테니까 어쩌면 내게 알려줄 수 있겠지.
- 음, 나도 그랬으면 좋겠지만 당신보다 내가 더 혼란스러워. 당신 때문에 난 열다섯 살 아이가 된 기분이야. 나한테 무슨 짓을 한 거야? 당신이 외계인이라서 나 같은 인간은 알 수 없는 정교한 사랑의 기술을 쓴 건가? 은하소년.

이 메시지에서 호아킨은 처음으로 자기의 닉네임을 썼다. 난 이 이야기의 끝을 이미 알고 있으면서도 그에게 쓰라린 배신감을 느꼈다. 자기보다 훨씬 어린 게 분명한 여자애와 이런 관계를 가졌다는 사실에, 또 사랑에 빠진 게 분명한 그때 내게 아무런 말도 안 했다는 사실에 말이다. 그때도, 그다음 달에도, 두 달이 지나고 여섯 달이 지나고 심지어 1년 반이 지나도록 그는 아무 말이 없었다. 심지어 솔직히 고백하지 않고 나와 끝내려고 했던 어제만 해도 그는 자기가 '진실에 몸 바치는' 타입이라고 하지 않았던가. 이제 고양이는 더 집요하게 창문을 두드리고 있었다. 야옹거리는 소리에 점점 짜증이 났다.

최근 몇 달 치의 메시지를 보니 이윽고 호아킨의 이중생활이 은하소녀와도 문제를 일으키게 된 모양이었다.

- 언제 그 여자한테 말할 거야? 당신. 여름이 지나면 말한다고 했잖아. 그런데 지금 벌써 11월이야. 난 이런 호아킨한텐 질렸어. 지금 나랑 장난해?

- 최대한 빨리 말할게. 약속해. 하지만 지금은 때가 좋지 않아. 알잖아. 난 일에 파묻혀 사는 데다 사라도 똑같아. 게다가 집도 좀 수리해야 하고. 그냥 당분간 서로 만나는 데 최선을 다할게. 막 사라네 어머니 5주기 기일이 되어서 지금은 좀 예민해. 일이 그렇게 쉽지가 않다고.

우리 엄마 핑계를 댔다니 믿을 수가 없었다. 이 쌍놈이! 어쩜 이렇게 저급하게 굴 수 있지? 이 쥐새끼는 얼마나 더 막장으로 떨어지려는 거지? 그가 어떤 놈인지 실체가 분명히 드러났으므로 이젠 그의 본성에 대해 한 치의 의심도 들지 않았다.

난 연인들이 주고받은 일련의 긴 이메일을 읽으면서 이들에게 위기 상황이 생겼다는 걸 알게 되었는데, 그건 폭풍우 치던 지난 크리스마스에 나와 우리 아빠 때문에 생긴 일이었다. 우린 정말 그런 줄은 꿈에도 몰랐다. 그리고 이 사건을 통해서 그가 얼마나 저질인지 똑똑히 알 수 있었다. 첫 번째 이메일이 온 건 12월 26일 11시 35분이었다. 아빠와 내가 타려던 스페인행 비행기가 그날 밤 악천후로 취소되었고, 다른 비행기들도 전부 취소된 탓에 아수라장이 된 히스로 공항에서 집으로 돌아가려던 중이었다. 그날은 어디든 비행기가 뜨지 않을 게 분명했기 때문이다. 호아킨은 24일에 휴가를 쓸 수 없었고, 그렇다면 최소한 크리스마스이브라도 같이 보낼 수 있게 아빠가 런던으로 건너온 참이었다. 크리스마스로 한창 바쁜 마드리드의 서점 일은 알바로가 맡기로 했다. 그리고 연말에 호아킨이 일하는 동안 우리는 스페인으로 돌아가 미라시에라 근교에 있는 우리 집에서 새해 휴가를 보내기로 했었다. 우리가 몰랐던 사실은 호아킨의 은하소녀 역시 자기 여행 가방을 끌고 런던으로 오고 있었다는 점이다. 바로 우리 집에서 자기 연인과 함께 며칠 지내며 즐기려고 말이다.

하지만 호아킨이 이 애에게 우리 비행기가 취소되었다는 소식을 전하면서 자기가 아빠와 나에게 공항 근처에 있는 호텔에 묵으라고 설득하는 중이라 알리자, 이 여자애는 패딩턴 역에서 꼼짝없이 기다릴 수밖에 없었다. 이제 난 집이 히스로에서 한 시간밖에 안 걸리는데 근처 호텔에 묵으라는 말도 안 되는 주장을 호아킨이 어째서 그렇게도 끈질기게 고집했는지 알게 되었다. 호텔에 묵는 게 항공사에서 추천하는 것인 데다 공짜이고 더 편할 거라고 했었지…….그때 난 굉장히 화를 냈고, 무슨 이유에서인지 그가 우리 아빠를 다시 보고 싶지 않아서 그랬다고 생각했던 기억이 난다. 결국 난 그에게 닥치라고, 우리는 집에 갈 거니까 더 이상 아무 소리 하지 말라고 했었지.

이메일은 우리가 집에 도착해서 그가 더 이상 전화로 그 애와 통화할 수 없었던 때부터 시작되었다. 그 애는 당연히 엄청 속이 상해 있었다. 아침 내내 추운 패딩턴 역에서 불확실한 현실에 대한 좌절감, 다시 텅 빈 런던의 자기 아파트로 돌아가야 한다는 환멸감을 곱씹고 있었을 테니까. 하지만 상황이 더 악화된 건, 이 사건으로 인해 완전히 화가 난 여자가 우유부단한 남자 친구를 봐주는 데 인내심의 한계를 느꼈기 때문이다.

더 이상은 못하겠어, 호아킨. 진심이야. 당장 그녀에게 헤어지자고 말하지 않으면 이걸로 끝이야. 자기에 대해 뭘 더 어떻게 생각해야 할지 모르겠어. 여자 친구와 같이 자는지, 자기가 정말로 사랑하는 여자는 누군지도 모르겠고. 내가 아는 거라곤 우리가 이제 사귄 지 2년이나 되었는데도 자기가 날 아직 내연녀 취급하고 있다는 것밖에 없어. 난 이제 정말 질렸어. 토할 만큼 질렸다고. 지금 그 집으로 찾아가 삼자대면을 해서 한 번에 다 정리해버릴까 생각 중이야.

이 불쌍한 여자애에게 동정심마저 들 지경이었다. 그는 날 막 대하는 것만큼 그녀 역시 막 대하고 있었다. 그리고 이 쥐새끼는 막다른 골목에 부딪히자 다음과 같은 메일을 썼다.

내 사랑,

일이 이렇게 되어 정말 미안해. 믿어줘. 자기는 지금 정말 힘들겠지. 하지만 무엇보다도 나에 대한 믿음은 잃지 말아줘. 그것보다 더 아픈 건 없을 테니까. 자기도 내가 진실에 헌신하는 타입이란 거 알지? 나는 절대로 자기를 배신하지 않아. 내가 자기에게만 충실할 거라고 약속했잖아. 난 이제까지 약속을 잘 지켰어. 그녀와 함께 살고 있긴 하지만 내 몸과 영혼은 자기와 함께야.

내 사랑, 우리 귀여운 은하소녀, 자기는 내 영혼을 사로잡곤 내 삶을 갈가리 찢어버렸어. 자기 때문에 모든 게 다 엉망이야. 그리고 내가 이 문제를 아직 해결하지 못했다는 것도 알고 있어. 하지만 곧 해결할 거야. 날 믿어줘. 이제 난 자기하고만 살 수 있다는 걸 분명히 알게 됐어. 우리의 이 꿈이 이뤄질 날이 오길 손꼽아 기다리고 있어.

호아킨.

이제 난 왜 그가 나와 사랑을 나누지 않았는지 알 수 있었다. 그는 굳건한 정절을 약속했고, 그 약속을 지켰던 거다. 그는 '진실에 헌신하는 타입'인 자신의 모습을 지켜왔다. 그 익숙한 어구가 어쩜 이토록 잔혹한 아이러니이자 비정한 위선으로 보이는지. 그 말 때문에 내 심장은 갈가리 찢기고 온몸에 피가 들끓었다. 뭔가 치고 할퀴고 패대기치고 싶어서 손이 근질거렸고, 토하고 싶은 기분이 덮쳐왔다.

시빌이 창유리를 쾅쾅 쳐대서 내 시선을 돌려주지 않았더라면 난 정말로 컴퓨터를 부숴버렸을 거다. 하지만 그러려는 마음을 억누르고는 그저 컴퓨터 전선을 확 뽑아 본체를 순식간에 조용하게 했다. 그런 다음 창문을 열고 얼굴을 고양이의 코앞까지 들이밀고는 온 힘을 다해 소리를 질렀다.

"날 내버려둬!"

시빌은 내가 꽥 소리를 지르자 창틀에서 정원으로 번개처럼 뛰어내렸다.

"나 지금 혼자 있고 싶어 하는 거 안 보여?"

난 그렇게 홀로 남아 홀로 울었다. 분노에 차서, 공포에 차서, 고통과 불신과 수치심에 차서. 그 순간, 호아킨과 그…… 그 여자애, 걔가 누구든 당장 가서 둘 다 목을 졸라 그 자리에서 죽여버릴 수가 없다는 사실에 절망에 빠진 채.

나 진짜 멍청하구나. 어쩜 이렇게 멍청하지! 호아킨을 믿다니. 남자를 믿다니. 이 세상이 좋아질 거라고 믿다니. 백마 탄 왕자님과 산타클로스의 존재를 믿다니. 베로가 하는 말이 구구절절 다 맞았다. 베로한테 어떻게 말하지? 아빠한테는 뭐라고 하지?

"크리아 쿠에르보스 이 테 사카란 로스 오호스Cría cuervos y te sacarán los ojos." 내가 호아킨 쿠에르보에 대해 처음 말을 꺼낸 날 우리 엄마는 이렇게 말했었다. '까마귀를 키우면 눈을 쪼이게 될 거다.'

엄마는 호아킨을 좋아한 적이 한 번도 없었다. 나만 빼고 모두 알고 있었던 거다. 그리고 이제 난 혼자 외로이 남아 눈물을 흘리고 있다. 끔찍한 고독이, 내 인생의 길고 긴 마지막 겨울이 왔음을 알려주는 눈물이었다. 그 겨울의 시린 바람은 벌써 불어와 가슴을 얼리고 살갗을 타는 듯 에고 때 이른 시기부터 냉혹하게 눈보라를 몰고 왔다. 모든 계획을 없었던 일로 만들어버리고 모든 걸 죽음의 침묵으로 덮어버리는 눈보라를.

8

내 편이 필요해

나는 서재에 손님용으로 놔둔 침대에서 깨어났다. 열려 있는 창을 통해 들어온 찬 공기로 몸이 으슬으슬했지만 따뜻한 털 뭉치에 둘러싸여 있었다. 고양이는 부드럽게 가르랑거리면서 같은 말을 몇 번이고 반복했다.

"얘, 걱정하지 마. 다 지나갈 거야. 다 지나갈 거야. 걱정하지 마……."

나는 시빌을 꼭 껴안았고, 시빌은 내 가슴 사이로 얼굴을 묻었다.

"시빌."

"응, 말해."

"나 이제 어떡하지?"

"나라면 창문을 먼저 닫을 거야. 너 덜덜 떠는 게 보이거든."

난 아주 힘들게 자리에서 일어나 창문을 닫았다. 날은 벌써 어두 워졌지만 그새 숫자가 바뀐 디지털 알람 시계를 보니 아직 7시도 되지 않았다. 난 다시 침대 끝에 앉아서 어깨에 이불을 둘렀다. 시 빌이 내 무릎 위로 올라와 앉았다.

"그놈을 죽여버리고 싶어."

"그럴 거 같진 않은데."

고양이는 고개를 갸웃거리며 이렇게 대답했다.

"진짜야. 그놈이 내 앞에 있다면 당장 죽였을 거야."

"그러고 보니 아까는 네가 날 죽이는 줄 알았어."

난 창문에 대고 소리를 질렀던 걸 떠올렸다.

"미안해. 그렇게 막 대할 생각은 없었는데."

"아니야. 당연히 날 죽일 마음이 아니었다는 거 알아. 하지만 지금 호아킨을 죽이고 싶은 것도 아니지. 네가 정말로 죽이고 싶은 건 네 과거야. 호아킨이 저지른 일과 네가 스스로에게 저지른 일, 또 하지 못했던 일들 말이야. 하지만 이젠 어쩔 수 없어. 아까 네가 점점 더 심하게 화를 내고 있을 때 이 말을 해주려고 했어."

나는 컴퓨터를 바라보았다. 가구인 양 죽은 듯이 고요한 컴퓨터를 보자 에트레타와 베로나, 호아킨이 나와 아빠에게 크리스마스 다음 날 호텔을 잡아주려던 광경이 떠올랐다. 난 이불을 쿠션 삼아 벽에 등을 기댔다.

"그놈은 나를 2년이나 속였어, 시빌. 2년이라고. 어린 여자와 바람을 피웠어. 왜 말을 안 한 걸까? 도대체 왜?"

"난 알 수 없지. 너희 인간들은 거짓말에 아주 놀라운 재능이 있어. 그리고 이젠 너도 그 점을 알게 됐고."

나는 음울하게 말했다.

"그래. 호기심이 고양이를 죽인다더니."

"뭐?"

시빌은 눈을 크게 뜨고 귀를 축 늘어뜨리면서 야옹거렸다.

"들어봐, 사라. 내가 보기에 넌 아직 호아킨을 만날 만한 상태가 아니야. 네가…… 그를 죽일 거라곤 생각하지 않지만 나중에 생각해보면 후회할 만한 행동을 할지도 몰라. 지금 네 자신을 챙겨야 해. 사실 더 좋은 건 널 챙겨줄 사람을 찾는 거야. 여기서 나가자. 다른 안식처를 찾아보자고. 너를 사랑하고 지지해줄 사람들에게 둘러싸여 지낼 수 있는 곳으로. 우리 고양이들은 위기 상황에서 더욱 독립적이 되지만 너희 인간들은 어딘가 개와 비슷한 면이 있지. 너희도 개처럼 무리가 필요해."

그 말이 맞았다. 갑자기 아빠의 빈자리가 느껴졌다. 또 친구들과 내 집과 내 나라가 그리웠다. 진실이 도끼날처럼 우리 사이를 갈라놓았고, 그래서 난 호아킨에게서 아주 난폭하게 떨어져나간 상황이다. 내겐 따스함과 안전함, 그리고 사랑이 필요했다. 그것도 지금 당장. 그런 생각이 들자 이제까지 내 것이었던 이 벽과 이 침대, 이 집이 낯설게 느껴지기 시작했다. 여기가 내 집 손님방이 아니고, 그저 그걸 아주 똑같이 재현해놓은 방에 뚝 떨어진 것 같았다. 베이커 스트리트 221B번지에 있는 셜록홈스 박물관처럼 아주 그럴듯하지만 결국은 가짜인 그런 공간. 오한을 느낀 나는 여기에 1분도 더 머물 수 없었다.

하지만 어디로 가지? 마드리드로 가는 비행기를 잡기엔 너무 늦었다. 내가 여행 가방을 들고 이러이러한 집안 사정이 있다며 문 앞에 나타나면 날 기꺼이 반겨줄 만한 사람을 이 도시에서 사귀었던가? 런던에 있는 내 친구들은 대부분 그냥 아는 사이일 뿐이고, 게다가 거의 호아킨을 통해 알게 된 사람들이었다. 우리가 이 도시에 온 초창기에 호아킨이 여러 강좌를 듣고 사회 활동을 하며 다양한 사람을 사귀었기 때문이다. 어쩌면 핍과 브라이언은 날 받아줄지도 몰라. 핍은 패션 디자이너로 여기서 멀지 않은 노팅힐에서 자기처럼 몸집이 큰 여성들을 위한 큰 사이즈의 옷을 판매하는 부티크를 운영하고 있었다. 일본 요리 강좌에서 브라이언을 만난 건 호아킨이었지만, 나중엔 내가 핍과 좋은 친구가 되었다. 그녀는 참으로 마음이 넓은 사람으로, 우리는 둘 다 문학과 생태주의에 관심이 많아 종종 차 한 잔을 두고 당근 케이크를 먹으며 수다를 떨곤 했다. 핍과 호아킨 사이엔 언제나 긴장감 같은 것이 형성되었는데, 핍이 차크라(요가에서 쓰이는 말로, 신체의 여러 곳에 분포한 정신적 힘의 중심점 가운데 하나—옮긴이)나 동종 요법을 주제로 이야기를 꺼낼 때마다, 신비주의와 검증되지 않은 것이라면 치를 떠는 호아킨이 참을 수 없어했기 때문이다. 그래, 핍이라면 내 편이 되어줄 거야.

난 핸드폰을 꺼내 즉시 그녀에게 전화를 걸었다.

"안녕, 새러. 목소리 들으니 좋구나. 자기는 어떻게 지냈어?"

"있지, 핍. 잠깐 통화 가능해?"

"그럼. 나 지금 베니랑 있어. 장난감 가지고 놀고 있거든."

"어…… 이걸 어떻게 말해야 할지 모르겠어."

"무슨 일이야?"

"호아킨이 있잖아. 나도 지금 안 건데……."

목소리가 갈라지고 눈물이 다시 차올랐다.

"호아킨한테…… 다른 여자가 생겼어."

"어머, 세상에. 어떡해. 언제 안 거야? 어떻게 알았어……?"

"방금. 너한테 처음 말하는 거야. 어떻게 해야 할지 모르겠어, 핍. 나 집에 있고 싶지 않아. 조금 있으면 호아킨이 집에 올 텐데. 못 하겠어. 혹시 나⋯⋯."

"그래, 그래, 걱정하지 마. 우리 집에 오면 되지. 당연하지. 이런 개새끼를! 지금 차 갖고 그리로 갈게. 아무것도 걱정하지 마. 그냥 일주일 치 짐만 싸둬. 내가 20분⋯⋯ 아니 10분 내로 갈게. 알았지?"

울음이 터져 나왔다.

"고마워. 정말 고마워, 핍. 얼마나 고마운지 넌 모를 거야."

"됐어. 자, 어서 짐 챙겨. 나 출발한다."

난 전화를 끊고 블라우스 소매로 눈물을 훔친 다음 움직이기 시작했다. 우선 복도 선반에서 기내용 가방을 꺼내 침실 한가운데 펼쳐놓은 다음 제일 먼저 보이는 것들을 마구잡이로 집어넣었다. 바지 두 벌, 티셔츠 한 무더기, 블라우스 두 벌, 양말 몇 켤레와 속옷 여러 벌, 파란색 터틀넥 스웨터, 여행용 세면도구, 핸드폰 충전기를 넣었다. 그런 뒤 잠근 가방을 계단 아래로 끌어내리는데, 시야 저 너머로 내가 엉망으로 어질러놓은 손님방이 보였다. '이렇게 해놓고 갈 순 없지. 내가 사실을 알아차렸다는 걸 호아킨이 알게 돼야 할진 모르겠지만, 당분간은 아무런 흔적도 남기지 않는 게 상책이야.' 나는 방 안에 흩어진 서류와 영수증을 초록색 파일 박스에 욱여넣었다. 그러고는 컴퓨터 플러그를 꽂은 다음 다시 컴퓨터를 켜 호아킨의 메일함이 열려 있지 않다는 걸 확인하고 바로 껐다. 1층으로 내려가자 노트북 가방이 보여서 코트와 목도리, 모직 모자와 함께 집어 들었다. 그렇게 현관으로 나갔을 때 핍이 차에서 내리는 모습이 보였다. 그녀는 아주 커다란 흰색 코트를 입은 모습으로 종종걸음 쳐 내게 달려왔다.

"오 새러, 어쩜 좋니, 어떡해!"

그녀가 거대한 북극곰처럼 나를 꼭 감싸 안았고, 난 이웃들이 다 보는 앞에서 다시 주저앉으며 엉엉 울었다.

"이리 와, 집에 가서 다 얘기해보자. 내가 가방 들어줄게."

우리가 차에 다다르자 베니는 카시트에서 자기의 나무 소방차를 꺼내 내게 주었다.

"고마워, 베니."

나는 이렇게 말하며 베니에게 뽀뽀했다.

"고양이도 같이 가요?"

아이가 물었다.

시빌은 열린 차 문 옆 보도에 앉아서 기다리고 있었다.

"같이 가면 안 될까?"

나는 핍에게 물었다. 그러자 핍은 풍만한 가슴 위로 안전벨트를 당기면서 말했다.

"안 될까라니? 나 고양이 정말 좋아해!"

브라이언이 베니를 재우고 시빌이 새로운 환경을 조심스럽게 탐색하는 동안 핍이 배치플라워Bachflower(백합과 실꽃풀속의 화초로 심신을 안정시키는 효능이 있는 식물—옮긴이) 오일을 넣은 따뜻한 물 한 잔을 가져다주며 이걸 마시면 진정이 될 거라고 말했다. 그녀는 전자레인지에 호박 스프 한 그릇을 데운 뒤, 저녁으로 먹은 로스트 치킨 남은 것과 함께 가져왔다. 난 크리넥스 화장지 한 통을 끌어안은 채, 내 입에서 나오는 말 한 마디 한 마디에 스스로도 새삼 놀라면서 핍에게 그간 있었던 일을 털어놨다. 핍은 처음부터 완전히 내 편에 서서 테이블을 세차게 내려치며 호아킨과 그 일가를 아낌없이 욕해줬다. 잠시 뒤에 우리 자리에 끼게 된 불쌍한 브라이언은 핍이 그러는 동안 테이블 한구석에서 어색한 자세로 이야기를 들었다. 자기 친구가 저지른 행동에 민망해하면서도 감히 거기에 대고 친구를 변호할 생각을 품진 못했다. 호아킨을 비난할 마음이 나진 않았겠지만.

"그래서 어떡할 거야? 집을 팔 거야? 그리고 스페인으로 돌아가려고?"

핍이 접시에서 커다란 사과 파이를 한 조각 건네주면서 물었다.

난 그런 질문에 대해 아직 생각해본 적이 없다는 걸 깨달았다. 그래서 막상 질문을 받자 상처 입은 마음 주위로 그 질문들이 음울한 유령처럼 떠돌기 시작했다.

"모르겠어, 핍. 지금 스페인 경기가 아주 나빠서 돌아간다 해도 정말 어려울 거야. 게다가 사실 그 집은 호아킨 소유야. 우리가 여기에 이사 왔을 때 호아킨네 가족이 투자 목적으로 사준 거거든. 마드리드에 내가 산 아파트가 있지만, 아직 갚아야 할 대출금이 더 많아. 그리고 파는 것도 쉽지 않고. 시장이 완전히 얼어붙었거든. 아, 정말이지, 핍. 난 완전히 알거지야. 내 월급으로 어떤 집을 구할 수 있을지도 모르겠어! 웨스트 햄스테드에 있는 집을 구할 능력이 될 것 같지 않아……."

핍은 내 손을 꼭 쥐었다.

"음, 그건 알아보면 되는 거고. 파이 좀 먹어봐."

"못 먹겠어, 핍. 입맛이 없어."

"그럼 차 한 잔 줄까?"

"마음이 진정되는 허브티가 있으면 좋겠어. 혹시 스페인에 전화 좀 걸어도 될까?"

"얼마든지, 새러. 걸고 싶은 데 아무 데나 걸어도 돼. 거실에 가서 앉을래? 이리 와. 소파에 쿠션을 놓고 앉으면 좀 편할 테니 갖다 줄게. 그리고 우린 다른 데 가 있을게. 뭐가 필요하면 말만 해. 알았지?"

핍은 날 한 번 더 꼭 안고서 키스한 뒤 거실에 허브티를 두고 자리를 피해주었다. 나는 집 전화번호를 누르다가 이내 그만뒀다. 아빠가 뭐라고 할지 그 상황에 직면할 용기가 없었다. 게다가 동생이 전화를 받기라도 한다면 이런 상황에서 뭐라고 말을 해야 하나 걱정이 앞섰다.

그래서 친구들에게 먼저 전화하기로 마음먹었다. 힘을 내 파트리와 수잔나에게 전화를 했고, 마지막으로 세 번이나 시도한 끝에 베로와도 통화할 수 있었다. 나는 통화할 때마다 울고 상처받았지만, 이야기를 계속해서 반복하고 또 하면서 "2년 동안이나 딴 여자가 있었어" "나 집 나왔어" "다시는 그놈 얼굴 보고 싶지 않아" 같은 말을 하는 데 적응하기 시작했다. 그리고 그렇게 말하는 내 목소리에 깨진 유리잔처럼 조각난 마음의 파편이 서걱대는 소리가 묻어나는 것에도 익숙해지기 시작했다.

베로는 자기가 최대한 빨리 삼총사를 모두 모아 나를 구조하러 오겠다고 약속했다. 자기 아이는 어찌되든 상관없이 말이다.

"호아킨은 스라소니의 역습에 대비해야 할 거야. 우리 반경 10킬로미터에 들어오지 않는 게 좋을걸. 아니, 10마일이 낫겠다!"

베로가 우리가 런던에서 만났을 때 호아킨에게 가할 소소한 복수 계획들을 전부 열거하기 시작해서, 난 울고 있는 와중에도 웃음

140

을 터트리고 말았다.

"첫 번째로 취할 조치는 그놈 아우디랑 망원경이랑 초밥 제작 도구들을 런던 자선단체 가게에다 기부하는 거야. 그다음에 그 재미없는 과학 잡지랑 역사책들을 전부 모아서 모닥불을 크게 피운 다음 거기다 차를 끓여 마시자. 정원 도구들을 가져다가는 그놈 엑스박스랑 커다란 TV 스크린이랑 모형 비행기를 아작 내자고. 조금만 기다려. 내가 전부 목록으로 만들어서 보낼 테니까."

베로가 너무 고마웠다. 아직도 누군가를 신뢰할 수 있다는 걸 알려줬으니까. 그리고 무엇보다도 아직 웃을 수 있다는 걸 알았으니까. 하지만 전화를 끊고 나자 또 절망에 빠져버렸다.

* * *

아빠에게 전화를 걸었을 땐 영국 시간으로 10시 반, 스페인 시간으로는 11시 반이 다 된 시각이었다. 동생의 목소리를 듣게 될지 모른다는 게 여전히 두려웠고 몸은 완전히 기진맥진한 상태였지만 자기 전에 전화를 다 끝내고 싶었다.

우리, 그러니까 알바로와 나는 한 번도 사이가 좋았던 적이 없었다. 어릴 때부터 부모님은 난 절대 할 수도 없던 일들을 알바로는 해도 된다고 허락해줬는데, 그럴 때마다 짜증이 났다. 알바로가 동생이기도 하고 또 남자여서 그렇기도 했지만, 한편으론 그 애가 부모님을 자기 손바닥 안에서 움직이게 하는 법을 알고 있었기 때문이었다. 그래서 당연하게도 그 애는 게으르고 책임감 없는 한량이되었다. 부모님은 서점 사업이 잘되기 시작하자마자 마드리드 근교 부촌에 집을 샀고, 그 녀석은 자연스럽게 미라시에라에 사는 다른 한량 젊은이들이 즐기는 여유로운 생활에 순식간에 물들어갔다. 난 종종 동생을 돌봐야 했는데, 자랄수록 우리는 사사건건 부딪히게 되었다. 특히 알바로가 열세 살이 되어 마리화나를 피우는 놈팡이들을 한 무리 집에 끌어들이자 사태가 더욱 악화됐다. 그놈들은 당연히 살면서 소설 한 권도 읽어본 적 없고 다만 축구와 '계집애', 오토바이와 밥 말리에만 관심을 보이는 부류였다. 우리는 처음엔 히피풍의 이동 서점 트럭으로, 이후 장만한 캠핑카 로시난테 2세로 부모님과 함께 여행할 때만 사이가 좋은 척했을 뿐이다.

가장 큰 문제는 바로 알바로가 절대 철이 들지 않았다는 점이다. 그 녀석은 대학교 3학년 때 영화감독이 되겠다고 경영학과를 중퇴했다. 그러자 부모님은 뉴욕에 있는 아주 비싼 영화 학교에 알바로를 입학시켜줬다. 그런데 학교에 입학한 다음엔 또 이비자Ibiza(지중해 서부의 섬—옮긴이)에서 디제이가 되겠다는 게 아닌가. 하지만 이런 마음도 영화감독이 되고 싶다는 희망 못지않게 빠르게 사라졌다. 몇 년 동안은 이런저런 마약 파티를 전전하며 이번에 사귄 마약에 전 여자 친구랑 지난번 사귀었던 여자보다 오래 가기만을 바라는 것 빼고는 이렇다 할 일이 없었다. 물론 부모님은 알바로가 그렇게 산다는 데 대해선 절반도 모른 채 그놈이 바람 불면 꺼질세라 애지중지할 뿐이었다.

나는 마침내 알바로와 일종의 전략적 협정을 맺었다. 내가 그놈을 봐야 할 때 적의를 대놓고 드러내는 일이 없도록 해달라는 협정이었다. 결국엔 알바로를 볼 일도 그다지 없게 되었지만 말이다. 진짜 문제는 엄마가 수십 년간 피워온 담배 때문에 폐암 판정을 받았을 때 일어났다. 아빠는 즉시 담배를 끊고 엄마 역시 담배를 끊게 도우려 했다. 하지만 엄마는 금연을 힘들어했고, 엄마가 응석받이로 키운 아들과 본인의 버릇이 협공해 사건이 터졌던 것이다.

어느 날 병원에 간 난 엄마가 끝도 없이 이어지는 무시무시한 기침을 하면서 심하게 고통스러워하는 모습을 보았다. 엄마의 폐가 독성 물질을 내뿜으려 사투를 벌였지만 피가 섞인 가래만 내뿜고 있었던 것이다. 믿을 수 없는 일이었지만 병실 안은 연기로 가득 차 있었고, 불붙은 지 얼마 안 된 담배가 바닥에 떨어진 채였다. 알바로가 담배를 사줬다고 엄마가 실토하자 난 당장 그놈을 잡으러 갔다. 그리고 복도 한가운데서 멱살을 잡고서 지난 몇 년간 쌓였던 울분을 모조리 토해내며 소리를 질러댔다. 그날 아침 엄마가 가슴이 터질 듯 기침을 했던 일만큼이나 추악하고 소름끼치는 일들을 다 풀어냈다. 경비원 몇이 나서서야 얽혀 싸우던 우리를 떼어낼 수 있었다.

난 엄마의 장례식 내내 알바로를 없는 사람 취급했고, 지난 2년간은 서로 말조차 나눈 적이 드물었다. 이제 알바로가 집에 돌아왔으니 완전히 피할 순 없었지만, 우리의 대화엔 언제나 긴장이 서리곤 했다. 그리고 오늘 밤 핍에게 신세를 지게 된 난 너무 힘이 빠진 나머지 그놈과는 절대로 말하고 싶지 않았다.

전화벨은 두 번 울렸고, 그걸 받은 사람은 내 동생이었다.

"디가메Digamé(여보세요)?"

"올라, 알바로Hola, Álvaro(안녕, 알바로)."

"올라, 에르마나Hola, hermana(안녕, 누나). 마침 말하고 싶었던 분이 딱 전화하시네."

"야, 빈정대는 말 따위 들을 시간 없어. 호아킨이랑 깨져서 제정신이 아니거든. 아빠 바꿔."

"제길. 누나. 이거 유감인데. 누구 다른 여자랑 붙어먹은 거야 뭐야?"

"이 개새끼야. 그래 네 말이 맞아. 이제 나 그만 괴롭히고 아빠 바꾸라고."

"그놈이 사기꾼인 걸 난 진작에 알았지. 언제나 지껄여대는 과학적 헛소리만 들어도 다 알 수 있었어. 내가 항상 경고했는데 누나는 듣지도 않았지. 하지만 있잖아, 사라 누나. 지금 아빠는 누나의 질질 짜는 신세 한탄을 들어줄 만한 상황이 아닌 것 같아. 여기 진짜 큰일이 났어. 그래서 누나가 와서 좀 도와줘야 해……."

"무슨 상황인데? 무슨 일이야?"

난 여기서 또 무슨 일이 생기는 건가 무서워졌다.

"우리 파산했어, 누님."

"무슨 소리야, 파산이라니?"

"음. 서점이 잘 안 됐던 건 알지? 하지만…… 뭐, 그게 전부가 아니었어."

"무슨 소리야, 알바로? 농담은 집어치워. 짜증나니까."

"나도 농담이었으면 좋겠어. 사실은 3년 전에 대출을 받았거든. 빚도 갚고 리모델링하느라고."

"집을 담보로 대출을 받았다고?"

"음. 일부는 그랬어. 누나 걱정할까봐 아무 말도 안 한 거야."

"알바로. 진짜, 너 어떻게 이런……."

"다들 경기 불황은 1년 정도 갈 거라고 그랬어. 기껏 해봤자 2년이라고……. 그동안 저축한 것도 다 써버렸어. 그래서 이 위기를 넘기고 충격에 대비하려면 그게 최선이라고 생각했다고.”

말문이 막혔다.

“누님?”

“그럼 네가 산 스포츠카는…… 아빠 저금으로 산 게 아니었구나. 아빠 집을 넘기고 산 거였어. ‘우리’ 집을 넘기다니! 그러고 보니 너 쿠바랑 브라질로 여행도 갔었지…….”

“그게 뭐? 누나만 폼 나는 인생을 즐길 권리가 있다고 생각하는 거야? 이렇게 경기 불황이 오래 갈지 내가 어떻게 알았겠어?”

“테 오디오Te odio(너 정말 싫다)! 알바로! ”

하지만 그놈은 내 말을 듣지 않았다. 누군가와 이야기하고 있었으니까. 이어서 나는 힘없고 부끄러움에 가득 찬 채로 지친 아빠의 목소리를 들었다.

“이자 미아, 사리타, 카리뇨Hija mía, Sarita, cariño(우리 딸, 꼬마 사라, 아가야)…….”

“파파Papá(아빠)!”

아빠는 울기 시작했다. 자신이 일군 서점과 책들 때문에, 본인이 진정 사랑했던 이의 죽음과 그로부터 온 외로움 때문에, 자신의 쓸모없고 이기적인 아들 때문에, 아들이 세운 망할 계획을 말리지 못하도록 나를 쏙 빼놓았던 일 때문에, 그리고 딸에게 돈을 달라고 말해야 하기 때문에. 그래서 결국 난 아빠를 위로하고, 우리는 해결책을 찾을 수 있을 거라 약속하며 걱정하지 말라고, 아빠 딸 사라가 모든 걸 책임지겠노라 말해버리고야 말았다. 그리고 물론 나한테 일어난 일은 아빠에게 말할 엄두조차 내지 못했다. 아직은 아니다.

지금은 아니다.

핍은 침실에서 나와 나를 다시 안아주었고, 난 그녀에게 잘 자라고 인사했다. 그러자 눈물이 다시 왈칵 쏟아졌다. 내가 이렇게 눈물을 많이 흘릴 수 있을 줄 몰랐는데.

"오, 그래. 그래 괜찮아. 이래도 돼. 실컷 울어."

왜 핍에게 상황이 더 악화되었다고 말했을까? 이미 오늘 밤 충분히 폐를 끼쳤는데. 하지만 더 이상은 버틸 힘도 없었다.

9
행복이라는 잔인한 농담

그토록 지쳤는데도, 그날 밤 난 생생한 악몽을 꾸느라 거의 자지 못했다. 분노와 증오, 수치심이 펄펄 끓어 몸이 열에 들뜬 채, 앞으로 혼자 몸으로 쪼들리는 삶을 살면서 심술궂고 성마르게 늙어갈 거라는 오싹한 생각에 오한이 들었다. 시빌은 나와 함께 밤새 침대 발치에 앉아서 환자를 걱정하는 참을성 있는 간호사처럼 이따금씩 와서 날 쓰다듬어주었다. 그뿐만 아니라 나의 어두운 환상 속에 살그머니 들어오기도 했다. 나는 사나운 고양이들이 하악거리며 맹수처럼 싸우는 꿈을 꾸었다. 고양이들은 등을 둥글게 구부리고 털을 곤두세운 채 서로의 배를 발톱으로 할퀴어댔다.

하지만 밤이 깊어가자 한 가지 사실이 확실해지기 시작했다. 가능한 한 빨리 호아킨을 만나야겠다는 간절한 마음. 그래서 자기가 저지른 짓을 직접 실토하게 하고 징그러운 벌레처럼 땅바닥을 기고 굽실거리며 나를 두고 바람을 피운 일을 용서해달라고 빌게 만들고 싶었다. 이 교활한 개새끼는 우리 사이가 잘되지 않는다는 이유로 나와 헤어지길 원했다. 그리고 그런 다음에는 뻔하지. 나 있지, 다른 사람을 만나고 있어. 언제 한번 만나자. 소개해줄게. 우린 모두 좋은 친구가 될 수 있을 거야. 뭐 이런 소리를 늘어놓겠지. 하지만 그렇게 되진 않을 거다. 상처 하나 입지 않고 어물쩍 빠져나갈 순 없을 거야. 내 앞에서, 내 친구들 앞에서 그렇게는 안 돼.

그렇게 증오에 찬 토요일 아침 7시가 되었고, 난 머리가 끓어오르는 듯한 느낌에 휩싸인 채 침대에 앉아 있었다. 그러다 침대 협탁에 항우울제 통이 있는 걸 보고 집어 들어 방 저쪽으로 던져버렸다. '난 기분이 좋아질 필요가 없어. 난 분노하고 싶어.'

난 그 쿠에보, 그 까마귀 놈과 7시 30분에 문자로 약속을 잡았다.

12시 30분. 켄싱턴 가든. 둥근 연못에서 봐. 갈라서는 거에 대해 얘기해.

공공장소를 택하는 게 제일 낫다는 생각이 들었다. 그래야 안전한 느낌도 들고, 충분히 넓은 곳이라야 큰 소란을 피우지 않고도 그놈에게 소리를 지르고 뺨도 한 대 갈길 수 있지.

그리고 8시 5분에 답 문자를 받았다.

좋아. 너 괜찮은 거야?

'물어봐주다니 참 고맙기도 하셔라. 아니면 내가 뭔가 알아냈을까봐 걱정이 돼서 그런 거냐?' 난 답장을 보내지 않기로 했다. 그래야 걱정이라도 할 테니까.

10시에 런던 시내 반대편에 있는 그리니치에서 베니의 바이올린 수업이 있다고 들었다. 그래서 난 핍과 가족들이 집을 나서기까지 기다렸다가 내 방에서 나와 씻고 옷을 입은 뒤, 무기력한 위장이 소화시킬 수 있을 만큼만 간단하게 아침을 먹었다. 그런 뒤 나머지 오전 시간 동안 거실 이쪽저쪽으로 미친 듯이 왔다 갔다 하며 전략을 검토하고 할 말과 몸짓을 연습했다. 그리고 상황이 달라질 모든 가능성에 대해 고찰해 그가 한 모든 거짓말 하나하나를 반박하고 가장 고통스러운 고백을 뽑아낼 수 있도록 만반의 준비를 했다. 나는 공원에서 벌어질 만한 장면 중 가장 최악의 가능성을 거듭 생각해내면서 내 빈약한 승리를 최대한 과장해야 했다. 그 겁쟁이가 오랜 시간 날 배신하는 동안 맞닥뜨리기 무서운 나머지 그런 일이 없도록, 또는 있더라도 최대한 미룰 수 있도록 온갖 수를 다 써왔던 그런 광경들 말이다. 그날은 당연히 진실과 정의의 순간일 것이다. 하지만 이건 내겐 궁극적으로 복수였다. 그러니 만반의 준비를 해야 했다. 이 상황에서 내가 할 수 있는 것이라곤 복수뿐이고 그 복수는 깔끔하게, 심장에 일격으로 치명타를 가해 처리해야 한다.

"시빌. 나 이따가 호아킨 만날 거야. 같이 갈래?"

고양이는 오전 내내 방 한구석에 앉아 조용히 날 지켜보고 있었다. 이제 그녀는 귀를 늘어뜨리고 바닥으로 꼬리를 내려뜨린 채 발소리도 없이 조심스럽게 내게 다가왔다.

"진심이야? 좀 더 기다리는 게 낫지 않겠어? 좀 괴로워 보이는데."

시빌은 환자를 진정시키려는 정신과 의사처럼 물었다.

"같이 갈 거야 말 거야?"

시빌은 뒤로 펄쩍 물러나더니 몸을 낮게 웅크렸다.

"가야지, 사라. 당연하지. 같이 갈게."

* * *

우리, 그러니까 고양이와 난 거기까지 걸어갔다. 공원까지 가는 덴 30분쯤 걸렸고, 나는 가는 내내 앞으로 닥칠 상황을 그려보면서, 내가 이미 모든 걸 알아버렸다는 사실을 알아차린 호아킨의 놀란 표정을 떠올리며 흐뭇해했다. 그놈이 겁에 질려 울면서 후회하고, 모든 사람이 다 알게 될 거라는 사실에 두려움에 떨다 사과하는 모습을 똑똑히 봐줘야지. 난 이제까지 없던 자신감에 차서 걸어갔고, 이윽고 우린 켄싱턴 가든에 도착했다.

마침 비가 내리기 시작했다. 이럴 거란 예상은 못 해서 우산도 가져오지 않았는데. 난 욕설을 내뱉으며 비에 젖은 채 지하철로 달려가 행상인에게 3파운드를 주고 튼튼하지도 않은 조그만 우산을 하나 사야 했다. 우산은 덜거덕거리는 게 바람이 불 때마다 뒤집혀 버릴 것만 같았다. 집에서 급하게 나오느라 아무거나 신고 나온 신발은 방수가 잘 되지 않았고, 곳곳에 웅덩이가 진 풀밭을 지나자 두 발이 물에 흠뻑 젖어버렸다.

"비 오니까 좋네. 더 극적이고 비참하잖아."

난 스스로를 애써 다독였다.

하지만 차갑게 퍼부어대는 비 때문에 후들거리는 다리와 젖은 발에다가 사방으로 위태롭게 흔들리는 우산을 보자 자신감이 점점 사라지기 시작했다. 그리고 호아킨이 벌써 와서 차분한 모습으로 미소를 지으며 연못 옆에서 기다리는 모습이 눈에 들어왔다. 전문가용 고어텍스 겉옷을 입고 제대로 된 커다랗고 튼튼한 우산 아래서 조금도 젖지 않은 호아킨을 보자 그만 도망치고 싶은 충동이 들었다.

"너만 괜찮다면 난 여기서 기다릴게."

시빌이 느릅나무 가지 위로 올라가면서 말했다. 거기서라면 우리 모습을 잘 볼 수 있을 것이다.

난 고개를 끄덕였다.

"작은 조언 하나 해도 될까?"

고양이는 올라가면서 조심스럽게 물었다.

"뭔데?"

"숨 쉬는 거 잊지 마."

난 즉시 숨을 깊이 들이쉬며 젖은 풀 냄새가 깃든 공기를 몸속에 채웠다. 그런 다음 한숨을 쉬고 온몸을 위협적으로 덮쳐오는 초조함을 억누르려 애쓰면서 움직이지 않는 발을 떼어 확고한 걸음걸이로 걸어갔다.

우린 중간 지점에서 만났고, 이제 비는 우리 주위로 펼쳐진 잔디밭 위에 부드럽게 내리고 있었다. 난 그와 2미터가량 떨어져서 섰다.

"안녕, 사라."

그는 빈정대는 표정으로 입을 열었다.

"안녕."

난 화난 말벌 떼처럼 입에서 튀어나오려는 예닐곱 마디의 욕지거리를 참으며 무뚝뚝하게 대답했다.

"다른 데로 옮겨야 하지 않겠어?"

그가 말했다. 아마 비도 내리고 내 꼴도 가련해 보여서 그랬겠지.

"아니."

난 날카롭게 대답했다.

"그래, 좋을 대로."

난 최대한 빨리 그 얼굴에서 미소를 지워버리고 싶었다. 하지만 돌풍이 한 줄기 불어오더니 내 우산이 뒤집히고 말았다. 난 양손으로 애써 우산을 붙잡으면서 바람이 우산살을 마구 휘어놓으려는 걸 미친 듯이 막아보려 했다.

"이리 와, 나랑 같이 써."

그가 두어 걸음 앞으로 다가오면서 말했다.

"됐어. 가까이 오지 마!"

"아, 알았어. 우리 문명인답게 좀 행동하자."

살짝 짜증이 난 어조였다.

"문명인답게?"

이제는 내가 빈정대면서 물었다. 그 순간 자신감이 곧장 돌아왔다. 내 대사를 칠 차례야.

"좋아. 문명인다운 행동에 대해 이야기해볼까? 너 나한테 말 안한 거 있지, 호아킨? 나한테 숨겨왔던 거 있지 않아?"

아주 잠깐, 빗줄기 사이로 눈을 가늘게 뜨며 의심의 눈초리를 보인 것도 같았지만, 호아킨은 이내 아무것도 모른다는 순진한 표정으로 돌아왔다.

"무슨 말이야?"

"나한테 속인 거 없어, 호아킨?"

이젠 진심으로 화가 난 듯 보였다. 이거 아주 뛰어난 사기꾼일세.

"없어! 난 너 속인 적 없어. 도대체 뭐야?"

"마지막으로 다 털어놓을 수 있는 기회를 주겠어, 호아킨."

"내가 너한테 언제나 진실만을 말했던 거 알잖아. 무슨 뚱딴지같은 소릴 하는 거야?"

그가 너무나 진실한 모습이어서 잠시 동안은 내가 알고 있는 게 맞나 하는 생각마저 들었다. 하지만 에트레타에서 썼던 영수증과 밀어로 가득 찬 이메일, 그놈의 '은하소녀'가 떠올랐다.

"네가 더 잘 알 텐데, 호아킨."

"아니, 정말 미안한데 무슨 말인지 모르겠어."

"왜 나랑 헤어지고 싶은 거야?"

난 의도를 좀 더 드러내며 이렇게 몰아붙였다.

"그건 너도 잘 알잖아, 사라. 네가…… 직접 말했잖아. 우리 사이가 잘될 리 없다고. 이런 일은 흔해."

그가 말을 더듬기 시작하더니 양옆으로 초조해하며 왔다 갔다 제자리걸음을 걷기 시작했다. 이때다.

"다른 여자 있다는 거 알아."

난 연회장 식탁에 목 잘린 머리를 던지듯 사납게 내뱉었다. 호아킨이 한 발짝 뒤로 물러서더니 공허한 목소리로 자신을 변호하기 시작했다.

"다른 여자 같은 건……."

"내가 다 안다고!!"

난 소리를 지르며 우산을 휘둘러 그에게 물을 튀겼고, 그는 본능적으로 몸을 움찔했다. 도망쳐야 할지, 공격해야 할지 결정을 못 내린, 덫에 걸린 들쥐의 사나운 눈초리로 그는 날 응시했다. 이윽고 난 최대한 분명하게 한 단어 한 단어를 힘주어 말했다.

"하지만 난 네가 나한테 직접 말해주길 바랐어."

"네가 안다는 게 뭔데? 뭘 말해줬으면 좋겠는데, 사라?"

오, 이제 화가 나셨군. 최소한 그 짜증나는 미소는 없어졌네.

"진실이야. 한 번은 진실을 말하라고. 그뿐이야."

난 게임을 하는 게 슬슬 지겨워지기 시작해서 한 단계 더 나아가기로 했다.

"은하소녀라는 이름 어디서 들어본 것 같지 않아?"

"은하…… 하! 걔는 회사 일로 아는 애야. 닉네임이 그거라고. 걔가 뭐?"

"몰라. 네가 말해줬으면 했다고."

"걔는 그냥 친한 애야. 그뿐이야."

우산을 잡은 호아킨의 손에 힘이 들어갔다. 슬슬 이성을 잃기 시작하고 있구나.

"보기엔 되게 친한 친구 같던데. 걔랑 너랑 붙어먹는 걸 보니 말이야. 말했지, 내가 다 안다고. 내가 바보인 줄 알아? 아무것도 모르는 순진한 바보 같아? 얼마나 오래된 거야, 호아킨? 얼마나 오래됐냐고? 적어도 그건 말하란 말이야!"

호아킨은 당황했다. 그가 정말로 옴짝달싹 못 하게 된 걸 보니 잠깐은 만족감이 들었다. 이제 그가 무너지겠지. 내가 무너뜨린 거야. 하지만 내 생각은 틀렸다.

그는 다소 누그러졌지만 다시 확신에 찬 목소리로 말을 꺼냈다.

"들어봐, 사라. 내가 이제까지 말하지 않았던 건 너한테 상처주고 싶지 않아서였어. 이건 아주 최근에 생긴 일이야. 몇 주 안 됐다고. 그리고 전혀 심각한 사이 아니야."

난 나머지 공격할 거리를 새로이 장전할 준비를 하며 이렇게 내뱉었다.

"진짜 역겹다, 너. 아직도 거짓말을 늘어놓을 배짱이 있다니 믿을 수가 없네. 나한테 상처주고 싶지 않았다고 했어? 하, 넌 지금도 상처를 주고 있어. 내 마음을 갈가리 찢어놓았는데도 계속해서 그 악독한 입을 벌려서 말 한 마디 한 마디로 날 상처주고 있다고. 다 알고 있어, 호아킨. 다 안단 말이야. 네 이메일을 읽었어. 2년 전 것부터 전부 다. 2년이잖아! 베로나에서 찍은 사진도 봤어, 호아킨. 나한테 네 사진 찍어달라고 했던 것도 그 여자한테 보내려고 그런 거였잖아!"

난 있는 힘을 다해 울지 않으려고 애썼다. 지금 무너져야 할 사람이 있다면 내가 아니라 호아킨이었다. 그런데 왜 저놈은 꿈쩍도 안 하지? 어떻게 저렇게 침착할 수가 있지? 어쩜 저렇게 내 말을 들은 척도 안 하는 것처럼 젖은 풀만 내려다보고 있느냐고?

"난 너랑 아이를 갖고 싶었어. 난 하루가 다르게 늙어가고 있다고. 네가 나한테 무슨 짓을 한 건지 알아?"

호아킨은 그늘진 우산 아래 검은 재킷에 달린 후드를 쓴 채로 아무런 말이 없었다. 이제 깨달아야 할 때가 왔다. 고통을 느끼며 비굴하게 굴 때가 온 거다. 호아킨은 양심이 있는 사람이야. 난 그를 알았기에 어딘가에는 양심이 있다고 믿었다.

이윽고 내 눈을 똑바로 응시하는 호아킨이 보였다. 마치 이제 마법에서 깨어나 엄연한 현실을 직시해야 한다는 것처럼, 그 눈엔 더할 나위 없는 냉정함이 깃들어 있었다.

"들어봐, 사라. 이런 일은 빈번히 일어나. 사람들은 사랑에 빠졌다가도, 어느 순간 깨지기도 한다고. 나도 누군가를 만나서 가까워진 거고. 그래서 너한테 말 안 한 거야. 왜냐고? 다 널 위해서, 너 상처받지 말라고 그런 거야. 네가 항상 그랬잖아, 내가 너무 지나치게 솔직하다고. 어, 그래서 난 충격을 좀 덜 받게 하려고 그랬던 거야. 이제 보니 비밀로 하길 잘했다는 생각이 들어. 하지만 넌 내 이메일을 몰래 훔쳐봤고, 그래서 상처를 받았지. 하, 내가 뭐라고 해야 해? 그렇게 사사건건 남의 일에 참견하질 말았어야지! 비 오는 날 우산 없이 외출하면 젖는 건 당연한 거 아니야? 다 자업자득이야."

어안이 벙벙했다. 그리고 이놈이 나는 물론이고 그 누구에게도 비굴하게 저자세로 나올 리 없다는 걸 마침내 알게 되었다. 사과 비슷한 것도 할 마음이 없는 거다. 그래서 난 완전히 폭발해버리고야 말았다. 사과도 없고, 공원에서 흔히 벌어지는 민망한 상황도 없이, 난 그냥 버려진 거다. 동반자도, 돈도, 미래도, 밤까지 버틸 수 있을 인간적인 존엄성 한 조각조차 없이. 난 그놈을 어떻게든 내 앞에 무릎 꿇려야 했다. 그래서 진노한 여왕처럼 내가 손에 넣을 수 있는 유일한 무기의 힘을 빌려 그를 제압하려고 했다. 바로 우산으로.

누가 봤으면 굉장히 측은했을 것이다. 내 고함 소리는 켄싱턴 가든에 쩌렁쩌렁 울려 퍼졌다.

"어떻게 사람이 이렇게 잔인해?"

그렇게 말하며 난 그를 때리고 또 때렸다. 그놈을 무장해제 시켜놓고 온 힘을 다해서 아무 생각 없이 때렸다. 그가 들고 있던 우산은 내가 처음 때렸을 때 손에서 빠져나가 관성과 정신없이 부는 바람, 날아가기 쉬운 모양이 삼박자를 이룬 탓에 어지러이 춤을 추며 빙글빙글 날아갔다. 난 계속해서 연타를 날렸고, 그 바람에 그가 머리에 쓰고 있던 후드가 찢어졌다. 나는 계속해서 그의 몸을 우산으로 흠씬 두들겨 팼고, 그는 더 크게 다치기 전에 가까스로 빠져나갈 수 있었다. 호아킨은 내가 혹시 또 공격해올까봐 내게서 눈을 떼지 않으면서, 한 손으론 찢어져서 피가 나는 머리를 부여잡고 다른 손으론 우산을 집어 들었다. 이제야 겁에 질린 생쥐처럼 보이네. 하지만 지금 이 순간에도 호아킨만큼 내 꼴이 우스운 건 마찬가지라는 걸 깨달았다.

호아킨이 말했다.

"너 까딱하면 내 눈 파낼 뻔했잖아."

"정말로 네 눈을 파냈어야 했는데."

난 이렇게 쏘아붙였다.

"맙소사, 사라. 네가 그럴 리야 없지. 네가 화났다는 건 알겠어. 당연하지. 질투심이란 여자에게 매우 강력하게 작용하는 감정이니까. 내가 보기에 넌 수영을 좀 하는 게 좋겠어. 체내에서 스트레스를 없애는 덴 그게 최고거든. 나 아직 헬스클럽에 이용 가능한 포인트가 남아 있을 거야. 여기……"

그가 건넨 마지막 제안에 난 정신을 놓고야 말았다. 그다음에 어떻게 되었는진 기억도 잘 안 난다. 정말로 그가 자기 헬스클럽 카드를 줬는지, 내가 거기다 대고 소리를 질렀는지도 잘 모르겠다. 어쩌면 또 우산으로 때렸는지도 모르고, 우산을 그놈에게 던졌을 수도 있다. 나중에 정신을 차려보니 천이 우산살에서 벗겨진 채로 비에 흠뻑 젖은 우산이 풀밭에 나동그라져 있었으니까. 기억나는 건 호아킨이 떠나고 나서도 내가 공원 한가운데에 아주 오랫동안 머물러 있었다는 거다. 무감각한 상태로, 이 오래된 도시의 축축한 싸늘함처럼 진실이 내 뼈마디 구석구석에 스미게 둔 채로 그렇게. 저 호아킨은 날 사랑하지 않았어. 어쩌면 처음부터 날 사랑한 적이 없었을지도 몰라. 내 감정은 조금도 생각하지 않았어. 난 몰랐지. 저놈은 일종의 사이코패스였던 거야. 전에는 그걸 못 본 내가 바보지. 저놈에게 내 인생을 10년이나 허비했다니. 내 주변 사람들 중에서 그 사실을 알아챈 사람이 알바로만이 아닐 수도 있어. 난 이제 마흔인데 혼자가 되겠구나. 집도 돈도 엄마도 없이, 아이도 삶의 방향도 없이. 내게 남은 거라곤 이기적인 남동생과 폐인이 된 아버지, 그리고 내가 미쳤다는 사실만 분명하게 알려주는 상상 속의 고양이뿐이네.

난 이제야 내 희망과 꿈이 정말로 무엇이었는지 직시하게 되었다. 신도 마법도 없는 어두운 하늘이 아무런 이유도 없이 내 위에 비를 뿌려대는 걸 알게 된 것이다. 비는 올 때가 되어서 오는 거였다. 시간이 지나면 늙고, 고통받고, 울고, 패배하고, 죽는 것처럼. 우리의 인생사가 이렇게 짧고 조악한 거다. 그렇다고 삶이 우리를 배신했느냐 하면 그건 아니다. 그저 내가 지금껏 사실을 직시하지 못했던 것뿐이다. 날 속인 건 내 자신이었다. 사랑과 가족, 성공과 행복이라는 동화를 믿었으니까! 지구 반대편에서는 기아와 전쟁으로 사람들이 죽어가는 판인데 운명이 날 향해 미소 짓고 있다고 믿다니. 하지만 난 호아킨이 다른 사람과 똑같은, 베로가 말한 것처럼 쓰레기 같은 놈이라는 사실을 직시하고 싶지 않았다. 이 도시만 해도 내 주위에 살인자며 강도, 버스를 날려버릴 기회를 호시탐탐 노리는 테러리스트가 있고, 석유 때문에 피비린내 나는 갈등을 기꺼이 승인하는 의원들과 세계는 망해가도 자신들의 부는 계속 축적하는 은행가들이 있지 않나. 그놈들이 훨씬 나쁘지. 나 역시 이 무정한 사람들 중 하나가 되어 내 능력과 영혼을 은행가와 석유 장사와 전쟁광들에게 팔아넘기며 한때 내 삶을 인도하던 이상들을 전부 저버리고 있는걸.

그런데도 행복을 논하다니. 하! 난 이제야 그게 얼마나 잔인한 농담인지 이해할 수 있었다. 적어도 그게 다 훌륭하고 익살맞은 속임수라는 걸 꿰뚫어볼 수 있었다는 말이다. 저속하고 사나우며 귀에 거슬리는 웃음소리가 내 목을 타고 흘러나와 점점 커지더니 마치 자유로이 풀려난 가학적인 괴물처럼 나를 사로잡았고, 급기야는 광인의 비명처럼 입에서 쏟아졌다. 하지만 더 이상 신경 쓸 여력이 없었다. 아무것도. 이제 난 잃을 게 없었으니까.

비가 그쳤다. 날은 어두워지고 있었다. 몸은 춥고 마음은 공허한 상태로 걷기 시작했다. 처음에는 정처 없이 발길 가는 대로 보도를 지나고 횡단보도를 건넜다. 서로 위치를 바꿔놓아도 전혀 알아채지 못할 것처럼 고만고만하게 보이는 거리들은 시멘트와 아스팔트, 빛바랜 페인트칠로 이루어진 끝없는 미로 같았다. 난 실험 장치에서 빠져나갈 길을 찾지 못해 기진맥진해버린 가련한 들쥐처럼 눈길 한번 들어 올리지 않고 몇 시간이고 이렇게 터벅터벅 걸었던 것 같다.

그러다 어느덧 타워 브릿지까지 와 있었다. 하얀 묘석처럼 환하게 빛나는 탑에 홀려버렸다. 이 거대하고 텅 빈 건축물의 가운데로 걸어가는 동안 내 옆으론 차 한 대 지나가지 않았다. 들리는 소리라고는 다리 위로 불어오는 바람 소리와 바람을 받아 거대한 하프로 장송곡을 연주하듯 울리는 다리를 지지하고 있는 금속 케이블들의 소리뿐이었다. 마침내 난 하루에 두 번 공중으로 수십 피트 올라가는 거대한 양쪽 다리들이 맞닿은 부분에 다다랐다. 그리고 거기 서서 다리를 따라 이어진 돌난간을 올려다보았다.

지금 내게 이 강은 템스 강이 아니었고 이 도시는 런던이 아니었다. 이건 그저 물일 뿐이었다. 검고 음흉하며 차가운 물의 거대한 흐름, 수치심과 분노를 빠뜨려도 좋을 급류와 조류로 가득 찬 물이었다. 다 끝내버리라고 나를 손짓하는 물이었다. 난 난간으로 더 가까이 가고 싶었다. 왜 그랬는진 모른다. 정말로 뛰어내려버릴까, 하는 생각이 들었는지도 알 수 없다. 인생을 통틀어 그런 생각을 해본 적은 한 번도 없었는데. 하지만 난간으로 더 가까이 가고 싶었다.

젖은 돌난간에 손을 얹었다. 팔로 난간을 짚고는, 살짝 몸을 들어 올리고 한쪽 발을 올린 뒤 다른 쪽 다리도 올렸다. 그렇게 난간에 올라가 앉아 다리를 강 쪽으로 내렸다. 어지러워야 정상인데. 난 언제나 높은 데를 무서워했으니까. 하지만 이상하게도 아무 느낌이 없었다. 쉽겠지. 뛰어내리긴 쉬울 거야……. 그 끔찍한 새끼가 했던 말이 기억났다. '내가 보기에 넌 수영을 좀 하는 게 좋겠어. 체내에서 스트레스를 없애는 덴 그게 최고거든.' 호아킨은 내가 그의 잔인함을 이토록 역겨운 아이러니로 갚아줄 능력이 되리라고는 생각하지 못할 것이다. 내가 뛰어내리면 그놈도 느끼는 바가 있겠지. 분명 뭔가 고통 같을 걸 느낄 거야.

"너 무슨 생각 해?"

옆에서 검은 그림자가 속삭였다. 으스스한 죽음의 사신 같았다.

너무 무서운 나머지 하마터면 강으로 떨어질 뻔했다.

난 돌난간을 두 손으로 잡았다. 심장이 세차게 쿵쿵대 그 힘에 가슴이 아플 정도였다. 그 순간 현기증이 확 밀려왔다.

"깜짝이야, 시빌……. 이렇게 놀라게 하면 어떡해!"

난 고개를 돌려 고양이를 볼 엄두조차 나지 않았다.

"너야말로 날 그렇게 놀라게 하면 어떡하니. 아까는 네가 뛰어내리려는 줄 알았다고."

시빌이 걱정 어린 목소리로 말했다.

'아까는 나도 떨어지려고 했었어.' 검은 물을 내려다보며 겁먹은 채 생각했다. 하지만 아무 말도 하지 않았다. 나 정말로 자살을 생각했던 걸까? 내가 이 지경까지 온 건가? 난 내가 죽었다는 소식을 아빠가 들었다면 어땠을지 생각했다. 베로나 핍, 브라이언이나 꼬마 베니는 뭐라 생각했을까. 어떻게 그런 생각까지 할 수 있었던 걸까? 눈에 눈물이 차올라서 도시의 불빛이 완전히 흐려졌다. 그러자 시빌이 옆에서 나를 안아주는 게 보였다. 꼬리를 내 등에 둥글게 감고 앞발은 내 무릎에 얹고서 머리를 내 배에 기댄 모습으로. 고양이의 숨결과 그 작은 몸의 열기로 몸이 조금씩 진정되는 게 느껴졌다. 한 손을 난간에서 떼어 고양이의 부드러운 털과 작은 머리, 따스한 부분을 쓰다듬었다.

별거 아닌 행동이었을지도 모른다. 하지만 최소한 이 세상에 내가 속해 있다는 소속감을 주는 일이었다. 나와 함께 있는 고양이. 나와 여기까지, 내 세상의 끝까지 함께해준 고양이. 내게 와서 보답을 바라지 않는 사랑을 준 고양이. 지금 여기에, 고양이만이 어떤지 아는 장소와 시간에 그냥 나와 함께 있어준 고양이.

강물은 발 아래로 흘러갔고, 나는 시빌을 쓰다듬었다. 고양이는 아무 말도 없었지만 난 고양이를 이해할 수 있었다. 그녀는 말없이 얘기했다. '내 온기를 네게 줄게. 내 사랑을 네게 줄게.' 강물은 발 아래로 시간처럼 흘러갔다. 자기를 쓰다듬게 허락해준, 내 손에 자기 몸을 너그러이 내어준 이 고양이 옆에 앉아서 나는 깨달았다. 이런 일이 전부 일어나도 세상이 돌아가고 물이 흘러가고 바람은 불

어서 내 눈물을 말려주는구나. 모든 것은 태어나서 변하고 스러져 간다. 호아킨과 나 사이도, 내 인생도, 온갖 소음과 빛으로 가득한 이 도시도 마찬가지다. '하지만 지금 여기서 내 온기를 네게 줄게. 내 사랑을 네게 줄게.' 난 고양이에게서 흘러나오는 침묵의 언어를 들었다.

"고마워, 시빌."

"뭐가? 난 아무것도 안 했는데. 아무 말도 안 했다고."

"그것만으로도 충분해."

시빌은 머리를 들고서 깊은 초록색 눈동자로 나를 바라보았다. 난 처음으로 고양이의 눈길을 오랫동안 피하지 않았다.

"그거 알아, 시빌? 아까는 말이야, 내 인생이 끝이라고 생각했어. 그래서 정말로……."

"그 말이 맞아! 하지만 분명히 네다섯 개가 아직 남았을 거야."

시빌이 단언했다.

"네다섯 개라니?"

고양이는 내게서 등을 돌리고 난간 위를 걸어가기 시작했다.

"목숨이 네다섯 개는 있을 거라고. 인간들 말로는 고양이 목숨이 아홉 개라잖아. 하지만 너도 그 비결을 알게 될 거야."

"비결이라니?"

시빌은 뱀처럼 유연하게 다시 몸을 돌려 내게로 걸어왔다.

"불타버린 재에서 다시 살아나는 비결 말이야. 네 몸을 재창조하는 거지. 새로 태어난다고나 할까. 이 목숨을 끝내고 강을 건너서 다른 목숨으로 가는 거야."

시빌이 계속 말했다.

"여기서 넌 과거를 강에 던져버릴 수 있어. 걱정과 시간적 압박과 습관과 일상생활에 목 졸려 죽어서 이미 물에 둥둥 뜬 시체를 말이야."

우리는 둘 다 수십 톤의 물이 다리 아래로 흘러가는 모습을 내려다보았다.

"사실 여기까지, 이렇게 죽음의 문턱 직전까지 올라오는 덴 어느 정도 장점이 있어."

시빌은 다리 양쪽과 탑을 잇는 철제 보도를 올려다보았다.

"여기선 더 이상 무슨 일이 일어나는지 신경 쓰지 않게 되거든. 매 순간을 모두 받아들일 수 있어. 만사를 이렇게 높이, 일정한 거리를 두고 볼 수 있으니까. 그리고 어떤 일이 벌어지든 다 받아들일 수 있다면, 넌 자유로운 거야."

고양이의 말은 아래에서 부드럽게 요동치는 물결에 섞여 귓가에 들려왔다. 그리고 그 소리를 듣자 내 안에 이상한 감정이 떠올랐다. 다리에서 강으로 떨어진 게 아니라, 반대로 강에서 다리로 뛰어올랐다는 느낌. 그리고 템스 강을 내려다보면서 저 아래 차가운 물속에 산산이 부서진 몸이 급류에 이리저리 휩쓸려 마지막 힘을 다해 숨을 쉬려고 발버둥 치다가 마침내 완전히 물속으로 사라진 뒤, 그저 내가 여기 빠져 죽었노라는 사실을 알려주는 표식으로 얼마간의 물거품과 동심원만이 나타났다가 이내 사라지는 상상을 했다. 그러자 영화를 되감기라도 하듯, 나는 다시 물에서 솟아올랐다. 거꾸로 폭발하는 듯한 물속에 싸여서 발이 먼저 나오고 다리와 몸통, 옆으로 뻗은 팔에 이어 마지막으로 머리가 나왔다. 이내 내 몸은 발목에 감긴 밧줄로 끌어올려지듯 지금 있는 자리로 솟아올라서 마침내 다리 위에 차분하게 앉게 되었다. 정확히 지금 내 자리에.

나는 한숨을 쉬었다.

"그래, 시빌. 해볼게. 하지만 네가 말한 것처럼 쉬울 거라고는 생각 안 해."

시빌은 다시 내게로 다가오며 말했다.

"누가 쉽대? 아니, 쉽지 않아. 이 다리에서 그냥 뛰어내리는 게 훨씬 더 쉬워. 내가 말한 길을 가려면 영웅적인 노력이 필요해. 위험이 널린 아주 힘든 길이지. 쉽냐고? 전혀 그렇지 않아. 하지만 그 길은 분명히 기분 좋은 길이야. 아주 좋지. 그리고 도움이 필요할 때 훌륭한 길잡이가 있다는 것도 장점이고."

난 고양이의 머리를 긁어주며 말했다.

"너 말이구나? 내가 왜 너를 믿어야 하는데?"

"우리 고양이들은 수천 년 동안 삶의 길을 걸으면서 너희 인간들을 인도해왔어. 넌 별로 신경 쓰지 않는 것 같지만 우리는 쉽게 포기 안 하거든."

시빌은 일어서서 난간 위를 몇 발짝 걷더니 다리 안쪽으로 뛰어내렸다. 나도 다리를 들고 시빌과 같은 방향으로 내려왔다. 다시 땅에 발을 디딜 수 있게 되니 감사하는 마음이 들었다. 타워 브릿지 안쪽을 밝히는 강렬한 백열등이 이렇게 밝다는 사실이 새삼 놀라웠다. 그곳은 마치 낙원의 입구처럼 빛나고 있었다.

"좋아. 어디로 가야 할지 말해줘."

"지금은 네 친구의 집으로 돌아가자. 폐렴 걸리기 전에."

2부

◆

버리는 연습

◆

10
고통을 제자리에 두기

그날 밤 뜨거운 물로 샤워를 하고 핍과 브라이언이 준비해준 저녁을 먹은 뒤, 난 오랫동안 못 잔 사람처럼 잠에 들었다. 템스 강처럼 깊은 잠에 들었다가 다시 깨어났을 땐 여기가 어딘지, 심지어 내가 누군지도 떠올릴 수가 없었다. 방향 감각을 잃은 채 기억의 어두운 파편들이 이리저리 흩날리는 상태로 힘겹게 침대에서 일어나 이이상한 집의 스위치를 찾았다. 그러자 내가 여기 왜 있는 건지 기억이 났다. 그래, 살던 집에서 도망쳐 나왔지. 호아킨이 날 두고 바람을 피웠고, 이젠 더 이상 나를 사랑하지 않고, 더 어린 여자에게 푹빠져 있어서. 심지어 나한테 미안하다고 제대로 말해주지도 않았어. 나는 다시금 강에서부터 나를 따라온 듯한 거머리들의 공격을 받았다. 공포와 증오, 수치심과 슬픔이라는 거머리들의 공격을. 그래서 그만 다시 이불 속으로 푹 들어가고야 말았다.

얼마나 그렇게 침대에 있었을까. 시간이 좀 지난 뒤 누군가가 내방 문을 조용히 두드렸지만 나는 잠든 척했다. 일어날 필요가 뭐 있어? 오늘은 일요일인데. 아무도 만나고 싶지 않았고 말도 하고 싶지 않았다. 입맛조차 거의 없었다. 새롭게 인생을 시작해야 한다는 생각이 의미하는 모든 것, 살 집을 구하고, 짐을 싸서 이사를 가고, 직장에 복귀하고, 독신의 삶으로 돌아가고, 거기다 가족 문제까지 마주해야 한다는 모든 게 그저 강 건너 불구경 같았다.

그래서 난 침대의 이 끝에서 저 끝까지 가련하게 이리저리 뒤척이며, 한쪽을 떼어내면 다른 쪽이 어딘가 또 그 혐오스러운 이를 드러내는 거머리들과 싸워댔다. 그런데 갑자기 뭔가 더 크고도 실제로 무게가 느껴지는 무언가가 나를 쾅 쳤다. 고양이였다. 무기력한 상태에 있던 난 고양이 때문에 깜짝 놀라 벌떡 일어났다.

"아야!"

내가 소리치자 고양이가 야옹거렸다.

"일어나!"

"나 좀 내버려둬!"

난 이불 속으로 다시 들어가며 저항했다.

"절대 안 돼."

고양이는 이렇게 대답하고는 이불 속을 발톱으로 파대며 앞발로 날 간지럼 태웠다.

"야, 야, 야! 너 픕네 이불 다 망가뜨리겠어!"

결국 고양이는 날 이불 속에서 끌어냈다. 난 초인적인 힘을 발휘해 일어나 앉은 다음 그다지 다정하지 못한 손길로 힘주어 고양이를 침대 밖으로 던졌다. 온몸이 천근만근이었다.

"왜 잠도 못 자게 해?"

"잘 때가 아냐. 가능한 한 빨리 새로운 삶을 시작해야지."

"새로운 삶이라고? 야, 시빌. 결국은 새로운 삶을 살게 되겠지.

하지만 현실을 봐. 새로운 삶도 예전의 삶이랑 똑같다고. 오히려 더 한심하고 외로운 데다 희망도 더 없겠지. 도와줘서 정말 고맙긴 해. 목숨 아홉 개랑 이것저것 전부 다. 하지만 현실이 그래."

시빌은 침대와 컴퓨터 책상 사이 바닥에 깔아둔 손님방의 파란 색 카펫 가운데로 걸어가면서 내가 방금 한 말을 곱씹었다.

"현실, 현실, 현실이라……."

고양이는 방 한가운데에 멈춰 섰다.

"알았어, 사라. 누군가 이 방 둘레에 벽을 쌓았다고 생각해봐. 모든 문과 창문도 다 막아버린 벽. 그 벽에는 음식 한 그릇과 물이 드나들 수 있는 조그만 구멍 말고는 아무것도 없다고 말이야."

"그게 뭐야? 무슨 테스트 같은 거야?"

"게임이라고 하자. 그 편이 재밌을 테니까. 자, 이제 어떻게 이 방에서 나갈래?"

이 고양이 어쩜 이렇게 짜증날 수가 있지. 난 테이블에 있던 물병을 집어 들어 한 모금 마셨다. 그런 다음 핸드폰을 켰다. 내 항우울제는 어디 있지? 아 맞다, 어제 내가 저쪽으로 던져버렸었지.

"모르겠어, 시빌. 뭐 폐소공포증 게임 같은 거야? 나라면 핸드폰으로 경찰에 전화할 거야."

"그럴 줄 알았어. 언제나처럼 그 조그만 기계장치에 의지하는군. 하지만 이번엔 그것도 안 된다고 쳐. 벽이 너무 두꺼워서 신호를 못 잡으니까."

나는 작은 약통을 찾아댔다. 어디로 간 거야? 컴퓨터 케이블 선 사이에 있으려나.

"그럼 컴퓨터 연결도 안 되는 상황이겠군."

"그렇지. 넌 컴퓨터도 켤 수 없어. 전기가 없거든. 유일한 빛이라곤 먹을 게 들어오는 구멍에서 나오는 빛뿐이야."

"그래? 알겠어. 그럼 테이블을 써서 벽을 부수지."

약통은 아예 사라져버린 것 같네.

"그럴 순 없어. 벽은 단단한 돌로 만들었거든."

"그러면 네가 말한 그 조그만 구멍 말이야. 거기로 나갈 수는 없어? 뭐 내가 쥐는 아니지만……."

"너는 사라 레온이야. 그 구멍으로는 손도 드나들기 힘들어."

나는 일어서서 방 안을 둘러보며 뭔가 영감을 찾으려 했다. 그리고 약통도. 테이블 위에 있는 종이를 보자 해결책이랄 게 떠올랐다.

"내가 쪽지를 써서 나한테 일을 주는 사람을 매수하면 어떨까?"

"매수한다고?"

"그러니까, 백만 파운드를 주겠다고 하는 거야."

시빌은 고개를 저었다.

"야, 사라. 넌 빈털터리잖아."

나는 두 손으로 머리를 감싸며 말했다.

"일부러 말해주지 않아도 알아. 어쨌든, 난 납치범이 나한테 뭔가 바라는 게 있을 거라고 생각해, 안 그래? 그러면 원하는 게 뭔지 물어볼 수 있잖아."

"그들은 대답이 없어. 그리고 너한텐 납치범들의 흥미가 조금이라도 동할 만한 게 하나도 없어. 그들은 네 쪽지를 불쏘시개로 쓸 거야."

고양이가 참을성 있게 털을 고르는 동안 나는 머리를 계속 굴려봤다. 이 게임이 좀 숨 막힌다는 느낌이 들기 시작했다. 창문을 열고 커튼을 걷어서 빛을 들이고 바람이 드나들게 했다. 핍의 앞마당과 건너편 집들이 보였다.

"모르겠어, 시빌. 아마도 난 소리를 지르면서 물건을 부수고, 소음을 내서 누군가 날 구하러 오게 하지 않을까."

"미안하지만 아무도 네 소리를 못 들어. 널 구해줄 만한 사람들은 모두 너무 멀리 있고, 감옥은 완전히 방음이 되어 있어."

"그럼 천장에 목을 매달면? 아니면 단식 투쟁을 하면? 만약 항우울제를 찾는다면 그걸 과다 복용하는 건? 그럼 날 병원에 데려가지 않을까?

"또 자살 생각을 하는 거군. 어제 다 끝난 일인 줄 알았는데. 어쨌든, 그래봤자 소용없을 거야. 네가 죽는다 해도 결국 계속 이 방에 있게 될 테니."

"그만해, 시빌! 너 지금 나 갖고 노는 거잖아. 해결책은 없어."

"반대로 아주 간단한 해결책이 있지."

고양이는 침대로 껑충 뛰어오른 뒤 거기서 창문턱으로 올라갔다.

"뭔지 말해줘?"

고양이가 나를 놀려댔다.

"그러는 게 낫겠어. 내가 무슨 말을 해도 틀리다고 할 거잖아. 내가 어떻게 방에서 나가는데?"

"그냥 뛰어내리면 돼. 그럼 자유야."

시빌은 이렇게 말하더니 창문에서 앞마당으로 뛰어내렸다.

"하지만 어떻게 뛰어?"

나는 창문으로 다가가면서 물었다. 시빌은 계속 정원 쪽으로 걸어갔다.

"야, 어디 가? 무슨 말인지 모르겠어. 설명해줘야지!"

고양이는 잠시 멈추더니 뒤돌아보며 말했다.

"설명이랄 건 없어. 그 감옥이랑 벽이랑 납치범은…… 네 스스로 머릿속에서 만든 거야. 실제로는 있지도 않다고. 안 그래? 그러니까 네가 해야 할 일은 그렇다는 걸 깨닫는 거야. 그럼 그 방에서 쉽게 나올 수 있어."

"이럴 줄 알았어. 너 날 속였구나!"

"속이다니? 절대 그렇지 않아. 널 속인 상대가 있다면 그건 바로 너 자신이지. 너야말로 네 인생이 끔찍하다고, 이제 끝났다고, 그래서 행복할 수 없다고 말하고 있잖아. 그게 바로 너를 둘러싼 돌벽이고, 그것도 네가 직접 쌓은 거야. 자, 이리 와. 일단 이 방을 떠나서 좀 걸을 준비를 하자. 네 훈련이 이제 막 시작될 참이니까."

"무슨 훈련?"

"돌벽을 부수는 훈련이지. 그게 정신적인 벽이라도 부수는 덴 사실 힘이 많이 들거든."

고양이는 다시 거리 쪽을 향하면서 말했다.

"넌 훈련을 해야 해. 내가 너랑 같이 있을게. 아침 든든히 먹는 거 잊지 말고!"

나는 머릿속으로 시빌의 말을 떠올리며 샤워를 하고 재빨리 옷을 입었다. 무슨 말을 하려던 건진 알겠지만 난 그 말에 찬성하지 않았다. 내 문제는 진짜라고. 절대 가짜가 아니란 말이야. 시빌이 말한 대로 그냥 뛰어내릴 수만은 없어. 어쨌든 시빌은 내가 인생의 이 어려운 순간을 극복하게 도와주기로 마음먹은 게 분명해 보였고, 그래서 난 지금은 시빌의 조언을 따르기로 했다. 사실은 벌써 나 자신보다 시빌을 더 믿고 있었다. 게다가 이런 두뇌 퀴즈를 던져 절대 안 될 것 같은 일을 해냈으니. 바로 내가 침대에서 빠져나와 말 그대로 내 방에서 걸어 나온 것이다.

집 현관을 열어젖히자 날 기다리고 있는 고양이가 보였다. 고양이는 작고 빨간 정원 문 양옆으로 놓인 낮은 기둥 중 한쪽에 올라앉아 있었다.

"자, 나 왔어."

난 목도리를 고쳐 매며 등장을 알렸다. 그러자 고양이가 뒷다리를 쭉 뻗으며 물었다.

"정말이야?"

"뭐가 정말이라는 거야?"

"네가 여기 왔다는 거 진짜야?"

아직도 나랑 게임을 하겠다는 건가.

"그럼 내가 여기 있지 또 어디 있겠어?"

나는 열쇠로 문을 잠그며 말했다. 하지만 내가 고개를 돌리자 고양이는 그 자리에서 사라져버렸다.

"야, 어디 가?"

나는 잔디밭을 달려 작고 빨간 정원 문을 지나 밖으로 나갔다. 그러자 고양이가 잰걸음으로 보도 위를 움직이는 게 보였다. 적어도 나보다 9미터는 앞서 있었다. 고양이의 오른쪽으로는 집이 한 채 있었고 왼쪽으로는 일렬로 주차된 차들이 보였다. 나는 고양이가 이렇게 급히 날 데려가려는 데가 도대체 어딜까 생각하며 같은 방향으로 걷기 시작했다. 다음번 교차로에 다다르자 시빌이 오른쪽 모퉁이로 사라졌다. 나는 속도를 높여 모퉁이 쪽으로 가다 거기서 날 기다리는 고양이를 보고 그만 넘어질 뻔했다.

"어머, 미안해. 그런데 무슨 일이야? 우리 어디 가는 건데?"

고양이는 대답 대신 또 질문을 던졌다.

"마지막으로 지나친 차가 무슨 색이었어?"

"응? 무슨 색이냐니? 몰라. 못 봤어."

"음. 그럼 지금부터 주의를 기울여봐."

고양이는 잡을 만한 새가 자기 시야에 들어오기라도 한 듯 속도를 높여 거리를 걷기 시작했다. 나는 다시 시빌을 따라가며 이번엔 차들의 색깔을 하나하나 기억하려 했다. 군청색 스테이션왜건, 빨간색 작은 복스홀Vauxhall, 신형 폭스바겐 비틀, 검은 벤츠, 하늘색 스포츠카, 하얀 밴 등등. 그러면서도 난 이런 식의 기억력 테스트를 대체 왜 해야 하는지 의아했다.

시빌은 현장학습을 나온 아이들을 감독하는 선생님처럼 다시 모퉁이에서 날 기다렸다. 난 이제까지 본 차들을 기억해내려 애썼다.

"이 블록 세 번째 집 정원 문 색이 뭐였어?"

질문을 받은 나는 완전히 어리둥절해졌다. 차 색깔만 봤는데.

"나보고 어쩌라는 거야? 우리가 지나오면서 마주친 색깔을 다 기억하라는 거야?"

시빌은 아무런 대답도 없이 길을 건너 반대편 보도를 계속 걸었다. 그래서 나도 걷기 시작했지만 이번엔 아주 천천히 가면서 모든 집과 지붕, 모든 정원에 심긴 꽃을 전부 다 보려고 했다. 그리고 푸른 하늘 아래 흰 벽으로 울타리가 둘린 회색 보도 위로 소방차처럼 빨간 우체통과 올리브그린색 가로등 여러 개, 다양한 갈색들을 보여주는 나무줄기들과 흰색, 빨간색, 초록색, 파란색의 자동차들, 그리고 그 차들의 까만 타이어와 금속 바퀴 축, 흰색과 노란색과 검은색으로 이루어진 번호판들을 마음속에 새겼다. 정원들엔 모두 빨갛거나 파랗거나 갈색으로 칠해진 작은 문이 달려 있었다. 초록색 잔디밭에는 갖가지 빛깔의 꽃들이 있었고, 정원 뒤로는 빨간 벽돌과 창문이 있었다. 창문 안으로 색깔 맞춰 배열된 커튼과 소파, 카펫이 작은 그림처럼 보였다. 나는 눈을 크게 뜨고 수천 가지 빛의 인상을 최대한 눈에 담았다. 머릿속은 그 색채를 기억하느라 분주했다. 그걸 전부 다 보기란 불가능했고, 그중 반은 눈 깜짝할 새에 사라졌다. 한 발짝 한 발짝 걸을 때마다, 머리를 한 번씩 돌릴 때마다 모습과 원근이 바뀌면서 예전의 색채가 지워지고 새로운 색채가 나타났다.

다시 시빌을 만나자 갈색 색조가 들어간 금빛 형상이, 에메랄드색 눈에 하얀 턱과 분홍빛 삼각형 코가 회색 시멘트 보도와 대비되어 도드라진 고양이의 형체를 이룬 것이 보였다. 시빌은 빨간 입을 반쯤 벌리고 웃는 듯한 얼굴이었다.

나는 흥분해서 말했다.

"이제 뭘 물어볼 거야? 하지만 내가 본 걸 다 기억할 린 없어."

"걱정 마. 내가 아까 질문한 건 네가 색채의 세계로 들어가게 하려고 그런 것뿐이니까."

"음. 확실히 그랬지!"

나는 안심하며 대답했다.

"아직 아니야. 우린 더 깊이 들어갈 거거든."

우리는 번화가로 들어섰다. 고양이는 옷가게의 파란 진열장 앞으로 갔다.

"이제는 파란색들만 주의해서 보도록 해. 준비됐어? 가자."

정말 놀라웠다. 갑자기 내 앞에 펼쳐진 거리가 둘로 나뉘었기 때문이다. 파란색과 파란색 아닌 색. 마치 눈에 특별한 색채 필터를 씌운 것처럼, 파란 하늘과 파란색 차 몇 대 외에도 갑자기 도드라져 보이는 것들이 생겨났다. 옥외 광고판의 나른한 캐리비안 풍경 배경, 거리를 지나는 한 남자의 바지와 넥타이, 터키 레스토랑 간판의 글자, 개의 목줄, 지면 공사 중인 노동자들의 낡은 오버롤 작업복, 진열장에 전시된 핸드백과 실크 스카프, 슈퍼마켓에 진열된 포장지와 상자에 있는 수백 가지의 문구와 무늬들, 유모차 안에 누운 아기의 눈과 옷 색깔이었다. 갖가지 모양과 선, 점, 면으로 이루어져 나타난 파란색들은 하늘색부터 군청색까지, 푸르스름한 터키석에서 보랏빛을 띤 인디고까지 그 다양한 범주를 뽐냈다. 서점 앞에 쌓인 중고책 상자들, 서점 직원의 조끼, 서점의 책들, 아파트의 현관, 핸드폰 케이스, 노부인의 귀걸이에 박힌 보석, 커피숍 찻잔에 그려진 꽃무늬에 이르기까지.

"그래, 파란색이 보여. 그런데 이걸 왜 하는 거야?"

나는 모퉁이에 다다라 파란색이 아닌 고양이를 발견하고 이렇게 물었다.

"그럼 이제 초록색 차례야."

고양이는 이렇게 말하고 거리를 걷기 시작했다.

수풀, 소나무, 교회 앞마당의 잔디, 재활용 수거함, 걷고 있는 누군가의 양말, 광고에 그려진 공룡, 가로등, 땅바닥에 떨어진 과자 봉지, 내 옆을 지나치는 사람의 모직 모자.

"이젠 노란색 차례야."

시빌은 다음번 모퉁이에서 생각했던 색을 말했다. 필터링된 눈에는 금으로 만든 액세서리, 금발, 거리를 지나는 차들의 움직이는 불빛, 바나나, 그리고 나보다 몇 미터 앞서 달리는 이 고양이가 들어왔다. 그런 다음엔 차례대로 주황색, 빨간색, 보라색, 갈색, 검은색, 흰색을 관찰했다. 이 '훈련'이 무슨 의미인지는 알 수 없었지만 산책을 하는 방법 중 하나라면 상당히 괜찮은 경험이라는 걸 인정하게 되었고, 그렇게 걷는 동안 언제나 의식 저편에서 하이에나처럼 도사리고 있는 공포와 걱정을 잠시 동안 잊을 수 있었다. 마침내 고양이는 다음과 같은 지령을 내렸다.

"아주 잘했어, 우리 사라. 이제 넌 빛의 스펙트럼 전체를 조금씩 경험한 거야. 이젠 처음에 해보려던 걸 다시 반복해봐. 그러니까 모든 색을 관찰해보라고. 한 번에 말이야."

마치 미술관에 들어가 처음 보는 그림에 빠져버린 듯한 느낌이었다. 어느새 난 다양하고도 대조적인 색조로 변형되고 빛나며 흠뻑 젖은 세상에 둘러싸여 있었다. 더 이상 파란색, 빨간색으로 따로 나눠 볼 필요가 없었다. 그냥 빛깔로 가득 찬 만화경 속을 천천히 걸으면 되는 거였다. 생전 처음 무지개 미끄럼틀을 타는 듯한, 여러 빛깔 빛을 맛보는 듯한 기분이었다. 동물들은 세상을 이렇게 보는 걸까? 한 가지 색이 점차 다른 색에 녹아드는 게 보였다. 화사한 빨간 런던 버스가 하얗고 노랗게 빛나는 태양빛을 받아 보랏빛으로 변해갔다. 아비시니안 고양이 시빌 역시 노란색과 갈색 사이의 색채가 얼마나 다양한지 보여주는 연구 대상인 양, 그 실루엣을 따라 천상의 금빛이 빛나고, 옆구리엔 폭신한 빵의 노릇노릇한 갈색빛이 도는 바탕에 군데군데 시나몬 색조나 커피색이 드러났다. 그리고 머리엔 아몬드 빛 선과 점들이 나 있었다.

"어때?"

시빌은 『이상한 나라의 앨리스』에 나오는 체셔캣처럼 히죽히죽 웃으며 물었다.

"감동적이야. 뭐라 표현해야 할지 모르겠어. 깜짝 놀랐다니까."

고양이는 가르랑거렸다.

"흐으으으음. 그런데 너 새가 노래하는 건 혹시 들었어?"

* * *

색채 몰입 교육에 이어, 시빌은 내게 주변의 소리에 귀를 기울이라 했고, 다음으로는 냄새와 내 옷의 느낌과 몸에 와 닿는 공기의 느낌, 걸으면서 느끼는 신체 각 부분의 다양한 감각을 왼쪽 새끼발가락부터 시작해 정수리까지 모두 느껴보라고 했다. 이 과정 동안 시빌은 더욱 세세한 지령을 내리기 시작했다.

"판단하지 마. 평가하지도 말고. 그저 관찰해봐. 어떤 느낌이 좋다거나 싫다는 생각이 들면, 그런 반응도 경험의 일부인 것처럼 살펴봐. 네가 본 것에 대해 어떤 생각이 들면, 그 생각을 그냥 네 의식 속을 떠다니는 구름이라고 생각하고 관찰해봐."

배가 고파져서 우린 잠시 걸음을 멈추었다. 코니쉬 패스트리를 두 개 사서 하나는 내가 먹고 하나는 시빌에게 줬다. 그렇게 간식을 먹고 나서는 또 훈련으로 돌아갔다. 시빌과 처음으로 훈련한 2월의 그날, 난 아마도 16~20킬로미터는 족히 걸었던 것 같다. 노팅힐에서부터 켄싱턴, 메이다 베일과 세인트 존스 우드, 햄프스테드를 지그재그로 방향을 바꿔 걸어 다녔으니까.

그렇게 오후를 보내니 어느 순간 계속 집중하는 데 한계에 다다랐다. 시빌이 제아무리 여기저기 감각에 집중해보라 해도, 결국엔 근심 걱정이 머릿속으로 스멀스멀 기어들어왔다. 핍의 집에 오래 있을 순 없어. 그렇다면 아파트를 찾아야 한다는 건데, 정말이지 그럴 마음이 들지 않아. 넷사이언스로 복귀해서 로열 페트롤리엄 프로젝트를 진행해야 한다는 생각은 더더욱 하고 싶지 않고. 별일 없다면 목요일이나 금요일엔 업무에 복귀해야겠지만 계속 망설여졌다. 게다가 그걸로는 충분하지 않기라도 한 듯, 아빠와 동생이 얽힌 마드리드의 문제를 해결해야 한다는 부담감까지 덮쳐왔다. 그리고 마지막으로 무엇보다도 언제든 넘쳐흐를 준비가 된 썩은 하수처럼, 호아킨이 바람을 피웠다는 사실, 그가 준 고통과 아직도 머릿속을 어지럽히는 답 없는 질문들이 있었다. 어떻게 그런 짓을 할 수 있지? 내 생각은 하나도 안 한 건가? 날 사랑하기는 했나? 이 남자는 도대체 누구였던 거야? 난 이제 어떻게 되는 거지?

그런 생각이 꼬리에 꼬리를 물었다. 하지만 이내 시빌과 마주쳤고, 고양이는 다시 그 부드럽고 마음을 홀리는 듯한 목소리로 나를 인도했다. 그래서 난 다시 한 번 고양이의 훈련 지시를 따랐다.

그러다 어느 순간부터 시빌은 언덕길을 오르기 시작했다. 그 길로 가면 노스이스트 지역을 굽어보는 거대한 공원인 햄프스테드 히스에 닿는다. 하지만 그즈음 나는 지쳐 있었다. 걷느라 그렇기도 했고, 이상한 지시를 너무 많이 따르면서 정신적 소모가 컸던 데다 시빌한테도 질린 상태였다. 도시를 이렇게나 오래 걸었던 적이 있었던가. 이젠 발뿐만 아니라 온몸의 근육이 아파왔다. 그냥 저녁이나 먹고 집에 가서 눕고 싶었다.

"안 돌아갈 거야?"

"아직은 아냐. 이 훈련의 마지막 단계가 남았다고."

"시빌, 오늘 훈련은 이걸로 됐어. 내일 하자, 제발."

"야아아아아아아옹."

고양이는 부드럽게 말했다.

"뭐 놀랄 일도 아니지. 사실, 네 인내심은 참 대단했어. 그건 칭찬해줄게. 자, 이제 진짜 마지막이야. 그리고 이 마지막 부분은 그럴 만한 가치가 있다고. 지금 넌 인내심도 바닥났고 지친 상태니까. 지금 할 훈련은 바로 이 불편함을 관찰하는 거야. 네 좌절감과 쉬고 싶은 욕구, 근육의 아픔을 음미해봐. 그걸 판단하지 말고."

"너 진짜 답 없는 애구나. 그럼 널 잡아다가 자루에 넣어서 강에 던져버리고 싶은 마음이 들어도 그걸 음미해보라는 거야? 판단하지 말고?"

시빌은 내 질문을 무시하고 벌써 언덕 위를 즐겁게 종종걸음 치기 시작했다.

우리는 해가 지기 바로 전에 공원에 도착했다. 시빌은 이끼로 뒤덮인 벽 사이에 난 공원 입구에서 나를 기다리고 있었다. 우리는 거기서 잠깐 쉬며 한숨을 돌렸다. 잠시 후, 고양이는 내게 이런 말을 했다.

"자, 이제 뭐가 뭔지 다 알게 될 거야. 이제 이 공원의 꼭대기까지 올라간 다음 모든 색깔과 모양, 소리와 향기를 관찰하고, 배고픔과 숨결, 활기차고 피곤한 몸과 예민하고 좌절한 마음까지 모두 관찰하면 알게 될 거라고. 주변에 있는 모든 것에 마음속 모든 것을 다 열어봐. 네 자신을 그 순간에 맡기도록 해봐. 지금 이 순간을 살아봐. 고양이처럼 세상을 탐험해보라고. 준비됐어?"

고양이의 말은 마법처럼 나를 홀렸다. 나는 하루 종일 다른 데 한눈팔지 않고 자극들을 골라내면서 정신을 집중하고 한 가지 색만 바라보거나 왼손의 느낌만을 느끼도록 노력했다. 이제 감각을 제어하지 않고 스물다섯 가지의 감각을 지닌 거대한 내 몸의 구석구석까지 그 모든 걸 받아들이자 내 의식을 잡고 있던 모든 사슬이 한순간 없어져버린 것만 같았다.

"그래, 준비됐어."

나는 목의 떨림을 느끼며 말했다. 초록색 웅덩이 같은 고양이의 눈에 푹 빠져, 이 마지막 시험에서 비롯된 감정을 생생히 느끼며, 하늘과 더불어 그 하늘이 근처 연못에 비친 모습, 아스라한 지평선과 나무의 윤곽을 유념하면서 말이다.

그렇게 나는 출발했다. 불타듯 아픈 근육에 지시를 내리고 내 뼈 위를 제어하는 근육의 움직임을 조정하면서 습하고 향긋한 숲속의 공기를 폐 깊숙이 들이마셨다. 그리고 그 공기를 내부의 불로 바꿔서 그 불길로 내가 정신이 번쩍 들도록 해 앞으로 내몰았다. 바로 고딕 양식 대성당의 경이로운 스테인드글라스를 보는 듯한 해넘이의 색채 사이로, 음악 같은 새들의 지저귐으로 고양되어 내 발 아래 땅과 연결된 색채 사이로 말이다. 상처 입고 무겁긴 하지만 아직 살아 있는 심장이 온몸에 보낸 피에 몸은 힘을 얻고 있었다. 그 전날 시빌이 한 말이 그땐 무슨 뜻인지 몰랐었다. 하지만 이젠 머릿속에 분명하게 울려 퍼졌다. '인생은 매 순간 다시 태어나고 있어. 태초부터 그랬던 것처럼 항상 새롭게 말이야. 먹을 땐 먹는 데 집중하고, 걸을 땐 걷는 데 집중해.'

이 모든 감각과 생각들이 서로 섞이고 겹쳐서 보이지 않는 실을 자아냈다. 그건 단일한 경험으로 시시각각 변하는 현실 안에 있는, 움직이지 않는 그 무엇이자 끊임없고도 서두름 없이 시간을 여행하는 영원의 순간이었다. 잠시 동안 나는 내 안에 있는 그 무언가, 혹은 그 누군가와 닿게 되었다. 그 존재는 완전히 주도적인 데다 나라는 배의 주도권을 쥔 존재로 불굴의 영원성을 느끼며 어떠한 폭풍이 몰아쳐도 이길 준비가 되어 있었다. 그 존재는 또한 나의 바깥에도 존재해 성난 물결이며 허리케인의 일부이기도 했기 때문이다.

나는 달리고 싶은 충동을 느꼈다. 그래서 언덕 위로 달렸다. 양옆으로 팔을 쭉 편 채로. 내 가슴 한가운데서 무언가가 자라나기 시작했다. 소리 지르고 싶은 욕망, 순수하고도 원시적인 비명을 내뱉고 싶은 욕망, 내 아픈 마음이 느끼는 고통을 표현하고 하루 종일 그 순간을 기다려온 하이에나에게 목소리를 주고 싶은 욕망. 바로 짐승처럼 포효하고 싶은 욕망이었다.

"아우우우우우우우우우우우우우우우우우우!"

그렇게 난 기진맥진한 채로 가쁜 숨을 내뱉으며 공터 한가운데에 외로이 선 헐벗은 거대한 떡갈나무에 다다랐다. 얼굴을 위로 한 채로 황혼을 바라보며 바닥에 털썩 뻗어버렸다. 그리고 깊은 숨을 들이쉬고 또 들이쉬고 있자니 내 옆으로 다가온 고양이가 느껴졌다. 난 팔꿈치를 대고 몸을 살짝 일으켰다.

내 앞으로 도시가 보였다. 런던. 수백만의 사람들, 그리고 고양이들의 터전. 이 나라의 운명을 결정하고 이 세계의 절반에 영향을 끼치는 도시. 지난 몇 년간 나의 행운과 불운의 배경이 되었던 곳. 하지만 밤하늘의 첫 번째 별이 뜨는 이곳에서 지켜본 도시는 장난감

기차 세트의 배경으로 지어진 것처럼 작고 대단할 거 없어 보였다.

"나 닫힌 방에서 방금 뛰어내린 것 같아."

나는 나 자신이 새로운 목소리로 말하는 것을 들었다.

시빌이 대답했다.

"그렇다니 기쁘네. 여기서 본 풍경이 훨씬 좋지."

우리는 아주 오랫동안 감탄하는 마음으로 경치를 바라보았다.

조금 뒤 내가 말했다.

"난 도로 떨어지게 되겠지? 다시 그 벽 안으로 말이야. 안 그래?"

"네 훈련은 이제 시작일 뿐이야. 하지만 넌 네 마음이 쌓은 벽 밖에도 세상이 있다는 걸 이제 알았잖아. 그게 중요한 거야."

벌써 의심이 나를 공격하기 시작했다. 나는 이제 어둠 속에서 빛나기 시작한 그 에메랄드빛 눈동자를 바라보면서 말했다.

"아직도 납득이 안 가는 게 있어, 시빌. 넌 내가 그 벽을 직접 쌓은 거라고 했잖아. 진짜가 아니라면서. 하지만 내 문제는 진짜라고. 그리고 고통도 여기 내 가슴속에 있고……."

눈앞이 다시 흐려졌다. 갑자기 예고 없이 슬픔과 두려움, 공포가 몰려와 나를 쓰러뜨리는 것만 같았다.

"내 고통은 진짜야, 시빌. 나한테는 그래. 이 파란색처럼, 내 숨소리만큼이나 엄연히 있는 거라고. 나를 가만히 두질 않아. 심지어 지금도, 여기까지 뛰어왔는데도, 나는 소리를 지르고만 싶었어……."

시빌은 가까이 와서 머리를 내 가슴에 얹었다.

"알아, 사라. 네 말이 맞아. 고통은 진짜야. 하지만 고통이 너 자신인 건 아니야. 파란색이 네가 아니듯이. 그리고 네가 이제 배우게 될 건 고통을 제자리에 두는 일이야. 지금은 고통이 널 집어삼키고 있지만, 얼마 전까지만 해도 넌 거의 잊고 있었잖아. 그리고 시간이 좀 지나면 고통은 다시 사라지겠지. 어쩌면 그 뒤에 또 찾아올지도 모르지만. 밤이 와도 시간이 지나면 해가 뜨면서 다시 사라지는 것과 마찬가지야. 해산의 고통이 있지만 그 후엔 아이가 태어나는 것과도 같지. 내가 너한테 시킨 훈련을 하면 고통이 널 인질로 잡고 가련하게 끌고 다니는 일은 없어질 거야."

"어떻게 그래? 고통을 제어하기라도 해?"

"고통이 올 때면 마음을 내줘서는 안 되는 것과 마찬가지로 그걸 제어하려고 해서는 해결이 되지 않아. 넌 이미 여기까지 전속력으로 달려와서 소리 지르고 싶은 마음이 들 정도로 강렬한 고통을 경험했지. 그 고통 역시 이 세상에 있는 모든 것과 마찬가지로 언젠가는 끝이 날 거야. 그렇게 고통을 보내주면 넌 전속력으로 달린 뒤에 쉴 수 있지. 밤이 지나고 찾아오는 다음 날을 기쁘게 시작할 수 있고, 아이가 태어나면 뽀뽀해줄 수 있는 것처럼 말이야. 그거 알아? 넌 이제 울고 있지 않잖아. 기분이 좀 나아졌어?"

"그저 그래. 뭐, 그렇게 보니 조금 나아진 것도 같아. 미안해, 시빌. 난 훈련을 잘 받지 못해. 멍청이인가봐."

"전혀 아니야. 사실 인간치고는 아주 잘하고 있어. 넌 저녁 먹고 쉴 자격이 있어. 그리고 네 친구들의 사랑도 좀 받아야겠지. 그럼 집으로 돌아갈까?"

11
행복이 보이는 집

　다음 날 난 흐리멍덩한 머리와 답답한 가슴에다 온몸의 근육에 쥐가 난 채로 자리에서 일어났다. 하지만 이번엔 그래도 제시간에 일어나서 핍과 꼬마 베니와 함께 아침을 먹을 수 있었다. 베니는 시빌의 그림으로 부엌을 전부 채우기 시작했다.

　그런 다음 난 그레이에게 전화해서 호아킨과 헤어졌고 지금 폐인 상태이기 때문에 회복하려면 휴식이 더 필요하다고 말했다. 게다가 새 아파트도 찾아야 하고 업무에 복귀하기 전에 상황을 다 정리해야 한다고, 그러려면 수요일은 너무 빠르다고 말이다. 그레이는 내 사정을 아주 잘 이해해줬고, 휴가를 한 주 더 쓸 수 있게 해줬다. 하지만 거기서 더 쉬는 건 어려울 거라고도 말했다. 난 그레이에게 아낌없이 감사의 마음을 표시하면서 그때까지는 괜찮아질 거라고 확실히 말해주었다. 물론 그러긴 힘들 것 같았지만.

　그런 다음 아빠에게 전화했다. 더 이상은 내게 벌어진 일을 숨길 수가 없었다. 그렇게 다시 눈물을 터뜨리며 말문을 연 나는 시빌이 말했던 것처럼 전화기에 대고 실컷 울었다. 아빠는 어떻게 하면 날 기운 나게 하는지 알고 있었다. 아빠는 내가 호아킨한테 아까운 존재라고, 날 좋아해줄 더 좋은 남자들이 천 명은 줄을 서 있다고 말해주었다. 그 말이 믿기진 않았지만 그래도 들으니 좋았다.

우리는 채무가 있는 서점에 대해, 또 아빠와 나의 저당에 대해서도 이야기를 나눴다. 나는 아빠를 구슬려서 집을 팔고 더 조그만 아파트로 알바로와 이사 가는 게 어떻겠냐고 설득하기 시작했다. 그러면서 내 이사에 대해서도 생각했다. 이 재정적 위기를 탈출하려면 런던에서 집세로 쓸 수 있는 돈이 최대 5백 파운드라는 계산이 나왔다.

그다음으로는 적잖이 주저하다가 결국 하기 싫은 마음을 누르고 새집을 찾으려고 컴퓨터를 켰다. 온라인 부동산들을 살펴보면서 금세 알게 된 점은, 5백 파운드 이하의 집들은 정말 우울하기 그지없다는 사실이다. 경기가 침체되었지만 런던 집세는 예전처럼 매우 비쌌고, 괜찮은 아파트에서 혼자 살고 싶다면 돈이 아주 많아야 했다. 몇 분 뒤에 나는 고급 식료품점과 명품 가게가 있는 웨스트 햄프스테드 같은 지역에서 사는 걸 어느새 포기하게 되었다. 아마도 위험을 무릅쓰고 해크니나 이스트 엔드, 브릭스톤 지역을 알아봐야 할 것이다. 낮에도 별로 지나다니고 싶지 않은 곳이자 관광객이 방문하는 곳과는 동떨어진 지역 말이다. 이런 곳들은 우중충한 시멘트 블록으로 가득 차 있고 튀긴 소시지 냄새가 진동하는 와중에 그래피티가 그려진 벽엔 후드를 뒤집어쓴 마약 상인들이 쏘다니고 학교는 철조망으로 둘러싸여 있으며 도박장이 있고 비명과 사이렌이 울려 퍼지는 곳이었다.

"어떻게 하지, 시빌?"

난 아주 불안해진 마음으로 온라인 광고에 나타난 변변치 못한 집들의 소개 페이지를 내려가며 말했다.

고양이는 침대에 편안하게 몸을 뻗으며 대답했다.

"차차 발견하게 될 거야. 하지만 난 발품을 팔아보길 적극 추천해. 그러면 어제 했던 집중력 훈련을 할 수 있게 되니까."

"거기가 여기서 얼마나 먼지 안다면 너도 갈 마음이 들지 않을걸."

"어딜 가든 넌 혼자 가야 해. 난 할 일이 많거든. 하지만 넌 분명히 우리 둘 모두에게 좋은 집을 찾을 거야."

"좋은 집? 우린 이제 엄청 끔찍한 곳으로 이사 가는 거야, 시빌."

나는 좁아터진 거실에 최소한의 공간으로 주방과 침실을 꾸민 우울한 방이 찍힌, 초점이 흔들린 사진을 바라보며 말했다.

시빌은 고개를 들고 흥미로운 기색으로 말했다.

"그걸 어떻게 미리 알아? 난 미래를 예견할 수 있는 인간을 본 적은 없는걸."

"지금 여기서 보고 있잖아!"

난 컴퓨터 화면을 가리키며 말했다.

"아, 너희의 수정 구슬 말이군. 우리 고양이들은 점쟁이라고 하는 자들과 같이 다녀봤지만, 그들이 진짜 뭘 알려준 적은 한 번도 없었어."

고양이는 머리를 앞발에 도로 얹으며 대답했다.

시빌이 내 말을 곧이듣지 않는다는 게 분명했기에, 난 대화를 그만뒀다. 조금 뒤 고양이는 일어서서 몸을 쭉 펴더니 창문 밖으로 나갔다. 그제야 항우울제 통이 떠올랐다. 혹시 쟤가 가져간 건가?

난 창문으로 달려가봤지만, 고양이는 이미 내 시야에서 사라진 뒤였다.

* * *

지하철이 브릭스톤 쪽으로 가까이 가자, 승객들이 점차 수상쩍어 보이고 역도 더 더러워 보이고, 기차 자체도 더 지저분하다는 느낌이 들기 시작했다. 번화가의 모습도 아주 달랐다. 기름때 낀 패스트푸드점, 타투 가게, 아프리카 미용실, 개인용 컴퓨터로 가득 찬 좁은 인터넷 카페, 저렴한 슈퍼마켓, 그리고 폐업한 가게들이 보였다. 나는 이곳에서 스마트폰을 여봐란 듯 선보이고 싶지 않았기에 종이로 된 런던 지도를 가져왔다. 하지만 우산을 쓴 채로 지도를 보고 있자니 모두들 날 외지인으로 여길 거라는 생각에 마음이 불편했다.

15분 정도 걷자 작은 공원이 나타났다. 이 공원 때문에 여기 있는 집을 보러 온 건데. 아파트에서 보면 공원의 풍경이 멋지게 보였다. 하지만 가까이 가자 내 희망은 산산조각 났다. 잔디는 형편없는 상태인 데다 여기저기 뜯긴 곳도 많고 더러운 웅덩이가 무수히 나 있었다. 게다가 사방이 쓰레기 천지였다. 아이들 놀이터는 군데군데 까맣게 타 있기도 했다. 그리고 공원엔 아무도 없었다. 다만 스킨헤드 남자 두 명이 운동복을 입고 한 손엔 맥주를, 다른 한 손엔 핏불을 묶어 끌고 산책을 시키는 중이었다.

'여기서 사는 건 말도 안 돼.'

하지만 일단 여기까지 왔고, 아직 포기하긴 이르다. 나는 시빌이 한 말을 떠올리며 호흡과 온몸에 느껴지는 감각에 집중했다. 그러니 어쩐지 도움이 되었다.

내가 찾으려는 집은 공원을 따라 담장처럼 줄지어 있는 집들 중에서도 가장 끝집이었다. 나는 작동이 되는 게 신기할 정도로 아주 오래된 초인종을 눌렀다. 초인종 하나는 기막히군. 하지만 기다리는 동안 주위를 둘러보니 옆집은 비어 있고 창문을 판자로 못질해 둔 게 아닌가. 잠시 후, 지금 살고 있는 세입자가 문을 열어주었다. 덥수룩한 금발에 명랑하고 덩치 큰 사내로, 한 손엔 숟가락을 쥔 채였다. 게다가 샤워도 하지 않은 것 같았다.

"안녕하세요! 난 크레이그라고 합니다. 새러 맞죠? 들어오세요……."

우리는 우편물과 전단지, 다양한 입주자의 전화번호부가 어지러이 흩어져 있는 현관을 지나 2층으로 이어진 좁은 계단을 올라갔다. 크레이그는 주방이자 거실인 듯한 곳을 보여줬다. 거리 쪽이 보여서 하나 있는 창문으로 폐허가 된 공원의 위용이 한눈에 들어왔다. 방 안으로 걸어 들어간 나는 그 즉시 도로 나가고만 싶었다. 악취가 말도 못했기 때문이다. 썩은 채소와 상한 맥주 냄새. 시빌의 말에 따르자면, 내 코는 당장 도망치라고 말했으리라. 하지만 일단은 예의 바르게 집 안을 둘러봐야 한다는 생각이 들었다. 적어도 2분 정도는.

"천천히 둘러보세요."

크레이그는 질척해진 시리얼 그릇에 숟가락을 푹 담그며 내게 이렇게 권했다.

주인집이 사이트에 올린 사진에 따르면, 여기엔 의자가 딸린 작은 식탁과 커다란 1980년대 스타일의 소파와 낡은 카펫, 전기 히터가 달린 '굴뚝'이 있어야 했다. 하지만 크레이그가 자기 물건으로 사방을 뒤덮어놔서 아무것도 보이지 않았다. 누렇게 뜬 책들이 탑을 이루며 여기저기에 쌓여 있고, 많은 더미가 무너진 채였다. 책이 없는 한쪽 구석에는 앰프와 디제이 믹싱 데크, 케이블이 가득 찬 과일 상자, 마이크를 비롯해 일련의 기계장치들이 무더기를 이루고 있었다. 빈 맥주병과 깡통이 셀 수 없이 널려 있었음은 물론이다. 소파는 운동복과 바지, 양말과 전자기타로 뒤덮여 있었다. 아주 작은 부엌 공간에는 온갖 종류의 주방가전제품이 쌓인 게 보였는데, 적어도 한 번은 무슨 액체가 폭발한 흔적이 남아 있는 전자레인지, 골동품에 가까운 토스터기, 노란 플라스틱 그릇을 대놓은 스탠드 핸드믹서, 가장자리에 치즈가 눌어붙은 샌드위치 메이커, 토끼 귀 모양의 안테나가 달린 초소형 TV 등등이 있었다.

"요리하는 거 좋아하거든요."

크레이그는 벽에 기대어 시리얼을 우걱대며 설명했다.

"침실을 보러 갈까요?"

나는 입으로만 애써 숨 쉬면서 코맹맹이 소리로 말했다.

침실은 곰이 사는 굴처럼 어둡고 습했다. 그리고 실제로도 긴 겨울잠을 잔 뒤에나 날 법한 짐승의 자극적인 악취를 뿜어댔다. 더러운 시트 한가운데에 노트북을 올려놓은 난장판 더블베드를 넣으니 방에는 공간이 거의 남지 않았다. 침대와 벽 사이 좁은 공간에도 아주 많은 책과 옷이 뒤덮여 있었다. 벽에는 크레이그가 작업한 콘서트의 포스터들이 찢어진 채로 붙어 있었다.

"혹시 버즈콕스Buzzcocks(영국의 펑크 밴드—옮긴이) 좋아하세요?"

난 현관 쪽으로 빠져나가면서 말했다.

"아뇨, 죄송하지만 안 좋아해요. 저기요, 저 다른 약속이 있어서 가봐야겠어요. 집 보여주셔서 고마웠어요."

"아직 화장실 안 보셨잖아요!"

하지만 난 그것까지 볼 마음은 전혀 없었다.

난 말 그대로 구역질을 하면서 그 아파트를 떠났다. 저런 환경에서도 사람이 살 수 있다니 정말 놀라운 데다, 아무리 염치가 없어도 망정이지 저런 꼴을 생판 모르는 사람한테 가감 없이 보여주다니. 바깥은 비가 그쳐 있었다. 난 공원 벤치를 휴지로 닦을 수 있을 만큼 최대한 닦은 뒤 잠시 앉았다. 이런 환경에서 살 수 있을까?

"뭐, 모든 집이 다 저렇지는 않겠지."

이런 생각으로 애써 마음을 달랬다.

공원은 적막했다. 적어도 그렇게 보였다. 그런데 그 순간 다람쥐 한 마리가 다가오는 게 보였다. '귀여워라. 그래도 공원에 다람쥐는 있네.' 그러자 또 한 마리가 더 나타나더니, 내 발에서 멀지 않은 곳에서 같은 자세로 멈춰 서는 게 아닌가. 뒷다리로 몸을 꼿꼿이 세우고 선 게 뭔가 달라는 신호 같았다. 핸드백 속에 비스킷이 좀 있었지. 그런데 이제 세 번째 다람쥐가 벤치에 올라와 내 어깨에서 얼마 떨어지지 않은 곳까지 다다라 있었다.

"야, 놀랐잖아, 조그만 게."

좀 불편한 마음이 들어 손으로 다람쥐를 쫓아버리려 했지만 헛수고였다.

다람쥐는 더 몰려오기 시작했다. 여섯 마리, 여덟 마리, 열 마리. 그것들은 보통 다람쥐가 아니라 흉포한 돌연변이종처럼 위협적이었다. 이 조폭 같은 설치류들 때문에 정말로 무서워졌다. 이런 때 시빌은 대체 어디 있는 거야?

"쉿! 저리 가!"

일어서서 가방으로 다람쥐들을 위협하며 소리를 질렀다.

그것들은 즉시 움찔거리며 뒤로 물러섰지만 이내 다시 나를 따라오기 시작했다. 바보 같다는 생각이 들었지만 난 최대한 뛰지 않으려 하면서 빠른 걸음으로 그곳을 벗어났다. 하지만 결국 그것들을 쫓아 보내기 위해 비스킷을 포기해야 했다.

* * *

그날 오후, 저녁을 먹으면서 '건방진 다람쥐들' 이야기를 하자 베니는 아주 좋아했다. 꼬마는 그 자리에서 다람쥐들을 그리더니 선물이라며 내게 주었다.

하루 종일 돌아다녔지만 난 조금이라도 마음에 드는 집을 보질 못했다. 물론 크레이그네 집만큼 불쾌한 곳은 없었다. 그래도 이젠 브릭스톤을 돌아다니는 데 익숙해지긴 했으니 다행이었다. 심지어 이 지역의 어떤 곳은 상당히 원기왕성하고 다문화적인 매력이 있다는 생각마저 하게 되었으니까.

핍과 브라이언은 나를 많이 격려해주면서 런던 시내 지도를 펼쳐 다녀볼 만한 동네들을 몇 군데 추천해주었다.

"나라면 완즈워스를 돌아다녀볼 것 같아. 여기는 강 건너편이긴 하지만 퍼트니 주변은 좀 괜찮아. 그 근처는 살기 좋다는 생각이 들지도 몰라. 교통도 좋고. 이스트 퍼트니 역에선 시내로 한 번에 이어지는 노선이 있어. 그러면 웨스트 햄프스테드보다 시간이 덜 걸리지. 그리고 우리 집에서도 딱 여섯 정거장 떨어져 있잖아."

다시 시빌을 본 건 잠자리에 들려고 했을 때였다. 난 아직도 핍의 컴퓨터 앞에 앉아서 브라이언이 알려준 지역에 나온 집들 중 제일 좋은 것들을 메모하고 있었다. 창문 밖에서 야옹거리는 소리를 들은 난 창문을 열어주었다.

"미안. 밖이 추웠거든. 사냥은 어땠어?"

"아주 좋았어. 덕분에. 너는 어땠어?"

시빌은 창문에서 바닥으로 가볍게 뛰어내리며 물었다.

"그저 그랬어. 하지만 이런 데 익숙해지는 것 같아. 아니, 정확히 말하자면 이상적인 장소를 찾아야겠다는 생각을 포기해가고 있어."

시빌은 손님용 침대에 올라가면서 말했다.

"포기한다고? 그런 말 하지 마, 얘. 사냥하면서 그렇게 쉽게 포기한다면 나는 벌써 굶어 죽었을 거야. 보자. 네가 찾는 건 어떤 건데?"

"음. 내가 까다롭다고는 생각 안 하는데. 난 그냥 내 물건들을 다 놓을 만한 곳이었으면 좋겠어. 오늘 본 답답한 굴속 같은 집이 어땠는지 넌 상상도 못할걸. 거긴 생쥐도 못 살겠더라니까."

시빌은 이불 위에서 편하게 자리를 잡으며 말했다.

"그건 봐야 알지. 쥐들은 아주 좁은 공간에도 둥지를 짓고 살거든. 네가 보고 싶다면 보여줄게."

"그냥 말이 그렇다는 거야. 나는 청소하기 쉽고 오늘 본 끔찍한 카펫이나 소파 같은 게 없는 집이 좋아. 예전에 살던 사람의 먼지로 뒤덮인 집은 싫다고. 그리고 가능하다면 이웃 사람들도 괜찮았으면 좋겠어."

"알았어. 그럼 '괜찮은' 이웃 사람이란 어떤 사람이라고 생각해?"

그걸 고양이에게 설명하자니 좀 어려웠다.

"음…… 글쎄 뭐랄까…… 어느 정도 믿을 만한 사람이라고 해야 하나."

"예를 들면 호아킨 같은 사람 말이야?"

고양이는 자기 앞발을 자세히 들여다보며 말했다.

"아니…… 그러니까…… 야, 예시가 이상하잖아!"

"아니면 실크 넥타이 차림에 엔진이 빵빵한 차를 타고 다른 사람 돈으로 으리으리한 카지노에서 놀려고 시내로 나가는 사람?"

난 곰곰이 생각에 잠겨 고양이를 바라보았다.

"뭐, 네가 정확히 짚은 것 같다."

그러자 시빌은 우아한 고양이 자세를 취했다.

"너 다우닝 스트리트에 사는 고양이가 많다는 건 알고 있어?"

"아니, 사실 몰랐어."

"그건 오랜 전통이야. 처칠은 고양이 네 마리가 있는 광장 한복판에 돌로 새긴 영국 전사의 이름을 따서 자기 고양이를 넬슨이라고 불렀지."

"고양이가 아니라 사자겠지."

"그거나 저거나 별 차이는 없어. 넌 넬슨과 처칠이 다름 아닌 원숭이라는 생각은 안 해? 우아한 정장을 입고 있을진 몰라도 그 사람들도 기본적으로는 다른 인간들과 마찬가지로 원숭이에 불과해. 그리고 다우닝 스트리트에 사는 원숭이들, 그러니까 대처, 메이저, 블레어, 카메론도 전부 고양이가 입양했어. 그것도 대부분 나 같은 길고양이가. 영국의 우두머리 여성도 고양이와 함께 살곤 했지."

"우두머리 여성이라니?"

시빌은 고양이다운 위엄을 내보이며 말했다.

"뭐긴, 당연히 여왕이지. 최고 원숭이인 엘리자베스 말이야. 최근에 여왕은 코기견들과 어울려 다니지만 그 옛날 웨스트민스터 사원에서 결혼했을 땐 샴 고양이 하나를 선물로 받았거든. 그 고양이는 버킹엄 궁전에서 평생을 살았지. 그러니까 내 말은, 우리 고양이들은 위풍당당한 여왕의 궁전에서 살거나 이스트 엔드의 공립주택에서 살거나 행복하긴 매한가지란 말이야. 우린 내면에 위엄을 지니고 다니거든. 원숭이들이 제아무리 왕관을 많이 써도, 화려한 자수가 놓인 드레스를 입고 다닌다 해도 그런 으리으리한 기세에 전혀 주눅 들지 않지."

이 말을 한 시빌은 침대에서 뛰어내려 좀 전에 앉아 있던 자리를 올려다보았다.

"너희 인간들은 이런 종류의 일을 아주 오해하고 있어. 위계질서의 정점에 있는 원숭이들이 더 잘살 거라고 생각하지만 그건 절대 그렇지 않아. 결국은 샴 고양이를 쓰다듬는 게 비싼 중국 꽃병보다 더 가치 있고 중요하다니까."

시빌은 창문으로 다가가면서 말을 이었다.

"그래서 우리 고양이들은 너희들이 자기 물건에 대해 끔찍하게 애착을 품는 걸 이해하기가 참 힘들어. 그 물건들이 너희의 사랑에 보답하는 것도 아닌데. 예를 들어, 이 커튼을 봐. 얼마나 긁기에 좋으냔 말이야……."

"야, 시빌. 어디 아주 그러기만 해봐."

나는 급히 픕이 달아놓은 커튼에다 시빌이 발톱을 긁으려는 걸 그만두게 했다. 그러자 시빌은 장난스럽게 침대 쪽으로 달려갔다.

"아니, 나도 긁지 않으려고 했어. 진짜야. 내가 말한 대로, 너희들은 물건에 아주 애착을 갖지. 그래서 아무리 가져도 충분하지 않은 것처럼 보인다고. 원숭이의 위계질서 꼭대기에 오르려고 애쓰는 것만큼 뭔가를 수집하는 데도 아주 열을 올리잖아."

고양이는 다시 침대로 뛰어올라가 몸을 돌리곤 말을 마저 이었다.

"그래서 너희 잘 차려입은 원숭이들이 이 행성을 정복하고 그 우아한 육면체들로 사방에 도시를 세우고 돌로 된 전사들을 세워 지키게 되었다는 건 알겠어."

나는 항변하듯 말했다.

"음. 난 지금보다 더 많이 갖고 싶진 않아."

"말은 그렇게 하지만 지나가다 가게에서 멋진 가죽 핸드백을 보면 사고 싶어서 아주 난리가 나잖아. 물건을 나르는 용도밖에 별다른 쓸모도 없는데. 게다가 넌 이미 그런 가방이 다섯 개나 있다고!"

난 아무 말도 없이 가만히 있었다. 혹시 내가 마지막으로 산 가방을 말하는 건가? 크리스마스가 지나고 연말 세일을 할 때 엄청 싸게 나왔던 예쁜 가방을 샀을 때 날 몰래 봤던 걸까?

"알았어. 난 사실 가끔 지름신이 올 때가 있어. 하지만 자주는 아니라고 생각하는데."

"네 핸드백 만드느라 궁둥이가 벗겨진 암소한테나 그런 말을 해보시지!"

"어우, 시빌. 그렇게 기분 나빠하지 마. 어쨌든 난 이제 뭐든 많이 사지 않을 거야. 돈이 없거든. 그래서 살 집을 구하는 것도 힘들어. 좀 멋진 집을 찾고 싶은데 말이야. 집이 그리 클 필요는 없지만, 음.

모르겠어. 뭔가 매력이 있었으면 좋겠는데. 조망이 좋거나 그런 거. 하지만 그러긴 힘들겠지. 이제 어떤지 알겠으니까."

"으으으음."

고양이는 골똘히 생각에 잠겼다. 시빌은 잠시 눈을 감고 있다가 이내 반짝 뜨고는 머리를 들고서 말했다.

"있지, 사라. 네가 정말로 원하는 집은…… 행복이 보이는 집이야."

그 표현에 나는 미소를 지었다.

"그래, 나쁘지 않네. 하지만 그런 집을 어떻게 찾지? 광고에는 없던데."

"그건 생각보다 쉬워. 너도 봐서 알겠지만 우리 고양이들에겐 정해진 집이 없어. 어떤 인간들은 우리를 벽 속에 가둬두지만, 너희 인간들처럼 우리도 넓은 지역을 돌아다니는 걸 좋아해. 너희들이 식물과 동물을 기르기 전부터, 또 너희들이 필요한 것들을 점점 더 쌓아두고 열쇠를 채워놓기 전부터 말이야. 우리 고양이들은 여기저기 떠돌아다니는 걸 좋아하지만 우리가 좋아하는 장소들을 알아볼 수 있어. 잠시 누울 수 있는 모퉁이나 구석, 은신처나 아늑한 장소 같은 데. 우리에겐 많은 게 필요 없어. 그저 조금 조용하고 온도가 쾌적한 데다 누울 만큼 푹신할 수 있으면 돼. 물론 냄새도 좋아야지. 누울 수 있는 곳에선 언제나 왕좌에 앉은 왕이나 여왕이 된 기분이거든."

"그래. 하지만 난 고양이처럼 살 순 없어! 욕실이랑 주방도 있어야 하고 가구랑 찬장도 있어야 한다고……."

"알겠어. 하지만 사실 넌 그렇게 많은 공간과 물건이 필요 없어.

네가 말한 '괜찮은' 지역에서 살 필요도 없다고. 너한테 필요한 건 행복을 볼 수 있는 집이야. 진짜야. 넌 안에서부터 창문을 열어야 해. 네 안에서 말이야. 일단 꽃을 피우기 시작하면, 네 집이 사방에 있다는 걸 알게 될 거야. 이미 궁전에 살고 있는 온 우주의 여왕인 거라고. 길고양이들처럼!"

난 잠시 동안 아무 말 없이 시빌의 말을 생각했다.

시빌이 덧붙여 말했다.

"아, 하나 더 있어."

"뭔데?"

"집에는 꼭 창문이 있어야 해. 내가 너무 묘기를 부리지 않고도 나갈 수 있게."

* * *

다음 날 난 그런 집을 찾았다. 브라이언이 추천해준 지역에서 집을 여러 개 보기로 했는데, 그중 하나를 보려고 소형 아파트 왕국의 주인인 마수드 씨의 가구점에서 약속을 잡았다. 파키스탄 출신의 런던 주민인 마수드 씨는 꽃무늬가 그려진 긴 튜닉을 입고 아주 인상적인 금목걸이를 한 사람으로, 내가 찾아갔을 땐 자기 나라 말로 어떤 젊은이와 이야기를 나누고 있던 중이라 대화가 끝날 때까지 기다려야 했다. 좀 더 날씬하고 세련된 복장을 한 젊은이는 생김새가 닮은 게 그의 아들로 보였다. 가구점은 동유럽 출신으로 보이는 떡 벌어진 몸집의 목수들로 가득했다. 그들은 테이블을 옮겨가며 엄청난 속도로 널빤지를 켜고 있었다.

마수드 씨는 대화를 마치자마자 내게 말했다.

"기다리고 있었습니다! 집을 보러 오셨군요, 그렇죠? 그런데 죄송하게도 그 집은 방금 전에 나갔어요. 하지만 걱정 마세요. 다른 집이 많으니까요. 저와 함께 가시죠. 어디 출신이십니까? 아 스페인 분이군요! 영국인들과 달리 스페인 분들은 삶을 즐길 줄 알죠."

마수드는 굉장한 속도로 말을 늘어놓았고, 몇 분 뒤 가구점 건물 꼭대기에 있는 아파트에 도착할 때까지 자신의 가족사를 비롯해 어떻게 그 일가가 가구점을 열었으며 택시 서비스업과 아파트 임대업까지 하게 되었는지 죄다 늘어놓았다.

"이 집이 아주 마음에 드실 겁니다. 상당히 고풍스럽죠."

마수드는 배기 바지에서 커다란 열쇠 뭉치를 꺼내 들며 말했다.

확실히 고풍스럽긴 했다. 아파트 안에 들어서면 구식 변기가 달린 아주 작은 화장실 문이 딱 보였다. 변기는 물을 내리는 사슬이 달려 있을 정도로 구식이었고, 옆에 딸린 아주 작고 네모난 개수대는 비누 그릇이라 해도 될 만큼 작았다. 화장실 문 바로 왼편엔 아주 좁고 가파른 계단이 있었는데, 올라가는 벽면 가운데쯤 세탁기가 벽 속에 설치되어 있었다. 마수드는 뽐내며 말했다.

"머리 좋지 않습니까? 공간을 상당히 절약할 수 있다니까요."

"예에."

나는 다소 회의적인 어조로 우물거렸다.

계단을 다 오르니 복도 같은 게 나왔고 왼쪽으로는 작지만 신식인 주방이, 오른쪽으로는 거실 공간이 보였다. 거실에서 오른쪽으로 꺾자 경사진 천장이, 거기서 다시 돌자 더블베드가 보였다. 집은 전체적으로 폐소공포증에 걸릴 만큼 작았지만 거실 정면에 있는 커다란 창문 덕에 적어도 채광 하나는 잘 되었고, 그 창문으로 건물의 지붕들과 도시의 회색 하늘이 한눈에 펼쳐졌다. 또 마음에 드는 점이 있다면 이 다락방의 바닥과 천장이 원목이고, 가구들도 모두 원목이라는 점이다. 카펫이 없어도 돼! 이 집은 분명히 아수드의 슬라브계 목수들이 손봤을 것이다. 그러자 퍼뜩 생각이 하나 떠올랐다.

"목욕탕은요? 아니면 샤워 시설이라도 있나요? 아래층에서 화장실밖에 못 봐서……."

나는 비데에 대해선 묻지도 않았다. 영국에 그런 게 있을 리 없으니까.

"아, 그럼요. 있지요."

마수드는 날 주방으로 다시 데려갔다. 그러자 아까는 보지 못했던, 계단 입구 바로 옆에 작은 접이식 플라스틱 문이 있는 게 보였다. 그걸 잡아당겨 열자, 욕실이라고 부를 수는 없는, 정말 말 그대로 사방 1미터짜리 샤워 공간이 나왔다.

"으으음. 마음에 안 드시는군요. 눈빛을 보면 알 수 있죠!"

하지만 마수드는 쾌활한 분위기를 잃지 않고 계속 말했다.

"괜찮습니다. 보여드릴 다른 집이 있거든요. 이번 집은 아주 좋아하시게 될 거예요. 딱 오늘부터 입주 가능한 집이지요. 여기서 멀지 않아요."

나는 이 전문적인 세일즈맨을 그다지 신뢰하진 않았지만 다음 약속까지 시간이 좀 있었으므로 같이 가기로 했다. 가는 길에 우리는 그가 운영하는 택시 회사를 지나갔다.

"다른 택시 회사와 달리 우리 차들은 좋은 차들이에요. BMW랑 벤츠에다…… 여기 보세요. 중고로 사서 우리 회사 알바니아 애들이 고쳤어요. 영국인들과 달리 동유럽 사람들은 참 열심히 일하죠. 영국인들은 일이 힘들다는 걸 잊어버리고 살잖아요. 자, 이게 내 차예요. 67년형 애스턴 마틴이죠. 제임스 본드처럼요! 이건 택시로 몰진 않아요. 알죠? 하지만 언젠가 부인이 원하신다면 내 한번 태워드리죠……. 우리 부인 허락을 받아내면요!"

그리고 마수드는 금목걸이를 짤랑거리며 큰 소리로 웃었다. 그 모습을 본 나는 시빌이 말한 대로 인간들이 얼마나 자기 물건에 애착을 갖는지 떠올리게 되었다.

우리가 도착한 건물의 주변 환경은 그리 나쁘지 않았지만 교통량이 많은 도로와 너무 가까이 붙어 있는 게 보였다. 그리고 근처엔 상점도 많이 없었다.

"괜찮아요, 괜찮아. 가까이에 슈퍼마켓이 있어요. 10분만 가면 돼요."

브룸힐 로드에 있는 건물은 전체가 다 그의 소유였다. 이 건물은 원래 3층짜리 주거용 건물이었지만, 마수드는 '잔머리'를 굴려서 목수들을 시켜 그 안을 여덟 개의 아주 작은 아파트로 개조했다. 그는 그중 7호실을 내게 보여줬다. 그 집 역시 꼭대기 층에 바닥과 천장이 나무로 된 집이었다. 이 집이 아까 봤던 집과 다른 점은 들어가자마자 전체 공간이 다 보인다는 점이었다. 방 하나에 소파와 테이블, 의자 두 개가 커다란 창문 옆에 놓여 있고, 한쪽 구석엔 요리를 할 수 있는 기본 도구들이 갖춰져 있었다. 그리고 욕실 문(이번 욕실은 평범하게 생긴 데다 샤워기에 비데도 달려 있었다!)과 한쪽 벽면에 난 계단이 보였다. 계단 위를 올라가면 경사진 다락방 형태의 천장 아래로 매트리스와 작은 서랍장이 있는 삼각형 침실이 보였는데,

천장에는 심지어 천창이 나 있었다.

집의 전체 면적은 50제곱미터가 안 됐다. 하지만 커다란 창문(시빌이 다른 집 처마를 타고 쉽게 드나들 수 있어 보였다)과 천창이 달린 높은 천장 때문에 공간은 훨씬 넓어 보였다. 이걸 여왕의 궁전이라고 생각해야 할진 모르겠지만, 분명히 집을 꾸미고 살 수 있어 보였다. 더 이상 뭘 바라겠어? 마수드가 계속 이야기를 하는 동안 창문 밖을 내다본 나는 백사장과 청옥석 바다가 펼쳐진 낙원 같은 섬이 그려진 광고판을 봤다. 그러자 시빌이 했던 '행복이 보이는 집'이란 말이 마음속을 가득 채웠다.

그날 오후 계약서를 썼다. 새로운 집 열쇠를 손에 쥐고 나자 드디어 새로운 삶으로 향하는 문을 열게 되었다는 느낌이 들었다. 난 경쾌한 발걸음으로 핍에게 돌아가 그녀와 브라이언에게 집에 대해서 이야기하고, 나중에 베로에게도 전화를 했다. 아빠는 완즈워스에 집을 구했다는 소식을 좋아하셨고 안심한 듯했다. 나는 그간 품었던 비관론을 극복하고 작지만 매력적인 집을 운 좋게 찾아낸 게 자랑스러웠고, 더 이상 내 삶을 그 까마귀 같은 호아킨과 공유하지 않아도 된다는 사실에 안심하기까지 했다. 개인적인 난관을 극복했다는 게 참으로 기뻤고, 또 이런 기분을 느껴본 게 꽤 오랜만이라는 사실도 깨달았다. 행복이 아직 손에 잡히진 않았지만, 그래도 이제 창문으로 내다볼 순 있게 된 거다.

12
진짜 세상을 보는 방법

이사 준비를 하는 건 전혀 쉽지 않았다. 일단 호아킨과 다시 연락해야 했고, 그놈이 여전히 냉정하고 무감각하다는 걸 확인하자 다시 한 번 분노가 밀려들었다. 내가 미친년처럼 소리를 지르기 시작해서야 그는 자기 입장에서 한 발짝 물러나 내가 이틀 동안 집에 머무른다는 데 합의했다. 그렇게 그와 얼굴을 마주치는 일 없이 내 물건을 챙겨 나올 수 있었다. 내가 얼마나 고통스러웠는지 알긴 할까? 아니 신경은 썼을까? 그 점은 참으로 받아들이기가 힘들었다.

옛 집에 돌아가니 꽤 힘들었다. 구석구석 깃든 추억을 마주하며 무덤을 파먹는 귀신처럼 '이건 내 것' '이건 호아킨 것'이라며 구분해서 상자 속에 짐을 싸고, 버릴 걸 버리는 작업은 고통스러웠다. 그가 내게 선물로 준 옷들은 어떡하지? 침대 시트는? 지난 15년간의 사진들은? 탁상 스탠드나 〈매드 맨〉의 첫 시즌 박스 세트는 어떻게 해야 할지 골몰하거나 내가 한때 이상적이었다고 생각했던 이 삶, 그러나 런던의 구름 뒤로 사라지고 이제는 빗줄기에 가려 영원히 나타나지 않을 것만 같은 삶을 어떻게 포기해야 하나 생각하다

나도 모르게 바닥에 누워 눈물을 흘리며 부들부들 떨게 되는 게 한두 번이 아니었다.

이렇게 우는 나를 구해준 건 베로였다. 베로는 내게 전화해 이번 주에 아이를 알베르토에게 맡기고 저가항공을 타고 런던에 와서 이사를 도와주겠노라 말했다. 그리고 최고의 순간은 내가 고통스러운 추억과 아수라장처럼 흩어진 이삿짐 한가운데 빠져 있을 때, 베로가 우리 옛 집 문가에 수잔나와 패드리시아와 함께 나타나서 날 놀라게 했을 때였다. 스라소니 클럽이 다시 뭉치다니! 믿을 수가 없었다. 세 사람은 자기 가족을 놔두고 날 구하러 온 것이다. 그 후로 이틀 동안 울다 웃다를 반복했던 기억이 난다. 기억에 떠오르는 건 포장용 테이프, 끝없이 이어지던 대화, 먼지투성이 구석, 쥐가 난 온몸, 그리고 렌트한 작은 밴을 타고 런던 시내를 아슬아슬하게 운전했던 일들이다. 가장 좋았던 기억은 아라곤 지방 피레네 산맥에서 여름 캠프를 하던 많은 밤의 추억을 되살려 새로운 집에 이삿짐을 늘어놓고 야영을 했던 거다. 우리가 대학생이었던 시절 캠프 리더가 되어 마지막으로 참석했던 캠프였다. 수잔나와 패트리시아와 나는 셋에서 우리가 '페르디도 산'이라고 이름 붙인 위층에 있는 매트리스에서 끼어 잤고, 카드게임에서 진 베로는 '오르데사 골짜기'로 명명된 아래층의 소파에서 잤다. 심지어 우리는 시빌을 '명예 스라소니'로 위촉하는 엄숙한 의식의 시간도 가졌다.

그 이틀 동안 난 이 세상에 나 혼자만은 아니라는 걸 느꼈다. 내 친구들은 나를 도와 같이 이사를 해줬고, 음식과 가재도구들을 사러 가는 첫 쇼핑에 나서줬으며 집기를 설치하고 청소하고 집을 꾸미는 것도 도와줬다. 그리고 내가 새로운 환경에서 새 삶을 시작할 수 있도록 아낌없이 선물도 해줬다. 소파를 덮을 인도산 천, 화분 여러 개, 벽에 걸어놓을 납결 염색 천과 산 한가운데 친 텐트에서 비죽 나온 우리 넷의 머리를 찍은 사진의 액자까지. 하지만 가장 중요한 건 친구들이 사랑으로 나를 격려하고 지지해줬다는 거다. 인간에겐 지지해줄 무리가 필요하다는 시빌의 말이 맞았다. 나는 친구들과 계속 연락을 하리라 다짐했다. 사랑하는 나의 스라소니들은 내가 도움이 필요했을 때 모든 걸 제치고 내게 와주었다. 그 마음을 난 절대 잊지 않을 거다.

구출 임무는 강렬했지만 또한 아주 짧았다. 친구들이 나를 두고 공항으로 떠나자, 사랑하는 친구들의 공백이 이 아파트에서, 또 내 마음에서 아주 크게 느껴졌다. 작별 인사를 하고 나서 친구들이 선물해준 아름다운 난초 화분 옆에 아주 오랫동안 서 있었던 기억이 난다. 거기 서서 창문 밖을 내려다보며 웨스트 힐 로드를 지나는 차들이 아름다운 해변의 풍경이 그려진 광고판 아래로 천천히 이동하는 모습을 멍하니 지켜봤다.

시빌은 우리가 새로 이사 온 집 근처를 탐색하느라 집을 나가 아직 돌아오지 않았다. 혹시 시빌이 영영 돌아오지 않으면 어쩌지, 이 집을 못 찾으면 어쩌지, 아니면 이 낯선 동네에서 무슨 일이라도 당하면 어쩌지. 점점 걱정이 되었다. 나는 코트를 입고 산책을 나갔다. 시빌이 가르쳐준 대로 걸을 땐 걷는 연습을 하기 위해서였다. 하지만 날이 점점 어두워지는 데다 내 존재가 눈에 확 띄면서도 무방비한 상태라는 생각에 무서워졌다. 주변에 누군가가 나를 사악한 눈빛으로 응시하고 수상쩍게 움직이는 것만 같았다. 나는 5분 이상 걸을 수가 없었고, 이내 최대한 급히 집으로 돌아왔다.

집에 들어와서는 기분 전환 겸 뭔가 신나는 음악이 필요하다 싶어 잭슨파이브의 노래를 들으며 저녁을 준비했다. 그러나 양파를 썰기 시작했을 때, 누군가가 벽을 치는 소리가 들렸다. 혹시 옆집 사람이 음악 소리를 안 좋아하나? 소리가 좀 크긴 하구나. 벽이 그렇게 두껍진 않은가보네. 음악을 살짝 줄였다. 하지만 벽을 치는 소리가 다시 들렸다. 양파를 썰다 말고, 지금 이 상황에서 가장 좋은 건 옆집 사람한테 가서 음악 소리에 대해 서로 어떻게 할지 타협을 보는 게 아닌가 생각했다. 하지만 막 손을 씻고 있는 찰나, 옆집 문고리가 철컹이며 문이 열리는 소리가 들리더니, 누군가 우리 집 현관을 세게 치면서 외국 억양이 섞인 쉰 목소리로 새된 고함을 질러댔다.

"소리 꺼요! 오늘 얼마나 시끄러웠는데!"

난 겁에 질린 채 현관으로 달려가 문을 열었지만, 8호실 사람은 이미 자기 집으로 들어가버린 뒤였다. 기다란 분홍색 치마를 입고 머리에 검은 스카프를 쓴 여자의 옆모습만 슬쩍 봤을 뿐이다. 얼굴은 거의 알아볼 수 없었다. 하지만 얼굴을 조금 봤을 뿐인데도 등골이 서늘해졌다. 기분 나쁜 얼굴에다 성난 표정에 낯빛은 건강이 염려될 정도로 창백했다. 보자마자 동화 속의 마녀가 떠올랐으니까. 그리고 문을 닫기 전에 얼핏 그 여자 손에서 뭔가 금속 같은 게 번뜩였던 것도 같았다. 혹시 칼인가?

언뜻 본 첫인상에 겁을 집어먹었지만, 난 가능한 한 이 문제를 빨리 풀어야겠다고 생각했다. 그래서 소심하게 그 집 문을 두드렸다.

"안녕하세요. 저 옆집에 이사 온 사람인데요."

"저리 가요! 가라고요!"

안에서 목소리가 들렸다.

"저 사과드리려고……."

"닥쳐! 닥쳐! 닥치라고!"

비명 소리는 지독했다. 그리고 이제는 뭔가 단단한 물체, 칼 손잡이 같은 것으로 문을 치는 소리마저 들렸다. 나는 혼비백산한 채 집으로 돌아와 문을 닫고 열쇠를 잠근 뒤 빗장까지 질렀다. 저 여자는 완전히 미친 것 같아. 난 방금 일어난 일을 잊으려 스마트폰에 이어폰을 꽂고 잭슨파이브 노래를 다시 듣기 시작했다. 시빌의 조언을 따라 현재를 관찰하자. 그래, 양파랑 닭가슴살 구이랑 양상추랑 토마토를 관찰하면서, 이웃 여자가 칼을 들고 달려올 거라는 상상은 그만하자. 내가 이상한 데 이사 온 게 아닐까, 앞으로 항상 불안해하면서 살아야 하는 건 아닐까 하는 생각은 하지 말자.

하지만 몇 초에 한 번씩 문을 슬며시 쳐다보게 되는 건 어쩔 수 없었다. 이제 보니 현관문은 아주 얇아 보였다. 저걸 현관문이라고 해도 되나. 그냥 침실 문에다가 자물쇠랑 빗장을 달아놓은 거에 지나지 않잖아. 아 정말 그러네. 왜 전에는 못 봤지? 내가 발로 차도 열리겠어. 나 어떻게 이런 데서 살 생각을 한 거야?

난 의자를 돌려서 시야에 항상 현관문이 딱 들어오게 해놓고 밥을 먹었다. 그리고 손이 닿는 곳에 칼을 두고 노트북에 헤드폰을 연결해 〈프렌즈〉를 보면서 불안한 마음을 잊어보려고 했다. 하지만 드라마는 전혀 재미있지 않았다. 시빌은 어디 갔을까? 돌아오기는 하는 걸까?

식사를 마치고 설거지를 하고 나니 조금 진정되기 시작했다. 이웃 여자는 성미가 고약하구나. 뭐 사이코패스일 거란 법은 없지. 그냥 샤워를 하고 자기로 했다. 하루 종일 청소하고 짐을 풀고 집 안을 꾸몄으니까 이젠 샤워를 할 차례다. 그럼 긴장이 좀 풀릴 거야.

난 아침에 샤워기를 틀어봤고, 내 친구들 셋도 모두 샤워기를 써봤다. 샤워기는 우리가 다 쓸 때까지도 별 이상 없이 잘 작동했다. 물줄기가 그렇게 강한 건 아니었지만 런던에서는 어쩔 수 없으니까. 그래도 꼭지가 두 개 있어서 한쪽으로는 온도 조절을, 다른 쪽으로는 압력 조절을 할 수 있는 다루기 쉬운 시스템이었다. 난 옷을 벗고 물줄기 아래 서서 뜨거운 물에 걱정스러운 마음을 녹여보려고 했다. "새집에 이사 온 걸 축하해. 이제 자러 가자. 내일은 또 새로운 하루가 시작되는 거야." 이렇게 중얼거리면서.

그런데 갑자기 욕실 불이 꺼지는 게 아닌가. 겁에 질린 난 팔을 휘둘러 샤워실의 플라스틱 벽을 쳤다. 다른 손으로는 물을 잠그려고 수도꼭지를 더듬었다. 방향 감각을 잃고 캄캄하고 미끄러운 욕실 바닥에서 애써 균형을 잡던 난 저기 어둠 속에서 분홍색 긴 옷을 입고 손에 칼을 든 무시무시한 여자의 오싹한 유령과 얼굴이 딱 마주쳤다. 그리고 동시에 물이 갑자기 차가워졌다. 난 비명을 지르고 흐느끼면서 차가운 물줄기를 피하려고 타일 벽에 몸을 딱 붙이곤 수도꼭지를 더듬어 찾았다. 그리고 아무렇게나 수도꼭지를 돌리다가 마침내 물을 끌 수 있었다. 더 이상 겁에 질리면 안 되었기에 플라스틱 문을 밀어젖히고 수건을 찾아서 추위와 겁에 질려 덜덜 떨고 있는 몸을 말렸다. "진정해. 그렇게 요란 떨 거 없어." 난 스스로를 달랬다.

욕실 문을 열자, 역시 어둠에 싸인 거실이 보였다. 다만 거리의 불빛이 희미하게 새어들어 거실 집기의 그림자가 어렴풋이 눈에 들어왔다. "이상한 거 없어. 퓨즈가 나간 걸 거야. 온수는 전기 시스템과 연결되어 있을 테고." 난 혼잣말을 했다. 이제 두꺼비집을 찾아야 한다. 핸드폰은 어디 있지? 그때 바닥 저 아래를 무언가가 긁는 소리가 들렸다. 등줄기가 서늘해졌다. 누군가 보고 있는 게 확실해. 이 방에 나 말고 또 누가 있는 걸까? 이 낯선 아파트에서 캄캄한 와중에 무방비 상태로 벗은 몸으로, 난 사방에 드리워진 그림자 중 한 곳에 미친 이웃 여자가 웅크리고 앉아서 나한테 덤벼들 태세를 갖추고 있는 걸 보았다. 말도 안 되는 생각인 거 알아. 어떻게 그 여자가 저 문을 따고 들어왔겠어? 그런데 생각할수록 불은 대체 왜 꺼진 거야?

그 순간 여자가 보였다. 미친 사람처럼 바닥에 몸을 질질 끌며 어둠 속을 배회하는 그림자가 있었다. 그 두 눈은 어둠 속에서 악마의 눈초리처럼 번뜩였다.

"으아아아아아아악!"

난 비명을 질렀다.

"야아아아아아아옹!"

시빌이 울었다.

아, 주변을 탐색하고 이제야 집에 돌아온 고양이가 있었지.

"이런 세상에! 시빌! 너였구나!"

나는 놀란 가슴을 부여잡으며 말했다.

"그럼 나 말고 또 누구라고 생각했어? 독사라도 들어온 줄 알았어?"

"아니, 그게 아니라 옆집 여자인 줄 알았어. 옆집에 미친 여자가 살거든. 그 여자는 벌써 나를 미워하나봐."

나는 가서 창문을 닫으며 말했다. 그러자 시빌이 씨익 웃으며 말했다.

"미쳤다고? 그 여자가 네가 고양이랑 말하는 걸 안다면 오히려 너를……. 어쨌든 너 이렇게 어두운 데서 뭐하는 거야? 인간은 시력이 형편없잖아. 넌 여기서 아무것도 안 보일 텐데……."

"불이 나갔어."

나는 테이블에서 핸드폰을 집어 들며 말했다. 그리고 손전등 앱을 실행시킨 다음 두꺼비집을 찾아봤다. 하지만 아무 데도 보이지 않았다.

"아마도 밖에 있나봐. 그치만 집에서 안 나갈래. 내일 봐야겠다."

시빌이 암사자쯤 되는 건 아니지만 그래도 같이 있으니 한결 마음이 든든했다. 눈이 어둠에 익자 좀 더 잘 보이기 시작했다. 난 몸을 말린 뒤 목욕 전에 미리 준비해뒀던 잠옷을 입고 제일 좋아하는 모직 양말을 신었다. 하지만 옷을 입는 동안, 마룻바닥 사이에 난 금에서 이상한 빛이 흘러들어오는 게 보였다. 팔다리를 땅에 대고 바닥을 최대한 자세히 보니 믿을 수 없는 광경이 드러났다. 이 작은 틈새로 아래층 집의 불빛이 분명히 보이는 게 아닌가. 빛은 아래층 천장을 이루는 목재 사이를 통과해서 내 방바닥까지 뚫고 올라왔다. 아랫집 천장과 우리 집 바닥 사이는 텅 비어 있었다. 더 가까이 보자, 아랫집 사람의 그림자가 움직이는 게 보였다. 발자국 소리 역시 또렷하게 들렸다.

"말도 안 돼, 시빌! 여기서 정말로 아랫집 사람이 보여!"

나는 시빌에게 속삭였다. 그러자 고양이는 바닥을 쿵쿵대며 말했다.

"그래. 저 남자 향기가 여기까지 아주 분명하게 떠돌고 있어."

"이거 완전 겉만 번지르르한 건물이잖아. 내가 커피라도 쏟으면 저 사람 데겠어!"

"왜 저 남자한테 커피를 쏟고 싶은데?"

"말이 그렇다는 거야, 시빌. 저거 안 보여? 이 집은 진짜 살 데가 못 돼. 진작 알아봤어야 하는데. 난 속은 거야!"

시빌은 소파 위에서 주위를 둘러보며 말했다.

"내가 보기엔 그리 나쁘지 않은데. 따뜻하고 아늑해. 난 여기가 좋아."

난 침실로 향하는 계단을 올라가며 말했다.

"집주인이 날 속였어. 교활한 파키스탄인 같으니라고. 호아킨이 자기 여자 친구 속인 거랑 뭐가 달라. 아빠한테 그 망할 놈의 대출을 받게 한 내 동생과 뭐가 다르냐고. 전부 다 왜 이러는 거야? 그리고 이 집은…… 완전 쓰레기야. 전기 시스템은 19세기에다 벽은 얇고, 옆집엔 사이코가 살질 않나."

꼭대기 층에 올라간 뒤엔 침대의 머리맡 쪽 천장이 급격히 낮아져서 침대로 기어들어가야 했다. 난 너무 많은 소동을 겪고 완전 지친 몸으로 차갑고 축축한 이불 속에 들어갔다.

조금 뒤, 어둠 속에서 시빌의 목소리가 들렸다.

"너 정말 내가 옆집 여자라고 생각했어?"

그러자 그때 상황이 얼마나 웃겼는지 감이 오기 시작했다.

"응, 철석같이 그렇다고 믿었어. 맙소사. 너 때문에 얼마나 놀랐는지. 네 눈이 빛나는 게 미친 살인자처럼 보였다니까. 심지어 그 여자 손에 칼이 들려 있는 걸 봤다고까지 생각했어."

"네가 지르는 비명에 피가 얼어붙을 정도였지."

"나야말로 피가 얼어붙었다고. 하지만 생각해보면…… 난 혼자 있지, 불은 갑자기 나갔지, 게다가 그 여자 때문에 난 정말 놀랐다고. 그 여자 문제가 뭔진 모르겠지만 정상은 아니야. 마녀 같아 보였어. 그 있잖아, 동화책 속에 나오는……."

"마녀라고? 너도 알지, 고양이랑 같이 산다는 이유만으로도 여자를 마녀로 몰던 시대가 그리 먼 옛날이 아니라는 거. 그중 운이 없는 여자들은 정말로 목이 매달려 죽거나 강물에 빠져 죽었다고. 여기서 그렇게 멀지 않은 곳에서 말이야."

"그래서 내가 마녀라는 거야?"

"사람을 판단할 땐 좀 신중하란 뜻이야. 어둠 속에서 본 것 같다고 전부 믿지 마. 네가 그 여자를 좀 더 잘 알게 된다면……."

"그 여자랑 알고 지내고 싶지 않은데."

"그 여자도 너랑 알고 지내고 싶지 않을 거야. 하지만 그렇다고 가까이 다가가서 다른 사람의 향기를 맡아볼 필요가 없는 건 아니지."

고양이의 말에 뭔가 수상쩍은 데가 있었다.

"뭐라고? 네가 그걸 어떻게 알아? 그 여자랑 있어봤어?"

그러나 시빌은 대답하지 않았다. 난 침대 끝을 바라보며 다시 질문을 반복했지만 아무런 말도 들을 수가 없었다. 결국 포기하고 이불 속으로 다시 기어들어갔고, 이불은 이제 몸을 따뜻하게 감싸왔다. 천창 너머로 도시의 불빛을 받아 주홍빛으로 물든 구름이 보였다. 이 고양이는 옆집 여자랑 무슨 사이지?

그러자 시빌의 목소리가 들려왔다.

"그거 알아, 사라? 진짜 세상은 네가 보는 세상과 달라. 아니, 네가 본다고 생각하는 세상이라고 해야 하려나."

"그건 그래."

난 수상쩍게 생각하는 마음으로 대답했다.

방 안엔 다시 침묵이 내려앉았다. 도시 위로 구름이 지나갔다. 고양이는 말을 이었다.

"살다보면 가끔 어두운 순간들이 있어. 그리고 그 어둠 속에서 고양이의 눈을 갖고 보지 않는다면 움직이는 그림자가 전부 마녀로 보일 수 있지."

나는 아무 말도 하지 않았다.

"특히 네가 이미 그 여자를 마녀라고 생각하고 있다면 그럴 수밖에. 넌 이미 그 여자를 무서워하고 있잖아. 네가 품은 두려움 때문에 그림자가 전부 마녀나 괴물, 유령으로 보이는 거라고."

밖에는 비가 부슬부슬 내리기 시작했다. 작은 물방울들이 바로 내 얼굴 몇 센티 위에 떠 있는 천창에 점점이 찍히기 시작했다. 그러자 빗속에서 호아킨과 만났던 일이 떠올랐다.

"호아킨은 그 반대였지. 난 처음에 그 인간이 정직한 줄 알았으니까. 그런데 알고 보니 괴물이었잖아."

고양이는 내 말을 정정했다.

"알고 보니 '거짓말'을 한 거지. 인간 사이에서 흔히 일어나는 일이야. 하지만 그렇다고 괴물인 건 아니라고. 어쨌든, 지금 네가 한 말은 맞는 말이야. 가끔 인간의 마음이 예쁜 환상을 품었다가 그게 결국 실수였다는 점을 깨닫는다는 걸 생각하면 그렇지."

난 시빌이 정정한 말이 잘 납득이 가지 않았지만 그냥 넘기기로 했다.

"진짜 세상은 내가 보는 세상과는 다르다고 했지."

"그래."

나는 잠시 동안 빗방울이 유리창을 때리는 소리를 들었다.

"그럼 어떻게 진짜 세상을 볼 수 있어? 일단 세상을 보면 어쩔 수 없이 내가 보는 게 이 세상이라고 생각하지, 어떻게 이게 진짜일까란 생각은 안 하잖아. 그러니까 진짜 세상은 볼 수 없어. 애써 보려 해도 소용없다고."

"네가 고양이가 된다면 가능해."

"그래. 그렇겠지. 알려줘서 고맙네."

이제 빗줄기는 머리 위의 창문을 더욱 세차게 때리기 시작했다.

"음. 인간 역시 진짜 세상을 응시할 수 있는 길이 있긴 있어."

한쪽으로 돌아누워 거실을 응시했다. 시빌이 위로 올라가는 모습이 소파 위의 검은 그림자로 드리웠다.

"그게 뭔지 말해줄 거야? 아니면 또 내가 알아내야 해?"

고양이가 머리를 들어 올리자 어둠 속에서 초록색 눈이 빛났다.

"그 비결은 바로 네 자신이 세상을 보는 모습을 바라보는 거야."

내 자신이 세상을 보는 모습을 바라본다. 그 말이 빗소리와 함께 머릿속에서 맴돌았다. 난 베개에 등을 대고 누워 유리창 위에서 서로 합쳐져 미끄러져 내리는 물방울들을 바라보았다. 물방울들은 덧없이 생겨나다 사그라지며 형용할 수 없는 무늬를 그려냈고, 방울방울마다 이 도시 전체의 빛을, 아니 이 세상 전체의 빛을 담아내고 있었다. 그걸 보자 호아킨과 함께 암스테르담에서 본 네덜란드 화가들의 작품들 중 에셔의 판화가 떠올랐다. 그 석판화 안에는

218

해변 마을에 있는 미술관에서 어떤 그림을 보며 감탄하는 관람객이 묘사되어 있었는데, 그 그림 안엔 해변 마을에 있는 미술관에서 역시 어떤 그림을 보면서 감탄하는 관람객이 있었고 그 그림 안에도…… 난 그만 눈을 감았다. 잠이 쏟아졌다. 상상 속에서 나는 몸 밖으로 나와 떠 있는 채로 침대에 누워서 자려는 내 몸을 바라보고 있었다. 그런 다음 또 그 두 번째 몸에서 빠져나와 세 번째 몸으로 그 두 번째 몸을 바라보고, 또 그 몸에서 빠져나와 네 번째 몸에서 세 번째 몸을 바라보고, 그렇게 다섯 번째 몸이 되고, 여섯 번째 몸이 되면서 무한한 소용돌이로 빠져들었다.

그러다 그 순간, 이마에서 뭔가 차갑고 구체적이며 날카로운 감각을 느끼곤 잠에서 깼다. 바로 물방울이었다.

"아, 안 돼."

"무슨 일이야?"

시빌의 목소리가 들렸다.

또 한 방울이 뺨에 떨어지더니 그렇게 계속 물방울이 이어졌다.

"이럴 줄은 정말 상상도 못 했어. 물이 샌다고. 나 다 젖겠어!"

시빌이 신음했다.

"으으으음. 너만 좋다면 소파에 와서 같이 자자."

"시빌! 내 말이 맞잖아. 이 집은 정말 살 데가 못 된다고!"

나는 다시 울고만 싶었다. 그래서 이불 속으로 숨어보려 했지만, 물방울이 부드럽게 내 위로 떨어지는 소리가 들려 결국 물건을 전부 밀어젖히고 완전히 녹초가 되어 좌절한 채로 힘겹게 발걸음을 뗐다. 사실 언짢은 기분은 그렇게 오래가지 않았다. 소파에 픽 쓰러지자마자 고양이 옆에서 깊은 잠에 빠졌으니까.

13
고양이 요가

적어도 한 가지는 시빌의 말이 맞았다. 이 아파트는 내가 생각했던 것만큼 최악은 아니었으니까. 다음 날 마수드는 자기 상점에서 일하는 알바니아 목수를 보내 천창을 고쳐줬다. 그저 실리콘 실란트만 조금 덧대자 수리는 끝났다. 마수드는 불이 나간 이유도 설명해주었다. 이 집에 좀 특이한 장치가 설치되어 있는 걸 깜빡 잊고 말해주지 않았던 것이다. 이 건물의 전기는 전기 회사와 전 층의 사용량을 한꺼번에 결산하기로 계약이 되어 있어서, 마수드는 각 집마다 작고 검은 금속 상자를 하나씩 달아 1파운드짜리 동전을 넣을 때마다 전기 공급이 되게 만들어놓았다. 그래서 일단 넣은 돈만큼 전기를 다 쓰게 되면 불이 자동적으로 꺼진다. 좀 이상한 장치였고 분명 불법이겠지만 그래도 어떻게 다루는지 알게 되었고 결국 적응하게 될 문제였다. 난 샤워하기 전에 이 작은 상자에 돈이 충분히 있는지 확인하는 것을 매일의 습관으로 삼게 되었다.

이러니저러니 해도 내 재정 상황을 따지고 보면 이 집은 그렇게 나쁘지 않았다. 하지만 여길 정말 내 집이라고 편히 생각할 수 있기까진 시간이 좀 걸릴 터였다. 처음 며칠간은 혼자서 거리를 걷는 게 여전히 무서웠다. 괴물과 마녀란 내 머릿속에서 만든 거라고 했던 시빌의 말을 아무리 떠올려도 밤 시간엔 무섭지 않을 수가 없었다. 한 가지 더하자면 아래층 사람이 풍기는 냄새가 무지하게 올라온다는 것도 짜증이 났다. 아래층 사람은 튀긴 베이컨과 싸구려 애프터 셰이브를 쓰는 아일랜드 남자로 밝혀졌다. 그래서 집에서 향을 피우는 일에도 점차 익숙해졌다.

무엇보다 힘든 건 우젤락 부인의 분노를 피하려면 소리를 안 내고 사는 법을 배워야 한다는 거였다. 난 건물 입구에 있는 우편함에서 옆집 여자의 이름을 알아냈다. 조금만 소란을 피워도 그녀는 벽을 쳐대곤 했고, 심한 경우 우리 집 문 앞에서 이상한 억양으로 누굴 하나 잡아 죽일 듯이 소리를 지르곤 했다. 그럴 때면 슬픔과 외로움, 아픈 가슴의 무게와 앞으로 펼쳐질 어두운 미래에 압도당한 채 비참한 기분이 안 들려야 안 들 수가 없었다.

하지만 그중에서도 제일 나쁜 건 업무 복귀 시한이 빠르게 다가오고 있다는 점이었다. 그레이가 전화해서 분명하게 말을 전했기 때문에 더 이상 휴가를 늘릴 수가 없었다.

"난 당신을 최대한 봐주고 있어, 페넬로페. 하지만 약속한 2주가 이제 끝나가잖아."

"내가 당신한테 지난 몇 년간 해준 게 얼만데! 따지자면 이건 반도 안 돼. 게다가 난 병가를 냈다고."

"나도 알지, 새러. 그리고 지금 얼마나 힘들지도 알지 왜 모르겠어. 하지만 지금 사람들이 어떤지 너도 알잖아. 우린 일에 파묻혀서 죽을 지경에다가 이제 로열 페트롤리엄과 계약을 했단 말이야. 말했던가?"

"아니. 축하해. 이렇게 말해야겠지."

"아주 기뻐죽겠는 거 잘 알겠어. 헤헤. 하지만 내가 진지하게 말하는 건데, 새러. 앤이 점점 안절부절못하기 시작했어. 요전 날엔 글쎄 당신이 나타나서 이 일을 맡지 않는다면 다른 정보 설계 경력자를 뽑겠다는 말을 하더라니까."

"그게 진짜야?"

"걱정 마. 내가 당신은 이제 다 나았다고 앤한테 확실히 말해뒀으니까. 목요일에 자리를 박차고 나올 준비가 되었다고 말이야. 자, 내가 프로젝트에 관한 서류를 좀 보내줄 테니까 이제 몰두해서 일을 시작해보라고. 사실은 당신도 우릴 그리워하고 있다는 거 아니까……."

그레이의 말이 맞았다. 나는 일을 그리워하고 있었다. 매일의 일과, 시끌벅적한 생활, 심지어 마감과 까다로운 고객 때문에 받는 스트레스까지 그리웠다. 오전 11시 전에 일어나고 새벽 4시 이전에 자기 위해서, 호아킨과 공원에서 했던 대화를 잊기 위해서, 그의 회사에 쳐들어가 그가 은하소녀와 무슨 짓을 하나 감시하고픈 충동을 억누르기 위해서, 가끔 소파에 앉아 절망에 빠져 시빌과 크리넥스 휴지 박스를 끌어안고 엉엉 우는 걸 그만두기 위해서 그 모든 게 다 필요했다. 이젠 더 이상 내 남자가 아닌 호아킨 옆에서 살아가길 애타게 바라는 마음을 놓아버릴 수가 없어서였다. 내가 사랑했던 호아킨은 처음부터 존재하지 않던 사람이었는지도 모르지만.

난 업무에 복귀하기 전 며칠 동안 밤낮 없이 태블릿 컴퓨터 앞에 앉아서 SNS에 이별 소식을 알리고, 페이스북 친구들을 끊고, 우리가 헤어졌다는 소식을 믿을 수가 없지만 차마 내게 전화할 용기까지 없는 지인들의 메시지에 답을 해주었다. 그리고 무엇보다도 내기억과 부서진 꿈, 고통을 애써 잊어보려 했다. 그래서 〈브레이킹 배드〉전 시즌을 다 보고, 끝없이 쏟아지는 기사들과 블로그 글들을 읽어치웠으며, 전 세계의 절반쯤 구할 수 있는 청원들에 서명을 하고, 유튜브 영상을 이것저것 몇 시간이고 봤다. 그리고 행복해 보이는 사람, 나보다 훨씬 더 행복해 보이는 사람들의 사진첩을 보면서 그들의 새로 태어난 아기, 높이 치켜든 맥주잔, 생일 케이크와 풍선, 태국 여행, 미소와 포옹, 키스들을 훔쳐보는 일종의 정서적 포르노 관람에 몰두했다. 그리고 마흔 넘어 아이를 가질 가능성에 대해 토론한 온라인 포럼 글을 미친 듯이 읽으며 유산이나 선천적 기형의 위험성과 다양한 인공수정 기술, 의사들과 엄마들의 의견과 경험 등을 알아봤다. 그런 글들을 읽으며 너무 무서워 소름이 끼쳤지만, 그래도 나같이 이 나이를 먹도록 파트너 하나 없는 한심한 사람들을 위해 생긴 새로운 웹사이트에 들어가보지 않을 수가 없었다. 이름하여 '자포자기한 싱글들 닷컴 desperatesingles.com'이었다. 곧 눈물이 나서 다시 크리넥스 휴지를 찾지 않을 수 없었지만.

그래. 업무에 복귀하는 게 내 건강에도 좋을 거다. 하지만 그게 무슨 뜻인진 이미 알고 있다. 분명히 아주 강렬하고 활기와 열정으로 가득한 인생으로 돌아가게 되겠지만 본질적으로는 공허하기만 할 뿐에다 영혼 없이 고객을 위한 일을 할 뿐이다. 그것도 멍한 상태로 미친 듯이 몰려드는 사람들과, 그러면서도 일상생활에 귀찮은 일을 피하려고 건네주는 크루아상을 먹지 않겠다고 거절하는 사람들과 같이 일하는 거다. 그것도 고통을 무감각하게 받아들이는 방법 중 하나가 되겠지. 그런 거짓된 존재감으로 바쁘게 몸을 굴리다 보면 정작 내 진짜 인생은 잡아보지도 못하고 흘러가는 거다. 그렇게 몸은 늙어가고 인간관계는 쪼그라들어 이따금 얼굴을 보지 않으면 온라인상에서 '좋아요' '게시글 올림' '댓글' 정도에서나 보게 되는 처지가 되겠지. 내가 그토록 바쁘지 않았더라면 호아킨과 이런 식으로 끝나진 않았을 텐데. 그 생각에 너무 괴로웠다.

그러나 고맙게도 내겐 시빌이 있었다. 시빌이 없었다면 어떻게 되었을까. 고양이는 내 옆에 참을성 있게 앉아서 온정신을 집중해 내가 끝도 없이 울어대는 동안 내뱉은 두서없고 조리 없는 말을 들어줬다. 둘이 앉은 옆에 눈물 콧물을 닦은 티슈 더미로 무더기를 쌓는 동안, 불평을 늘어놓으며 지치지 않고 자학하고 자기연민에 빠져 있는 동안 말이다. 그럴 때면 시빌은 별다른 말을 하지 않았다. 아마도 고양이다운 지혜를 가졌기에 이럴 땐 어떤 말도 필요하지 않다는 걸 알았으리라. 그저 내가 쓰다듬도록 자기 몸을 내어주고 그 부드러운 털과 몸에서 발산하는 손에 착 감겨오는 따스함을 내게 주면서, 이렇게 말했을 뿐이다.

"모든 게 괜찮을 거야. 내가 같이 있잖아, 친구야. 지금 여기에 말이야. 세상 어떤 일과도 상관없이."

타워 브릿지에서처럼 시빌은 내가 의지할 수 있는 단단한 바위였다. 감정이 세차게 요동치는 앞에서 그녀가 보여준 존재감과 차분함, 또 그 흔들림 없는 자세를 보며 난 최악의 시기를 견뎌낼 수 있었다. 이 우울하고 공격적이며, 어둡고 비 오는 대도시에서 우리 집을 편안한 안식처로 느낄 수 있었던 건 바로 그녀 덕분이었다.

그리고 또 내 항우울제 통을 훔친 것도 시빌이었다는 걸 확인했다. 이상하다고 여기며 내가 질문을 던질 때마다, 시빌은 혀로 털을 다듬으며 그런 건 신경도 안 쓴다는 듯이 회피하거나 무시했다. 하지만 집요하게 캐묻자 시빌은 온몸의 털을 모조리 다듬고 나서야 겨우 실토했다. 고양이는 그루밍이 잘되었는지 몸을 살펴보며 말했다.

"당연히 내가 가져간 거지, 사라. 그건 독약이니까."

"너한테는 그렇겠지만 그건 의사가 나 먹으라고 처방해준 거야. 그 약은 지금 내 상황에선 아주 유용한 약이란 말이야. 내 상태가 어떤지 넌 안 보여?"

"그렇게 원한다면 약은 돌려줄게. 하지만 그럼 난 떠날 거야."

시빌은 네 발로 서서 지금 위협하는 대로 사라져버리겠다는 듯이 말했다.

"네가 그런 약물에 의존해서 행복해지겠다면, 내가 뭐하러 시간을 들여가며 너를 훈련시키겠어?"

난 뭐라 대답할 말을 찾지 못했고, 또다시 고양이의 훈련 프로그램을 따를 수밖에 없었다.

* * *

시빌은 최소한 이틀에 한 번은 나를 데리고 산책을 나갔다.

"너 어디 있어?"

그녀는 갑자기 소파로 다가와 야옹거렸다.

물론 난 태블릿 컴퓨터 속 가상 세계에 빠져 있는 중이었다. 말하자면 자기 연민의 먹구름 속에 갇혀 있었다고나 할까. 그 질문에 난 의기소침한 기분에 젖어 있다 깜짝 놀라 현실로 돌아왔다.

"응? 나 여기 있잖아. 그럼 딴 데 어디 있겠어?"

시빌은 단호하게 말했다.

"여기 있는 것 같지 않은데. 자, 훈련하러 나가자. 너는 네 몸을 죄다 잊어버렸잖아. 머릿속은 원숭이들로 가득 차 있고."

훈련이란 건 오랫동안 걷기였다. 최소한 한 시간, 보통 그 이상 걸으면서 난 차츰 완즈워스 주변의 '괜찮은 지역'과 '형편없는 지역'을 알아갔다. 시빌은 자신이 가르치는 '걸을 땐 걷는 데 집중하기'라는 기묘한 훈련을 하는 동안 앞장서서 나를 이끌었다. 하지만 난 그 훈련을 제대로 해낸 적이 한 번도 없었다. 시빌은 지치지 않고 같은 지시를 반복해서 내리곤 했다.

"네 자신을 열고 지금 여기서 벌어지고 있는 일을 받아들이도록 해. 판단하지 말고 관찰해봐. 너의 반응을 인식해보라고."

그러면 난 최선을 다했다. 그래서 가끔은 아주 잠깐, 움직임을 따라 몸을 맡기고 빛처럼 가벼운 마음이 되어, 그 타고난 고양잇과의 우아함으로 지면에서 몇 밀리미터는 떠 있는 듯한 시빌처럼 내 걸음걸이를 인식하기도 했다. 하지만 그런 순간은 오래가지 못했다. 그럴 때마다 곧이어 은하소녀의 정체에 대한 온갖 생각이 떠오르거나 이제 내 인생은 끝났다는 오싹한 공포가 밀려오거나 수상쩍은 사람이 가까이 다가와 두려움이 나를 덮쳐오곤 했다……. 그러면 머릿속은 통제력을 잃고 고양이의 우아함은 금방 사라져버리고 말았다. 하지만 그럼에도 불구하고 이렇게 걷는 게 좋아졌고, 걷고 나서는 내 친구가 끊임없이 야옹거리는 소리를 듣길 잘했다고 생각하게 되었다.

걷기가 끝날 때쯤이면 시빌은 내가 직장에 다시 나가기 시작하면 지하철을 타지 말고 걸어 다니라고 설득하곤 했다.

"너는 이족보행 동물이야. 걷도록 태어났다고. 하지만 넌 의자에 하루 종일 앉아 있잖아. 의자라는 건 인간이 만든 것 중 최악의 발명품이야!"

"알겠어, 시빌. 하지만 그건 좀 그래. 회사까지 가는 데만 두 시간이 걸린다고. 돌아오는 데도 또 두 시간이 걸리고."

"너희 인간들이 의자를 발명하고 자기 주위에 벽을 둘러치기 훨씬 전부터 너희 조상들은 걸어 다녔어. 매일매일 지금보다 훨씬 더 먼 거리를 걸었다고."

"그 조상 얘기 좀 그만할래? 조상님들은 하루 종일 별로 할 일이 없었잖아. 내가 다시 회사에 나간다면 걸어 다닐 힘도, 시간도 없을 거야."

"회사에 나가기 시작하면 더더욱 걸어 다녀야 할 필요가 있어."

"그럴지도 모르지. 하지만 난 그럴 수가 없을걸."

"그러면 넌 또다시 그 깊은 구멍으로 들어가서 지하 배수관을 타고 다니다 뿜어져 나오는 거야?"

"지하철 말이지? 그래."

"그건 들쥐나 다니는 구멍이지 인간용은 아니야."

"나도 그렇게 생각해. 끔찍하지. 출퇴근 시간엔 어떤지 넌 상상도 못 할 거야."

"거기로 다니지 마, 사라."

고양이는 슬픈 표정으로 말했다.

"어쩔 수 없어, 시빌. 나는 들쥐처럼 살아야 해."

시빌은 곰곰이 생각했다.

"뭐. 그렇게 말한다면 별로 나쁘지 않은 것도 같네. 들쥐는 사실 행복한 동물이거든."

* * *

병가 마지막 날, 난 마침내 그레이가 보내준 로열 페트롤리엄 서류를 열어 훑어보았다. 내가 그렇게 하루 종일 노트북 앞에 앉아 메모를 하는 동안, 시빌은 내 옆에 앉아서 창문을 내다보고 있었다.

그렇게 얼마나 지났을까, 갑자기 고양이가 일어서더니 머리끝에서 발끝까지 몸을 쭉 폈다. 그런 뒤 테이블 위를 돌아 내게 말도 없이 앞발을 노트북 모니터 뒤에 올려놓더니 찰칵 소리를 내며 노트북을 닫아버리는 게 아닌가.

"야, 뭐하는 거야?"

시빌은 노트북 위에 앉고서 말했다.

"이제 그만해."

난 소리를 질렀다.

"시빌!"

노트북 위에서 밀어내 테이블 아래로 쫓으려 하자, 시빌은 등을 구부리더니 털을 세우며 하악댔다. 고양이가 그러니까 상당히 위협적이었다.

"알았어. 뭐가 문제인 건데?"

시빌은 다시 노트북 위에 앉더니 완전히 침착한 모습으로 돌아왔다.

"문제는 바로 네가 하루 종일 이 기계장치 앞에 앉아 있었다는 거야."

"이게 바로 일하는 거야."

"그럼 내일부터 하루 종일 이런다는 거군."

"그래. 불행히도 그렇다고."

"눈 감아봐."

"나 참. 시벌……."

"눈 감으라니까."

난 한숨을 쉬고서 시키는 대로 했다.

"어깨는 좀 어때?"

"솔직히 말하자면 아주 딱딱해."

"등은?"

"아파."

"목은?"

"끔찍하게 굳었어."

"넌 이렇게 머리를 쓰면서 일하는 동안 불쌍한 몸은 완전히 무시하고 있었어."

나는 눈을 뜨면서 순순히 시인했다.

"나도 알아. 사실 그래. 하지만 일을 안 한 지 2주나 돼서 지금 일에 대한 감이 없어. 있지, 우리 이따가 산책 나갈 거잖아. 그러니까 지금은 내가 그냥 일하게 놔둬. 내일 일할 준비를 해야 하니까."

"안 돼. 너한테 지금 가르치려는 걸 하면 네가 훨씬 더 준비를 잘할 수 있어. 내일만 그런 게 아니라 평생 잘할 수 있다고. 담요를 갖고 와서 바닥에 펼치고 반으로 접어. 그래야 편할 테니."

"뭐가 편하다는 거야?"

"스트레칭 운동을 하는 데 편하다고. 너도 알게 되겠지만 모든 동물들, 특히 우리 같은 고양이들은 가끔 몸을 쫙 펴주는 버릇이 있어. 특히 같은 자세로 오랫동안 있게 될 땐 말이지. 그런데 너희 인간들은 이런 조치를 완전히 무시하는 것 같더군."

"야, 나 헬스클럽 다니거든."

"그래. 네가 가는 걸 본 적이 있지. 하지만 기껏해야 2주에 한 번 가서는 소음과 기계로 꽉 찬 방에 갇혀버리잖아. 몸으로는 고생하면서 정신은 계속 멋대로 일하게 두고. 자, 여기 담요에 누워봐. 시작하자."

"너 설마 나한테 요가를 가르치려는 건 아니겠지……."

"그럼 고대 힌두인들에게 스트레칭을 가르친 게 누구였겠어?"

"고양이라는 거지?"

나는 빈정대는 어조로 말했다.

"그래. 고양이가 맞아."

시빌은 아주 진지한 어조로 대답했다.

내가 후에 '고양이 요가'라고 부르게 된 나의 첫 수업은 그렇게 시작되었다. 시빌은 간단하고도 효과적인 스트레칭 동작 몇 가지를 내게 보여줬다. 그건 몸을 비틀고 부드럽게 힘을 주는 동작으로, 특히 등과 목 부분에 집중된 동작들이었다. 몸을 빙글빙글 돌리는 체조나 에어로빅과는 전혀 달랐다. 동작을 따라 하다 내가 너무 힘을 주기라도 하면 고양이는 이렇게 말하곤 했다.

"헬스클럽에서 배웠던 건 전부 잊어. 아프게 하는 건 소용없어. 무리해서 힘주지 마. 자연스럽게 움직이라고. 각 동작마다 가장 이상적인 스트레칭 부위를 찾아봐. 거의 힘이 들지 않아야 해. 너무 심하게 하지 말고. 네 몸에 귀 기울여봐. 네 동물적 본성과 접촉하도록 해.”

이건 내가 익숙하게 해왔던 체력 훈련과는 판이하게 다른 느낌이었다. 힘줄과 근육에 작용하게끔 내 몸과 중력, 그리고 딱딱한 바닥을 이용해 자신에게 해주는 마사지 같은, 아니 그보다 더한 그 무엇이랄까. 호아킨 같은 놈이 그 멍청한 마사지 침대와 전문가용 오일로 해주지 않아도 되는 거다.

시빌은 각각의 자세를 취하는 동안 걷기 훈련에서처럼 온 신경을 집중하는 게 중요하다고 계속해서 강조했다.

“몸을 관찰해봐. 섬유 하나하나와 말초신경 하나하나를 인식해. 그리고 네가 숨을 들이마실 때 힘이 어떻게 채워지는지, 또 숨을 내쉴 때 마음속 걱정과 근육의 긴장이 어떻게 사라지는지 보란 말이야. 정신이 산만해지는 것 같거든 그냥 다시 몸에 신경을 집중하면 돼. 호흡의 리듬에 맞춰서.”

그리고 각 운동이 끝날 때마다 시빌은 내게 편안한 자세로 누운 다음 무릎을 굽히고 발바닥을 땅에 붙이라고 했다. 그리고 그 자세로 있는 내게 의식적으로 머리와 목, 어깨에서 시작해 발끝까지 긴장을 풀라고 했다. 그러면 마침내 나는 구름 위에 둥둥 뜬 것 같은 기분이 되어서 불과 몇 분 전까지만 해도 긴장으로 가득했던 몸 위로 만 미터는 날아오른 느낌이 들었다.

“야아옹. 야아아아아아옹. 야아아아아아아옹.”

난 나른하니 기분 좋은 선잠에서 깨어나 머리 위로 기지개를 켜고서 미소를 지었다.

“야옹. 이거 정말 나쁘지 않은데.”

"그럼 이제 일하러 갈 준비가 된 거야."

시빌은 자기 몸을 쭉 편 뒤, 아까처럼 노트북을 올려둔 테이블에 몸을 뉘이고서 말했다.

* * *

"일어나!"

고양이가 높은 톤으로 지르는 소리에 난 깜짝 놀라 잠에서 깼다. 내 몸에 올라앉은 시빌의 무게가 느껴졌다. 아직 날이 밝지도 않았다. 천창을 통해 들어와 어른대는 희미한 가로등 불빛 사이로 시빌의 검은 실루엣이 내 앞에 불쑥 솟아오른 모습이란 마치 지난번 꾸었던 악몽에서 본 불길한 유령 같았다.

"지금 몇 시야?"

"너희 인간들은 조그마한 시계 숫자에 너무 집착하곤 하지."

난 핸드폰을 확인하고서 신음했다.

"아직 6시도 안 됐잖아! 나 오늘 다시 출근하는 날이야, 시빌. 나 좀 더 자게 둬."

"그래, 오늘은 다시 출근하는 날이야. 그러니 훈련을 열심히 시작할 때지."

"지금은 너무 이르잖아!"

"내 말이 그 말이야. 인간들은 잠을 자고 있어. 자동차도 거의 없지. 새벽이 밝아오고 있다고. 그러니 아주 적당한 시간이야."

난 한쪽으로 돌아누워 이불을 머리까지 뒤집어썼다. 하지만 고양이가 베개 위로 뛰어올라 내 머리에 발을 얹었다. 그러더니 또 한 발을 척 올리는 게 아닌가. 고양이는 처음 얹었던 발을 들어 올리고는 그걸 다시 내 귀에 얹었다. 이런 행동을 반복하던 시빌은 나를 짜증나게 해서 결국 침대에서 일으켰다.

"너란 고양이 진짜 짜증난다. 너도 알지?"

고양이는 계단을 한 걸음 한 걸음 내려가며 말했다.

"응. 나도 알아. 그러니까 이불이랑 베개 가지고 와."

시빌은 내게 어제 덮고 잤던 이불을 바닥에 깔고 그 위에 베개와 소파 쿠션들을 푹신하게 쌓으라고 한 뒤, 그 위에 양반 다리를 하고 앉으라고 했다.

"고양이들이 요가 수행자들에게 이런 자세도 가르쳤어?"

나는 하품을 하며 이렇게 물었다. 그러자 시빌은 물리치료사라도 된 양 전문가의 풍모로 대답했다.

"네 몸의 구조를 따져볼 때 힘들이지 않고 등을 쭉 펴고 있으려면 이게 제일 좋은 자세야. 누워서 편안하게 몸을 조정해봐."

고양이의 말대로 따라 해보려고 했지만, 그중 명상을 하라는 건 마음대로 되지 않았다. 우리 엄마도 히피 시절엔 명상을 했다는 말을 들었을 때 난 왜 그런 걸 하는지 전혀 이해하지 못했었다. 호아킨은 언제나 그런 걸 두고 '신비한 미신들'이라며 코웃음을 치곤 했다. 나 역시 오늘 아침 같은 날엔 의식이 흐려지고 이상한 환상 같은 걸 보는 건 정말로 사양하고 싶었다. 난 어디 꿈나라로 놀러가는 게 아니라 현실 세계로 돌아갈 참이었으니까. 그래서 앤을 만나야 하고 로열 페트롤리엄 프로젝트를 해야 하고, 디자이너와 프로그래머, 고객 쪽 마케팅 팀을 대면해야 하는 거다. 그런 생각만으로도 눈앞이 아찔해졌다.

"이게 다 뭐하자는 거야, 시빌?"

"아주 간단해. 넌 이제 마음 청결 연습을 할 거야."

"과음 척결이라고?"

"과음이 아니라 마음. 마음 청결이라고. 우리 고양이들이 털을 하루에도 몇 시간씩 핥으면서 깨끗하고 건강하게 유지하듯이, 너희 인간들도 매일 복잡한 일들로 과부하가 걸린 뇌를 씻어줘야 해. 안 그러면 곧 먼지에 막혀버려서 제대로 작동하지 못하게 될 거고, 집중해야 할 것에 집중을 못 하게 돼. 예를 들자면 지금 이 순간도 그래. 넌 내 말을 듣고 있는 것처럼 굴지만 사실은 벌써 오늘 일할 것에 대해 생각하고 있잖아."

시빌의 말이 맞았다. 로열 페트롤리엄 웹사이트 디자인 생각이 벌써 내 머릿속에 왔다 갔다 하고 있었으니까.

"넌 정작 네 앞에 뻔히 보이는 일들은 돌보지 않으면서 앞으로 벌어질 일에 대해서만 걱정하고 있어."

고양이가 앞발을 내 다리에 얹고서 주둥이를 아주 가까이 대 그 분홍색 코가 내 다리에 닿다시피 했다.

"앞에 있는 일을 신경 쓰고 돌봐야지만 앞으로 올 일을 처리하는 데도 더 좋단 말이지."

난 다시 하품을 하면서 말했다.

"알았어, 알았다고. 그럼 이제 뭘 해야 하는데?"

그러자 시빌은 내게서 한 발짝 물러서며 말했다.

"사실은 아무것도 안 해도 돼. 그냥 시시각각 무슨 일이 일어나는지 관찰만 하면 돼. 하지만 그건 말이 쉽지 막상 하긴 어려워. 자, 일단 눈을 감아봐."

나는 눈을 감았다. 그러자 차 한 대가 외로이 거리를 굴러가는 소리와 개가 짖는 소리가 들렸다. 이윽고 시빌의 목소리가 다시 들려왔다.

"네 호흡을 관찰해봐. 어떻게 공기가 들어왔다가 나가는지 알아봐. 앞으로 몇 분간 거기에만 집중하도록 해."

그러는 건 그다지 특별하지도 신비하지도 않아 보였다. 그냥 걸을 땐 걷는 훈련과 다를 게 없었고, 이번엔 걷지 않을 뿐이다. 말하자면 가만히 있을 땐 가만히 있는 데 집중하는 훈련이랄까. 나는 호흡에 집중했다. 공기가 들어오고 빠져나갔다. 들숨과 날숨이 있었다. 다시 한 번, 또다시 한 번. 느낌이 좋았다. 나는 차분해지면서 동시에 신경이 또렷해졌다. 시빌이 지금 가르쳐주고 있는 이런 훈련이 정말로…….

"정신이 산만해질 땐 신경 쓰지 말고 그냥 다시 호흡에 집중하도록 해."

시빌의 목소리가 다시 들려와 나의 내면에서 일어나는 대화에 끼어들었다.

나는 다시 집중해봤다. 들숨, 날숨. 숨을 들이쉬고 또 내쉬었다. 거리에서 발자국 소리가 들려왔다. 들숨, 날숨. 발자국 소리는 가까이 들려오다가 이내 점점 멀어졌다. 내 정신이 얼마나 빨리 산만해지는지 놀라울 정도였다. 단 1분도 완벽하게 집중을 못 하네. 어쩌면 난 집중력이 그다지 좋지 못한 건지도…….

그 순간 내 마음을 읽고서 내가 집중하는 데 또 실패한 걸 알아챘다는 듯이 시빌이 말했다.

"네 정신이 산만해지는 건 여기서 중요하지 않아. 그러는 게 정상이야. 인간의 정신은 쉴 새 없이 움직이는 원숭이와 같지. 그래서 기회만 된다면 너의 지배를 벗어나려고 해. 상관없어. 다시 떠도는 정신을 잡아낸 다음 도로 호흡에 집중하면 돼.”

나는 그렇게 집중하려고 노력하다가 집중력을 놓쳐버리곤 또 잡아서 집중하는 훈련을 얼마 동안 계속했다. 정신은 어디로 튈지 몰랐고, 정말로 원숭이가 이 나무에서 저 나무로 펄쩍펄쩍 뛰어다니듯이 이런저런 생각으로 옮겨 다녔다. 사무실 사람들, 지금 막 시작한 프로젝트, 지난 며칠간 있었던 일들, 공원에 가져갔던 우산, 파산한 서점, 다리에서 뛰어내렸던 생각, 닫힌 방, 햄프스테드 히스에 올라갔던 일, 새집에서 사랑하는 스라소니 회원들과 보냈던 하룻밤, 마수드 씨의 전기 시스템, 옆집 여자가 들고 있던 칼, 고양이 요가, 그리고 이 간단하고도 놀라우며 도전적인 훈련까지. 가끔 난 원숭이가 이 나무에서 저 나무로 펄쩍 뛰는 걸 포착해낼 수 있었다. 또 가끔은 그 원숭이를 잡아 나무에서 끌고 내려오기도 했다. 그럴 때면 난 이 집에 이사 온 첫날 밤에 시빌이 해준 알쏭달쏭한 말을 떠올렸다. ‘그 비결은 바로 네 자신이 세상을 보는 모습을 바라보는 거야.’

잠시 후, 시빌이 달콤하게 세 번 야옹거리더니 자세를 풀고 다시 한 번 스트레칭을 하라고 했다. 그러곤 자기도 몸을 쭉 펴며 물었다.

“어땠어? 어떤 느낌이 들어?”

“너무 힘들어!”

고양이는 내 앞에 다시 앉으면서 말했다.

“넌 아주 잘하고 있어. 이건 네 말대로 참 힘들지. 그래서 연습을 많이 해야 해. 그건 그렇고 아직 내 질문에 답하지 않았잖아. 집중력을 잃지 마. 지금 바로 여기서 무슨 일이 일어나는지 주목해봐. 네 몸과 감각을 인식하란 말이야. 그리고 느낌이 어떤지 말해봐."

나는 다시 눈을 감았다.

"평화로워. 차분하고. 그런데 신경은 또렷해. 네가 말한 마음 청결이 뭔지 알겠어. 뭔가 내면이 더 깨끗해진 느낌이랄까. 고마워, 시빌. 이제 너희 고양이들이 이런 쪽에 일가견이 있다는 걸 알겠어."

나는 눈을 떴다. 시빌은 여전히 움직이지 않고 내 앞에 앉아 있었다. 고양이의 등 뒤로 새날의 빛이 밝아왔다.

"그렇다니 좋네. 그 상태를 하루 종일 유지하도록 해봐. 또렷한 감각으로 네 주변의 모든 것을 인식해봐. 매 순간을 충만하게 살도록 해. 네가 사는 매 순간이 바로 너의 순간, 너의 시간, 너의 인생이니까. 네 인생은 회사의 것이 아니야. 네 인생은 네 거라고. 다른 사람한테 네 인생을 뺏기지 마."

멋진 말이네. 하지만 난 도시의 심장부인 우드 스트리트에 있는 넷사이언스의 문을 열고 들어가기도 전에 이미 이 말을 잊어버리고 말았다.

14
수백 일의 비 오는 날

시빌이 여러 번 말한 대로, 업무 복귀에 대한 걱정은 완벽하게 내 망상에 불과했다. 미리 걱정했던 게 무색할 정도였으니까.

미팅 중에 정신을 잃고 쓰러져서 2주 동안이나 결근한 나에 대해 동료들이 어떻게 생각할까 복귀 며칠 전부터 매우 걱정했었다. 혹시 날 이상하게 보지는 않을지, 나한테 일어난 일을 전부 어떻게 설명해야 할지 알 수가 없었고, 그러다 사무실에서 엉엉 울어버리게 되는 건 아닌지, 최악의 경우 다시 쓰러져서 병원에 실려가는 사태가 일어나지는 않을지 너무 걱정이 됐다.

하지만 결국 걱정했던 일은 절반도 일어나지 않았다. 다시 어지럼증으로 쓰러지는 일도 없었고, 그간의 두려움이 무색하게도 다른 사람들은 내게 관심을 갖지 않았다. 모두들 저마다의 걱정과 문제에 골몰했고, 무엇보다도 일이 휘몰아칠 정도로 많아서 다른 걸 신경 쓸 겨를이 전혀 없었던 것이다. 물론 그레이에게는 자세한 사정을 전부 이야기했고, 내가 잘 알고 지내던 디자이너 캐시에게도 그간의 일을 털어놓았다. 캐시는 지난 몇 년간 나와 동고동락한 사이였으니까. 나머지 사람들과는 아주 간단하게 끝났다. 뭐, 영국인들은 남의 개인사에 너무 깊게 파고들지 않는 사람들이니. 그리고 누군가 지난 2주 동안 무슨 일이 있었는지 물어볼 때면 그냥 동거인과 헤어지고 이사를 해야 했다는 사실만 알려줘도 그토록 감정적으로 힘든 시기를 보냈다는 데 대해 충분한 정당성이 있는 듯했다. 그럴 때면 난 사람들에게 차라리 그게 잘된 일이었다고 설득력 있게 말했고, 이야기를 들은 사람들은 납득한 것 같았다. 그러고 나서 우리는 다시 일상적인 직장 조직 안으로 돌아갔다. 압박이 느껴지는 매일의 똑같은 일과 속으로 말이다.

업무 복귀 후 가장 힘들었던 부분은 바로 일의 속도 자체에 적응하는 것이었다. 그건 내가 고양이의 시점에서 업무 세계를 보기 시작했기에 일어난 일이었다. 가끔 하루 일과를 마치고 나면 런던 지하철의 '배수관에서 뿜어져 나오는' 내 처지를 깨달을 때가 있었다. 때때로 몇 시간이고 의자에 처박힌 몸 안에서 정신이 펑펑 돌고 난 뒤에는, 이런 건 제대로 된 삶이 아니라는 생각이 들기도 했다. 점심으로 산 샌드위치를 씹으며 컴퓨터 앞에 앉아 이메일을 확인하는 내 모습을 보면서 '너 어디 있어?'라고 묻던 시빌처럼 나도 스스로에게 '너 어디 있어?'라고 묻기도 했다. 하지만 그래도 아침이면 고양이 스승께서 날 계속 깨워 마음 청결 연습으로 하루를 시작하게 했고, 오후엔 또 '고양이 요가'나 의식적인 걷기 훈련으로 이끌었다. 난 종종 하기 싫은 마음으로 미적거리며 시작하곤 했지만, 언제나 훈련이 끝난 뒤에는 고마운 마음이 들었다.

그러는 동안 시빌은 계속 내게 걸어서 회사에 가라고 고집을 부렸다. 내가 마사이족이라도 되는 것처럼. 가끔 자전거를 한 대 사면

한 시간 안에 도심까지 나갈 수 있겠다는 생각을 해보지 않은 건 아니다. 끌리긴 하지만, 봄 내내 날씨가 나빴기 때문에 그다지 해볼 엄두가 나지 않았다. 게다가 버스와 차, 트럭과 오토바이를 이리저리 피해 다녀야 한다고 생각하니 덜컥 자전거 출근을 시도하는 건 무모한 도전처럼 여겨졌다. 호아킨 덕분에 난 런던 시내 자전거 사고율에 대해 죄다 알고 있었고, 그 점에 대해서는 그와 의견을 같이했다. 우리가 헤어지긴 했어도, 여전히 내 머릿속은 그의 것인지 내 것인지 모를 온갖 생각과 감정들로 가득 차 있었으니까.

고양이는 명상 연습을 하라고도 했다. 심지어 스트레칭 운동을 회사에서도 하라고 말했다. 난 그러는 게 쉽지 않다는 걸 시빌에게 애써 설명해야 했다.

"내가 요가 매트를 가져와서 사지를 뻗고 누우면 사람들이 뭐라고 할지 알기나 해? 완전 '여기 와서 내 등 휘어진 거 보쇼' 이거 아냐!"

"사람들이 뭐라든 무슨 상관이야? 네 등이 아픈 게 중요한 거 아냐?"

"그건 그렇지. 사실 어떻게 보면 말이 안 된다는 거 알아. 하지만 세상 이치가 그렇다고."

"세상 이치가 뭔데? 그래서 다른 사람들 앞에서 스트레칭을 못한단 말이야? 그럼 사람들이 너더러 하루 종일 같은 자세로 의자에 앉아 있으라고 강요한다고?"

"가끔 일어서 있을 수는 있어."

"누울 수도 있어?"

"아니. 누울 수는 없어. 음. 기댈 수 있는 소파가 있긴 해."

"너희 인간들은 참 알다가도 모르겠어. 스스로에게 부과하는 제한과 장벽이 어찌나 많은지 원. 게다가 멍청한 심리적 장애도 많고 말이야. 너희는 정말 동물 망신은 다 시키고 다닌다니까……."

***

비가 오는 봄날은 며칠이 지나고 몇 주가 이어져 몇 달째 계속됐다. 그리고 내 마음속에도 역시 비가 내렸다. 헤어지고 난 다음의 며칠 동안만큼 격렬하지는 않았을지 모르겠다. 하지만 런던 위에 못 박힌 듯 고집스럽게 드리워져 언제든 비를 뿌릴 것만 같은, 어떨 때 보면 제대로 된 폭풍이라도 쏟아낼 것처럼 보이는 회색 구름은 내 마음속에도 떠 있었다. 눈물샘은 기회만 잡으면 터질 태세였다. 라디오에서 흘러나오는 노래를 들어도, 내 사진 파일에 저장된 사진을 봐도, 호아킨을 닮은 듯한 사람이 거리를 지나가는 것만 봐도, 둘이 같이 알고 지내던 친구가 전화를 해도, 심지어 우리 사이 일을 듣고 비통한 기분이 된 호아킨의 부모님에게서 온 전화를 받아도 난 울고야 말았다.

하지만 시빌의 운동 처방과 조언 덕에 난 점차 내 감정적 경향을 인정하고 열린 마음으로 그 상태를 받아들이며 관찰했고, 감정들이 나타났다가도 다시 사라지게 놔뒀다. 말하자면 '내 자신이 세상을 보는 모습을 보았다'고나 할까. 난 이런 감정적 경향과 현실 세계와의 차이를 경험하기 시작했다. 현실은 훨씬 더 크고 밝으며 장엄했다. 현실 세계란 마치 비행기를 타고 영국의 상공 위를 향해 영원처럼 드리워진 회색 구름을 뚫고 올라가면 볼 수 있는, 푸른 하늘 아래 펼쳐져 눈부시게 빛나는 구름의 바다와도 같이 저 위 세상에 언제나 존재하고 있었다. 내가 그 구름을 뚫을 수 없을 땐 인내심 강한 고양이 스승님에게 의지하면 됐다. 그녀는 언제나 그 자리에 머무르며 아직도 내게 필요한 따스함을 주고 성스러운 기운을 발산할 준비가 되어 있었으니까.

관성적으로 흘러가는 판에 박힌 일상 속에 빠진 난 몇 주, 몇 달이 획획 지나가는 것도 모를 정도였다. 월요일부터 금요일까지 하루 종일 포스트잇과 콜라, 우울한 얼굴들과 함께하는 미팅이 쭉 잡혀 있었다. 그렇지 않은 날엔 컴퓨터 모니터에서 픽셀을 수정하면서 자연적이고 친환경적으로 새로 태어난 로열 페트롤리엄의 여러 프로젝트 마감을 맞추느라 허덕였다. 일을 마치고 집으로 돌아오면 시빌은 수업을 하려고 기다리고 있었고, 내가 늦을 때마다 좀 더 훈련에 시간을 할애하지 않는다며 나를 꾸짖곤 했다. 난 가끔 핍을 만나기도 했는데, 핍은 내가 동양 철학이나 요가, 명상에 갑자기 관심을 갖는 게 자기 영향을 받아서라고 생각했다. 우리는 선불교 센터에서 이런 주제의 세미나 두어 개를 같이 수강했고, 거기서 핍은 내게 요가를 연습하기에 아주 편한 매트와 제대로 된 명상 방석을 사줬다.

일을 집에 들고 오지 않는 주말이면 나는 아빠를 도와 바벨 서점을 정리하고 미라시에라에 있는 집을 매각하고 아빠와 동생이 아르구에예스에 있는 내 집으로 이사 갈 수 있게 일을 처리했다. 그게 제일 좋은 해결책이라고 결정을 내렸기 때문이다. 그때쯤 난 친구들도 만날 겸, 또 어려운 이 시기에 아빠를 도울 겸 마드리드에 몇 번 방문했었다.

하지만 알바로와의 사이는 아직도 심하게 경직되어 있어 우리는 서로를 애써 피했다. 하지만 아빠는 언제나 우리 둘을 화해시킬 방법을 찾아내려 애썼다.

"우리 모두 이번 여름에 함께 휴가를 가는 건 어떠냐? 옛날처럼?"

나는 이 말도 안 되는 계획을 몇 년째 들어온 터였다.

"아빠, 도대체 왜 그래야 해? 예전과는 상황이 달라졌다고. 엄마도 없지, 알바로랑 난 서로 꼴도 보기 싫어하는데……."

"그러니까 가야 한다는 거다. 이야기도 하고 생각의 차이도 좁힐 수 있는 기회가 될 거야. 어쨌든, 이 어려운 시기에도 너희에게 도움이 될 거야. 사라, 이 아빠를 믿어보렴. 다 같이 로시난테 2세를 타고 피코스 데 에우로파로 가보는 거야. 푸엔테 데에 있는 캠핑장 말이야……."

"아빠 미쳤어? 그 고물덩이는 콜메나 비에호도 못 가서 고장 날 거라고."

"로시난테 2세는 아직 멀쩡해! 그 옛날 제대로 만든 폭스바겐 엔진이 장착돼 있다고. 이제 그런 좋은 엔진은 다신 안 나온다. 독일 기술의 정수란 말이야. 30년 전이나 지금이나 엔진 소리는 똑같아."

"관둬요, 아빠."

하지만 아빠는 절대로 포기하지 않았고, 내가 아빠랑 대화를 할 때마다 그 말도 안 되는 히피적인 평화안을 꺼내 들었다.

그동안 난 완즈워스에 적응하기 시작했다. 이 집의 특이한 전기 시스템 사용법과 소리 안 내고 집 안에서 지내는 법에 말이다. 그리고 우젤락 부인이 좀 이상하고 성미가 고약하지만 본질적으로는 나쁜 사람이 아니라고 결론을 내렸다. 물론 아직도 얼굴을 마주 대하는 게 무서운 건 어쩔 수 없고, 그래서 옆집 문 앞을 지날 때면 언제나 좀 불안한 마음이 들긴 했지만. 가끔 옆집에 방문객이 오는 소리가 들렸고, 슈퍼마켓에서 식료품 상자가 배달되어 왔지만 그 여자를 계단에서 마주친 적은 한 번도 없었다. 그렇게 다소 불안한 관계가 지속되었다.

시빌과 함께하는 훈련 과정에 대해 말하자면, 완전히 예측 불가능했다. 거기엔 예전에 하던 대로 걸을 땐 집중하며 걷기나 고양이 요가같이 정해진 형태의 훈련이란 게 없었다. 가끔 시빌은 도발적인 질문을 던져서 나와 논쟁을 벌이거나, 갑자기 발톱으로 가구를 긁어대 내가 불평을 하면, 내가 '물건'에 지나친 애착을 갖는다며 긴 열변을 토하곤 했다. 그리고 정말 우울할 땐 그저 순수하고 간단하게 체온을 나누는 요법을 행했다. 바로 쓰다듬으며 말없이 사랑하는 것이었다. 그보다 좀 덜 우울할 때라면 고양이가 가장 즐겨 쓰는 전략이 있었는데, 바로 내가 모니터에 정신이 홀려 있을 때 뒤에서 살그머니 나타나 갑자기 와락 덤벼드는 거였다. 그럴 때면 내가 얼마나 정신을 놓고 있었는지 알려주거나, 왜 방해받는 게 그렇게 짜증나는지 물으려는 것이거나, 내가 너무 생각을 많이 한다고 비난하려는 것이었다. 하지만 가끔은 아무런 이유 없이 장난을 치는 게 목적이기도 했다. 드물긴 하지만 아주 가끔, 오후에 집에 돌아와보면 시빌이 없을 때도 있었다. 그럼 이게 혹시 나한테 좀 쉬라는 건지, 아니면 사냥을 나갔다가 아직 안 오는 건지, 혹시 내가 알아서 하라고 내버려둔 건지 알 수가 없었다. 자기가 없는 동안 내가 뭘 하는지, 정말로 내가 스스로 집중 훈련을 할 건지 살펴보려는 건가?

고양이 스승님과 함께한 초봄의 훈련에 얽힌 이야기는 많지만,

뒤이을 이야기에 영향을 끼친 일화 하나만 들려주고자 한다.

* * *

기억에 남았던 그 훈련은 바로 누구나 묻는 질문이지만, 요새 들
노라면 신경이 쓰이지 않을 수 없는 질문으로 시작됐다. 3월 중순
의 어느 토요일 오후, 시빌이 집에 돌아와서 내가 누워 있던 소파의
등받이를 오르며 물어봤었지.

"너 잘 지내고 있어?"

난 아주 오랫동안 천장을 바라보며 평소처럼 이런저런 시무룩한
생각을 곱씹고 있었다. 그 생각들은 마치 풍선껌처럼 단물은 진작
빠지고 딱딱해진 지 오래지만 어쩐지 뱉어낼 수가 없었다. 조금 전,
조녀선과 에이미와 전화 통화를 했었다. 둘은 호아킨의 친구로 우
리 넷은 함께 저녁 식사를 하거나 파티에 함께 가고 주말을 같이 보
낸 적이 많았다. 그리고 그 둘도 내게 '잘 지내니?'라고 똑같은 질문
을 던졌던 거다. 우리가 헤어졌다는 말을 들은 이후로 두 사람은 내
게 아주 상냥하게 대했고 필요할 때면 아낌없는 조력을 보내왔다.
하지만 우리 사이가 예전 같을 수 없다는 건 이미 우리 모두 알고
있었다. 예전에 보아왔던 것처럼 서로를 계속 만날 수는 없었다. 헤
어지고 나서 어쩔 수 없이 서먹해지는 친구들이 있었고, 난 그들과
거리를 두었다. 그들을 보고 있노라면 호아킨이 너무 많이 생각났
으니까. 내 감정을 그대로 그들과 나눌 수는 없었다. 그들의 친구이
기도 한 호아킨의 만행을 샅샅이 설명할 순 더더욱 없었다. 조녀선
과 에이미는 호아킨이 자기 입장에서 한 말도 들었을 것이다. 앞으

로 은하소녀도 만나게 될 거고. 어쩌면 벌써 만났을지도 모른다. 이제는 그 여자와 호아킨과 넷이서 주말을 보내게 되겠지. 두 사람과 이야기하고 나자 나는 완전 폐인이 되었다.

"잘 지내고 있느냐니까?"

시빌은 소파 위에서 호기심 가득한 눈동자로 나를 내려다보며 계속 말했다.

"네가 보기엔 어떤데?"

난 한숨을 쉬면서 높이 솟은 집 천장의 균열을 응시했다.

"난 애인도 없고, 돈도 없고, 희망도 없는데 머리는 쓸데없이 핑글핑글 돌고만 있어서 멈출 수도 없어. 좋아하지 않는 사람 옆집에 살고, 좋아하지 않는 나라에서 살면서 좋아하지 않는 일을 하고 있다고……. 게다가 또 뭐가 있게? 이제 비도 내리네."

시빌은 창문을 때리는 빗방울을 자세히 관찰하면서 골똘히 생각에 잠겼다.

"으으음. 그럼 너 이는 어때?"

"뭐?"

"너 이빨은 어떠냐고."

고양이는 꼬리를 허공에 들어 올려 선을 그으면서 다시 물었다.

"내 이 말이야?"

"응. 못 들었어? 이빨. 이는 안 아파?"

시빌은 입을 벌리면서 자신의 작고 하얗고 날카로운 이빨을 보여줬다.

"아니. 이가 왜 아프겠어……."

"내 말은 지금 당장 끔찍한 치통을 느끼느냐는 거야."

"아니. 그런 치통은 없는데……."

"아주 심하고 찌릿해서 참을 수 없을 정도로, 누가 네 잇몸에 망치로 쐐기를 박아 넣는 것 같은 고통이 있느냔 말이야."

"으아아! 그런 말을 왜 해? 없어! 없다고!"

나는 턱에 손을 갖다대며 움찔했다.

"그래. 그렇지."

시빌은 그 분명한 사실을 이제야 깨달았다는 듯 골똘히 생각에 잠겨 소파 등받이 위를 배회했다.

"그런 통증이 있었다면 넌 지금 호아킨이나 네 직업을 가지고 불평하고 있지 못했을 테니까. 비가 오는 건 눈에도 안 들어왔을걸. 대신 피가 거꾸로 솟을 만큼 무시무시한 비명을 기르면서 머리를 벽에 박고 있느라 이런 대화조차 할 수 없었을 거야. 그러면 또 우젤락 부인이 광란의 상태에 빠질 거고."

고양이의 말을 들은 난 똑바로 일어나 앉았다.

"너 왜 나한테 그런 끔찍한 말을 하는 거야?"

"나야말로 왜 네가 자신에게 끔찍한 말을 하는지 모르겠어."

"나?"

"너는 하루 종일 머릿속으로 너한테 없는 것들에 대해서 생각했잖아. 네가 잃어버린 것들과 앞으로 가질 수 없을 것들, 좋아하지 않는 것들 등등……."

고양이는 외줄타기 곡예사에게나 있을 법한 솜씨 좋은 균형 감각으로 좁은 소파 등받이 위에서 빙글빙글 몸을 돌렸다. 아주 완벽하게 정돈된 몸동작이었다.

"아, 그거."

난 다시 소파에 털썩 주저앉았다. 시빌은 내 발치에 있는 쿠션으로 미끄러져 내려왔다.

"그래, 그거. 네 인생에는 다른 것들이 있다고. 아주 긍정적인 것들이 많아. 심지어 어떤 건 놀랍기까지 하지. 예를 들어, 끔찍한 치통 때문에 괴로운 상태가 아니잖아."

고양이의 말에 나는 웃었다. 이상한 생각이어서 그러기도 했고, 또 지금 고양이가 내 다리 사이로 기어들어가 앞발을 내 배에 얹고 간지럼을 태우고 있어서이기도 했다.

"그렇게 생각하는 건 좀 바보 같잖아."

"하나도 바보 같지 않아. 내가 장담하는데 지금 치통 때문에 괴롭다면 그런 생각이 바보 같다고는 절대 생각 못 할걸. 오히려 반대로 치통이 없는 게 세상에서 제일 중요한 일이라고 생각했을 거야. 지금 이가 아프지 않다면 얼마나 좋을까 상상하고만 있었을 거라니까. 이것만 누가 빼주면 정말 행복할 텐데, 이러면서 말이야."

그 말은 부정할 수 없었다. 지난번에 영국 치과 의사한테 가서 신경치료를 받는 동안 견뎠던 고통은 잊을 수가 없었으니까. 그리고 스물두 살 때 등산을 갔다가 무릎 십자 인대가 파열되었을 때 재활 치료 했던 일도 아직 기억에 생생했다. 이 말을 들은 시빌은 내 위에서 앞다리를 쭉 펴며 말을 이었다.

"그러니까 축하해야지. 넌 오늘 놀랍게도 치통 없는 인생을 즐길 수 있으니 말이야. 그것 말고도 축하할 일은 정말 많다고! 악화되는 상황을 계속 주워섬기지만 말고 그보다는 잘되어가는 일을 좀 생각해보는 건 어때?"

"무슨 소리야?"

난 고양이를 장난스레 옆으로 밀면서 말했다. 그러자 고양이는 용수철처럼 내 위로 도로 뛰어올랐다.

"네가 가지고 있는 것들이 뭔지 말해봐. 뭘 감사하게 여길 수 있을까?"

무슨 질문이 이렇담. 분명 또 만사를 바라보는 또 다른 방법이겠지. 난 고양이를 다시 옆으로 밀었다. 고양이는 슬쩍 웃음을 흘리며 말했다.

"말해보라니까. 빨리 목록을 읊어봐."

난 고양이를 안아 들고서 일어섰다.

"모르겠어…… 무릎이 멀쩡한 게 고마운 일인가. 몇 년 전에 수술을 했었거든."

그러자 시빌은 죽을 만큼 놀랐다는 듯이 내 팔에서 몸부림치고는 뛰어내렸다.

"뭐라고? 네 무릎이 제대로 움직인다고? 축하해, 사라. 걸을 수 있구나. 한 발 한 발 디디면서 세상을 향해 나아가고 춤을 추고 달릴 수 있으니 말이야."

시빌이 활기차게 내 둘레를 돌기 시작해서 나는 급기야 웃고 말았다.

"또 뭐가 있어?"

"음. 비 와도 젖지 않고 지낼 내 집이 있다는 거. 이제 물이 안 샌다면 말이야."

"안식처! 그거 참 멋지군, 친구!"

나는 시빌의 즐거운 춤을 보고 웃어대며 말했다.

"너 미쳤구나. 음, 좀 좋은 이웃을 두고 살면 좋겠지만……"

"쉬이이이잇! 지금은 나쁜 점은 생각하지 마. 좋은 점만 생각해."

"알았어, 미안해. 음…… 냉장고에 먹을 게 있어."

고양이는 조그만 냉장고 위로 뛰어올랐다.

"오늘 넌 마음껏 밥을 먹을 거야, 사라! 얼마나 좋아! 이 세상에 그러지 못하는 사람들이 얼마나 많은지 생각해봐!"

"그리고 편안한 소파도 있어. 토스터기랑 온수 나오는 샤워기랑, 예쁜 난초도 있고, 최신형 노트북에 태블릿 컴퓨터랑 스마트폰도. 오른팔이랑 왼팔도 있고 두 눈 다 멀쩡하고, 가슴도 예쁘고……."

난 아파트를 둘러보며 이렇게 말했고, 고양이는 내 눈빛을 따라 도깨비처럼 이쪽저쪽을 마구 뛰어다녔다. 나는 결국 큰 소리로 웃기 시작했다. 시빌은 계속해서 집 안을 우다다 달려대고 있었다.

"내 친구 베로랑 수잔나랑 파트리도 있고 핍네 식구들이랑 우리 아빠, 구제불능 동생에다 지혜롭고 팔팔한 고양이도 있고……."

그렇게 나는 끝없이 이어지는 목록을 계속 읊었다. 독재 국가나 극지방에 살지 않아서 감사하고, 자전거 타는 법을 아는 것도 감사하고, 갈리시아 해변에서 돌고래 떼를 본 적이 있었던 것도 감사했다. 처음에는 애들 장난처럼 보였지만, 나중에 난 정말로 큰 행운을 타고난 존재이며, 여왕처럼 부유한 존재, 아니 어쩌면 길고양이처럼 부유한 존재라는 느낌이 들었다. 그날 밤 이후, 난 참 운도 지지리 없다고 불평할 때면 시빌은 열심히 내 말을 들어주며 애정 어린 태도로 자신의 옆구리를 쓰다듬게 내어줬고, 그러다가 마지막에 이르러선 이빨은 어떠냐고 묻곤 했다.

* * *

4월의 어느 금요일, 일을 마치고 집으로 돌아온 나는 마음먹은 바를 한번 해보기로 결심했다. 아무리 호기심이 동했다곤 해도, 무려 '러브버드 닷컴lovebirds.com(데이트 대상자를 찾는 사이트—옮긴이)'에 가입한 것이다. 21세기에 내 나이의 사람은 어떻게 데이트를 하는지 알아보기 위해서였다. 그날 오후 난 몇 시간 동안 앉아서 내 또래의 런던 사람들과 런던에 살고 있는 스페인 남자들의 프로필을 읽었는데, 남자들은 죄다 자기가 '눈이 멋있게 생겼고' '유머 감각이 좋으며' '굉장한 친구들이 많다'는 식의 뻔한 이야기들을 줄줄이 늘어놓았다. 그때는 내 사진을 올리거나 그중 하나에게 연락해보는 건 꿈도 꾸지 않았다. 아직 마음의 준비가 안 됐었으니까. 하지만 서둘러야 했다. 내 생체 시계가 재깍거리며 어서 빨리 좋은 짝이자 책임감 있는 아이 아빠를 찾으라고 압박하는 소리가 들렸다. 어쩌면 베로의 말이 맞는지도 모른다. 내가 찾는 남자는 동화에서나 나올 거다. 하지만 베로의 말이 틀릴 수도 있잖나. 어찌됐건 난 거기에 대해 생각해볼 필요가 있었다.

그렇게 불안한 마음이 겉으로 심하게 드러났던 게 분명하다. 시빌이 천창으로 들어와서 창가에 앉아 한 손은 태블릿 컴퓨터에 올려놓고, 다른 한 손으로는 머리를 꼬아대고 있는 내 곁으로 와서 이렇게 말했으니까.

"무슨 일인진 모르겠지만, 숨은 쉬어가면서 해. 알았지?"

난 숨을 깊이 들이쉬고는 커다랗게 한숨을 내쉬면서 테이블 위에 올라와 앉은 시빌을 쓰다듬었다.

"네가 좀 도와줄래, 시빌? 나 어떻게 사랑을 찾아야 하지?"

고양이는 모르겠다는 듯 고개를 갸웃거렸다.

"사랑을 찾는다고?"

"무슨 말인지 알잖아. 남자 친구 말이야. 파트너가 필요하다고. 밤에 침대에서 같이 안고 있을 사람."

"안고 있을 게 필요하단 말이지?"

고양이는 이렇게 말하며 내 허리에 자기 옆구리를 요염하게 비비적거렸다.

"이러면 기분이 좀 나아지지 않아?"

"시빌!"

"나아진 것 같네."

나는 미소를 지었다.

"그런 게 아니라. 아, 뭐 그래. 하지만 그것만이 아니야. 난 고양이가 아니라고."

"그래, 물론 아니지. 네가 고양이었다면 욕망을 느끼는 대로 크게 울어젖혀서 이 근방의 수컷들이 네 문 앞에 줄을 서게 했을 거야."

그런 광경을 상상해봤다. 인간들 사이에서도 그럴 수 있다면 만사가 훨씬 쉬울 수도 있겠군.

"난 그냥 한 명이면 돼. 하지만 또 실수를 하고 싶진 않아, 시빌. 진짜 사랑을 찾고 싶다고. 더 이상 시행착오를 할 시간이 없어."

시빌은 나무 테이블 위를 신중한 자세로 느릿느릿 걸으며 내 말을 되풀이했다.

"진짜 사랑이라. 너희 인간들은 진짜 좀 이상한 표현을 쓰는군. 너희의 성적 행동은 정말 이해 못 하겠어. 이 분야에 관해서 너희는 정말로 독특한 종이거든. 내가 한 가지 말해주자면, 애, 넌 절대로 진짜 사랑을 찾을 수 없을걸."

그 말을 듣고 난 마음이 덜컥 내려앉았다.

"그런 말은 하지 말아줄래, 시빌."

시빌은 커튼 뒤에 숨었다가 갑자기 확 튀어나오며 말했다.

"사랑은 잃어버리는 게 아니야. 그러니까 찾을 수도 없어. 그리고 사실 사랑은 찾아내야 하는 그 무엇도 아니야."

고양이는 다시 내게로 와서 내 태블릿 컴퓨터 냄새를 맡았다.

"이런 걸 들여다봐야 소용없어. 무엇보다도 이 냉랭하고 딱딱한 물건을 보는 게 제일 나빠. 사랑은 네가 연습해야 하는 거야. 사랑은 기술이니까."

"알았어. 하지만 상대를 두고 연습을 하고 싶어. 그럴 만한 가치가 있는 사람 말이야."

그러자 시빌은 포식자의 눈초리로 내 눈을 들여다보며 말을 받아쳤다.

"너는 어떤데? 너는 그럴 만한 가치가 있어?"

나는 태블릿을 테이블 위에 놓았다. 갑자기 불안한 마음이 한꺼번에 확 몰려왔다.

"왜 그런 말을 해, 시빌?"

고양이는 응시하던 눈길을 거두고 테이블 아래로 뛰어내려 물그릇 쪽으로 느릿느릿 걸어갔다.

"너조차도 스스로를 믿지 못한다는 사실을 깨닫게 해주고 싶어서 그랬어. 너도 너를 못 믿는데 어떻게 네가 찾는 사람이 너를 믿어주겠니."

난 패배감이 든 채로 소파에 털썩 몸을 던졌다.

"그럼 나 어떡하지?"

시빌은 잠시 동안 물을 할짝거렸다. 그렇게 전혀 서두르는 기색 없이 물을 다 마시고 난 다음에야 겨우 입을 열었다.

"사람을 찾겠다는 건 그만둬. 사랑을 찾겠다는 마음도 버려. 그런 다음 사랑의 기술을 연습해봐."

"하지만 어떻게?"

시빌은 방을 가로질러 침실 쪽으로 이어진 계단을 오르기 시작했다. 첫 번째 계단부터 한 발 한 발 오르면서 고양이는 말했다.

"넌 지금 잠들어 있으니 꿈에서 깨어나야지. 그리고 네 존재의 가장 깊은 곳에 간직한, 진짜로 하고 싶은 일을 과감하게 해봐."

고양이는 계속해서 계단을 올라가며 한 계단 오를 때마다 한 마디씩 말했다.

"지금 필요한 건 이거다, 하는 생각은 버려. 꽃들이 향기를 주듯, 새들이 노래를 부르듯 네 자신의 가장 좋은 면을 세상에 줘. 네 마음을 주변 사람들에게 열어봐. 널 성가시게 하는 이웃집 여자한테도, 무책임한 네 동생에게도, 심지어 호아킨에게도 열어봐. 그게 진짜 사랑이니까."

시빌은 내 침대로 갔다. 그리고 그 말을 한 뒤 지붕에 난 천창으로 뛰어올라 사라졌다. 아무 말도 못한 채 입을 딱 벌리고 있는 나만 남겨두고.

***

5월의 어느 날 저녁, 난 직장에서 아주 늦게 돌아왔다. 지금 나는 로열 페트롤리엄사의 최고급 프로젝트 두 개를 더 맡은 터라 늦게 온 적이 한두 번이 아니었고, 솔직히 언제나 제시간에 마감을 할 수 없을 것만 같았다. 문을 열고 들어온 난 열쇠와 코트를 테이블 위에 두고 소파에 무너지듯 주저앉았다.

시빌이 물었다.

"얘, 회사에서 너한테 무슨 짓을 하는 거야?"

"으으으어버버버."

"뭐라고?"

"회사가 나를 아주 쥐어짜고 있어."

나는 고개를 옆으로 돌리며 말했다.

"정말이야? 음. 개네는 제대로 쥐어짜는 법을 잘 모르는 것 같네. 내가 잠깐 널 쥐어짜볼게."

시빌은 내 이마에 앞발을 올리고는 마사지를 시작했다. 그 느낌이 너무 좋아서 내 목에서 가르랑거리는 소리가 나기 시작했다. 그런데 갑자기 시빌이 발톱을 세우더니 내 등을 쿡 찌르는 게 아닌가. 엄청나게 따끔거리는 통증이 느껴졌다.

"악! 그렇게는 말고!"

난 고양이의 공격에서 벗어나려 몸을 뒤틀면서 빌었다. 그러자 시빌이 바닥으로 떨어지면서 말했다.

"알았어. 하지만 이제 넌 멍한 상태에서 깨어난 것 같구나."

난 일어나 앉아 혹시 피부가 긁히거나 옷이 찢어진 데는 없는지 살폈다.

"있지, 사라. 넌 커서 뭐가 되고 싶어?"

"커서 뭐가 되고 싶냐니, 그게 무슨 소리야? 난 벌써 다 컸어."

"어디 보자. 나는 네 안 어딘가에 분명히 있을 열 살짜리 사라와 이야기하고 싶은 거야."

"머릿속 좀 복잡하게 만들지 마. 오늘 밤에는 그러잖아도 머리가 너무 복잡하니까."

나는 적잖이 노력한 끝에 겨우 몸을 일으켜 햄치즈 샌드위치를 만들러 가면서 이렇게 말했다. 그리고 주방에 가서 빵 두 조각을 토스터기에 넣었다. 냉장고를 열고 햄과 치즈 봉지, 세척한 양상추를 꺼낸 나는 샌드위치를 만들어서 소파에 다시 앉아 한두 번 베어 문 다음 고양이가 물어봤던 걸 곰곰이 생각했다.

"내가 열 살 때 그런 질문을 받았다면 난 너한테 작가가 되고 싶다고 말했을 거야. 열다섯 살 때도 그랬을 거고."

"왜?"

시빌은 소파에 올라와 내 옆에 앉으며 물었다.

"아마도 우리 부모님과 서점의 영향이겠지. 두 분에겐 문학에 대한 열정이 있었으니까. 난 아주 어릴 때부터 책을 읽으면 다른 나라로 배를 타고 갈 수도 있고, 모험과 로맨스와 혁명을 경험해보고, 건방진 여왕님들과 강한 마법사, 맘씨 좋은 해적 같은 사람들도 만날 수 있다는 걸 알았거든. 이제 생각해보니 말하는 고양이도 만날 수 있고 말이야."

나는 내 앞에서 배를 보이며 발라당 드러누운 시빌의 배를 긁어 줬다. 고양이는 그 손길의 감촉을 즐기며 말했다.

"아, 그랬어?"

"그래. 그런 게 있었지. 부모님이 서점을 열었을 땐 전 세계의 작가들이 들르곤 했어. 난 주제 사라마구, 토니 모리슨, 살만 루슈디, 이사벨 아옌데랑 알무데나 그란데스도 만나봤어. 그래서 그들 같은 일을 하고 싶었지. 사실 난 어릴 적에 직접 '소설'을 쓰기도 했어. 아니, 정확히 말하자면 소설 쓰기를 시작해봤다고 해야겠지. 솔직히 말해서 그렇게 쓰다 대개는 첫 장도 다 못 마쳤거든. 학창 시절 내내 글을 써와서 전공도 언론학을 선택한 거야. 그러면 계속 글을 쓸 수 있으니까."

시빌은 몸을 빙글 돌리더니 내 말에 끼어들었다.

"그럼 넌 그냥 작가가 되고 싶어 하는 정도가 아니었네. 넌 작가였잖아!"

"아니, 아니야. 문제는 바로 내가 작가가 아니었다는 점이지. 사라마구나 아옌데의 작품과 내 글을 비교해보면, 내 소설은 아주 형편없어 보였으니까. 내가 스물두 살이었을 때 하루는 『도시와 개들』이라는 책을 읽다가, 바르가스 요사가 내 나이 때부터 글을 쓰기 시작했다는 사실을 알아냈어. 난 발작을 일으킬 만큼 완전히 충격을 받은 상태로 집으로 달려가 이제까지 쓰던 걸 전부 버렸어. 그리고 소설일랑 진짜 작가들한테 맡겨두고 난 그냥 언론학 공부나 하며 살아야겠다고 결심했지. 좀 덜 잘난 척하는 글을 쓰면서 말이야."

"으으으음. 그래서 노는 걸 그만둔 거군."

시빌은 쓸쓸히 머리를 떨구며 생각에 잠겼다. 그 말을 할 때의 어조란 마치 누군가 세상을 떠났다는 말을 전하는 것 같았다.

"논다고?"

난 무슨 말인지 확실히 이해하지 못한 채 되물었다.

"그래. 이런 건 모든 인간에게 항상 일어나는 일이지. 인간이 어릴 적엔 색깔과 소리, 말과 몸과 정신으로 놀 수 있게 허락을 받아. 그래서 하는 것마다 즐길 수가 있지. 그 순간을 살게 된다고. 그래서 실험하고, 한번 해보고, 발명하는 데 아주 열성적이야. 하지만 아이가 커가면 어른들은 이제 재미있는 놀이는 끝났고 진지해질 때가 왔다고 말하기 시작하는 거야. 중요한 건 일하는 것, 즉 하는 일마다 힘쓰고 고통을 겪는 거라고 말이야. 어른들은 너를 평가하고, 비교하고, 얼마나 잘했는지 알도록 점수를 주지. 그래서 넌 곧 예전에 좋아했던 것들을 하면서 불안해지기 시작하는 거야. 그렇게 일을 즐기지도 못하고 성취감을 음미하지도 못하면서 불안한 마음으로 대충 때우게 되지. 노는 법은 완전히 잊어버린 채. 아이들과 고양이들은 너희 어른들한테 놀아도 된다고 격려를 해주잖아. 우리 고양이들은 가끔 너희들과 놀아주기도 하고. 하지만 그러기가 얼마나 힘든지……."

"뭐, 그렇게 나쁘진 않아, 시빌. 자기 일을 즐기는 사람들도 많이 있다고. 사실 나도 예전엔 내 일이 정말 재미있었어."

나는 버캐니어 디자인 초창기 시절이 그리웠다. 그때는 미팅할 때 웃음소리가 가득했었는데. 그레이가 아직 무성한 해적 수염을 여봐란 듯 뽐내면서 작은 실수만 해도 스티로폼 칼을 뽑아 들 때였지. 난 그레이의 그런 우스운 모습을 항상 편들어줬고. 스라소니 클럽 회원들과 피레네 산맥을 몇 년간 누비며 키웠던 나의 캠프 리더 정신을 불러일으켜서였지. 직원 총회를 할 때 스타워즈 신작 시사회에 가는 걸로 놀라게 해주자던 것도 내 의견이었다. 사무실에

'나이트클럽 스위치'를 설치하는 계획도 냈었다. 프랑켄슈타인 박사의 연구실에나 있을 법한 고풍스러운 손잡이를 당기는 순간, 사무실 불이 꺼지고 클럽 조명과 스테레오 시스템이 작동하면서 전체 사무실을 즉석에서 스테이지로 변하게 하는 계획이었지. 나는 이런 이색 사무실을 만든 장본인으로 「와이어드」지와 인터뷰도 했었다.

"처음엔 우리도 노는 법을 알고 있었어, 시빌. 이 일이 내가 꿈꾸던 직업이 아니었을진 몰라도, 정말 일을 즐겼다고. 문제는 우리 회사가 넷사이언스에 매각되고 나서부터야. 그 이후로 사람들이 아주 지루해졌거든."

"그럼 네가 그 사람들의 활기를 북돋아줘야겠네."

시빌이 내 가슴에 앞발을 올리며 말했다.

"내가? 그건 있을 수 없는 일이야."

고양이는 잠자코 걸어가다가 갑자기 날 확 덮치는 시늉을 했다.

"놀 땐 불가능이란 없어."

나는 한 손으로 시빌의 공격을 막으려 하면서 말했다.

"시빌, 이건 노는 게 아니야. 난 이번 달 말에 월급을 받아야 해. 너한테는 사냥이 노는 거니?"

"냐아아아옹! 당연히 노는 거지!"

시빌이 소리쳤다.

"하지만 넌 진지하게 사냥을 하잖아."

고양이는 내 발에 맞서 싸우며 말했다.

"당연히 그래야지. 노는 것도 아주 진지한 일이거든. 그리고 네가 노는 걸 진지하게 받아들일수록, 그건 더 재미있어져. 그건 그렇고, 글은 언제 다시 쓸 참이야?"

이제 시빌은 내 발을 콱 물었다.

"윽! 너 미쳤어! 난 작가가 아니라고 했잖아."

고양이는 테이블 위로 뛰어올라 펜을 이리저리 밀고 굴리며 장난을 치다가 이내 그걸 테이블 아래로 떨어뜨렸다.

"작가가 되는 데 필요한 건 하나밖에 없어. 글을 쓰는 거지. 그렇게 시작하면 넌 작가가 되는 거야."

"그게 쉽지 않다고."

난 불평을 했다. 그러자 시빌이 테이블에서 뛰어내려 펜에게 덤벼들더니 앞발을 재빨리 움직여 펜을 소파 아래로 굴려버렸다.

"당연히 쉽지 않지. 하지만 그건 네가 글쓰기를 놀이가 아니라 일로 보기 때문에 불안해서 그런 거야. 작가 놀이를 해봐. 열 살 때처럼 말이야. 행복한 동심을 지니는 건 언제라도 가능한 일이니까!"

난 방 맞은편에서 여전히 '먹잇감'을 쫓아다니는 고양이의 모습을 지켜봤다.

"그건 네가 하는 말이고, 시빌. 나는 못 해. 그럴 시간도 없고."

시빌은 마침내 앞발 아래로 펜을 잡았다.

"넌 언제나 '못 해'라는 대답밖에 못 하는구나."

"자, 이제 그만해, 시빌. 나 완전 지쳤어. 자야겠어."

하지만 이불 속에 들어간 난 잠을 이룰 수 없었다.

15
'못 해'라는 말은 이제 그만

여름이 다가오고 있었다. 낮도 점점 길어졌다. 계속해서 이어지는 봄날의 우기가 끝나고 난 드디어 감정의 폭풍을 극복하기 시작했다. 청천벽력처럼 다가와 나를 한없이 어둡고 우울한 나날로 데려갔던 영국의 겨울이 끝나고, 빛과 온기가 조금씩 내 마음에도 새어 들어오기 시작한 것이다. 나는 시빌 덕에 억지로 시작해야만 했던 독립적이며 고독한 새 삶을 받아들이고 있었다. 그리고 단순한 것들을 즐기게 되었으며 내가 스스로 수없이 말했던 말마저 믿게 되었다. 바로 호아킨과 깨지길 참 잘했다는 것.

그동안 마드리드의 일은 나름대로 제자리를 찾아가고 있었다. 아빠는 폐업 세일을 하고 파티를 열어서 '리브레리아 바벨'의 끝을 축하했고, 그 내용은 「엘 피아스」지에 멋진 작별 기사로 실렸다. 아빠는 내게 신문 기사를 스캔해서 보내줬는데, 기사엔 사랑하는 서점 앞에서 50년대 스타일의 모자를 쓰고 히피족 포니테일에다 흰수염을 뽐내며 자랑스럽게 서 있는 아빠의 모습도 찍혀 있었다. 하지만 그중 가장 중요한 소식은 바로 미라시에라에 있는 부동산을 살 사람이 나타났다는 점이었다. 부동산 시장이 붕괴된 이 시기에는 참 대단한 일이었고, 이로써 우리는 융자를 청산할 수 있게 될 터였다. 우리는 7월 첫째 주로 계약 날짜를 잡았다. 난 내 세상이 다시 똑바로 굴러간다는 느낌이 들기 시작했다.

6월 초의 어느 날 오후, 나는 평소보다 좀 일찍 집에 돌아와서 여름휴가 계획을 짜기 시작했다. 일주일은 아빠를 도와 짐을 싸서 이사와 계약을 하고, 그다음 일주일은 호아킨과 사는 동안엔 할 수 없었을 오랜 꿈을 실현시키기로 했다. 바로 카미노 데 산티아고 순례길로 떠나는 것이다. 시빌이 가르쳐준 훈련의 심화 과정으로 삼기에 더없이 좋을 것이다. 마침내 자연에서 시간을 보내는 거다. 그러다 보면 누가 알겠어? 론세스바예스와 나헤라 어디쯤에서 친근하고 잘생긴 순례자를 만나게 될지. 그리고 아빠랑 함께 신체 노동에 정신 노동까지 하는 데다 알바로랑 같은 공간에서 일주일이나 보내기도 할 테니 그 뒤에 제대로 된 휴가가 또 필요할 거라는 생각이 들었으니까.

하지만 또다시, 상황은 내가 예상한 대로 돌아가지 않았다. 내가 경험 있는 순례자들이 추천한 필수 물품(발에 바를 바셀린이나 솔기 없는 양말, 다양한 종류의 지팡이와 배낭 등등) 목록을 정신없이 읽고 있는 동안, 시빌이 입에 죽은 새를 물고 집에 들어왔던 것이다.

시빌이 새와 다람쥐 같은 걸 사냥한다는 건 나도 알고 있었다. 처음 이 고양이가 내 삶에 들어왔을 땐 나한테서 우유와 고기, 생선 몇 조각 등을 받곤 했다. 하지만 시빌이 나중에 실토하기를, 자기가 그랬던 건 나와 좋은 관계를 맺고 싶어서였다는 거다. 그러면서 자기는 사냥하는 편이 좋다고 했다. (물론 그 말을 하면서도 물을 떠다놓으면 기쁘게 마시곤 했지만.) 하지만 지금까지 내가 아는 한, 사냥감을 집에 가지고 온 적은 없었다.

나는 모니터에 집중하고 있었던 터라 시빌을 시야 끝으로 흘깃 봤을 뿐이다. 그래서 처음엔 내가 본 게 뭔지 몰랐다. 그런데 고개를 돌리자, 고양이가 갑자기 걸음이 빨라지더니 소파 아래로 쏜살같이 달음질치는 게 아닌가. 하지만 잠깐 봤을 뿐인데도 그 입에 뭔가 소름 끼치는 걸 물고 있는 모습이 똑똑히 보였다.

"시빌!"

난 비명을 질렀다. 그러나 고양이는 아무 대답이 없었다. 대답은 오히려 이웃집에서 나왔다. 옆집 여자는 빠른 속도로 벽을 예닐곱 번 쳤다.

"거기서 지금 당장 나와."

나는 단호하고 권위적인 목소리로 속삭였다.

그러나 고양이는 꿈쩍도 하지 않았다. 아무 소리도 없었다.

"시빌, 내 말 안 들려?"

여전히 대답은 없었다. 시빌은 지금 안 들리는 척, 말 못 하는 척 하고 있는 거다. 정말이지 난 땅에 엎드려서 고양이가 피투성이 만찬을 즐기는 광경을 내 코앞에서 보고 싶진 않았다. 하지만 결국 다른 방법이 없어서 기분이 더러워졌다.

"시빌, 너 당장 거기서 나와야 할 거…… 아, 진짜 왜 이래, 시빌, 역겹다고!"

내가 소파 시트 끝자락을 들어 올렸을 때 뭘 봤는지는 자세하게 설명하지 않겠다. 그냥 이 고양이가 사바나의 사자처럼 자기 사냥 감을 게걸스레 먹고 있던 중이라고만 말해두자. 내 모습을 본 시빌은 생명이 빠져나간 시체에서 조용히 턱을 들어 올려 입가에 묻은 피를 핥았다.

"너도 좀 줄까?"

시빌은 어둠 속에서 뱀처럼 꼬리를 움직이며 장난스레 물었다. 나는 애써 마음을 진정하며 구역질을 참았다.

"시빌…… 제발 부탁이니 너의…… 저녁 식사를…… 가지고 이 집에서 나가줘."

"대체 왜 그래, 사라? 내가 바닥 더럽힐까봐 그러는 거야? 내가 깨끗한 고양이라는 거 너도 알잖아."

지금 이거 일부러 날 약 올리는 걸까. 그럴 의도가 아니라 해도 정말 약이 오르는데.

"그건 죽은 새야, 시빌. 알겠어? 메스껍고 피투성이에다…… 그리고…… 뭐, 쥐가 아니라서 다행이긴 하네. 그랬다면 난 너를 다시는 집에 들이지 않았을 테니까!"

"헤헤. 쥐를 잡을까도 생각하긴 했어. 하지만 결론적으로 그렇게 못되게 굴진 않기로 했거든."

"뭐? 그게 무슨 말이야? 그럼 날 화나게 하려고 일부러 가져왔다는 거야? 이거 너무 막 나가는 장난 아니야? 이거 하나도 안 재밌거든. 빨리 거기서 나와. 나 이러고 있으니까 불편하다고."

나는 고양이가 있는 곳에서 멀찍이 떨어진 나무 바닥에 앉았고, 고양이는 나와 어느 정도 거리를 유지하며 자기 전리품을 물고 기어 나왔다. 이번에 시빌은 내 말대로 입에다 불쌍한 새를 물고 있었다. 고양이는 그걸 부서진 인형처럼 바닥에 내려놓고서 그 앞에 앉았다.

"사라, 넌 동물을 먹니?"

그 질문에 난 살짝 당황했다.

"나는…… 고기를 먹지. 하지만 너처럼은 아니야."

"나처럼이라니?"

"그러니까, 내 말은, 네가 쥐랑 새를 사냥하는 걸 반대하는 게 아니라는 거야. 사냥이야 너 마음대로 해도 돼. 그게 고양이의 세계라는 걸 이해한다고. 난 그냥 그걸 너무 가까이서 보고 싶진 않다는 거야. 알겠어? 네가 기분 나쁘지 않다면 말이야. 어쨌든 난 예전부터 항상 새를 좋아했거든. 그러니까…… 새들이 그렇게 되는 걸 보면 마음이 아프다고."

"마음이 아프다라……."

내 말을 곱씹는 시빌의 어조를 들으니 어쩐지 마음이 불편했다. 이걸 계기로 나한테 뭘 가르치려는 건진 모르겠지만 나는 또 쥐와 고양이의 게임에 빠져버렸다는 수상쩍은 느낌이 들었다. 물론 이 놀이에서 난 고양이가 아니었다.

"그래, 마음이 아프다고. 알겠어? 난 나무에 앉아 지저귀는 새들의 노랫소리를 듣는 걸 좋아해. 새들이 하늘 높이 날아오르고, 둥지를 짓고 자유롭게 사는 걸 보는 게 좋다고. 그런데 넌 그 새를 가지고 들어와서 속을 다 헤집어놓은 거잖아."

"하지만 너 동물을 먹는다면서……."

"그래. 그렇다고. 동물을 먹지."

"닭도 먹어? 칠면조도?"

"그래. 먹어."

"그것들은 새 아니야?"

"음. 그런 것 같아. 하지만 난 그게 같은 새인지는 잘 모르겠어."

"닭이랑 칠면조는 우아하게 지저귀지 않아서? 날지도 못하고 나무에 둥지도 안 만드니까?"

고양이의 질문을 듣자 곤혹스러워지기 시작했다.

"음. 그렇게 생각하니 새인 것도 같네. 그런 식으로 생각해본 적은 없었거든. 하지만 네가 먹는 것처럼 닭이나 칠면조를 먹지는 않아. 난 닭고기를 사서 오븐에다 넣거나 반죽을 입힌 닭가슴살을 튀겨 먹는다고. 어쩌면 내가 좀 유난 떠는 건지도 모르겠는데 그 불쌍한 새의 모습을 보고 있자니……."

"그러니까 네 말은 닭을 네 손으로 죽이지는 않는다는 거네?"

고양이는 암살자처럼 잔혹한 태도로 질문을 던졌다.

"음…… 그렇지."

"그러니까 누군가 널 위해서 닭을 죽인다는 거지?"

난 손바닥을 깔고 앉은 자세로 그 질문을 들으며 살짝 소름이 끼쳤다.

"누군가는…… 그렇게 하겠지. 그런 쪽에 전문가들이 있으니까."

"누군가가 닭을 죽여서 털을 뽑고 목과 발을 자른다는 거지. 거기서 피랑 내장도 뽑고 씻은 다음 비닐 팩에 넣어서 얼린다는 거잖아."

나는 아무 말도 하지 않았다. 그저 손바닥을 깔고 앉은 채 오뚜기처럼 몸을 움직였다.

"그렇게 해야 네가 그 과정을 볼 필요가 없을 테니."

고양이는 자기가 배를 갈라놓은 참새 쪽으로 고갯짓을 하며 말했다. 이제 참새는 흐리멍덩한 표정으로 부리를 벌리고 나를 바라보고 있었다.

"음. 시빌. 그게 이유인지는 잘 모르겠어. 다 각자 하는 일이 있는 거잖아."

"그야 물론이지. 누군가는 하루 종일 키보드 앞에서 손가락을 움직여야 하고, 또 누구는 동물의 머리를 치고 핏덩이를 씻어야 하니까. 그런데 너라면 그런 직업을 택하겠니? 넌 한 번이라도 해본 적 있어?"

나는 진짜로 속이 안 좋아지기 시작했다. 그래서 일어서서 창문을 활짝 열고 심호흡을 했다.

"있지, 시빌. 지금은 그런 이야기 안 했으면 좋겠어."

"물론 그렇겠지. 사라 넌 이런 이야기를 하고 싶지 않을 거야. 알고 싶지도 않을 거고. 하지만 난 네 냉장고 안에 뭐가 들었는지 알고 있어. 매일 먹는 음식이 뭔지, 네 배 속에 뭐가 매일 들어가는지 안다고. 하지만 네가 그걸 완전히 인식하고 있는진 모르겠어. 지금까지 난 별 불평하지 않았지만, 네가 이 문제를 꺼냈으니까 나도 한마디 할게. 내가 이 참새를 사냥해서 먹는 걸 보면 넌 괴로울지도 모르지. 하지만 사실을 말하자면 너를 포함해서 대부분의 인간이 아무 생각 없이, 너희가 먹는 음식이 어디서 오는지 따져보지도 않고, 그러느라 얼마나 큰 고통이 있는지 신경 쓰지도 않고, 또 너희를 위해 죽어간 동물들의 희생에 대해 감사하는 마음 하나 없이, 동물들이 어떤지 보고 들을 용기도 없으면서 고기를 먹어대는 걸 보면 나도 괴로워. 바다에서 물고기 씨가 말라가는 걸 보거나 불쌍한 동물들이 수백만 마리씩 죽어가면서 흘린 피와 배설물이 땅에 넘치는 걸 보면 괴롭다고. 그 동물들은 지적이고 현명한 생명체인데 오로지 살찌운 다음에 도살장으로 끌고 가기 위해서 태어나고 길러진

단 말이야. 그것도 너희들이 지은 고약한 냄새가 나는 수용소에서 신선한 공기나 햇빛도 거의 보지 못한 채 살아가면서 아무런 행복한 광경도 보지 못하다가 죽어서야 겨우 안식을 얻지. 그런데도 너희 인간들, 그중에서 몇몇은 안 그런다고 해도, 절대 다수의 인간들이 조금도 신경 쓰고 있지 않는다는 사실이 난 괴로워. 자기 눈에만 보이지 않고 그냥 슈퍼마켓에서 비닐 팩에 깔끔하게 담긴 고기를 받을 수 있다면 상관없다는 태도가 괴롭다고."

고양이의 통렬한 말을 듣자 속이 좋지 않았다. 이토록 끔찍하게 비난받아본 적은 없었으니까. 스테이크를 먹는 게 범죄라는 생각은 들지 않았지만 그렇다고 이 살육의 상황에서 어떤 변명을 해야 할지 알 수가 없었다.

"맙소사, 시빌. 그런 말을 하다니."

난 열쇠를 홱 집어 들고 고양이와 그녀의 저녁 식사를 그대로 남겨둔 채 산책을 나갔다.

* * *

그 후로 이틀 동안 난 시빌과 아무 말도 하지 않았다. 고양이는 자기 생활을 이어갔고, 나는 내 생활대로 살았다. 하지만 머릿속에선 시빌의 말이 계속 맴돌았다. 냉장고를 열고 슬라이스 햄과 닭가슴살, 송아지 스테이크를 보는 게 내키지 않았다. 하지만 그렇다고 그걸 다 갖다 버릴 참은 아니었다. 집 안에 고기를 튀기는 냄새가 가득할 때마다, 시빌은 창문으로 살금살금 걸어 나갔고, 그걸 본 나는 내가 집단 살육을 저지르는 나치 장교라도 된 기분이 들었다.

270

그 주에 나는 육류 산업에 대해 조사를 시작했다. 그러면 내가 먹는 음식이 어떤 진실을 숨기고 있는지 알아봤다는 말이라도 시빌에게 해줄 수 있으니까. 물론 인터넷을 하다가 그런 내용을 마주친 적도 가끔 있었고, 거리를 지나다 동물권리보호론자들이 만들어놓은 부스에서 동물들이 겪고 있는 통탄할 만한 상황의 사진을 보고 지나친 적도 있었지만, 난 애써 그런 내용을 피했다. 하지만 내가 결국 현실을 마주하자, 식품 산업에서 매일 일어나고 있는 끔찍한 일들에 대해 시빌이 해준 말이 과장이 아님을 알게 되었다. 돼지들은 더러운 시멘트 우리에 꼼짝달싹도 못 하게 갇혀 있었다. 닭들은 좁은 우리에 과할 정도로 꽉꽉 들어차 있었다. 송아지들은 육질을 부드럽게 하기 위해 아주 작은 축사에 갇혀 움직이지 못하게 하는 잔인한 기술로 길러졌다. 거위들은 간을 살찌워 질 좋은 푸아그라를 만드느라 모이를 억지로 먹이는 관을 부리에 달고 살았다. 이런 일들에 대해 들어본 사람도 있고, 이렇진 않을까 의심해보는 이들도 있으며, 어느 정도까지는 알고 있는 사람도 있을 것이다. 하지만 정말로 직접 찾아보지 않으면 식품 산업의 사악한 실상이 어느 정도인지 절대 알지 못한다. 인간이 얼마나 비인간적인지 보지 않으면 모를 정도다.

그 주 금요일 밤, 난 마침내 소파에서 일어나 고양이가 몸을 둥글게 만 채 졸고 있는 곁으로 가 바닥에 앉았다.

"내가 어떻게 했으면 좋겠어, 시빌? 먹을 고기를 직접 잡을까?"

고양이는 눈을 뜨고 일어서서 머리끝에서 꼬리 끝까지 몸을 쫙 편 다음 내 쪽으로 돌아서서 다시 누웠다.

"하아아암. 그것도 나쁘지 않네. 네가 사냥하는 걸 보고 싶어. 하지만 그보다 먼저 물어보자. 넌 꼭 동물을 먹어야 하는 거야?"

영국에 살면서 난 많은 채식주의자들을 만났다. 영국은 인도 다음으로 채식주의자 인구가 가장 많은 나라다. 나는 그들의 결정을 이해하고 존중하며, 그들의 식습관이 더 건강하다는 걸 알고 있다. 살도 덜 찌고 환경에도 좋으니까. 하지만 그런 삶을 내가 살아보겠다고 생각한 적은 한 번도 없다.

"당연히 먹어야지, 시빌. 그럼 뭘 먹으라는 거야? 풀? 난 소가 아니거든. 인간은 육식동물이야."

"아 정말이야?"

시빌은 머리를 들어 올리고는 놀랍다는 기색으로 귀를 쫑긋 세웠다.

그러더니 아무 예고도 없이 두 앞발을 내 머리에 얹더니 날카로운 발톱을 손가락처럼 섬세하게 움직여 내 뺨을 바로잡았다. 그리고 내게 명령했다.

"이빨 좀 보여줘!"

이 동물은 참 가지가지 하는군. 다음에 무슨 행동을 할지 대체 누가 알까. 나는 한숨을 쉬고서 입을 벌려 치아 검진에 동의했다. 고양이는 자기의 날카로운 송곳니를 드러내 보이면서 내 이를 꼼꼼히 조사했다. 그러더니 환자를 염려하는 치과 의사의 엄숙한 어조로 말했다.

"얘, 미안하지만 네 입에서 보이는 건 초식동물의 이빨이야. 씹는 쪽으로 발달한 이빨이지 동물을 죽여서 살을 찢는 이빨이 아니야. 뭐, 송곳니 같은 게 한 쌍 있긴 하지만, 이걸 정말로 송곳니라고 불러야 할지는 잘……."

시빌은 내 얼굴을 뇌준 다음 앞발을 내 오른손에 올리더니 손가락을 바닥에 쫙 폈다. 그리고 내 손톱을 유심히 봤다.

"발톱을 봐도 아니야. 네 후각도 그래……. 너 내 수염이 무슨 역할을 하는지 알아?"

고양이는 내 위로 올라와서 얼굴 바로 앞에 수염을 쫙 펼친 얼굴을 들이밀었다. 그리고 눈을 감았다.

"이 수염은 아주 민감해서 공기의 흐름을 읽을 수 있거든. 그래서 우리는 어둠 속에서도 사냥감의 위치와 형태를 알 수 있어."

고양이는 눈을 뜨고는 내 몸에서 내려갔다.

"그러니 사냥은 포기해, 사라. 너희 원숭이들은 언제나 나뭇잎과 견과류, 과일을 먹고 살았다고……. 곤충도 좀 먹거나 가끔 너무 가까이 다가온 이상한 가축들도 먹을 수는 있겠지. 하지만 그렇다고 육식동물이라? 사냥꾼이라고? 농담하지 마."

고양이는 이렇게 말하는 동안 번개처럼 방을 뛰어다니고 의자와 테이블에 뛰어오르더니 내가 애완동물 용품점에서 산 부드러운 공을 능숙하게 공격해, 물고 뇌주었다가 다시 가두고 이쪽저쪽 끌고 다니면서 자신의 민첩함과 사냥 실력을 뽐냈다.

"그런 말 마, 시빌. 우린 원숭이일진 모르겠지만 언제나 사냥도 해왔다고. 수백만 년 전부터 했어. 그냥 사냥하는 방식이 다를 뿐이야. 창이나 활, 화살과 덫 같은 거나 총으로……."

고양이는 물던 공을 내려놓고 야옹거렸다.

"내 말이 바로 그거야! 너희들은 무늬만 사냥꾼이고 무늬만 육식동물이라고. 고기를 먹으려면 익힌 다음에 칼로 썰어야 하잖아. 그런데도 고기는 너희한테 해로운 음식이라고 너희 종족 의사가 말

고양이는 내게 행복하라고 말했다 273

하지 않아? 그래도 신경도 안 쓰지. 하긴, 자신의 본능에도 귀 기울이지 못하면서 어떻게 다른 사람 말을 듣겠어."

"내 본능이 그러는데 난 하몽을 좋아한대. 먹음직스러운 스테이크는 말할 것도 없고."

"음, 넌 돼지랑은 한 번도 친구였던 적이 없었나보네. 돼지들은 개나 고양이처럼 지적이고 감정도 있는 친구들이라고. 알아? 하긴 생각해보면 중국에선 개고기를 생강으로 양념해서 국을 끓인다고 하니까. 그리고 스위스에서는 전통적으로 타임을 곁들인 고양이 구이를 먹지."

"시빌!"

끔찍한 말에 놀라 내가 지른 비명을 무시하고 고양이는 말을 이어갔다.

"그러니까 문제는 네가 꼭 고기나 생선을 이틀에 한 번씩 먹을 필요가 있느냐는 거야. 다시 말해 그냥 너 살자고 그렇게 많은 생명을 죽여야 할 가치가 있다고 생각해?"

"모르겠어, 시빌. 하지만 그런 식으로 말하는 건⋯⋯."

"그럼 어떤 식으로 말했으면 좋겠는데?"

"들어봐, 네가 무슨 말 하는 건진 알겠어. 나도 기업형 농장에서 동물들이 그런 대우를 받으며 사는 건 싫어. 그래서 좀 더 친환경적인 고기를 사려고 노력 중이야. 초지에서 자유롭게 자란 닭들이 낳은 달걀 같은 걸로 전부. 푸아그라 같은 건 없이도 살 수 있고, 송아지 고기도 안 먹으려면 안 먹을 수 있어. 하지만 채식주의자가 되라고는 하지 마. 물론 그게 더 윤리적일 수 있다는 건 부정하지 않겠어. 난 채식주의자들을 존경한다고. 하지만 내가 그렇게 되긴 싫어.

그럴 순 없어. 난 고기가 너무 좋아. 조금이라도 고기를 먹지 않으면 제대로 못 먹은 것 같단 말이야. 안 돼, 안 돼. 난 못 해."

시빌은 천천히 소파 쪽으로 되돌아갔다. 그리고 소파 끝에 닿자 그 위로 가볍게 뛰어올라 쿠션에 앉았다.

"넌 정말 '난 못 해'라는 말 좋아하는구나. '난 회사까지 못 걸어가.' '난 내가 좋아하는 거 못 해.' '다른 사람들 앞에서 스트레칭은 못 하겠어.' '나는 마음을 열 수가 없어.' '난 행복할 수 없어.' 그런데 네가 할 수 있다는 게 밝혀지면 어떡할래?"

이 고양이는 정말 날 궁지에 몰고 있구나. 더 이상은 이야기하는 게 불가능하네. 나는 바닥에서 일어섰다.

"모르겠어, 시빌. 어떻게 될지 뭘 알겠어. 하지만 이제 이런 잡담은 그만할래. 자야겠다. 나 완전히 지쳤다고."

"이제는 '말도 못 해'란 거야?"

고양이는 장난스러운 몸짓으로 뒤집어 배를 보였다.

"너 정말 못쓰겠다. 너도 알지?"

내가 옷을 벗으면서 말했다.

하지만 고양이를 떼어내는 게 그리 쉽지는 않을 터였다. 세수를 하고 있을 때 시빌이 다시 말을 걸러 들어와서는 욕실 문턱에 앉아서 날 뚫어져라 바라보았다. 이윽고 고양이는 옆구리로 문틀을 도발적으로 문지르며 말했다.

"사라, 한 가지 제안을 할게. 이걸 놀이라고 생각해봐."

"아 진짜, 또 시작이네. 이번엔 무슨 꿍꿍이야?"

고양이는 한 번 펄쩍 뛰어오르더니 거의 내 키 높이까지 다다랐다가 세면대 옆에 착지했다. 거기서 시빌은 제안을 내놓았다.

"내일은 과일만 먹어봐."

"과일?"

"신선한 과일만 먹으라고."

"하루 종일? 아침, 점심, 저녁 다?"

"네가 먹고 싶을 때 아무 때나. 하지만 말린 과일은 안 돼. 알았지? 그리고 아보카도도 안 돼. 원한다면 바나나는 괜찮아."

"아이고, 참 너그럽기도 하셔라."

나는 웃었다.

"무슨 말이야?"

사실을 말하자면 과일만 먹으라는 말은 그렇게 나쁘지 않았다. 언제나 과일을 좋아했지만 그럴 기회가 잘 없었으니까. 가끔 바나나 과자를 먹는 게 다였다. 디저트로 사과나 딸기가 좀 나올 때도 있었지만 그럴 때마다 항상 배가 부른 상태라 많이 먹지 못했다. 아침에 오렌지 주스를 마실 때조차 통째로 들고 급하게 꿀꺽꿀꺽 마실 때가 많았다. 가끔가다 충동적으로 좀 건강한 식단을 짜보면 어떨까 하는 마음에 과일을 잔뜩 살 때가 있었지만, 결국 반 정도는 손도 못 대고 항상 갈변하거나 무르고 곰팡이가 피어오르게 됐다.

"과일 먹는 날이라는 거지? 좋아. 그건 할게. 시도라도 해볼 순 있어. 여름이 오고 있으니 몸매 관리에도 좋을 거야. 그리고 디톡스 요법에 최고라는 말도 있으니까."

"그럼 하는 거다?"

시빌이 물었다. 이 고양이 정말 집요하네.

"그래, 할게. 약속했어."

16

식탁 위의 낙원

토요일 아침, 나는 시빌의 특별한 계획이 어떤 결과를 가져올까 두근거리는 마음으로 잠에서 깼다. 장은 런던에서 가장 오래된 버로우 마켓에서 보기로 결정했다. 거기서 아주 화려한 과일 상점을 본 적이 있었고, 거기 가보기 좋은 기회라는 생각에서였다. 그리고 버로우 마켓은 일찍 여니까 집으로 돌아오면 아침 먹기 적당한 시간이 될 거다. 도시가 아직도 잠들어 있는 오전 8시가 조금 넘은 시간에 난 고기와 생선, 과일과 채소, 직접 구운 빵과 프랑스산 치즈, 아시아 향신료, 독일 소시지, 벨기에 초콜릿, 이탈리아산 소스 등 전 세계에서 온 식료품으로 가득 찬 고풍스러운 철골 구조물 속에 이미 들어가 있었다. 거기엔 심지어 엄청나게 큰 냄비에다 빠에야를 조리하고 있는 스페인 식료품점도 있었다.

나는 과일 상점에 가기까지 몇 번이고 유혹을 이겨야 했다. 특히 버터 향을 풍기는 바삭한 금빛 크루아상을 지날 땐 참지 못할 뻔했다. 하지만 유혹을 이기란 임무를 무사히 수행한 난 목표 지점으로 확고한 걸음을 옮겼다.

"필요한 게 있으신가요?"

갈색 피부에 뺨이 분홍빛으로 물든 젊은이가 흰 코트에 초록색 줄무늬 앞치마를 맨 채 나를 맞이했다.

고르기는 정말 쉽지 않았다. 내 앞엔 로마 황제의 연회장에 어울릴 만큼 굉장한 과일들이 풍요의 뿔처럼 펼쳐져 있었으니까. 난 햇살을 받아 루비 과육처럼 빛나는 아주 예쁜 빨간 딸기부터 고른 다음, 영국의 숲에서 나는 갖가지 보석 같은 과일들, 즉 블랙베리며 라즈베리, 블루베리와 체리를 담았다. 그런 다음 붉은 기가 도는 오렌지빛이 아주 잘 익은 걸 드러내주는 커다란 살구도 몇 개 달라고 했다. 영국 사과 두세 종류를 단 것과 시큼한 것을 섞어 몇 개씩 샀음은 물론이다. 그리고 열대과일로는 파인애플과 빛깔 좋은 레드망고, 파파야 반 통과 커다랗고 노란 바나나를 샀다.

젊은 가게 주인은 멜론도 저글링할 수 있을 만한 큼직한 손으로 더할 나위 없이 우아하고 숙련된 기술을 발휘해 재활용 종이를 뿔 모양으로 접은 봉지에 다양한 과일들을 담아줬다. 그런 다음 그 뿔 봉지들을 내가 집에서 가져온 천 가방에 차례차례 담았다.

나는 전리품을 잔뜩 들고 버스를 타고 집에 돌아왔다. 집에 도착했을 때쯤엔 상당히 배가 고팠다. 시빌은 다양한 과일향이 의기양양하게 풍겨오는 가방을 검사했다. 내가 봉지를 꺼내서 주방 테이블 위에 늘어놓기 시작하자 날 칭찬해줬다.

"아주 잘했어. 이 놀이를 상당히 진지하게 했다는 게 보이네. 이제 규칙은……."

"무슨 규칙?"

이미 배 속은 참을 수 없이 꼬르륵대고 있는 상태인데.

"음, 너도 알겠지만 이건 예전의 방식으로는 할 수 없어. 난 너한테 잊을 수 없는 아침 식사를 준비하게 하고 싶거든."

"지금 내가 바라는 건 바나나를 물어뜯는 건데. 나 배고파서 쓰러질 지경이라고!"

"걱정하지 마. 네가 쓰러지면 깨울 준비가 되어 있으니까. 헤헤……."

시빌은 아주 세세한 지시를 내리며 나를 지도했다. 첫 단계는 아침에 먹을 과일들을 고르는 일로 시작했다. 고양이는 테이블 위에서 마스터 셰프처럼 지시를 내렸다.

"네가 하는 모든 일에 주의를 기울이도록 해. 과일 하나하나의 껍질 감촉과 무게를 느껴봐. 그리고 그 향을 맡아. 그렇지. 그걸 들이켜서 네 폐를 꽉 채우라고. 표면의 미묘한 색감의 변화를 살펴봐. 지금 보고 있는 것에 집중하고 있어?"

다음으로는 과일을 씻고 껍질을 까서 자르는 일이었다.

"잘했어. 조심스럽게, 서두르지 마. 네 손에 흐르는 차가운 물을 느껴봐. 이제 칼을 가져와. 쓸데없이 힘줘서 자르지 마. 칼날이 들어갈 만한 곳을 찾아서 손을 이끌어야 해. 힘들이지 않고도 칼날이 저절로 과일 속으로 파고들게."

마지막으로 접시에 음식을 담아내는 순간이 왔다. 여기서도 시빌의 지시를 따라야 했다.

"좋아하는 접시를 골라. 그런 다음 가장 매력적인 방법으로 과일 조각을 배열해야 해. 하지만 깊게 생각하지는 마. 그냥 본능이 시키는 대로 해. 네가 진짜 예술 작품을 창조하게 하고 싶으니까."

하라는 게 너무 많아서 슬슬 피곤해지기 시작했다.

"조급하게 구는 건 아닌데, 있지, 시빌. 이게 다…… 뭐하자는 거야? 그러니까, 이래봤자 맛은 똑같잖아. 고양이들도 이런 건 안 할 거 아냐……."

"고양이들은 이럴 필요가 없어. 하지만 너희 인간들에겐 다른 욕구가 있잖아. 그게 정말 이상한 거긴 하지만."

어쩔 수 없지. 끝까지 따라가는 수밖에. 난 작업에 착수했다. 먼저 호아킨과 내가 프라하에서 샀고, 그 집에서 이사 나오면서 가져온 파란색 유리 접시를 골랐다. 그 접시 둘레에 먼저 바나나 자른 것을 놓고 네모꼴로 자른 망고도 둘레를 따라 번갈아서 놓았다. 그런 다음 삼각형으로 자른 파인애플로 별 모양을 만들어, 별의 끝부분에 반원으로 자른 사과 조각을 놓았다. 마지막으로 빈 공간에 작은 블루베리들과 레드베리들, 파파야의 은빛 과육들을 놓았고, 가운데 부분엔 특히 아낌없이 쌓아올렸다.

그러자 이제껏 살면서 한 번도 본 적 없던 결과물이 완성되었다. 과일로 만든 케이크는 과즙의 만다라이자 드디어 맛보게 될 강렬한 쾌락이 얼마나 엄청날지 기대감을 주는 기하학적 퍼즐이었다. 어서 이 놀라운 것을 먹어치우고 싶다는 욕망에 입에 침이 고였다.

"자, 이제 먹어도 돼? 더 이상은 못 참겠어……."

나는 스스로 만든 걸작에 자부심을 느끼면서 물었다.

"정말 아주 잘했네."

시빌은 과일에 닿을 만큼 코를 접시 가까이 대고서 내 작품을 세심히 관찰했다. 아주 잠깐 난 고양이가 그걸 먹어치울지도, 아니면 과일 접시를 밀어서 떨어뜨릴지도 모른다는 생각이 들어 겁이 났다. 그게 다 이 종잡을 수 없는 고양이의 도발적인 훈련일지 누가 알랴. 하지만 잠시 후 시빌은 돌아서더니 식탁 저편으로 가서 차분하게 바닥으로 내려왔다.

"이제 서두르지 말고 접시 앞에 앉도록 해. 포크는 필요 없어. 등을 곧게 펴 네 온몸을 느끼고 과일향을 맡으며 이 만찬을 준비해봐."

준비랄 것도 없었다. 이제껏 너무 오래 참았기에, 이 과일 접시를 제외한 건 우주 전체라도 상관없다는 생각이 들 정도였다. 내 몸속의 섬유질이 죄다 주황색과 노란색, 빨간색과 보라색을 보며 전율을 일으키고 있다는 느낌이 들었다. 그래서 세포 하나하나가 이 기하학적 형상 가운데로부터 나오는, 중력보다 센 힘에 이끌리고 있다는 느낌이었다. 시빌은 의심할 바 없이 자기가 뭘 하는지 알고 있었다.

"눈을 감아."

난 고양이의 말대로 했다.

"지금부터 넌 집중력을 최대로 발휘해야 해. 그리고 최대한 느리고 예민하고 우아한 존재가 되어야 해. 넌 나무의 인내심에 닿아야해. 씨앗에서 싹을 틔워 아득한 하늘을 바라보며 조금씩 자라 열매를 맺고, 그 열매를 따먹은 새들의 품속에 담긴 씨앗이 저 구름 위로 날아갔다가 다시 땅으로 돌아와 또 나무가 되어 열매를 맺어가는 나무의 인내심 말이야. 나무들은 그렇게 몇 년, 몇 백 년, 몇 백만 년을 느리지만 꾸준한 주기로 이어오며 이 행성 전체를 나무와 과일과 씨앗으로 덮었으니까."

시빌의 말을 듣자, 난 시간과 공간을 꿰뚫어 온 세상에 널린 과일나무의 숲으로 날아갔다. 차가운 밤과 더운 오후의 시간으로 가

서, 움직임이 없어 보여도 아주 미묘하고 알아차릴 수 없을 정도의 속도로 자라나는 가지들과 나뭇잎들과 꽃들을 보았다. 그리고 식물을 심고 물을 주며 가지를 치고 수확해서 이 자그마한 영양분들을 포장한 이름 모를 남자와 여자들의 노동을 보았다. 또 오늘 아침 내가 그다지 힘들이지 않고 갔던 시장에서 갈색 피부의 점잖은 과일 상인의 손을 통해 받아 든 과일이 거쳤던, 산과 바다를 건너 시장에 이르기까지의 긴 여정을 보았다. 이 모든 것이 다 기적이 아닐까.

"씨앗과 나무, 태양과 비, 지구, 그리고 새와 사람들에게 잠깐 감사하는 시간을 가져봐. 네가 지금 선사받은 선물을 주어 고맙다고 말이야."

시빌은 그런 말을 할 필요가 없었다. 난 이런 특권을 누리게 된 데 대해 이미 저 깊은 곳에서 우러나오는 고마움을 느끼고 있었으니까.

"이제 눈을 떠."

과일의 만다라가 내 눈앞에서 다시 꽃을 피웠다. 이번에 본 색엔 훨씬 더 생동감이 넘쳤고 형태도 훨씬 조화를 이루고 있었으며 보기만 해도 기분 좋은 한입거리의 과일들은 섬세한 보헤미안 크리스털 접시 위에서 더할 나위 없이 식욕을 자극하는 모습으로 놓여 있었다. 아, 이게 바로 진짜 낙원의 환상이구나.

"감사함과 존경의 태도를 계속 지니면서, 무슨 일이 있어도 절대 서두르지 말고 오른손을 가져다가 과일 조각 하나를 집어서 아침을 시작하도록 해."

내 손이 천천히 둥실 떠서 접시 위로 날아갔다. 손은 그대로 하강하여 접시 한가운데에 있는 과육이 탱탱하고 새빨간 딸기에 닿았다. 딸기를 잡고 들어 올린 엄지와 검지 사이로 단단하고도 유연한 밀도가 느껴졌다. 들어 올린 손으로 가벼운 과육의 무게를 느낀 나는 더할 나위 없는 세심함을 발휘해 딸기를 입으로 가져갔다.

"딸기를 잠시 동안 코 바로 아래에 둬. 그리고 집중력을 발휘해서 그 향을 맡아봐."

시빌의 지시를 따르자 그 어떤 향수보다도 유혹적인 향기가 콧구멍을 채웠다. 처음으로 딸기의 정수가 내 감각에 드러난 것처럼 느껴졌고, 새롭게 느낀 경이로움에 난 어린 소녀가 된 기분이었다. 입속에 가득 고인 침이 어서 그걸 입에 넣으라고 난리를 치기 시작했다.

"이제 입술을 벌리고 딸기를 혀 위에 올린 다음 입을 다물어. 하지만 지금은 씹지 말고 참도록 해."

짜릿함은 열띤 정도에 이르고 있었다. 입속은 마치 거대한 동굴 같이 느껴졌고, 이 아름다운 것이 그 안으로 들어와 부드러운 속살에 닿자 연인의 품에 감싸인 듯한 기분에 나의 오감이 요동쳐댔다. 혀는 구멍이 송송 뚫린 과일의 표면을 부드럽게 애무하다가 과육 안에서부터 배어나오기 시작한 과즙 방울에 닿자 파르르 떨었다. 들이키는 숨마다 천 개의 딸기 숲에서 나오듯 강렬한 향이 실려 뇌의 주름 사이사이마다 침투해 사방이 다 분홍색으로 보일 지경이었다.

이제 시빌은 주문과도 같은 말을 읊었다.

"이제 때가 됐어. 아주 천천히, 완벽하게 주의를 기울이면서 씹기 시작해봐. 그리고 준비가 되었다고 확신이 들 때마다 조금씩 삼키도록 해."

나는 혀로 딸기를 살짝 밀어서 오른쪽 입속으로 보낸 다음 턱을 들어 어금니 사이에 딸기를 넣었다. 그리고 억지로 씹지 않고 턱이 중력만 받아 족히 1분은 걸릴 정도로 천천히 딸기를 압박해 으깨지도록 놔뒀다. 그래서 과즙과 딸기, 바로 이 세상 그 누가 맛봤던 것보다도 더 맛 좋고 뛰어난 딸기, 숲속에서 가장 탐스러운 과일의 정수가 점차 환상적인 폭포수가 되어 흐르도록 했다.

이런 원시적인 달콤함과 쾌락을 맛본 게 얼마나 오랫동안 지속되었는지 모르겠다. 예상치 못했던 섬세한 맛을 경험하느라 무아지경이었으니까. 나는 과육이 아주 작아질 때까지 그걸 맛보고 씹고 빨고 삼켜서 이 즐거움을 최대한 늘렸다. 그렇게 이 찬란한 천상의 음료를 마지막 한 줄기까지 빨아들이고 나자, 다른 사람이 된 것 같은 기분이 들었다.

"우와."

난 눈에 눈물이 맺힌 채로 감탄했다. 그러자 식탁 한쪽에 앉아 있던 시빌이 만족한 듯 말했다.

"이제 넌 참된 기쁨을 경험한 거야. 아이와 강아지, 고양이들이 누리는 기쁨이지."

턱이 덜덜 떨리고 혀가 따끔거려서 말이 제대로 나오지 않았다.

"믿을 수가 없을 정도였어. 난 이렇게 맛있는 딸기는 처음 먹어 봐. 아니, 이렇게 맛있는 음식을 먹어본 적이 없다고 해야……."

"쉬잇!"

시빌은 입을 다물라고 하며 네 발로 일어섰다. 내가 입을 다물자 고양이는 다시 자리에 앉았다.

"이건 딸기가 아냐. 단순히 딸기인 것만이 아니라고. 이건 네 집중력과 조심성인 거야. 그게 중요한 거라고. 집중력과 조심성을 잃지 마. 자, 이제 다른 과일을 집어봐. 다른 맛이 좋겠지. 네가 먹고 싶은 거 아무거나 좋아. 이번에도 배운 대로 다 해봐. 같은 속도로 천천히, 그리고 지금 하고 있는 일을 마음속에 새기면서."

나는 그렇게 했다. 그래서 평소 같았으면 5분 만에 먹어치웠을 과일 접시를 맛보는 데 한 시간은 족히 걸린 것 같다. 어쩌다 우연히 천국의 황금 문으로 들어간 것만 같은 시간이었다. 이보다 더 놀랄 수 있었을까. 이런 게 가능하리라고는 생각해본 적이 없었다. 생전 처음으로 먹는다는 행위가 본질적으로 무엇을 의미하는지 진정으로 알게 되었던 거다. 영양이라는 것의 참된 의미, 말 그대로 나의 일부가 되고 나 자신이 될 음식을 내 몸에 소개한다는 의미가 무엇인지 나는 배웠다. 호아킨도 내게 비슷한 말을 한 적이 있지만, 그건 수치상으로 표현되는 과학 정보 한토막일 뿐이었다. 그 사실을 인지하게 되었다는 것은 완전히 다른 것이다. 난 음식과 본질적으로 접촉해 그 안에 담긴 자연의 힘을 만나고 그것을 창조한 우주와 조우했다. 그래서 먹는다는 행위가 단순한 생물학적 의무나 기계적이고 화학적인 과정, 혹은 일상생활의 필요한 과정 내지는 사회화를 위한 구실만이 아니라는 것을 알았다. 그것은 일출처럼 마법과도 같은 성스러운 순간이기에 앉아서 곰곰이 생각해보고 그 영원한 찬란함의 순간을 직접 경험해야 하는 것이다. 가련하게 멍청한 마음가짐으로 멍한 상태가 되어 급하게 처리해서는 절대로 안 되며, 그렇게 놓쳐버려선 안 되는 그 무엇이다. 먹을 땐 먹는 것에 집중해야 한다.

식사가 끝나고 접시를 씻을 때도 난 다시 시빌의 정확한 지시에 따랐다.

"설거지를 할 땐 네가 먹은 것에 대해서 생각하지 마! 설거지할 땐 설거지에 집중해!"

난 나무 바닥에 누워서 창문으로 쏟아져 들어오는 햇빛을 맞으며 삶을 만끽했다. 때때로 까닭 없이 기쁘고 원시적으로 한바탕 웃어댔다. 하루 종일 '과일만' 먹는다는 것이 전혀 어렵지 않다는 걸 깨달은 채로.

17
내 인생 최고의 날

그렇게 날이 흐르는 동안, 난 일곱 번의 잊지 못할 영양분 섭취 의식을 고양이처럼 즐겁게 누렸다. 다섯 번은 시빌의 지도를 받았고, 두 번은 시빌이 지켜보는 가운데 치렀다. 그러면서 틈틈이 스트레칭 운동과 주변 지역 걷기, 집안일도 했음은 물론이다. 그런 생활은 다른 차원의 모험 같았지만, 실상은 모험이 아니라 일상생활로의 복귀이자 상황의 핵심을 파악하는 일이었다. 그날 밤도 그랬다. 난 잠자리에 들 준비를 하면서 생각에 빠졌다. 먹는 것같이 단순한 생동도 나한테는 참 신비하기만 한데, 아직 깨닫지 못한 다른 것들은 얼마나 더 신비로울까?

그런데 자기 전 목욕을 하고 있을 때, 시빌의 모습이 내 다리 아래로 보였다.

"있지, 사라. 너 게임 좋아한다고 했었지?"

"너 진짜 교활한 고양이구나. 또 무슨 일을 '짠!' 하고 내놓을지 모르겠어."

"그 말 게임 좋아한다는 걸로 받아들여도 되지?"

나는 웃었다.

"그래. 이제까지 정말 놀랍도록 좋았어. 내가 직접 과일을 산 게 아니었다면 네가 과일에다 뭔가 마법이라도 걸었다고 의심했을 거야. 고급 레스토랑에서도 그렇게 맛있는 식사를 한 적은 없었어."

"고기도 안 먹었으면서 말이지."

"그래, 맞아. 하지만 이제부터 과일만 먹고 살라고 하지는 마. 나는 뭔가 질긴 걸 먹어야 한단 말이야……."

시빌은 내가 마지막으로 한 말은 무시하고서 다시 세면대 옆으로 뛰어올랐다.

"내일은 다른 게임을 해볼 거야."

나는 손에 크림을 짜 비비면서 말했다.

"그렇지 않아도 왜 그 말 안 하나 했다. 생각만 해도 벌써 두근거리는데."

"이번엔 훨씬 더 재미있는 게임이야. 내일은 하루 종일 아무것도 안 먹기로 할 거거든."

"뭐?"

시빌은 충격받은 내 표정을 찬찬히 살피듯 고개를 갸웃거렸다.

"아니, 안 돼. 너 진짜 미쳤구나. 과일 식단은 그렇다 쳐도 하루 종일 아무것도 먹지 말라니…… 나 그럼 돌아버릴 거라고! 내가 점심밥 건너뛰면 어떻게 되는지 알기나 해? 완전히 제정신이 아닌 채로 구제불능인 인간이 된다고. 옆집 여자보다 더 포악해진단 말이야. 하루 종일 한 입도 안 먹고 보낸다니. 나 못 해. 시빌. 진짜야. 난 그런 금욕주의적 인간이 아니라고."

시빌은 갑자기 거울에 가까이 가더니 앞발 두 개를 표면에 대고 뒷다리로 서서 호기심 가득한 눈으로 자신의 형상을 바라보았다.

"이 고양이는 꼭 나처럼 생겼네."

고양이는 거울에 비친 고양이가 다름 아닌 바로 자신의 모습이라는 사실을 잘 파악하지 못한다는 내용을 어디선가 읽었던 게 기억났다. 그럴 때 어떤 고양이들은 그 '낯선 고양이'에게 하악질을 하거나 심지어 공격도 한다는 내용이었다.

"당연히 너처럼 생겼지, 시빌. 그건 너니까!"

"그렇게 생각해?"

시빌은 내게 고개를 돌리더니 다시 자신의 형상을 바라보았다.

"생각이 그렇다는 게 아니라 사실이 그래. 그 고양이는 너야. 저 나이 든 여자가 나인 것처럼."

"알겠어? 네 문제가 바로 그거라고, 사라."

시빌은 앞발을 내리고 내 쪽으로 돌아서며 말했다.

"뭐가? 무슨 말인지 모르겠는데."

"거울에 비친 네 모습이 너라고 생각하는 거 말이야. 거울에 비친 형상은 절대로 현실이 아니야. 저 모습은 삶을 살지도 않고 감각도 없고 아무런 냄새도 못 맡아. 하지만 정말 이상하게도 넌 네 형상이 하지 않는 걸 너도 하지 않는다고 믿고 있어. 사실 넌 네 형상의 움직임을 따라 하며 살아가고 있어. 근데 사실은 네 형상이 너를 따라 하며 살게 돼야 하는 게 맞아. 그 형상이 그럴 마음이 있고 또 그렇게 할 수 있다면 말이야."

그런 말을 하고 난 고양이는 바닥으로 뛰어내린 즉시 욕실을 나갔다. 마치 거울 속의 '다른' 고양이도 할 수 있으면 해보라는 듯한 모습으로. 이제 거울 앞에는 내 형상만이 남았다. 그 형상은 슬픈 표정을 지은 여자로, 아직은 젊지만 흰머리도 나고 한계를 보이며 썩기 시작하고 있었다. 그녀의 피부에 난 주름은 평생 동안 내려온 결정이 그어버린 선처럼 보였다. 이제는 더 이상 이렇게 될 수 없다고 그어버린 선처럼.

"생각이 그렇다는 게 아니라 사실이 그래. 저게 나야."

머릿속에 아까 했던 말이 울려 퍼졌다. 난 그녀를 그만 보려고 불을 껐지만, 그녀는 그 자리 그대로 어둠 속에 남아 있었다.

* * *

그날 밤은 악몽이었다. 시빌의 제안에 대해 애써 결정을 내리려는 온갖 생각이 머릿속에서 난투를 벌여서 흠씬 두드려 맞은 기분이 들었다. 그래. 과일만 먹었던 경험이 진짜 인생의 재발견이라는 사실은 인정한다. 과일을 먹었다는 사실에만 그치는 게 아니라 먹는 방법에 대한 배움이었으니까. 무엇보다 주의 깊고 강렬하며 신중하게 쾌락을 누리는 방법을 배운 거다. 설거지 같은 평범하고 일상적인 일에서조차 쾌락을 찾을 수 있었다. 처음에는 그토록 간소한 식단에서도 그런 기쁨을 누릴 수 있다는 가능성을 믿지 못했던 것도 사실이다. 하지만 그렇다고 음식을 아예 먹지 말라니? 그게 어떻게 즐거울 수 있지? 그건 순전하고도 명백한 고문이잖아.

다른 한편으로 보자면, 시빌이 딱 보기엔 말도 안 되는 조언을 해준 게 이번이 처음은 아니었다. 그럼 이번에도 고양이 말이 맞을까? 하루 종일 금식하는 데 성공한다면야 개인적으로 엄청난 성취를 이룬 셈이 될 테고, 자유로 한 발짝 전진했다고 볼 수 있겠지. 그래서 새로운 삶을 시작했다는 확실한 증거가 될 거다.

하지만 의심과 공포감 때문에 괴로웠다. 레스토랑에서 음식을 재촉하던 기억이나 호아킨이 주방에서 요리하다 좀 늦거나 문제가 생겨서 밥을 제때 못 먹게 되었을 때 싸웠던 기억이 떠올랐다. 나한테 뭘 바라는 걸까? 왜 날 좀 가만 내버려두지 않지? 이런 장난에 이만큼 동조하면 된 거 아닌가?

그렇게 난 그날 밤에 침대에서 이리저리 구르며 잠을 설쳤다. 이래야지, 하고 결론을 내려놓고서도 또 조금 있다가 다시 뒤엎고, 마음의 결정을 하고 흥분하다가도 이내 소름 끼치도록 걱정을 해댔다. 그래서 결국 선잠에 빠지게 되었을 땐 통닭에 바삭한 감자튀김, 파프리카를 뿌린 폴포 아 라 가예야(타파스의 일종으로 갈리시아 지방의 문어 요리—옮긴이), 하몽 이베리코를 넣은 바삭한 스페인 빵, 육즙이 뚝뚝 떨어져 바비큐 석탄을 지글지글 태우는 두꺼운 스테이크, 해산물 파에야, 초리소를 넣은 렌틸 수프, 치즈가 녹아내린 이탈리안 피자와 거기에 더해 초콜릿 퍼지, 라이스 푸딩, 아이스크림 콘 등등 끝없이 늘어진 디저트들의 꿈을 꾸었다……. 이 꿈속에서 난 허기진 야수처럼 정신을 잃고 음식이 차려진 식탁과 타파스가 놓인 테이블 위로 뛰어올라 손으로 그걸 낚아채거나 대접에 코를 박은 채로 씹어대고 접시까지 핥아 모조리 게걸스레 먹어 치웠다.

다음 날 아침 마침내 눈을 떠보니 베개 옆에 시빌이 앉아 있었다.

"어때? 마음의 결정을 내렸어?"

나는 아무런 결정도 내리지 못한 상태였다. 마음이 아직도 갈팡질팡했다. 하고 싶긴 하지만 이게 끝없는 형벌처럼 느껴질까봐 무서웠다. 하루 종일 끔찍하게 부루퉁한 상태로 지내는 게, 배고파죽을지도 모른다는 게 무서웠다. 시빌은 장난스러운 표정으로 나를 바라보았다.

"얘, 사라. 배고파서 기절할지도 모른다는 걱정은 그때 가서 하면 돼. 스트레스를 받을 상황은 오지도 않았는데 지레 받지 마. 머리는 그만 굴리고 그냥 무슨 일이 일어날지 해보라니까. 그렇게 생각 안 해?"

고양이 스승님의 말을 듣자 미소가 나왔다. 시빌의 말이 맞아. 지금 내 꼴이 바로 그러네. 스트레스는 아직 오지도 않았는데 지레 받고 있잖아.

"고양이 세계에는 너희들이 사서 걱정하는 특성이 익히 알려져 있지."

시빌은 궁둥이를 바닥에 댄 채 앞발을 올려 천창 틀을 잡더니 지붕 위를 내다봤다.

"인간들이 지붕 위의 고양이를 구조하려고 소방차를 얼마나 많이 부르는지 알아? 이 불쌍한 동물이 겁에 질려 내려오지 못하고 있다고 생각하면서?"

"몰라. 그런데 그런 일은 상당히 많이 일어나겠지."

고양이는 침대로 내려오며 말했다.

"하루에 한 번은 생겨. 하지만 우리가 정말 무서워하는 건 높이가 아니라 그 빨간 옷을 입은 사람들이야. 이제껏 나무 위나 지붕에서 못 내려와 말라 죽은 고양이가 발견된 적은 한 번도 없어. 우리는 어떻게 내려와야 하는지 알거든. 너희들은 그냥 잠시만 지켜보고 있으면 돼. 그렇게 걱정할 필요가 없어. 고양이는 땅으로 내려오는 길을 알아서 찾을 테니까."

나는 천창을 내다보았다. 구름 없는 아침 하늘은 분홍빛 여명으로 빛났다. 난 숨을 깊이 들이쉬었다. 그리고 내 마음속의 고양이를 믿기로 했다. 아직 일어나지도 않은 일로 스트레스를 받지 말자. '할 수 없어'라는 정신 상태는 잠깐 보류하고 시도는 해보자.

"좋아, 시빌. 해볼게. 그렇지만 무슨 일이 일어날지는 나도 몰라."

고양이의 초록색 눈이 반짝 빛났다.

"그거야말로 세상에서 제일 놀라운 일이지. 무슨 일이 일어날지 모른다는 거! 아, 그래. 그걸 모르니 아침에 일어날 만하다니까."

고양이는 침대 저 끝으로 가서 계단을 내려가기 시작했다. 그렇게 두 계단쯤 내려갔을 때, 시빌은 멈춰 서서 고개를 이쪽으로 돌리고 말했다.

"그러면…… 나랑 아침 먹으러 갈래?"

난 웃음을 터뜨렸다.

"뭐? 우리 지금 아무것도 안 먹기로 한 거 아니었어?"

"물론 그랬지. 하지만 그렇다고 영양분을 섭취하지 말라는 뜻은 아니었어."

시빌은 나무 바닥 쪽으로 내려가선 창문 옆에 놓아둔 난초 화분 쪽으로 뛰어갔다.

"이 식물 보여?"

고양이가 물었다. 난초는 아침의 첫 금빛 햇살을 받아 분홍빛 육감적인 꽃이 만발한 모습이 상당히 화려해 보였다. 내가 거실로 내려오는 동안 시빌은 계속해서 말했다.

"이 식물은 세 가지를 먹고 살아. 햇빛과 산소, 물이지. 오늘 우리는 난초와 함께 아침을 먹을 거야. 물 두 잔을 가져와. 나머지 두 가지는 이미 있으니까. 그리고 내 물 대접을 채워주면 고맙겠어."

나는 시빌이 마실 물을 먼저 준비했다. 그리고 고양이가 물을 마시는 동안 컵 두 개에 물을 따랐다. 그 물컵을 난초 옆 창문에 놓은 다음 고양이가 혀를 스푼처럼 써서 강도 높은 집중력으로 한 모금씩 물을 할짝거리는 모습을 보았다. 고요하고 끈기 있게, 오로지 고양이가 할 수 있는 거라곤 물 마시는 것밖에 없다는 듯이. 시빌은 물을 다 마시고 앉은 자세로 말했다.

"넌 과일을 맛보았던 것과 똑같이 주의 깊은 태도로 태양과 공기, 물을 섭취할 거야. 오늘 네 아침 식사는 좀 더 간소하고 희박하지만, 맛과 영양은 절대 뒤떨어지지 않아."

별 다섯 개짜리 최고급 레스토랑의 예의 바른 수석 웨이터처럼, 시빌은 나를 명상 쿠션으로 안내한 다음 내 몸을 느끼는 시간을 가져보라고 권했다. 햇볕이 따스하게 몸을 감쌌고, 감은 눈 사이로 홍조 띤 빛이 스며들었다. 호흡을 몇 분간 관찰했을 때 시빌의 목소리가 다시 들렸다.

"이제는 점차 더 깊은 호흡을 시작할 거야. 숨을 들이쉬어 복부부터 채우고서 내쉴 때마다 폐를 완전히 비우도록 해. 산소를 통해서 네 몸에 전달되는 에너지를 느껴봐. 모든 살아 있는 생명체가 그렇듯이, 네 온몸이 호흡을 들이쉬고 내쉬는 과정에 어떻게 참여하고 있는지 인식해봐. 네 몸이 숨 쉬는 진짜 특성이 뭔지 인식하라고."

나는 신선한 공기의 흐름을 따라갔다. 콧구멍에 들어와서 목을 타고 내려가 폐로 들어오고, 그렇게 호흡된 공기는 더 따스한 흐름이 돼서 다시 폐를 통해 바깥으로 나갔다. 그러기를 반복하고 또 반복했다. 그렇게 공기가 순환할 때마다, 나는 이 단순한 일상의 행위,

내가 태어날 때부터 해왔고 내가 죽는 그 순간까지 함께할 이 행위 야말로 양분의 참된 원천과 가볍지만 맛있고도 상쾌하며 필수적인 대기의 감로라는 것을 점점 더 크게 깨달아나갔다. 이렇게 분명한 사실을 예전엔 이렇게 명확하게 인식한 적이 없었다. 산소야말로 가장 필수적인 양분이며, 산소 없이는 단 몇 분도 살 수 없다는 사실 말이다. 난 이런 아침 식사의 즐거움에 몸을 내맡겼다. 식물처럼 움직이지 않은 채, 지금 시간이 얼마나 되었는지는 생각조차 하지 않으면서 태양과 공기를 흡수했고, 무게를 느끼지 못하는 천상의 존재같이 빛으로 가득한 상태가 되었다. 말 그대로 몸이 꽃처럼 피어나는 게 느껴졌다.

그렇게 눈을 뜨자 모든 것이 훨씬 빛나고 세련되게 규정되어 더욱 실제처럼 보였다. 푸른 하늘과 폭신한 구름, 창틀의 크림 빛깔 페인트, 꽃 무게에 가느다란 줄기가 살짝 휘어진 우아한 난초. 그러자 오른쪽 팔을 간지럽히는 기분 좋은 느낌, 수백만 개의 가느다란 고양이털들이 시빌의 문지르는 몸짓에 따라 일제히 나를 쓰다듬는 느낌이 들었다. 시빌은 내 앞에 와서 앉았다.

"너희 둘 물 마실래? 괜찮다면 난초에 먼저 주도록 해. 그게 예의니까."

내 얼굴에 미소가 피었고, 난 조용히 다리를 풀고 일어났다. 마치 머리에 헬륨 풍선이 달려 있고 내 몸은 그저 풍선에 줄로 매달린 양 둥둥 뜨는 기분으로 난 컵 위로 몸을 일으켰다. 지금 우리 집은 새로 지은 런던 올림픽 경기장보다 더 커진 것만 같았고, 난 그 모든 것을 굽어보는 높이에 오른 것 같았다.

나는 오른손의 정교한 구조를 알아보았다. 내가 지시를 내리는 손의 피부와 혈관, 신경과 근육, 힘줄, 뼈들이 마법에 걸린 듯이 움직여 물 한 잔을 집으러 다가갔다. 가득 찬 물잔은 투명했지만 또한 태양빛으로 반짝이면서, 잔을 집으러 오는 내 손을 포함한 주변 세계를 비췄다.

나는 잔을 들어 올렸다. 그 차갑고 부드러운 표면의 감각, 내 힘에 가벼이 저항하는 중력의 당김, 몸을 열고 인내하고 신뢰하며 비를 받아들인 이 지구의 살아 있는 존재감이 모두 놀라웠다. 나는 손목을 가볍게 비틀어 화분 위로 가느다란 물줄기를 내려보냈고, 물줄기는 가지와 잎사귀, 꽃에 흩뿌려졌다.

"우리 꼬마, 많이 마셔."

나는 어머니같이 부드러운 목소리로 말하며 젖은 흙의 향기를 들이켰다.

빈 잔을 창틀에 놓은 뒤, 난 물이 가득 찬 다음 잔을 집어 들었다. 순간 단번에 그걸 꿀꺽꿀꺽 마시고 싶다는 충동이 들었다. 하지만 난 그 전날 배운 내용을 기억했음은 물론이고 이제는 뼈에 새겨진 인내심도 있었다. 나는 아주 천천히, 또 아주 차분하게 잔을 입술에 가져갔고 시빌은 그동안 제자를 자랑스러워하는 스승의 시선으로 나를 올려다봤다. 잔 가장자리가 마침내 내 두 입술 사이에 닿았고, 그 습기가 입술을 적시기 시작했다. 난 입을 열고 그 안으로 바라던 액체가 들어오는 걸 느꼈다. 혀는 그 미끄러운 형태와 놀이를 벌이며 맛있고도 유동적이며 덧없는 춤을 추었고, 곧 나는 더 이상 참을 수 없게 되어 첫 번째 모금을 목으로 넘겼다. 그러자 머리부터 발끝까지 전율이 일었다. 거대한 바다가 오랜 기다림 끝에 비를 만나 느끼는 기쁨이었다. 아직 마실 물이 더 남아 있다는 것도 즐거웠다.

"자, 아침 식사 어땠어? 힘이 넘쳐? 상쾌해?"

내가 아주 오래 걸려 물 마시기를 끝내자 시빌이 물었다. 나는 웃었다.

"아주 풍성한 식사였다고 말하겠어. 진짜 배부른 느낌이야! 이젠 뭐 하지? 하루 종일 이러고 있을까? 창문 옆에서 화초처럼 태양을 받으면 돼?"

"아니. 그런 건 절대 아니지. 이제 물 한 병 챙겨서 현장 학습을 나갈 거야."

"어디로?"

"내가 어떻게 알겠어? 그냥 나가봐. 모험을 떠나라고. 네 발길이 이끄는 곳으로 가. 곧 알게 되겠지만, 금식을 하면 감각이 칼날처럼 날카로워지고 몸이 더 가볍게 느껴지지. 정신은 맑아지고. 그런 상태를 최대한 이용해봐. 네 도시에서 휴가를 만끽하라고. 인간들이 이 도시를 보려고 전 세계에서 날아온다는 거 알잖아."

"하지만 나 피곤하지 않을까? 쉬어야 하는 거 아니야?"

"괜찮아. 네 몸에 저장된 연료가 아주 많아서 하루 금식한다고 어떻게 되지 않아. 장 보고 요리해서 음식을 먹은 다음 흡수하기까지 네 몸이 얼마나 많은 에너지를 쓰는지 생각해봤어? 오늘은 네 소화기관이 마땅히 받아야 할 휴가를 줄 수 있다고. 피곤해지면 그냥 멈춰 서서 공기와 태양에서, 또 물을 좀 마셔서 에너지를 얻어봐. 자, 이제 가! 재밌게 놀아보라고!"

그렇게 시작된 하루는 내 인생 최고의 날이었다고 해도 과언이 아니었다. 그날의 기억은 1년 내내 생생했고, 어릴 적 스라소니 회원들과 캠핑을 떠났던 일이나 가족과 함께 캠핑카를 타고 여행했던 여름의 색채로 칠해진 것만 같았다. 난 런던 버스 2층 맨 앞자리에 앉아서 처음으로 런던을 방문한 것 같은 기분을 느꼈다. 커다란 나무, 벽돌집, 케밥 레스토랑, 오래된 빨간 전화 부스, 빨래방, 고풍스러운 술집, 터번을 쓴 시크교도, 옷깃에 뾰족한 스파이크를 단 고스족까지 모든 게 새롭고 신나 보였다. 횡단보도가 보이면 어디선가 비틀스가 튀어나올 것만 같았고, 스포츠카에는 전부 제임스 본드가 타고 있을 것만 같았다.

난 버스를 갈아타고 웨스트민스터 쪽으로 향했다. 버스는 강을 건너 거대한 최신식 관람차인 런던 아이를 거쳐 빅벤에서 멈췄다. 나는 거대한 네오고딕 양식의 국회의사당, 즉 웨스트민스터 의사당 건물을 한가로이 거닐었다. 내가 보기에 이곳은 영국 문명의 정점이었다. 그리고 실제로도 그 문명을 과시하기 위해 지어졌을 것이다. 하지만 가끔 봤던 하원의원을 떠올리면 나무 벤치와 가죽 쿠션에 영국 하원의원들이 가득 앉아 시끄럽게 고함쳐대며, 농부의 농장에서나 들을 법한 가축 먹따는 소리를 고래고래 지르며 자기 당의 의견을 지지하거나 상대당의 주장을 반대하는 장면밖에 없었다. 그 주장이라는 건 이라크를 폭격하느냐 마느냐, 공공복지 예산을 줄이느냐 마느냐였고. 이게 지구상에서 가장 존경받는 전통이 있는 입법부의 꼴이라니. 시빌은 과연 이걸 보고 뭐라고 할까?

나는 웨스트민스터 사원으로 들어갔다. 그 웅장한 사원에서 영국의 군주들은 대관식과 결혼식, 장례식을 치른다. 그러자 시빌이 영국의 우두머리 여성과 샴고양이, 코기 종 강아지에 대해 했던 말이 떠올랐다. 그리고 나서는 세인트 제임스 파크를 가로질러 펠리컨과 백조가 노니는 연못을 산책한 다음 버킹엄 궁전 쪽으로 갔다.

그곳은 엘리자베스 2세와 여왕의 개들이 사는 으리으리한 집으로, 높다란 정문 앞은 언제나 여왕의 사진을 찍으려는 한 떼의 관광객들로 장사진을 이루었다. 이렇게 큰 집에서 살면 외롭지는 않을까. 그리고 과연 여왕은 먹을 땐 먹는 데 집중하는 법을 알고는 있을까.

나는 산책을 계속하며 그린 파크를 가로질렀다. 지금은 향긋한 장미 정원을 지나고 있다. 이윽고 어쩐지 이쪽으로 와보라는 듯한 오솔길이 보였고, 그곳을 따라가자 거대한 플라타너스가 나왔다. 그 나무의 거대한 그늘 아래 싱싱한 잔디밭이 펼쳐져 있는 모습은 마치 잠깐 앉아 쉬면서 '간식'으로 공기 한 입과 물을 마시며 여왕의 연회를 즐기라는 것만 같았다. 조금 있다 공원을 떠난 나는 일요일에도 평일처럼 문을 여는 메이페어의 상점가를 둘러보며 물건 구경을 했다. 참 신기하게도 뭔가를 사고 싶다는 욕망이 없이, 마치 이 거리가 통째로 거대한 미술관인 것처럼 자유롭게 구경할 수 있었다. 물론 가끔 눈에 들어오는 드레스나 반짝이는 보석, 신발 한 켤레와 멋진 가방(이미 많이 있지만)이 없었다고는 말 못 한다. 하지만 시빌이 해준 말을 기억해 나의 욕망을 관찰하고 내 갈 길을 꿋꿋이 갔다. 거리낌 없이 모자 가게에 들어가서 애스콧 골드컵^Ascot Gold Cup(영국의 경마 대회―옮긴이)에 쓰고 갈 모자를 고르는 척해보기도 했다.

거의 오후 5시가 될 때까지 난 지금 '금식' 중이라는 사실도 깨닫지 못했다. 그때까지는 아침과 점심을 거른 뒤였는데도 정말 별로 힘이 들지 않았다. 그리고 아이스크림을 파는 푸드 트럭이나 빵집, 샌드위치 가게, 레스토랑과 커피숍을 지날 때마다, 힘이 없어야 하는 상태인데도 놀라울 정도로 내 시각은 물론 후각이 자극을 받아

아주 예민해졌다. 이 도시에 내 식욕을 달래줄 수 있는 먹거리들이 이렇게나 많을 줄은 정말 몰랐다. 아주 기름진 패스트푸드를 파는 곳이 나올 때조차 전에 없을 정도로 너무 먹고 싶었다. 하지만 처음 몇 시간은 그런 본능을 무시하거나 억누르는 게 어렵지 않았다. 난 지금 관광객이잖아, 라고 시선을 돌리거나 유혹에 넘어가려는 욕구 없이 내 감정을 관찰하는 기술을 연습하면 되었으니까. 제임스 스트리트를 거니는 내 발걸음은 가볍고 원기 왕성했다. 그래서 시빌의 말이 맞는다고, 밥때를 지나칠 때마다 울화통이 터지던 내 모습은 사실 뭘 먹지 못해서가 아니라 '내가 먹을 때가 되었다고 결정해놓았을 때' 먹지 못해서 그런 거라고 반성하기 시작했다.

하지만 그때 마침 토니노 식료품점을 마주칠 줄이야. 그곳은 런던에서 내가 제일 좋아하는 곳 중 하나로, 최상급의 치즈와 고기, 와인과 저장 식품을 쌓아놓고 아주 맛있는 빵과 패스트리도 함께 파는 이탈리아 식료품점이었다. 게다가 더 안 좋은 건 거기서 온갖 종류의 맛있는 이탈리아 음식을 즉석에서 먹을 수 있게 해주는 테이블도 차려놨다는 거다.

그 즉시 내 콧구멍과 입, 식도와 폐가 맛있는 이탈리아 요리의 향기가 연주하는 협주곡에 홀리고야 말았다. 토마토와 모차렐라, 바질과 케이퍼, 파르마산 햄과 토스카나산 와인의 선율로 된 협주곡이라니. 지금 뭘 하고 있는지도 모르는 채 발걸음이 무작정 가게 안으로 향했고, 거기서 너무나 잘 알고 있는 식료품들에 둘러싸이자 마침내 내 안에서 잠자고 있던 흉포한 동물이 깨어났다. 어젯밤 꿈속에서 자유롭게 날뛰며 주어지는 음식을 있는 대로 먹어치우던 바로 그 야수 말이다. 계산대 위로 뛰어올라서 손을 라자냐 판에 푹

꽂는 내 모습이 그려졌다. 그 계산대에는 젊은 점원 아가씨가 우아한 밀라노풍의 빨간 안경을 쓰고 유니폼을 입은 차림으로 서 있었다. 그녀는 지중해 쪽의 강한 억양이 섞인 말투로 내게 물었다.

"필요한 게 있으신가요?"

그 질문을 듣고 난 다시 문명화된 인간으로 돌아오긴 했지만, 규범에 맞게 행동할 수 있을 정도의 자제력까지 돌아온 건 아직 아니었다. 나는 횡설수설 몇 마디를 중얼대고는 뒤돌아서서 올리브 오일 병과 발사믹 식초 병, 각종 소스 병들이 가득 놓인 선반을 봤다. 작은 페스토 알라 제노베시 단지를 뚫어져라 바라보던 나는 시빌이 했던 말을 기억해냈다.

'어떤 일이 벌어지든 다 받아들일 수 있다면, 넌 자유로운 거야.'

난 계산대로 돌아서서 군침이 돌게 하는 유혹적인 음식들에 최대한 가까이 다가갔다. 눈앞에는 신선하게 층을 이루고 있는 부드러운 치즈와 파스타, 가지 롤, 기름 많은 살라미, 대접에 담긴 반짝이는 올리브, 갓 만든 뇨키가 있었다. 난 차분하고도 깊숙이 숨을 들이쉬며 그 절묘하고도 미묘한 향기가 나라는 존재 속에 숨은 가장 깊은 부분까지 침투하도록 했다. 그래서 그 향기 자체를 통해 나의 몸이 양분을 받도록 의식적으로 노력했다. 처음에 그 향기는 더할 나위 없이 강렬했다. 두 번째로는 천상의 기쁨이 느껴졌지만 어쩐지 앞선 향기를 능가하지는 못했다. 마지막 세 번째 향기는 제대로 된 디저트처럼 여겨졌다.

이상하게도 만족스러운 기분을 느끼며 향기 맡기를 끝내자 몸에 전율이 이는 엄청난 한숨이 나왔다. 이제껏 나를 사로잡았던 야생적인 분노가 가라앉으며 잠시 동안 옆으로 비켜나서 나중을 기약하는 신호였다. 눈을 들자 밀라노 아가씨가 당황한 모습이 역력한 채 나를 바라보고 있었다.

"미안해요. 저 지금 금식 중이라 오늘은 먹을 수가 없거든요."

"아, 그러셨군요."

점원은 안됐다는 표정으로 이렇게 말했다. 아마 내가 무슨 끔찍한 병에라도 걸렸다고 생각했을지 모르지.

그때 퍼뜩 말 같지도 않은 생각이 하나 떠올랐다. 나는 아무 생각 없이 불쑥 이렇게 내뱉었다.

"여기 파는 음식 냄새를 즐기는 건 얼마죠?"

놀랍게도 점원은 큰 소리로 웃더니 가게 주인을 큰 소리로 불렀다. 주인은 땅딸막하고 검은 피부에 북슬북슬한 콧수염을 단 남자로 지금 온몸의 무게를 칼에 싣고 엄청난 크기의 파르마산 치즈를 자르는 중이었다.

"에이, 토논, 쿠안토 파시아모 파가레 라 시그노리나 페르 오도라레 라 라사그나 Ehi, Tonon, quanto facciamo pagare la signorina per odorare la lasagna (저기, 토니노, 이분 라자냐 냄새 맡으시겠다는데 얼마를 달라고 해야 해요)?"

토니노는 눈도 깜짝하지 않고서 영어로 대답했다.

"3파운드요. 하지만 소리만 짤랑거리시면 됩니다!"

그래서 그렇게 하기로 했다. 나는 위엄 있게 3파운드 동전을 꺼내 계산대 앞에서 짤랑짤랑 소리를 낸 다음 다시 돈을 지갑에 넣었다. 주인장은 웃음을 터뜨리며 손뼉을 쳤고, 뒤에 서서 기다리거나 테이블에 앉아 있던 손님들은 토니노와 이 특이한 손님 사이에서 일어난 참으로 재미난 일을 보고 미소를 지었다. 물론 그들은 이게 무슨 상황인지 정확히는 몰랐을 것이다. 나도 가게에서 이런 광경은 본 적이 없었으니까. 금식해서 유머 감각도 더 예민해졌구나. 어쩌면 이렇게 유머 감각을 뽐낼 수 있는 자신감도 더 커진 것 같아.

"브라바, 브라바. 그라치에 시그노리나. 부오나 지오르나타^{Brava,} brava. Grazie signorina. Buona giornata(브라보, 브라보. 감사합니다, 손님. 좋은 하루 되세요)."

에베레스트 산을 오르다 폭풍을 만났는데 용케 살아남아 이제 정상을 목전에 둔 등산가의 심정으로 식료품점을 나섰다.

"시빌, 나 끝까지 할 거야."

나는 큰 소리로 말했다. 그런데 마침 배가 꼬르륵 울리는 게 아닌가. 난 손으로 배를 쓰다듬으며 부드럽게 말했다.

"진정해, 배 속아. 내일 다시 올 테니까."

* * *

음식을 준비하고 앉아서 씹고 나서 설거지를 하는 걸 하루에 세 번 할 필요가 없다면 그 시간에 얼마나 많은 걸 할 수 있는지 알고는 깜짝 놀라게 될 것이다. 심지어 시간이 없어서 서두를 필요도 없다. 그리고 이 놀라운 일요일을 마무리하는 데는 자연사박물관에 가는 것보다 좋은 계획은 없을 거란 생각을 했다. 그 박물관은 어린 시절 런던에서 살면서 정말 좋은 추억으로 남아 있는 곳이고, 10년 전에 호아킨과 다시 왔을 때도 여전히 매혹적인 곳이었다. 지금 또 다시, 나는 맹금류 박제와 깜짝 놀랄 정도로 징그러운 열대 파충류들, 셀 수 없는 종류의 굉장한 나비들과 선사시대 조개 화석들, 유성들, 보석들, 쥐라기 시대의 공룡 화석으로 가득 찬 전시실에서 놀라서 입이 떡 벌어졌다. 하지만 이번 방문에서 정말 인상 깊었던 건 바로 포유류 전시실이었다. 인간 종이 속해 있는 포유류의 뼈들과 박제 동물, 실제 크기 복제품들이 사자부터 시작해서(물론 시빌은 그걸 고양이라고 하겠지만) 코뿔소, 하마, 기린, 곰, 말, 얼룩말, 양, 설치류는 물론이고 원숭이까지 전시되어 있었고 천장에는 돌고래와 범고래를 비롯한 고래들이 매달려 있었다. 그리고 전시실 한가운데에는 다른 동물보다 월등히 큰 거대한 동물, 바로 지구상에 살고 있는 동물들 중 가장 큰 청고래가 자리 잡고 있었다.

이렇게 서로 다른 생명체들을 다시 보니 예전과는 다르지만 여전히 강렬한 기분이 들었다. 그리고 동시에 인간과 아주 가까운 종들인 이들이 같은 가계도에 속한 먼 사촌이나 삼촌으로 여겨졌다. 작든 크든, 북슬북슬하든 매끄럽든, 야생동물이든 가축이든, 땅에 살든 물에 살든, 심장과 뇌, 호기심 어린 눈망울과 호흡의 고동, 욕구와 두려움, 출산의 고통과 새끼에게 젖을 먹이는 애정, 모두 다 성장하고 죽어가는 주기가 있다는 사실은 우리를 모두 한 데 묶어준다. 우리의 세대를 거슬러 올라가면 하나의 기원, 하나의 어머니가 있는 것이다. 나는 이 거대한 동굴 같은 전시실에서 종교적 신앙의 정수에 놓인 감정을 느꼈다. 그것은 경외감과 형제애라는 원시적인 감각이자 생명의 흐름과 함께하는 연합의 순간이었다.

그리하여 나라는 이 털 없는 원숭이는 선조들의 식단을 따르기로 결심하게 되었다. 시빌의 말대로 '동물 먹기'를 그만두어야겠다는 압박을 느낀 게 바로 그때였다. 동시에 거울 저편에 있는 나의 형상, 내가 언제나 신뢰했던 또 다른 사라가 이제껏 확신해왔던 대로 채식이란 게 불가능한 것만은 아니라는 걸 깨달았다. 과일만 먹어도 이렇게 행복할 수 있다면, 물과 공기만 마셨는데도 행복하다면 이것도 할 수 있는 것이다. 심지어 그렇게 어렵지 않을 수도 있다. 아니 엄청 쉬울 거다. 그리고 그게 가능하다면, 내 주위에서 일어날 수 있는 다른 일들은 또 얼마나 많을까? 내가 거울 저편의 형상을 더 이상 믿지 않게 된다면, 내가 못 할 게 또 뭐가 있단 말인가?

3부

◆

내게 온 완벽하게 편안한 삶

◆

18
새로운 삶의 시작

그날 밤 난 꿈을 꾸었다. 처음엔 몸이 너무 작은 껍질에 싸인 것처럼, 사방에서 날 압박하는 벽에 둘러싸여 갇혀 있었다. 숨이 막힐 듯한 상태에서 절망에 빠져 어둠 속에서 그 벽들을 밀었지만 아무리 힘을 줘도 그 벽들은 더욱더 죄어오기만 했다. 그런데 갑자기, 평온하고도 확신에 찬 목소리가 바깥에서 들려왔다.

"넌 꿈을 꾸고 있다는 걸 잊지 마! 넌 날 수 있다는 걸 잊지 마!"

그 말이 맞았다. 나는 꿈을 꾸고 있었다. 그렇게 생각하자 내 의식은 벽들을 뚫고 나갔고, 그래서 난 바깥의 광경을 볼 수 있었다. 난 아직 안에 갇혀 있었다. 알고 보니 그건 내 거실에 있는 난초 줄기에 매달린 번데기였다. 시빌도 거기서 지켜보고 있었다. 아니, 내가 시빌인가? 그때 난 다시 한 번 번데기 속의 존재가 되어 생기와 힘으로 고치를 확 터뜨렸고, 곧 날개를 쫙 펴고 이제는 얇고 약하다는 걸 알게 된 벽을 찢었다. 태양 빛을 쬐면서 나는 내 모습을 있는 그대로 보았다. 천사처럼 빛나는 모습은 거대한 금빛 날개를 천천히 펄럭이는 나비였다. 날개 위에는 내 모든 지혜가 기묘한 형태의 불그스름한 선형 무늬와 기하학적 무늬로 쓰여 있는 것처럼 보였다. 시빌은 궁둥이를 땅에 대고 서서 거대한 앞발로 날 잡으려 하면서 함께 놀기 시작했다. 난 고양이 주위를 퍼드덕거리며 눈속임을 했고, 고양이는 날 따라 선 채로 빙글빙글 돌았다.

"네 말이 맞았어, 시빌. 난 날 수 있어!"

나는 작은 나비의 목소리로 소리쳤다.

"당연히 넌 날 수 있어. 날아, 날아올라봐!"

고양이의 천둥 같은 야옹 소리가 내 뒤에서 우르르 울렸다.

그렇게 나는 날았다. 공기의 흐름을 타고 날아올라 그 흐름들을 이리저리 갈아타며 지붕 위, 거리와 정원 위를 곡예 하듯 빙빙 돌며 날갯짓했다. 난 자유가 주는 순전한 기쁨과 관성, 내 날개의 역동적인 리듬에 탐닉하며 도시 전체를 날아다녔다. 웨스트 햄프스테드에 있는 옛날 집을 시작으로 넷사이언스 빌딩을 지나 타워 브릿지를 건너 템스 강 물결 위를 노닐다가 수로 하나를 발견했다. 캠덴 타운을 가로질러 리젠트 파크까지 뻗은 것으로, 수로 양옆으로는 가로수가 늘어진 길이 이어졌다. 난 백조와 잠자리 사이를 누비며 매끈한 수면 위를 활강했다. 잡초와 꽃들이 흐드러지게 피어 있는 물길을 따라 내려가니 눈에 띄는 보트가 한 척 있었다.

길고 폭이 좁은 운하용 보트로, 파란색과 흰색으로 칠해져 있었다. 가까이 가보니 바쁜 도시 한구석에 숨겨진 오아시스 같은 수로에 정박한, 신기한 주거용 보트 하우스였다! 갑판에선 소년이 뛰어놀고 있었다. 소년의 곱슬곱슬한 금발과 얼굴이 어쩐지 낯이 익었다. 그 애는 나를 보자 아주 기뻐했다. 나는 소년의 손 위쪽으로 날아가서 그 주위를 돌다가 손에 앉을 참이었다. 하지만 극도로 마음이 벅차고 행복한 감정이 복받쳐 올라와 그만 그 순간 눈을 뜨고 잠에서 깨어나고 말았다.

* * *

6월의 월요일. 그날 난 새로운 채식주의자 생활을 시작했다. 그날 먹은 아침은 이루 말로 할 수 없을 정도로 좋아서 잊을 수가 없다. 신선한 과일과 토스트, 버터와 딸기잼이었다. 그리고 이상하게도 난 커피 없이 아침 식사를 해보기로 했다. 점심에는 스스로와 한 약속을 지켜야 했기에 토니노에 가서 아보카도와 올리브 오일, 레몬즙과 호두를 넣은 스파게티를 먹었다. 그런 다음 서점에 가서 채식주의 식단과 요리법에 대한 책을 몇 권 샀다. 저녁은 그 책에서 찾은 간단한 요리법을 따라 준비했다. 병아리콩 통조림으로 만든 후머스(이집트콩을 삶아 양념한 음식—옮긴이)에다 신선한 샐러드였다. 그리고 시빌이 가르쳐준 대로 그 음식을 모두 즐겼다. 먹을 땐 먹는다는 기술을 연습하면서, 또 앞으로 절대 고기를 그리워하지 않을 거라는 사실에 안도감을 느꼈다. 지금 이 순간 난 스스로에게 양분을 공급하고 있으며 오로지 곡식과 채소, 과일만으로도 엄청난 풍미를 느끼며 식사할 수 있기 때문이었다.

또한, 스페인 전통 요리에 언제나 빠지지 않고 들어가는 초리소와 하몽 대신 허브와 향신료를 이용해 렌틸콩을 조리하는 것도 가능하다는 걸 배웠다. 나는 식단에 말린 과일과 통곡물을 추가했다. 그리고 두부와 세이탄 seitan (밀가루로 만든 채식주의자용 고기—옮긴이), 타히니 tahini (참깨를 갈아서 갠 반죽—옮긴이)와 땅콩버터도 대용품이 될 수 있다는 사실을 알았다. 달걀과 유제품을 아예 안 먹는 건 아니지만, 그 제품들을 살 땐 동물의 복지를 신경 쓰는 농장에서 만들었는지 알아보고 구입했다. 이런 식생활을 하자마자 더 건강해지고 힘이 넘치는 걸 느꼈고, 무엇보다도 양심에 거리낌이 없다는 게 제일 좋았다. 나는 또 동물들을 다른 방식으로 보게 되었다. 이걸 어떻게 표현해야 할지는 모르겠다. 상호간의 이해와 인식, 천성적인 동족 의식을 느끼기 시작했다고나 할까.

하지만 식생활의 변화는 내 삶의 변화 중에서 제일 작은 것이었다. 사라 레온의 안에서 무언가 변하기 시작했던 것이다. 그 변화는 겉으로 보면 알아차릴 수 없는 작고 미묘한 것이었지만 알고 보면 모든 것을 변화시켰다. 난 '이것도 안 돼, 저것도 안 돼'라고만 말하는 거울 속 형상의 존재에 의문을 제기하기 시작했다. 그리고 더 많이 놀고 더 적게 일하기 시작했다. 닫힌 방에서 바로 걸어 나갈 수 있다고 믿기 시작했던 것이다. 아니, 그뿐만이 아니었다. 난 이미 밖으로 나갔다고 느끼게 되었다. 그래서 날개를 달고 날 수 있다고 생각하기 시작했다.

새로운 삶이 시작된 첫날 아침, 나는 아침 식사를 마치자마자 글을 쓰겠다고 결정했다. 사실, 그건 내가 결정한 거라고 할 순 없다. 그냥 노트북을 열고 글을 써야겠다는 참을 수 없는 충동을 느꼈을 뿐이다. 말도 안 되게 오래 지속되었던 금식, 바로 글을 쓰지 않은 기간을 깨기 위해서 나는 자판을 치기 시작했고, 몇 분 동안 쉬지 않고 내 이야기의 첫 장을 써내려갔다.

우리가 처음 만난 날, 그녀는 번개처럼, 램프의 요정처럼 나타났다.

아, 물론 푸른색 연기가 모락모락 났다거나 하프 소리가 도로롱 났다거나 뭘 문질렀다거나 한 건 아니다. 난 그저 내 문제를 놓고 걱정만 하고 있었을 뿐, 아무것도 한 건 없었다.

그렇게 30분간 글을 썼다. 출근해야 했기에 더 이상의 시간은 없었다. 하지만 20~30분이야말로 아주 강렬한 삶을 산 시간이었다. 아주 맛있게 누린 시간. 글 쓸 땐 글을 쓰는 행위에 집중했던 시간. 첫 장을 다 채우고 난 나는 온몸에 전율이 인 채로 테이블에서 일어났다. 내가 뭘 한 거지? 하얀 모니터 위에 검은 글씨가 진동하고 있었다. 나는 깊은 숨을 쉬어 이 순간을 기념했다. 그리고 노트북 모니터를 닫아 껐다. 달칵.

그날 오후, 넷사이언스 사무실에선 예상치 못한 일이 일어났다. 웹사이트 디자인 레이아웃을 살짝 손보고 있었는데, 갑자기 접수계원인 웬디가 비스킷이 가득 든 상자를 들고 나타났던 것이다.

"그게 뭐예요?"

"모르겠어요. 이거 토니노에서 파는 고급 비스킷인데요. 엄청 맛있어요. 누가 커피 머신 옆에 있는 작은 테이블에 올려놓고 갔어요."

"누가요?"

난 아무것도 모르는 척했다. 그러자 웬디가 한쪽 눈썹을 들어 올리며 말했다.

"그게 말이죠, 진짜 놀랍다니까요. 누군지 모른다고요! 그냥 이 쪽지만 남겨두고 갔어요. 무슨 보석 도둑이라도 되는 것처럼."

그녀는 작은 쪽지를 내게 보여주었다. 그건 내가 내 글씨체와는 다르게 하려고 애쓰면서 한 시간 전에 쓴 것이었다.

1. 드세요.

2. 맛있게요.

3. 나누세요.

그 말 옆에는 서명으로 아주 귀여운 동물 발자국이 그려져 있었다. 내 입으로 귀엽다고 해도 되는 건진 모르겠지만.

"이거 고양이 발자국이죠, 그렇게 생각하지 않으세요?"

웬디가 말했다. 나는 비스킷을 하나 집어 입에 넣으며 그 맛을 강렬하게 음미했다.

"그런 것 같네요. 누구한테 말해야 할진 모르겠지만, 이 고양이가 사무실에 몰래 들어오는 게 이번이 마지막이 아니었으면 정말 좋겠어요."

내가 캠프 리더였을 때 이후로 이런 일을 꾸민 적은 한 번도 없었다. 그리고 이 맛있는 미스터리가 영국 컨설턴트들에게 끼친 영향은 그 옛날 열 살짜리 스페인 아이들이 받았던 놀라움과 다를 것이 없었다. 동료들이 놀라고 누굴까 궁금해하며 아주 기분 좋게 웃음을 터뜨렸던 것이다. 이것이 바로 '고양이' 전설이 탄생하게 된 이야기다.

* * *

매일같이 런던 지하철의 땅굴로 이동하는 3백만 명의 사람들 중에서, 이제까지 지하철을 열성적으로 이용해왔던 승객 하나가 그날 오후부터 사라졌다는 걸 알아챈 사람은 아무도 없었다. 그리고 땅 위에서는, 최근에 구입한 금빛으로 장식된 빨간색 자전거를 타고 마치 나비가 날아가듯 생전 처음 최고 속력으로 블랙프라이어에서 부터 강가를 따라 완즈워스 브릿지를 거쳐 브룸힐 로드까지 달리는 사람이 나타났다는 것을 아무도 알아보지 못했다. 하지만 새로운 자전거 주자, 바로 마흔이 다 된 나이에 페달의 회전을 음미하며 달 리는 여자에게는 이 자전거 타기가 윌리엄 왕자의 국혼보다도 훨씬 더 화려하고 중요한 행사이자, 2012년 런던 올림픽의 그 어떤 경기 보다도 훨씬 크게 우승을 만끽하는 경기이며 트라팔가 전투에서 거 둔 넬슨 제독의 승리보다도 더 기억에 남는 승리였던 것이다.

* * *

그날 정말 놀라운 일을 경험한 사람은 다름 아닌 이바나 우젤락 씨였다. 그날 오후 그녀는 누군가 자기 집 문 아래로 편지를 밀어 넣는 소리를 들었다. 봉투를 열자 그 안에서는 이런 내용의 편지가 나왔다.

우젤락 씨에게,

저는 옆집에 사는 사라라고 합니다. 런던에서 태어난 스페인 사람이에 요. 지금 서른아홉 살입니다. 글을 쓰고 있긴 하지만 아직 세상에는 작 가로 알려져 있지 않습니다. 같이 사는 고양이도 있는데요, 이름은 시빌 이라고 해요. 아마 벌써 만나보신 적이 있을 겁니다. 짧은 금빛 털을 가 진 애예요.

이렇게 편지를 쓴 건, 제가 집 안에서 소음을 내서 당신을 괴롭힌 점을 사과드리고 싶어서예요. 제가 달리 또 어떻게 행동해야 할지 알려주시면 좋겠습니다.

혹시 바라는 게 있으시다면 언제든지 말씀하세요.

안녕히 계세요.

사라 드림.

조금 뒤, 내가 요가 매트를 깔아놓고 스트레칭을 하고 있는 동안 이웃집 문이 열리더니 편지 봉투가 우리 집 문 아래로 들어오는 소리가 들렸다. 나는 문 앞으로 가서 편지를 집어 들었다. 작은 크림빛 봉투였다. 그 안에는 몇 마디 글이 적힌 종이가 두 번 접혀 있었다. 문법에 살짝 맞지 않는 영어였지만 이제껏 본 적 없는 정말로 아름다운 글씨체였다. 거기에는 이렇게 쓰여 있었다.

사라 씨에게,

편지 감사합니다. 가끔 저는 성질이 나서 미안합니다. 저는 신과 성모에게 죄송하다 빌어요. 저는 사고 당했어요. 청각 과민 증상으로 고생합니다. 소음을 참을 수가 없어요. 소리가 전부 저한테는 너무 크게 들려요. 그래서 화가 나서 조절이 안 돼요.

사고가 나서 얼굴이 탔어요. 얼굴이 일그러져서 집을 많이 안 나갑니다.

저도 글을 썼어요. 하지만 캘리그라피로 합니다.

당신 고양이 매우 똑똑합니다.

신의 축복이 있기를.

이바나.

그 편지를 읽자 옆집 여자에게 편견을 가지고 무서운 생각만 했던 내 모습이 부끄러워졌다. 내가 생각했던 그녀의 모습은 내 말도 안 되는 편견의 산물이었다. 시빌 말이 맞아. 세상의 참모습은 내 방식대로 바라본 세상과는 다른 거였어.

　그러자 가슴이 탁 트이는 기분이 들었다. 이바나뿐만 아니라 아직 모르고 지내는 많은 사람들에 대해서 이제 나는 절대로 성급한 판단을 내리지 않을 거다. 이 사건을 계기로 나는 가까운 관계지만 아주 오랫동안 멀리하고 지냈던 이에게도 마음을 열게 되었다.

* * *

　"여보세요?"

　"안녕, 알바로."

　"아, 안녕, 누님. 아빠 바꿔줄게."

　"아니, 저기…… 잠깐만. 너랑 얘기하고 싶은데."

　"아니 왜?"

　"있지, 알바로. 나 사과하고 싶어. 요즘 내가 너한테…… 많이 너무한 거 같아서. 내 말은 그러니까, 요즘 내가 말이…… 오랫동안 좀 심했다는 생각이 들어서."

　수화기에선 아무 말도 없었다.

　"너 듣고 있어?"

　"어…… 그래. 누나. 듣고 있어."

　"네가 한 말 중에는 맞는 말도 있어. 넌…… 요 몇 년간 아빠를 쭉 도와서 일했잖아. 나는 집에서 멀리 떨어져 살아서 집안일에 신경도 못 쓰고, 내 세상에서만 살아서 항상 바쁘고…… 우린 대부분 서로 눈도 마주치고 살지 않았지만, 결정을 내릴 때마다 당사자가 된 건 너였으니까. 나는 널 비판할 입장이 못 되지."

"푸흐흐. 어이, 너무 그러지 마, 누나. 나는…… 내가 사고뭉치라는 걸 알아. 이 집을 저당 잡히려고 했을 때 누나한테 말했어야 했는데. 그때 내가 상태가 많이 안 좋았어."

"좋아. 우리는 그 점에서 의견이 같구나. 그게 훌륭한 행동이었다고는 할 수 없으니까."

나는 알바로가 그렇게라도 인정했다는 게 좋았다. 그러자 알바로는 키득대기 시작했다.

"그렇지 뭐. 내가 포르투갈의 가파른 언덕에서 로시난테 2세 핸드브레이크를 풀었을 때랑 비슷한 거지."

아, 캠핑카가 뒤로 추진력을 받아 어마어마한 절벽 쪽으로 굴러가던 그때 말이지. 그러자 당시 겪었던 공포가 다시 떠올랐다. 캠핑카 내부의 모든 물건이 덜덜 떨리고 흔들려서 지도며 플라스틱 컵이며 도미노 조각이 바닥으로 떨어지고 부모님은 낮잠을 자다가 놀라 깨어나 위층 침대에서 반쯤 벗은 채로 비명을 지르며 뛰어내렸다. 바로 그때, 나는 열두 살의 나이에도 불구하고 엄청나게 초인적인 힘을 발휘해 온 힘을 다해 핸드브레이크를 도로 당겼고, 결국 캠핑카의 무시무시하던 관성이 진정되었던 것이다. 1미터만 더 갔더라면 꼼짝없이 죽었을 거다. 아마 그때부터 나한텐 고소공포증이 생겼던 것 같다.

"그래. 그렇지 뭐."

나도 웃었다.

"우리를 구해줘서 고마워, 누님……."

"됐어. 그럼 내가 또 뭘 해야 하지?"

그러자 알바로는 새로운 집으로 이사 갈 계획에 대해서 말하기 시작했다. 그러나 나는 머릿속으로 이미 다른 생각을 하고 있었다. 말도 안 되는 과장된 돈키호테 같은 생각에 사로잡혀 있었기 때문이다. 난 알바로의 말을 불쑥 끊고 말했다.

"있지, 알바로. 너 그거 팔았어?"

"뭐?"

"로시난테 2세."

"아직 안 팔았어. 와서 보고 간 사람은 두 명 있었는데 외관이 그다지 좋지 못해서. 그리고 내부도 제대로 청소할 시간이 이제껏 없었거든. 그거 아무리 해봤자 3천 유로 이상은 못 받을 것 같아. 아무도 사고 싶어 하지 않으면 결국 폐차장에 보내야겠지. 새로 이사 가는 데는 주차할 데가 없으니까."

"그거 엔진은 아직 잘 돌아가?"

"전혀 모르겠어. 아빠한테 물어보면 새것처럼 잘 돌아간다고 하겠지. 난 정비공이 아니라서 몰라. 한번 되나 알아봐야지."

"그걸로 할 수 있을까?"

"뭘? 엔진 돌려보겠다고?"

"우리가 그거 타고 여행을 갈 수 있을까?"

"뭐?"

"피코스 데 에우로파로 말이야. 푸엔테 데!"

이 말을 하자 머리가 쭈뼛 섰다.

"진심이야?"

"당연히 진심이지. 이사 간 다음에 가자. 사실 카미노 데 산티아고로 일주일 여행 가기로 예약을 해놓긴 했지만, 이편이 더 좋을 것 같아. 로시난테 2세의 마지막 여행이잖아!"

"하지만 아빠는 어떨지……."

"그건 아빠의 꿈이었어. 몇 년 동안 계속 나한테 말했다고. 우리 셋이서 돌아가면서 운전하면 돼. 그냥 넌 핸드브레이크 조심해서 다루고 말이지!"

"하하. 그거 재밌네."

19

로시난테 2세의 마지막 여행

2주 후, 난 여행 가방을 들고 바라야스 공항에 내렸다. 거의 5개월 만에 처음으로 사랑하는 고양이와 떨어져 있게 된 거다. 시빌에게 같이 가자고 애써 설득하긴 했었다. 시빌이 오면 정말 좋을 테니까. 하지만 고양이는 단호하게 거절했다.

"새들이나 날아다니는 거지. 나는 여기 있을 거야. 내 영역 안에서. 고맙지만 사양하겠어."

런던에서 이사했던 일이 트라우마에 걸릴 정도로 힘들었지만, 이번 이사는 그보다 훨씬 더 힘들었다. 미라시에라로 가는 11번 도로를 운전하면서, 아빠는 엄청난 양의 가구와 집기, 정리한 잡동사니를 벌써 처분했으며, 집 벽 대부분을 덮고 있던 본인의 장서들을 반 정도 같은 업종 종사자인 친구 루이스미 씨에게 팔았다고 말했다. 아빠는 본인은 물론 내 기분도 북돋으려 짐짓 명랑한 태도를 보였다.

"넌 모를 수도 있겠지만, 그편이 나아. 정말로 갖고 싶은 책들은 이미 빼놨거든. 네 엄마가 좋아했던 시집들과 저자 서명본이랑 정

324

말 값나가는 책들은 다 챙겨놨어. 이제 남은 생이 얼마 되지 않으니 그걸 다 읽을 시간도 없어. 그러니 그 책을 다 안고 있어봤자 무슨 소용이냐? 게다가 난 고전을 읽고 또 읽는 거 알잖니. 셰익스피어랑 세르반테스랑 단테, 톨스토이, 플라톤……. 그러니 더 이상 책을 많이 둘 필요가 없어."

"그래. 하지만 루이스미 씨는 그렇게 많은 책을 밴에 싣고 갔는데 500유로보다는 좀 많이 내야 하는 거 아니었나."

알바로는 에레라 오리아 쪽으로 난 길로 들어서며 투덜거렸다.

"뭐. 이제 걔는 그 책들을 팔아야 하잖아. 요즘 같은 상황에서 책 팔기가 쉽지 않은 건 너도 알지. 게다가 앞으로는 더 나빠질 것 같고. 이제 내가 그런 걸 더 이상 걱정하지 않아도 된다니 기쁘구나. 내가 책을 팔던 시절은 이제 끝났어. 시원섭섭하구나."

난 아빠가 소중한 장서들과 씨름하던 일에서 용케 빠져나온 것을 축하해주었다. 그 책들은 아빠가 수십 년간 모으고 정리하고 분류하며 아껴왔던 것들이다. 하지만 집 현관으로 들어가 책이 꽂혀 있던 거실과 서재, 기둥들이 반쯤 빈 것을 두 눈으로 똑똑히 보니 등골이 오싹해졌다. 그리고 다음 날 아침 이삿짐센터 전문 인력이 와서 물건을 엄청난 속도로 꺼내 전부 상자 속에 정리하는 것을 목격하는 건 더 힘들었다. 나는 하마터면 그들을 제지하고 지금 뭐하는 거냐고 따질 뻔했다. 하지만 그들은 순식간에 나와 알바로가 자란 낯익은 터전을 황량한 실내 황무지로 만들어버렸다. 이제 사진과 그림이 걸려 있던 자리엔 창백한 그림자만이 남았고, 그들은 유리 제품을 종이로 포장하고 카펫을 굴려 말고 소파를 해체한 다음 현관 앞에 주차한 엄청나게 큰 트럭에 모두 싣고 떠나버렸다. 우리가 집을 둘러보며 복도와 방을 샅샅이 뒤져 남은 물건을 정리하는 동안 텅 빈 집에는 발자국 소리가 기묘하게 메아리쳤다. 정원으로 들어가 텅 빈 수영장과 부서진 트램펄린을 보자 우리 셋은 아무 말도 하지 않았지만 우리가 엄마의 영혼을 저버리고 있다는 느낌을 받을 수밖에 없었다.

그래도 아직 로시난테 2세가 있어서 좋았다. 캠핑카는 여전히 완벽하게 시동이 걸리는 데다 외형도 상당히 좋아 보였으니까. 마지막으로 남은 상자와 여행 가방을 사랑스러운 캠핑카에 싣고서 우리는 이삿짐 트럭을 따라갔다. 이 낡은 차에 탔는데 어찌 기분이 안 좋을 수 있을까. 우리는 엄청난 소음을 내면서 미라시에라를 떠났다. 아빠는 강력한 폭스바겐 경적을 울려댔고, 우리 모두는 창문 밖으로 고래고래 작별 인사를 외쳤다.

"사실 말이다, 우린 여기에 절대 어울리는 사람들이 아니었어."

우리가 주택가를 떠났을 때, 아빠는 하얀 턱수염을 쓰다듬으며 이렇게 말했다.

"여기로 이사 와야 한다고 고집부린 건 네 엄마였지. 저런 집들을 보면 정원이 딸린 영국식 집들이 떠오르니까. 하지만 저런 데 사는 건 항상 졸부들뿐이지!"

* * *

우리는 나흘에서 닷새 동안 짐을 풀고 가구를 조립해 정리하고 청소하는 등 아빠와 알바로의 새로운 삶을 위한 모든 준비를 했다. 부자가 일하는 모습을 보면서 난 처음으로 두 사람이 상당히 많이 닮았다는 걸 깨달았다. 아니, 정확히 말하자면 지난 몇 년간 함께 살면서 부자가 서로를 닮아가기 시작했다는 말이 맞을 거다. 알바로는 아빠처럼 배가 나오기 시작했고, 턱수염은 없었지만 서른다섯 살이 되었는데도 여전히 머리는 포니테일 스타일을 고수했다. 그리고 나이가 들면서 아빠의 무기력하고 사람 좋은 태도를 서서히 습득해나갔다.

나는 이번 주 동안 막간을 이용해 친한 친구 셋을 각각 만났다. 그리고 하루는 날을 잡아 베로네 집에서 다 같이 저녁을 먹으면서 지난 몇 달 동안 일어난 일들을 돌아보는 시간을 가졌다. 친구들은 내 삶에 일어난 변화에 상당히 감명을 받았다. 소설 쓰기와 채식주의 식단, 요가와 명상 훈련하기, 특이한 이웃집 여자 이바나와의 편지 교환을 시작했다는 점에 모두 놀랐다. 베로는 내가 호아킨과 헤어진 다음에 살짝 머리가 이상해진 건 아닌지 걱정을 할 정도였다. 물론 나는 이 일의 배후에 있는 스승님에 대해서는 입도 뻥긋할 용기가 없었다. 혹시 내가 나중에 소설을 출간하게 된다면 고양이 스승에 대해서 읽게 되겠지.

그리고 드디어 마지막 날 집 매매계약서에 서명한 다음, 레온 가는 푸엔테 데로 여행을 떠날 준비를 마쳤다. 우리는 말도 안 되게 이른 시각에 길을 떠났다. 그날 차가 많이 밀릴 것이 걱정되어서가 아니라 그냥 우리에겐 여행을 일찍 떠나는 전통이 있었기 때문이다. 사랑스러운 우리의 구식 로시난테 2세를 알바로가 몰고, 아빠가 조수석에 타고 내가 그 뒷좌석에 앉아 부르고스로 가는 고속도로에 이르자, 우리가 시간 여행을 하고 있다는 기분이 들었다.

알바로는 캠핑카의 플라스틱 서랍 안에서 카세트테이프를 한가득 찾아냈다. 그리고 놀랍게도 그중에는 여전히 노래가 나오는 게 있었다. 그렇게 우리는 페랄레스Perales와 아우테Aute, 미나Mina, 조르주 브라상Geroges Brassens, 비틀스, 핑크 플로이드와 로스 마초캄보스Los Machucambos에 이르기까지 고전 가요들을 들으며 길을 떠났다.

이 멋진 여행을 하는 동안 예전에도 수없이 가로질렀던 잘 아는 풍경 가운데를 달리며 난 모든 걸 잊을 수 있었다. 첫날 우리는 레온이라는 도시에 들렀다. 우리 가족은 물려받은 이름을 기리는 마음으로 언제나 그곳에 들렀었다. 물론 우리 집안이 그 도시 출신이라는 증거는 없지만 말이다. 우리는 우아한 마요르 광장의 한 레스토랑에서 점심을 먹은 다음 아스투리아스 근처까지 계속 달려 로스 바리오스 데 루나Los Barrios de Luna 댐 옆에서 숙박했다. 그곳은 댐을 가로지르는 거대한 다리를 굽어볼 수 있는 곳으로, 거의 20년 전부터 우리는 그곳에서 하룻밤을 보냈다. 다음에는 아스투리아 해변을 이틀 동안 돌면서 엄마가 참 좋아하던 나베스와 안드린 사이의 환상적인 해변에서 선탠과 물놀이를 했다.

매일 누군가는 우리만의 천일야화처럼 스페인과 포르투갈을 비롯해 유럽 전역과 북아프리카까지 갔었던 옛날 여행담을 회상하곤 했다. 모로코에 있는 한 마을에서 몰래 여자들의 피로연에 숨어들었던 일을 아빠는 말해주었는데, 그 이유란 게 바로 남자들 피로연은 너무 재미가 없었다는 거였다. 르망에서 캠핑카가 고장 났을 때 하필이면 그때가 르망 24시(프랑스 르망에서 개최하는 스포츠카 경주─옮긴이)가 열리는 날이라 행사장 한가운데서 정비사를 찾아야 했던 일도 떠올랐다. 이탈리아의 한적한 길을 달리다가 교통사고를 냈을 때, 처음엔 우리 차에 치여 두세 명의 부상자가 생긴 줄 알았는데, 알고 보니 다친 사람 옷에 묻은 '피'가 사실은 그들 가족 잔치에서 묻은 토마토소스로 밝혀진 일도 있었다.

마침내 파네스와 포테스 등등의 여러 마을을 지나쳐 산길로 구불구불 들어가자 목적지에 다 왔다는 걸 알 수 있었다. 푸엔테 데에 다가갈수록 우린 말수가 적어지고 지난날을 더욱 회상하게 되었다. 마지막 고비로 좁은 도로에 들어가 깎아지른 절벽 길을 따라 굽이굽이 돌아 차를 몰게 되자 우리는 침묵에 잠겼다. 그리고 드디어 골짜기에 들어가 캠핑장을 눈앞에 보게 되자, 확신할 수 있었다. 바깥은 월드 트레이드 센터가 무너지고 인터넷이 발명된 세상이지만, 이곳 피코스 데 에우로파의 심장부는 하나도 바뀌지 않았다는 사실을. 푸엔테 데의 움푹한 원형 지역과 깎아지른 장엄한 바위면은 언제 보아도 숨이 멎을 만큼 웅장했다. 그리고 우리가 기억하던 그대로, 갖가지 나무들이 자라 그늘진 숲속에 캠핑장이 있었다.

캠핑장 입구에 도착한 우리는 로시난테 2세를 접수처 오두막 옆에 주차하고 엔진을 껐다. 아빠는 손을 펴서 계기판을 툭툭 치며 말했다.

"잘했다, 로시난테."

우리는 문을 열고 차 밖으로 나가서 경치와 맑은 산 공기에 감탄했다. 그래, 도착했구나.

* * *

예상치 못했던 사건이 하나 일어났다. 로시난테 2세의 시동이 더 이상 걸리지 않게 된 것이다. 차는 캠핑장 입구에 그대로 서서 한

치도 움직이려 들지 않았다. 솜씨 좋은 정비사이기도 한 현재 캠핑장 주인 라파 씨가 한 시간 동안 차를 봐준 끝에 엔진이 완전히 망가졌다고 선언했다. 하지만 라파 씨는 내부를 손님용 숙박 시설로 이용할 수 있다고 보고 우리에게 차비조로 500유로를 줄 테니 자신에게 팔라고 말했다. 우리는 그걸로 기차표와 비행기표를 살 수 있을 터였다. 그동안 그는 차를 너도밤나무 그늘 아래 적당한 장소로 견인하고 우리는 남은 사흘 동안 거기서 묵기로 했다.

그날, 알바로와 난 그 근방을 오랫동안 산책했고, 아빠는 캠핑장에 머무르며 책을 읽고 또 그 옛날 호시절에 했던 대로 이때를 위해 가져온 책들을 팔기도 했다. 심지어 장사 수완을 발휘해 내게 새로운 남자를 소개해주려고도 하는 게 아닌가.

"내가 벌써 한 명 찾았다, 사라야. 팜플로나 출신이라고 하더라. 좋은 사람이야. 쿤데라를 읽더라고. 내가 네 이야기 벌써 해뒀지."

"아빠! 그만해!"

"게다가 아주 잘생겼더라고. 물론 네 아빠만큼은 아니지만, 나쁘지 않았어."

"남자 점수 매기러 여기 온 거 아니거든!"

말은 그렇게 했어도, 나 역시 반바지와 딱 붙는 티셔츠 차림으로 보란 듯이 캠핑장을 활보하는 등산가들을 몇 명 눈여겨보긴 했다.

* * *

알바로와 내가 이렇게 오랜 시간 둘만 함께 있어본 적은 몇 년 만에 처음이었다. 아마 예전에 여기 왔던 이래로 지금까지 한 번도 그랬던 적이 없었던 듯도 싶다. 매일 아침 우린 다른 길을 따라 산책했다. 마지막 날엔 내가 현기증을 참아내고 다 함께 케이블카를 타고 산 정상 부근에 올라갔다. 거기서부터는 절벽이 시작되어 산봉우리와 거대하고 둥근 석회석들로 둘러싸인 내리막 평원을 따라 걸을 수 있었다.

아빠의 말이 맞았다. 우리가 전화 통화로 화해해서 그런 건지, 아니면 어린 시절 방학 때의 추억 때문인지, 아니면 그냥 이 장소의 마법과도 같은 효과 때문인지는 몰라도 알바로와 나 사이에서 항상 감돌던 긴장감은 사라진 듯했다. 다만 아직도 서로에게 무슨 말을 해야 할지 모를 뿐이었다. 우리는 펼쳐지는 풍광에 압도당해 침묵을 지키며 거대한 바위 사이를 걸어갔다. 가끔 너무 어색할 때면 과거의 기억에 대해 말을 나누긴 했다. 아니면 갈림길에서 어느 길로 갈지 정하거나 언제 잠깐 쉴지 이야기를 나누거나 물이나 쌍안경을 주고받을 때만 말하는 게 다였다.

몇 시간 동안 트레킹을 한 끝에 도착한 갈림길에서 어떤 노인이 작은 밴을 주차해놓고 엽서와 간식을 팔고 있는 게 보였다. 우리는 노인에게 가서 케이블카 정류장에 가려면 얼마나 걸리는지 물어봤다. 노인은 여기서 딱 5분만 가면 된다고 했다.

"지금 몇 시지?"

알바로가 물었다. 내 손목시계를 보니 7시 30분이었다. 마지막 케이블카는 8시에 있었다.

"아직 20분 정도 여유가 있어. 여기서 잠깐 경치 좀 볼까?"

우리는 벼랑 끝에 가까이 앉아 산봉우리가 펼쳐진 장대한 광경을 바라봤다. 하지만 벼랑에 너무 가까이 가지는 않았다. 돌아가는 케이블카를 타고 내려가는 것만으로도 현기증이 일기엔 충분하니 여기서 무리할 필요는 없으니까. 우린 배낭을 바닥에 내려놓고 풀밭에 누웠다.

몇 분 뒤에 알바로가 물었다.

"음, 누님. 요즘 어떻게 지내? 그러니까…… 호아킨이랑 그렇게 되고 나서 말이야."

"좋아. 지금은 많이 나아졌어. 처음엔 정말 힘들었지. 한꺼번에 너무 많은 걸 잃어버렸잖아. 제일 사랑했던 사람에 대한 신뢰를 잃었다는 게 가장 힘든 점이었어. 그렇게 되고 나니까 아무것도, 그 누구도 믿을 수가 없더라."

"그래. 그랬을 거야."

알바로는 이렇게 말하고 오랫동안 아무 말이 없다가 이윽고 말했다.

"저기…… 누나가 말해줬을 때 너무 심하게 굴어서 미안해. 그때 서점에 일어난 일 때문에 상당히 신경이 곤두서 있어서 그랬던……."

"알아, 알바로. 괜찮아. 하지만 말해줘서 고마워."

나는 알바로의 눈을 바라보며 말했다. 우리는 그 후로 잠시 동안 형형색색의 석양을 바라봤다. 태양은 벌써 산등성이 사이로 모습을 감췄고, 이제 은은한 빛이 구름 몇 조각을 불그스름한 주황빛으로 물들이고 있었다.

"너는 어떻게 지내?"

내 질문에 알바로는 무릎을 모아 안은 채로 한숨을 쉬었다.

"사실 별로 안 좋아. 이제 인생을 어떻게 살아야 할지 모르겠어."

"동지가 됐네. 환영해."

"그런 말 마, 누님. 누나는 언제나 앞길을 알고 있었잖아. 난 우리 집안의 공식 골칫덩이라고."

"그렇게 단정하지 마. 지난 몇 년간 내 인생도 상당히 엉망이었어. 비단 호아킨 때문만이 아니야. 나 때문이기도 해. 인간관계랑 일이랑 그 시간 동안 좌충우돌한 걸 생각하면……. 난 방향을 잃었어. 그래서 이젠 다시 찾아보려고."

"누나가 자기 삶을 엉망이라고 말하면 내 삶은 뭐라고 해야 해? 난 계속해서 실수만 해대고 있는 것 같아. 경력도 제대로 쌓은 적 없지, 이젠 서점도 말아먹어서 직업도 없어. 나는 어떡하면 좋을까? 뭔가 좋은 생각이 있으면 말해줘. 귀담아 들을 테니……."

뭐라고 해줘야 할까? 시빌이라면 뭐라고 했을까? 남동생이 나한테 진심으로 조언을 구한 게 도대체 언제 적 일이었는지 기억도 나지 않았다.

"있지, 알바로. 나한테는 아주 현명한 친구가 있어. 그 애가 말하기를 과거와 미래를 잊어버리고 지금 있는 진실, 바로 현재에 충실한 게 제일 좋댔어. 그리고 지금 당장 여기 푸엔테 데에서 우리는 마침내 둘 다 뭔가 올바른 일을 하고 있는 것 같아."

"누나한테 현명한 친구가 있다고? 그거 좋은데. 나한테 좀 소개해주면 좋겠다. 그 여자 예뻐?"

"응. 나름 예쁘지…… 상당히 섹시하다고 해두자. 하지만 그냥 포기해. 너는 걔 타입이 아니니까."

"그렇겠지. 나한테는 너무 똑똑할 테니까. 그건 그렇고, 현재라니 말인데…… 지금 몇 시야?"

"7시 30분."

"아. 그렇군."

알바로는 이렇게 말했다. 그 순간 갑자기 우리 둘 다 얼어붙었다.

"무슨 소리야, 7시 30분이라니!"

알바로는 그 자리에서 벌떡 일어섰다.

"어머! 내 시계가 고장 났나봐!"

나 역시 잽싸게 일어나서 배낭을 집어 들었다.

우리는 있는 힘을 다해 헐레벌떡 들판을 가로질렀다. 하늘은 시시각각 어두워지는 중이었다. 하지만 우리가 케이블카 정류장에 다다랐을 땐 이미 문이 잠긴 텅 빈 정류장에 적막만 가득했을 뿐이었다. 우리는 멈춰 서서 골짜기 아래로 이어진 두꺼운 철 케이블을 바라보며 족히 1분은 거기 서 있었다. 케이블은 바람을 맞아 깊은 진동음을 울려댔다.

"이제 어떡하지? 여기서 밤새 있을 수는 없어!"

온도는 급격히 떨어지는 중이었다. 그러나 우리가 가진 옷이라고는 방한용 접이식 방수 판초 두 벌뿐이었다.

"누님 말이 맞는 것 같네. 누나도 정신을 팔고 있을 땐 진짜 골칫덩이가 되는구나. 어떻게 지금 같은 때에 시계가 고장날 수 있어?"

"우리 이제 어떻게 해?"

"여기서는 휴대폰 신호도 안 잡혀. 맘씨 좋은 등산객들을 만나서 텐트에 자리를 얻지 않고서야…… 잠깐만! 그 엽서 팔던 할아버지 있잖아. 어쩌면 아직 안 가고 있을 거야."

우린 이제 두 번째로 갈림길까지 필사적인 경주를 벌였다. 마음속으로 거기도 노인이 가버리고 없으면 어떡하나 두려웠다. 하지만 언덕을 오를 때 밴이 보였다. 이미 모든 물건은 방수포가 드리워진 차 속에 실린 채였다.

"저기요! 기다려요!"

우리는 둘 다 머리 위로 손을 흔들면서 소리를 질렀다.

노인은 우리 소리를 듣고 작은 차 안에서 나왔다. 사실 그 차는 뒤에 짐칸이 딸린 세 발 달린 오토바이에 지나지 않았다. 그리고 가까이 가보니 조수석에는 이미 누군가가 있었다. 바로 노인의 아내였다. 우리가 사정을 설명하자 노인이 말했다.

"자네들을 도와주고 싶긴 한데, 어쩌지? 여기엔 우리 둘밖에 탈 자리가 없어. 짐칸에는 물건이 꽉 들어차 있고."

우리는 작은 밴을 돌아보고 나서 정말 모든 게 완전히 포장되었다는 걸 확인했다. 우리가 들어갈 자리는 없었다. 그런데 알바로가 말했다.

"뭔가 방법이 있을 거야. 잠깐만요, 저희가 이렇게 뒷문 위에 앉으면 어떨까요?"

알바로는 짐칸 끝으로 올라가서 작은 철문 위에 앉아 음료수와 사탕 상자에 몸을 기댔다. 방수포 천 위에 앉은 알바로는 두 손으로 철문을 잡고 한쪽 발은 살짝 튀어나온 철제 조각 위에 얹었다. 노인은 미심쩍은 표정으로 알바로를 바라봤다.

"알바로, 너 미쳤어?"

나는 절대 알바로를 따라 저 위로 올라가지 않을 거다. 앞으로 벌어질 일들이 머릿속에 생생하게 떠올랐다. 이 깡통 차는 엄청난 속도로 굴러 내려가다가 먼지 나는 비포장도로 위에서 절벽 끝으로 미끄러질 거야. 그러면 뒤에 앉은 우리 둘은 그대로 떨어져서 곧바로 허공으로 추락하는 거지. 그 생각을 하니 벌써 아찔해졌다.

"걱정하지 마, 사라. 우린 할 수 있어."

알바로는 지금 자기가 위태롭게 앉은 곳은 얼마나 편한지 보여주려 애썼다.

"관둬. 난 거기 안 탈 거야."

"안심하라니까, 사라. 어서 올라와."

"못 한다고!"

"할 수 있어. 어서 타. 너무 위험하다 싶으면 내리면 되니까. 최소한 해보기라도 하자고."

"탈 거면 빨리 정하시구려. 나는 가야겠으니."

노인은 자기 자리로 돌아가며 이렇게 말했다.

마음속에 공포가 피어올랐다. 이렇게 될 줄 알고 있었다. 잊지 말고 숨 쉬라는 시빌의 말이 귓가에 들리는 듯했다. 나는 집중력을 그러모아 지친 몸과 아픈 다리, 그 발밑의 대지와 짙푸른 남빛 하늘, 또 거기에 떠오른 샛별과 어둑하게 보이는 봉우리들, 차가운 공기와 두근거리는 마음, 공포심, 그리고 지금 이 순간을 관찰했다.

그리고 내 동생을 보았다. 두 눈으로 그 애를 바라보자 지금 이 순간, 여기에서 동생이 자기를 믿어달라 부탁하고 있음을 알게 됐다. 자기의 결정을 존중해달라고, 누나 때문에 일어난 참사에서 누나를 구할 수 있다는 걸 보여줄 기회를 달라고 부탁하고 있었다. 그 애가, 또 이 산들이 내게 부탁하고 있었다. 지금 이 순간이 내게 부탁하고 있었다.

"그렇지."

알바로는 내 손을 잡으며 말했다.

난 이 위험천만한 자리에 앉아 몸을 가누고는 마음속 공포를 애써 제어하며 차가운 철제 문과 비닐 방수포를 생명줄처럼 잡았다.

엔진이 덜컹대며 시동이 걸렸고, 그렇게 우리는 움직이기 시작했다. 이 자동차 전체는 마치 지진이라도 난 듯이 움직였다. 심장이 미친 듯이 뛰었다. 이제 예상했던 대로 현기증이 나서 죽게 되겠지. 하지만 시빌이라면 '떨어지기 전엔 미리 지레 겁먹고 떨어지지 마'라고 말했을 거야.

"떨어지기 전엔 미리 지레 겁먹고 떨어지지 말자. 떨어지기 전에는……."

나는 스스로에게 계속 말을 걸었다.

"아예르 세 푸에에에Ayer se fueeee(어제는 가고오오)……."

엔진 소리와 돌바닥에 부딪히는 타이어의 마찰음, 뒤에 싣고 가는 잡다한 물건이 흔들리고 덜컹대는 소음 사이로 알바로가 소리쳤다.

"뭐라고?"

난 잘못 들은 줄 알고 그에게 소리를 질렀다.

"토모 수스 코사스 이 세 푸소 아 나베자아아르Tomó sus cosas y se puso a navegaaar(그는 짐을 챙겨 항해를 떠나네에에)……. "

알바로는 노래를 부르고 있었다. 스페인 싱어송라이터 호세 루이스 페랄레스의 명곡으로, 그 옛날 우리가 도로를 달리며 불렀던 노래 중 하나였다.

"우나 카미사, 운 판탈루우우운 바케로 이 우나 칸시옹. 돈데 이라아아아? 돈데 이라아아아Una camisa, un pantalóooon vaquero y una canción. ¿Dónde iráaaa? ¿Dónde iráaaa(셔츠 한 벌, 청바지 한 벌, 노래 한 곡 지닌 채로. 어디로 가나아아? 어디로 가나아아)?"

알바로는 폭풍에 맞서 배의 돛을 단단히 맨 선원의 자신감을 드러내며 노래했다. 내 동생이지만 참 이해가 안 간다. 하지만 그 광경에 난 웃어버리고야 말았고, 결국엔 나도 같이 노래를 부르기 시작했다.

"세 데스피디오오오, 이 데시시오 바디르세 엔 두엘로 콘 엘 마르, 이 레코레르 엘 문도 엔 수 벨레로, 이 나베자아아르, 나이, 나, 나⋯⋯ 나베자아아아르 Se despidióoooo, y decició batirse en duelo con el mar, y recorrer el mundo en su velero, y navegaaaar, nai, na, na⋯⋯ navegaaaar(안녕이라 말하고, 바다와 맞서 배를 타고 세상을 누비기로 마음먹고 항해를 하네에에에, 항, 항, 항해를 하네에에에에)!"

결국 이번에도 다른 때와 마찬가지로, 내 마음속 공포는 쓸데없었던 것으로 드러났다. 골짜기로 돌아가는 길은 내가 상상했던 것처럼 절벽 가까이 난 길이 아니었고, 더 오래 걸리긴 했지만 소들이 풀을 뜯는 산등성이 너머로 마지막으로 저물고 있는 날빛이 반짝이는 대양의 장엄한 풍경이 굽어보이는 완만한 경사로였다. 물론 대단히 힘든 길이라서 캠핑장에 도착했을 무렵엔 우리 둘 다 탈진하고 어지러운 상태였다. 작은 밴을 꽉 잡고 오느라 팔에는 쥐가 났고 엉덩이는 철문 위에서 계속 충격을 받았는지라 자국이 남았을 정도였다.

우리가 아빠에게 가자, 로시난테 2세 옆에서 접이식 의자에 앉아 프루스트의 작품을 읽고 있던 아빠는 웃음을 터뜨리기 시작했다.

"너희 대체 어디 갔다 온 거냐? 어디서 그렇게 먼지를 뒤집어쓰고 왔어?"

나는 흰색 등불 아래 서 있는 알바로를 보고서 아빠의 말이 무슨 뜻인지 알아챘다. 알바로는 머리끝에서 발끝까지, 심지어 안경에도 하얗게 송진 가루를 덮어쓰고 있었던 것이다. 나는 배를 잡고 웃기 시작했고, 알바로 역시 같은 꼴인 나를 보고 웃기 시작했다. 우린 그 정도로 정신을 차릴 수가 없었다. 그리고 무사히 모험을 마쳤다 는 사실에 너무나 피곤하고도 행복한 상태에 빠져, 당황하는 아빠 앞에서 결국은 바닥에 쓰러져 구르게 되었다.

* * *

그날 밤, 아주 의기양양하게 샤워를 하고 그날 오후에 있었던 일 을 아빠에게 설명하며 포복절도를 곁들인 저녁을 먹은 다음, 난 캠 핑장의 불빛을 의지해 잠깐 산책을 했다. 공터에 다다르자 탁 트인 하늘과 빛나는 별빛을 전부 볼 수 있었다. 은하수가 검은 산 그림자 끝에서부터 피어올라 빛을 머금은 폭포처럼 하늘로 뻗어갔다. 그 광경을 보니 마치 내가 우주의 한가운데에 떠 있는 듯한 느낌이었 다. 사실, 시빌이 있었다면 분명히 그렇게 말했을 거다. 정말로 우주 한가운데 떠 있는 거라고.

난 오랫동안 이 하늘에 나 있는 창 너머로 무한^{無限}을 응시했다. 그러자 엄마 생각이 났다. 엄마는 이런 밤하늘을 참 좋아했는데! 엄 마는 우리에게 이렇게 말하곤 했다.

"얘들아, 이걸 마음에 새겨두렴. 너희 눈을 아름다움으로 채워봐."

그러고는 여왕처럼 당당하게 간의 의자에 기대앉아 담배를 피우 곤 했다. 가끔은 캠핑카에서 시집을 꺼내서 월터 휘트먼이나 미구 엘 에르난데스의 시로 우리를 홀리기도 했다.

사실, 난 이제야 이 여행이 전부 우리 엄마를 기리는 것임을 깨달았다. 우리 아빠를 도시에서 끌어낸 것은 다 엄마가 자연을 사랑하기 때문이었고, 로시난테라고 불렀던 다양한 캠핑카들을 살 생각을 했던 것도 엄마가 자유를 갈망했기 때문이었으며, 여행 일정과 목적지를 골라서 어디서 멈추고 어디로 이동할지 정했던 건 엄마가 지닌 직관이 있었기 때문이었다. 우리의 오랜 친구인 캠핑카를 타고 마지막으로 떠난 이 여행은 엄마가 가장 좋아했던 길을 따라 가장 좋아했던 장소로 가는 순례길이었다. 바로 엄마에게 헌정한 여행이었던 것이다.

그럼에도 불구하고 우리는 엄마에 대한 말은 거의 입 밖에 내지 않았다. 대화를 하다가 엄마 이야기가 나오거나, 누군가 마음먹고 엄마에 대해서 나머지 둘에게 무언가 이야기를 하면 대화는 끊겨버렸다. 하지만 이제 난 밤의 침묵 속에서 별을 헤며 그 사이에 있는 엄마를 찾으려 했다.

그러다 몇 주 전 시빌과 나눴던 말이 떠올랐다. 런던에 본격적인 여름 날씨가 시작된 첫 주였는데, 고양이는 나에게 천창을 통해 지붕으로 올라와보라고 했다. 나는 그 말을 전부 따를 순 없었지만 그래도 머리를 창밖으로 내밀고 지붕 기와에 팔을 얹어서 도시의 불빛과 그 위로 펼쳐진 하늘을 응시했다. 그렇게 대화를 하던 중, 시빌은 죽은 자를 매장할 때 키우던 고양이를 같이 묻었던 고대 이집트의 풍습에 대해 이야기해주었다. 그때 난 문득 시빌에게 고양이들은 내세에 대해 어떻게 생각하느냐고 물었다. 고양이는 골똘히 생각에 잠겨 말했다.

"으음. 너희 인간들은 그걸 놓고 참 법석을 떨더라. 진실은 훨씬 간단하거든. 하지만 동시에 그 어떤 인간들의 언어로도 그 진실을 설명하기엔 부족할 거야."

"그래서 고양이들은 우리가 믿는 천국이나 환생이나 영혼 같은 걸 믿는다는 거야?"

"여기서 중요한 건 내세에 대한 인간들의 이런 믿음이 아니야. 중요한 건 네가 죽음 그 자체를 믿느냐는 거지."

"뭐? 죽는다는 걸 어떻게 안 믿을 수가 있어? 모든 게 다 죽는걸. 행성도 죽고 고양이도 죽고 인간도 죽어. 결국엔 우리 모두 다 사라질 거야. 엄마도 이젠 더 이상 이 세상에 없는걸."

"아니, 너희 어머니는 여기 계셔. 우주 안에선 아무것도 사라지지 않아. 또 아무것도 생겨나지도 않지. 존재하는 건 계속 존재해. 하지만 존재는 가만히 머물러 있지 않아. 언제나 형상을 바꾸는 거야. 사방으로 뻗은 이 도시도 얼마 전에는 그저 작은 마을에 불과했어. 그 전에는 그냥 숲이었고, 언젠가는 이 거대한 대도시 전체가 또 사라지겠지. 그렇지만 건물과 다리, 도로를 이루고 있는 원자들은 계속해서 존재할 거야. 로마인들이 여기에 주춧돌을 놓기 전부터 원자들이 존재했던 것처럼."

시빌은 지붕 꼭대기에 올라갔다. 별빛이 비치는 가운데 고양이의 검은 윤곽이 보였다. 시빌은 거기서 이야기를 계속했다.

"그렇게 보이지는 않지만 이 행성은 엄청난 속도로 우주에서 움직이고 있어. 먼지 한 톨 한 톨마다 그 안엔 움직이고 있는 우주가 하나씩 들어 있고. 언제나 예외 없이 모든 것이 변화하고 움직이고 돌면서 춤을 추지. 어떻게 보면 그건 일종의 마법이기도 해. 별에서 행성이 태어나고, 행성에서 대지와 바다가 생기지. 대지와 바다는 나무들과 새들의 날갯짓과 늑대의 노랫소리를 자라나게 해. 하지만 인간들이 과학으로 무장하고 나타나서 별과 행성은 죽은 것이며 대지에는 생명이 없고 물은 그저 물질일 뿐 영혼이 아니라고 주장해. 그게 대체 무슨 소리야? 너의 일부분을 이루게 된 과일에 영양분을 준 대지를 생각해봐. 그 자체가 살아 있는 생명이라는 생각이 들지 않아? 네 몸이 해체되어 바람과 강, 대지로 돌아가서 다시 딱정벌레가 된다고 생각해봐. 운이 좋다면 고양이가 될 수도 있겠지. 그러면 그게 살아 있는 게 아니고 뭐겠어?"

시빌은 지붕에서 내려와 다시 내가 있는 곳으로 돌아온 뒤 결론을 내렸다.

"어떤 경우든 죽음에 대해 얘기하는 건 별 소용이 없어. 그냥 숨을 쉬고, 느끼고, 관찰을 해봐. 네가 알아야 할 건 다 현실에 있어."

런던에 본격적인 여름이 찾아온 첫날, 난 시빌이 무슨 말을 하려는 것인지 잘 이해가 가지 않았다. 하지만 시빌은 그 순간 날 이해시키려던 것이 전혀 아니었을지도 모른다. 내가 이곳, 나무와 새들, 늑대들에 둘러싸여 있는 푸엔테 데에서, 우주의 절반을 한눈에 보여주는 하늘을 바라보며 그 말을 떠올릴 수 있도록 말해준 것이었을지도 모른다.

나는 숨을 들이쉬었다. 그리고 오색찬란한 별빛이 우주를 건너 먼 길을 달려와 내 위로 쏟아지도록 두었다. 그러자 엄마가 나와 함께 있는 것이 느껴졌다. 빛과 어둠 속에. 공기와 대지 가운데. 고양이의 지혜 속에. 바로 내 속에.

그러자 갑자기 캠핑장으로 돌아가야겠다는 강한 욕구에 사로잡혔다. 어떤 생각이, 아주 낭만적인 변덕이 떠오른 것이다. 어쩌면 내

344

안에 있는 엄마가 이루고픈 소원이었을지도 모른다.

아빠와 알바로는 별빛 아래 둘이 앉아 위스키를 잔에 따르고 있었다.

"나만 빼놓고!"

"와서 한잔하겠어?"

알바로가 물었다.

"좋아. 하지만 먼저 건배를 하고 싶어."

두 사람은 80년대부터 가지고 다니던 빨간 플라스틱 컵에 술을 따라주었고, 그동안 난 스마트폰을 검색해 엄마를 몇 번이고 매혹시킨 마법의 주문을 찾았다. 엄마의 깊은 목소리를 통해 듣고 우리도 매혹되었던 그 마법의 주문을. 나는 엄마처럼 우아한 자세를 잡고 한 손에는 담배를 들었다고 상상했다. 그리고 큰 소리로 빛나는 액정에 떠오른 말을 읽기 시작했다.

은빛 백양나무들이
물 위에 고개를 숙이고 있네.
그들은 다 알지만 결코 말은 하지 않으리.

이 구절만 읊었을 뿐인데도 알바로와 아빠의 눈가에 눈물이 고였다. 수십 년 전, 엄마는 로르카의 이 시를 바로 이 자리에서 읽었던 적이 있다. 엄마가 들려주었던 시구로 난 엄마를 이 자리에 불렀고, 이제 엄마가 죽었지만 현존한다는 수수께끼 같은 말이 바로 백양나무들은 모든 걸 다 알지만 결코 말하지 않는다는 부분과 의미가 이어졌다. 난 내 목소리가 떨리며 갈라지는 걸 들었다. 하지만

이어지는 시인의 구절에서 힘을 받아 낭독을 계속했다.

> 연못의 백합은
> 자신의 슬픔을 외치지 않네.
> 모든 것이 인간보다 고귀하도다!

지금까지 내가 이 시를 제대로 이해한 적이 한 번도 없었다는 사실이 정말 놀라웠다. 고통과 상실을 겪은 뒤에, 울부짖고 소리친 뒤에, 고양이의 형상을 통해 나타난 자연의 지혜와 고귀함을 마주 보게 된 뒤에야 비로소 이해하게 된 것이다. 이런 날 고양이는 틀림없이 자랑스러워할 것이다.

> 별빛 반짝이는 하늘 앞 침묵의 지식은
> 꽃과 벌레만이 소유한 것.
> 노래하기 위해서 노래하는 지식은
> 중얼대는 숲들과
> 바닷물만의 것.

> 대지의 생명에 대한 깊은 침묵은
> 장미 덤불에 활짝 핀 장미가
> 우리에게 가르쳐주는 것.

우리는 이것을 위해 푸엔테 데에 왔다. 우리 셋은 그걸 알고 있었다. 하지만 지금까지 아무도 그렇다고 말하지도, 감히 상상하지도 못했던 것이다.

우리는 우리 영혼이 안에 가둬둔
향기를 자유로이 풍겨야 하리!
우리 모든 것이 노래고
빛이고 선함이어야 한다.
우리 활짝 가슴을 열고
검은 밤 앞에서
불멸의 이슬로 자신을 채워야 하리!

난 마침내 내 자신이 그렇게 하고 있다고 느꼈다. 시빌이 말했던
사랑의 기술을 배우고 있는 거야. 나는 성장해서 내 갈 길로 돌아오
고 있어. 나 자신으로 변해서 꽃피우려 하고 있어.

우리 육체를 불안한 영혼 속에
잠들게 해야 하리!
저 너머의 빛을 보지 않게 눈을 가려야 하리.
우리 가슴의 그늘을
자세히 바라보고
사탄이 뿌린 별들을 솎아내야 하리.

우리는 항상 기도하고 있는
나무처럼 되어야 하리.
영원 속에 자리 잡은

물길 속 물처럼 되어야 하리.

아빠는 두 손으로 내 손을 잡고 부드럽게 쓰다듬기 시작했다.

슬픔의 발톱으로 영혼을 파내어
별 가득한 수평선의 화염이
들어오게 하여라!

난 엄마와 함께 있었다. 그리고 엄마가 절대로 날 다시 버리지
않으리라는 사실을 알았다. 그런 일은 있을 수 없으리라. 엄마는 여
기에 나와 함께 앞으로 영원히 있는 것이다. 저 별들처럼 보이든 보
이지 않든, 우리의 삶을 계속해서 맴돌 것이리라.

좀먹은 사랑의 그림자에서
어머니같이 자애롭고 고요한
여명의 샘물이 솟아나리.
도시들은 바람 속에서 사라지리.
그리고 우리는 하느님께서
구름 위를 지나시는 모습을 보게 되리.

나는 아무도 건드리지 않은 술잔이 놓인 테이블에 휴대폰을 놓
았다. 아빠는 일어서더니 나를 안았고, 알바로도 다가와 우리 둘을
안았다. 그렇게 우리 모두는 서로를 안고 있었다. 머리 위로 태초부
터 이 순간을 기다려오면서 공전하던 별들이 반짝였다.

20
고양이처럼

푸엔테 데의 신비로운 경험을 체험하고 나는 런던으로 돌아왔다. 매일 아침, 난 알람이 울리면 일어나서 20분 동안 앉아 나의 호흡을 관찰했고, 그렇게 호흡하면서 현재를 관찰했다. 그러면서 이제 이 훈련이 그저 마음 청결 연습만이 결코 아니라는 것을 알게 되었다. 이것은 말하자면 실재實在를 파악하는 방법이었으니까. 바로 피코스 데 에우로파에서 별빛을 받으며 경험한 실재 말이다. 언제나 변하면서도 영원히 존재하는 실재란 인간의 언어로는 표현할 수 없다. 내 육체의 존재와 영적인 실체, 동물적인 에너지가 실재한다는 것은 기적과도 같다. 우주의 광대함과 비교하면 내가 가진 문제들과 망상들이란 어찌나 작은지. 매일 조금씩 깨어나는 나의 모습은 무한하게 고귀하고 자유로우며 힘차고 현명하고 아름답게 느껴졌다. 한마디로 말하자면 고양이같이 느껴졌다고나 할까.

그래서 나는 즐겁게 아침을 먹고, 즐겁게 고양이처럼 몸을 단장하는 사라가 되었다. 사라는 또 30분 정도 열심히 글을 쓰고 놀면서 마치 작가가 된 듯 굴기도 했고, 그래서 진짜 작가가 되었다. 비록 누구한테 돈을 받고 글을 쓰는 건 아니었지만. 그 뒤엔 자전거를 타고 도시를 가로질러 강을 따라 달리며 몸을 움직이는 데서 힘과 활력을 만끽하는 사라가 되었다.

넷사이언스사에 출몰한 고양이는 거의 매일같이 계속해서 장난과 재주를 피웠다. 그리고 누군지 알 수 없지만 명성이 자자한 고양이 캐릭터의 또 다른 순진한 자아인 사라는 명랑한 기질과 창의적인 일처리, 회의 자리에서 리더십 등을 보이며 모두를 놀라게 했다. 복슬복슬한 짧은 단발머리에 빨간 하이라이트를 준 새로운 헤어스타일 역시 놀랄 만한 일이었다. 회의실의 화이트보드에는 가끔 '숨 쉬는 것 잊지 마시오' 같은 알쏭달쏭한 메시지나 재미있는 인용구 혹은 재치 있는 낙서가 똑같은 고양이 발자국 서명과 함께 적혀 있곤 했다. 하루는 스웨덴 출신 회계팀 과장인 리사 안더쉔이 자기 책상에 놓인 아주 화려한 꽃다발을 보았다. 그녀는 아주 유능한 한편 상당히 딱딱한 성격을 지녔다. 그런데 그 꽃다발을 보자, 입사 이래로 아무도 보지 못했던 미소를 짓는 것이 아닌가. 꽃다발 옆에는 고양이 발자국이 찍한 카드가 있었다.

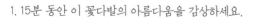

1. 15분 동안 이 꽃다발의 아름다움을 감상하세요.
2. 그런 다음 이 꽃다발을 고마운 사람이나 축하해주고 싶은 사람에게 전달하세요. 아니면 그냥 아무 이유 없이 주면서 그 사람이 어떻게 반응하나 보세요!
3. 그 사람에게 1번과 2번 지침을 전달하세요.

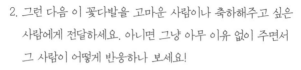

그날 내내 이 꽃다발은 회계팀뿐만이 아니라 사무실 전체를 돌

면서 많은 소문과 기분 좋은 만남은 물론 포복절도할 만한 장면도 만들어냈다. 꽃다발을 받은 그레이가 자기와 항상 싸우던 영업팀 팀장에게 가서 무릎을 꿇고 꽃다발을 바쳤던 것이다.

가끔 고양이는 thecat@officecat.com이라는 계정으로 이메일을 돌려 사람들을 놀라게 하기도 했다. 예를 들자면, 고양이는 이메일을 보내서 딱 봐도 연관성 없이 아무나 찍은 게 분명한 사람들에게 다음과 같은 메일을 보내 다 같이 만나 공원으로 소풍을 가라고 했다.

해가 떴어요. 밖으로 나갈 시간이죠. 괜찮은 사람들과 함께 인생살이를 축하할 때라고요. 그러니까 12시 30분에 입구에서 사람들을 만나세요. 참석 못할 것 같으면 이 초대장을 바로 옆에 앉은 사람에게 넘기시고요.

물론 사라 레온도 맨 처음에 초대장을 받은 사람 중 하나였다. 그렇게 우리는 모여서 세인트 폴 대성당의 정원에서 샌드위치를 먹었고, 나는 사람들과 이 고양이의 정체가 대체 누구일지 신나게 토론을 벌였다. 이 고양이는 누굴까? 왜 하필이면 다른 사람도 아닌 우리를 모았을까? 다음엔 어디서 어떤 일을 벌일까? 앤 울프슨은 이런 일을 모두 어떻게 생각할까?

이런 소풍 말고도 고양이는 사람들을 불러 모아 커다란 회의실에서 '고양이 요가' 번개모임을 주선하거나 복도에서 종이비행기 날리기 대회 같은 걸 조직하기도 했다. 한번은 아주 특출한 성과를 낸 사람에게 기립 박수를 쳐주는 이벤트를 열기도 했다. 여기서 제일 좋았던 건 thecat@officecat.com으로 앞으로 할 새로운 계획에 대한 제안이 들어오기 시작했다는 점이다. 이런 장난을 보고 옛날에 지녔던 특유의 기백이 살아난 그레이는 몸소 몇 가지 아이디어를 제안했는데, 그중 하나가 바로 사무실에서 '해적의 날'을 기념하자는 거였다. 자기가 아끼는 해적 복장을 뽐내며 선조의 그림을 자랑하고 싶어서였다. 고양이는 그 즉시 그레이의 꿈이 실현되게 해주었다. 그래서 그레이는 온 회사 사람들을 초대해 기념식을 벌이고 그날의 주인공에게 '회색 수염 선장'의 칭호를 부여해주었다.

딱 한 번 '고양이 정체'가 폭로될 뻔한 적이 있었다. 어느 날, 나는 회의실에 사람들이 도착하기 전에 비스킷 한 접시와 누텔라 통을 준비해놨다. 그리고 누텔라를 찍어 비스킷 위에 익히 알려진 고양이 발자국을 그리고 있는데, 회의실 문이 열리더니 컴퓨터 지원부에서 일하는 필이 들어오는 게 아닌가. 필은 회의에 쓸 프로젝터와 스피커를 들고 있었다.

"여기서 뭐 하세요?"

필은 테이블 위에 차려진 이상한 비스킷들을 응시하며 말했다. 하지만 내겐 이런 상황에 대비해 이미 준비해놓은 변명거리가 있었다.

"고양이한테 미션을 받았거든요."

"미션요? 이제 그 고양이가 사람들한테 미션도 줘요?"

필은 분명히 미션이라는 게 마음에 들었던 것 같다. 나를 전혀 의심하지 않았으니까. 그리고 나는 필이 새로운 '미션'을 받을 첫 번째 사람이 되게 했다. 고양이가 중요한 브뤼셀 출장을 마치고 돌아오는 영업팀을 위해 〈반지의 제왕〉 사운드트랙에 있는 개선 행진곡을 틀어주는 환영 행사를 하라며 회의에 쓰던 스피커를 필에게 준비하도록 시켰던 것이다.

* * *

　내가 스페인에서 돌아온 이후, 시빌은 예전과는 다르게 말을 하지 않았다. 이제는 내게 말을 많이 할 필요가 없다고 결정한 것 같았다. 적어도 언어를 통한 의사 전달은 하지 않겠다고 말이다. 가끔 시빌이 가르랑거리며 야옹대는 소리에서 짧은 말 한두 마디를 들었다는 생각이 들 때도 있었지만, 그조차도 목소리를 낮춘 것처럼 들렸다. 하지만 우리는 말이 필요 없을 정도로 친한 상태에 도달해 있었으니 상관없었다. 시빌이 몸을 쭉 펴는 것을 보고 나도 몸을 좀 움직여야겠다는 생각이 들거나, '설거지할 때는 설거지에 집중해'라고 충고하는 듯이 야옹거리는 걸로 충분했다. 그리고 계속해서 시빌의 모습을 보며 배우는 것도 어렵지 않았다. 시빌이 그루밍을 하거나 장난으로 내 신발을 공격하는 모습을 보는 것으로도 충분했다. 고양이의 초연함과 제어할 수 없는 활력, 아니 시빌이 하는 모든 행동에서 드러나는 완전한 존재감만 봐도 나는 항상 영감을 얻었다.

　나는 물론 시빌에게 계속 이야기를 했다. 그 부드러운 털을 쓰다듬으면서 나의 걱정과 생각, 명상에서 한 경험들에 대해서 이야기했다. 이렇게 나누는 대화에서 호아킨은 이제 주된 소재가 아니게 된 지 오래였다. 물론 가끔 그가 저지른 배신감에 사로잡혀 화를 내는 일도 있었고, 그런 놈과 10년 넘게 인생을 허비했다는 생각에 괴롭기도 했으며, 우리가 함께 보냈던 과거나 함께 바랐던 미래가 떠오르기도 했다. 동시에 호아킨은 내 소설의 등장인물이 되어갔다. 이렇게 현실을 허구화시키자 지난 몇 달간 나한테 일어났던 일을 다른 각도에서 보게 되었다. 나 자신도 문학적 창작물이 되었고, 종이 위에 옮겨진 생각과 느낌을 통해 나 자신을 보게 되자 시빌이 말했던 대로 '내 자신이 세상을 보는 모습을 바라보는' 상태에 도달할 수 있었다.

나는 이 모든 것을 이제는 말없는 고양이에게 이야기했다. 또 베로와 수잔나, 파트리와 핍에게 들은 최근 소식들과 이바나가 나에게 쓴 편지, 퇴직자가 된 아빠의 새로운 인생(아빠는 벌써 옛 고객 몇 명과 독서 클럽을 조직했다)과 알바로가 가르치기 시작한 개인 영어 과외 수업도 이야기했다. 시빌은 그저 그 큰 귀를 세우고 아무 말 없이 들으며 자비롭게도 자기 몸의 온기를 나누어주었다. 지칠 줄 모르는 야생의 호기심을 지닌 존재가 이렇게 내 말을 들어주는 것만으로도 나는 항상 지금 이 순간이라는 현재와 이어질 수 있었고, 불안한 마음을 가라앉히고 내 생각을 정리하는 데 큰 도움을 받았다. 그리고 가끔은 문제의 해결책을 떠올릴 수 있기도 했다.

그날도 그랬다. 사무실에서 돌아온 나는 저녁을 먹고 나서 이제껏 내가 회피해왔던 문제, 그래서 최근에 내 마음을 괴롭히던 문제를 꺼내 들었다.

"있지, 시빌. 나는 지금 더 행복하게 일하는 중이야. 사무실 분위기가 많이 좋아진 게 눈에 보이거든. 사람들도 더 많이 웃고 이제는 서로 인사도 해…… 그 옛날처럼. 그리고 나는 지금 창의성의 전성기를 맞이하고 있어. 하지만 세상을 개선하는 게 아니라 악화시키기만 하는 기업들을 대상으로 일하고 있다는 생각에 아직도 마음이 좋지 않아."

앉아 있던 시빌은 일어서더니 마룻바닥의 좁은 틈새를 골라 조심스럽게 밟으며 방을 이리저리 걷기 시작했다.

"알아. 내 직관대로 해야 한다는 거. 하지만 지금은 그게 어디 있는지 찾을 수가 없는 것 같아."

나는 창문으로 다가가 대로를 지나는 차들의 불빛을 바라봤다. 한쪽으로는 흰색 헤드라이트 한 쌍이, 다른 쪽으로는 빨간색 후미등 불빛 한 쌍이 길게 이어지는 길은 온 도시를 연결하는 자동차의 네트워크 같았다. 그런 네트워크는 비단 이 도시만이 아니라 전 세계의 도시를 연결하는 것이겠지. 그 안으로 수백만 년 동안 지표 아래 쌓여왔던 식물 수십 톤을 차체 내에서 태워가며 연결하는 네트워크. 창문을 닫았는데도 그 매연 냄새가 났다. 게다가 나는 이 나라의 주요 석유 회사가 자신을 친환경적인 기업이라 포장하는 일을 몇 달 동안 해준 게 아닌가. 생각만 해도 피가 거꾸로 솟았다.

시빌이 내게 가까이 다가왔다. 나는 쪼그리고 앉아 고양이의 뺨을 쓰다듬으며 내 손길에 휘어지는 섬세한 수염을 느꼈다. 나를 바라보는 시빌의 눈길엔 종 특유의 인내심을 담겨 있었다. 수백만 년 동안 인간이 상식을 좀 갖추고 행동하길 기다려왔던 고양이의 인내심이었다.

"너한테 이제까지 말 안 한 게 있어. 이건 우리 아빠도 몰라."

고양이는 쫑긋 세운 귀를 더 쫙 폈다.

"엄마가 돌아가시고 몇 년 있다가, 나는 켄싱턴이라는 담배 회사 프로젝트를 맡게 됐어. 별거 아닌 일이었지. 젊은 사람들을 겨냥해서 향이 가미된 담배를 광고하는 일이었어. 하지만 엄마가 어떻게 돌아가셨는지 전부 겪고 난 뒤라, 나는 흡연자들의 기침과 암세포가 어떤지, 담배 중독이 뭔지 옆에서 바로 지켜봤었거든……. 뭐, 내가 이 일을 하면서 얼마나 끔찍하다고 느꼈을지 너도 상상이 갈 거야. 난 정말로 하고 싶지 않았어. 하지만 그땐 넷사이언스사가 우리 회사를 인수한 직후라서 정말 많은 사람들이 해고를 당한 상황이었어. 난…… 나는 회사에서 잘리는 걸 감수할 수가 없었어. 그래서 양심의 가책을 무시하고 그 일을 한 거야. 정말 비참했어. 아직까지도 생생해."

나는 시빌을 쓰다듬었고, 시빌은 자기 몸을 쓰다듬게 내어주었다.

"그런데 제일 끔찍했던 게 뭐였는지 알아? 우리가 웹사이트를 론칭한 바로 다음, 우리가 만든 사이트랑 거의 비슷한 주소로 웹사이트가 하나 더 생겼어. 내가 만든 사이트 디자인을 완벽하게 베꼈는데 내용은 다른 거였지. 그건 일종의 패러디 사이트였는데, 담배 맛 이름을 영리하게 비꼰 이름들이 적혀 있었어. '암 걸리는 열대 맛' '세포 전이 민트 맛' '치사량 초콜릿 맛'같은 이름이었지. 그리고 그 사이트에는 흡연과 건강에 대한 온갖 사실들과 마케팅 회사들의 전략 페이지들이 나왔어……. 광고를 풍자하는 활동을 하는 온라인 활동가 조직이 만든 거였지. 이름은 '배드버츠Badverts'라고 하더라. 우리 고객은 당연히 길길이 날뛰면서 그 책임을 물어 고소를 했어. 하지만 켄싱턴사의 그런 행동은 여론의 역풍을 맞고 오히려 담배 산업 전체로 비판이 이어지는 상황을 초래했지. 켄싱턴사가 소송에서 졌을 뿐만 아니라 여론이 달아오르는 바람에 결국 영국에서 담배 광고 자체가 전면 금지된 거야."

나는 일어서서 방을 이리저리 걷기 시작했다. 그 일을 전부 떠올리자 마음이 몹시 불안해졌다.

"시빌, 그때 왜 나는 담배 회사 쪽에서 일했던 걸까? 왜 배드버츠 홈페이지를 디자인하지 못했을까? 선량한 사람들이 결국은 끔찍한 일을 하게 되는 일이 어떻게 가능하지? 바로 그런 생각에 난 정말 짜증이 났어. 지금 로열 페트롤리엄 일도 마찬가지야. 가끔 나는 내가 만든 로열 페트롤리엄 홈페이지를 배드버츠 스타일로 패러디하고 싶다는 마음이 강하게 들기도 해. 하지만 그럴 수가 없잖아."

시빌은 고개를 갸웃거렸다.

"그래. 나도 알아. 난 항상 '안 돼'라고만 하지. 하지만 생각해봐, 시빌. 사람들이 알게 된다면…… 야! 너 뭐하는 거야!"

고양이는 발톱으로 내 발을 장난스레 쿡 찔렀다 놨다를 반복하며 공격을 퍼붓고 있었다. 나는 몸을 숙이고 손을 흔들어 시빌을 도발하고 어리둥절하게 만들었다. 이렇게 놀고 있자니 대학생 때 콤플루텐세 대학교 환경 단체에서 캠페인 준비를 하면서 느꼈던 즐거움이 떠올랐다. 언제나 나는 재미있는 글과 재치 있는 슬로건을 작성하고 창의적인 개념을 잡는 역할을 담당했었다. 한번은 여름날 처음으로 무더위가 도시를 덮쳤을 때, 캠퍼스를 돌아다니며 종이 부채를 배포하면 좋겠다는 생각이 떠올랐다. 종이 부채에 사막 사진을 넣고 기후 변화에 대한 정보를 담은 다음, 전 세계적으로 화석 연료 사용을 통제하지 않고 내버려둔다면 스페인이 이렇게 변하게 된다고 알려주자는 것이었다. 우리는 건물 관리인을 설득해서, 스페인에서 가장 큰 석유 회사인 켑솔의 사장이 참석하는 행사 동안 에어컨 스위치를 끄는 데 성공했다. 행사장의 온도가 참을 수 없이 치솟자, 켑솔 사장 본인도 결국 우리가 나눠준 부채를 사용할 수밖에 없었고, 그렇게 우리 캠페인은 공중파 TV 뉴스를 타게 되었다. 그래, 그때가 정말 그립구나.

"네 말이 맞는 것 같아. 분명히 아주 재미있을 거야."

나는 결국 미소를 지으며 시빌에게 말했다.

* * *

며칠 후, 나는 퇴근길에 스파이 영화의 이중첩자가 된 기분으로 킹스 크로스 역 옆에 있는 배드버츠의 영국지부에서 톰 테리어라는 남자를 만났다. 이곳에 오기 전, 나는 배드버츠의 사무실은 철길을 마주 보고 있는 허름하고 오래된 건물 안 작고 때 묻은 사무실일 거라고 생각했다. 안에 들어가면 조립식 컴퓨터에 테이블 위에는 서류가 잔뜩 쌓여 있고 벽에는 '브이 포 벤데타' 가면이 걸려 있을 거라고 말이다.

하지만 내가 본 사무실은 상당히 다른 모습이었다. 배드버츠는 사실 따로 사무실이 없고, 약 200여 명의 활동가와 예술가, 사회혁신가들과 함께하는 협업 공간을 빌려 쓰고 있었다. 그들은 모두 더 좋은 세상을 만들기 위해 일로 기여하겠다는 같은 미래상을 공유하는 사람들이었다. 이곳의 이름은 드림 스테이션으로, 오래전 킹스 크로스 기차 엔진을 수리하던 공장을 개조한 곳이었다.

입구는 아주 큰 슬라이드 철문을 깎아 만든 것으로, 아주 다채롭고 인상적인 그래피티가 그려져 있었다. 바로 지구 행성의 그림이었는데, 정원과 밭으로 뒤덮인 건물들, 도로를 달리는 자전거와 야생 식물로 가득한 숲, 태양열 집열판으로 덮인 사막과 물고기가 가득 찬 대양이 지구에서 보였다. 그 위에는 모두 '일하라, 놀아라, 미래를 창조하라'라는 말이 쓰여 있었다. 호아킨이 봤다면 가망 없고 순진한 철없는 소리라고 했을 것이다. 하지만 나는 몸에 전율이 일 정도였다.

안으로 들어가자 아주 높은 지붕 형태의 천장이 있는 공간이 하나 나왔다. 높이가 10미터는 돼 보이는 천장에는 가운데에서 양쪽으로 뻗어 있는 기다란 천창이 있어서 안으로 햇빛이 들어왔다. 그리고 예스러운 열기구의 작은 복제품들이 여러 개 달려 있었는데, 하얗고 빨간 줄무늬, 노란 바탕에 파란 별 무늬, 하늘색에 하얀 구름무늬 등 색깔도 가지가지였다. 나무 바닥에는 예닐곱 개의 널찍하고 둥그런 테이블들이 보였다. 각각의 테이블은 다 다른 색깔이었고, 다 합쳐 40명쯤 되는 사람들이 그 둘레에 앉아 대부분 노트북을 갖고 조용히, 또는 활기차게 대화를 나누며 작업을 하고 있었다. 그 공간의 끝부분에는 스포트라이트와 묵직한 커튼, 하얗게 칠한 피아노가 설치된 무대가 있었다. 입구 근처에는 문을 가운데 두고 양옆으로 커다란 구멍을 내어 땅이 드러난 바닥에 사과나무가 한 그루씩 심겨져 있었다. 그 공간의 한쪽에는 유리벽에 문이 달린 구조의 작은 회의실들이 연이어 보였고, 그 너머로 보이는 조금 높은 공간엔 반원형 테이블 세 개가 벽에 붙은 형태로 배치되어 있었다. 정문 위로는 빅토리아 시대 기차역에 있을 법한 낡은 시계와 함께 지금 정차한 역의 이름을 알려주는 간판에 '드림 스테이션'이라고 적혀 있었다.

"어서 오세요. 제가 톰입니다."

곱슬거리는 금발에 짧은 턱수염, 목에는 커다란 헤드폰을 건 키가 큰 남자였다. 톰은 캐나다 출신 디자이너로 런던에 온 지는 5년째라고 했다. 그의 설명에 따르면, 배드버츠는 소비주의와 광고에 비판적인 행동가들의 국제 조직으로, 밴쿠버에 있는 중앙 본부의 조정을 받고 있었다. 런던에는 상당히 많은 활동가들이 있으며, 때때로 활동가들은 드림 스테이션에서 모임을 갖지만 대부분의 업무와 교류는 온라인으로 한다고 했다.

"사실을 말하자면, 저는 집에서 일하는 게 별로예요. 정신을 놓고 있다보면 한낮까지도 잠옷 차림으로 지내게 되거든요. 그럼 우리 집 개한테 혼나죠. 그래서 전 이런 곳에 와서 일하는 걸 좋아합니다. 여기선 좋은 사람들을 만날 수 있고 또 프로젝트가 한두 개 얻어 걸리기도 하니까요."

"무슨 개를 키우시는데요?"

"아주 똑똑한 래브라도를 키우죠. 이름은 벤이에요. 개가 있으신가요?"

"고양이가 있어요. 시빌이라고 해요. 하지만 무슨 말씀이신지 알겠어요. 시빌도 제가 들어야 할 말을 해주거든요. 사실, 믿지 않으시겠지만 당신에게 연락을 드리라고 한 것도 시빌이었죠."

"저도 벤이랑 이런저런 일을 겪었기 때문에 다 믿을 수 있어요."

톰은 나를 데리고 드림 스테이션 안을 다니며 배드버츠의 회원들을 여러 명 소개시켜줬다. 회원들은 매달 일정액을 내고 여기서 작업하는 사람들이었다. 나는 거기서 대안 여행사를 시작한 실비아와 브렌다를 만났다. 두 사람은 색다른 휴가를 원하는 사람들을 자원봉사자로 모아서 전 세계에 있는 자원봉사 프로젝트에 참여하게 해주는 여행사를 세웠다. 나는 천연 과즙 주스와 유기농 샌드위치, 통곡물 과자를 파는 자판기를 보았다. 그건 톰이 소개해준 카렌이 전 세계에 있는 사무실을 대상으로 홍보하게 될 물건이었다. 주방에서는 임신한 요가 강사와 정장을 입은 어떤 남자와 함께 차를 마셨는데, 남자는 윤리 은행(이윤 추구가 아니라 사회 문제와 환경 문제 해결을 위해 투자와 대출을 하는 은행―옮긴이)의 매니저였다. 시한부 인생을 선고받은 환자들과 병원에서 워크숍을 하는 바이올리니스트도 있었다. 테이블에 둘러앉은 세 명의 사업 파트너도 보았는데, 그들은 플레이카페라는 이름의 사업 계획을 구상하고 있었다. 플레이카페는 아이들이 온갖 종류의 활동을 할 수 있는 게임 공간을 가진 커피숍이었다.

"와, 저도 여기서 일하고 싶어요!"

내가 이렇게 말하자 톰은 눈썹을 들어 올렸다.

"어떤 기분인지 알아요. 저도 처음 여기에 들어왔을 때는 그랬으니까요."

"그럼 제가 뭘 해야 하는 거죠?"

"프로젝트에 대해서 생각을 해보세요."

톰은 이렇게 말하며 아까 봤던 작은 유리벽 회의실의 문을 열었다. 유리벽에는 온통 메모와 도표, 그림들이 가득 붙어 있었다.

"아니면 지금 진행되고 있는 프로젝트에 참여하셔도 됩니다. 사실 저는 배드버츠에서 월급을 받고 있지 않아요. 대부분의 회원들처럼 자원봉사를 하고 있습니다. 돈은 디자이너로 일하면서 벌고 있어요. 기업 고객들을 상대하기도 하고, 드림 스테이션 프로젝트들도 맡으면서요."

나는 미소를 지었다.

"그렇다면 당신도 어둠의 세력 편에서 일하기도 하는군요."

"바로 맞췄어요. 대다수 배드버츠 회원들은 양심의 가책을 느끼며 일하는 마케팅 직원들이죠."

우리는 테이블에 앉았다. 나는 가방에서 노트북을 꺼냈다. 옆 회의실에서 웃음소리가 들려왔다. 강사 하나가 사회적 프로젝트 펀딩에 대해 세미나를 진행하고 있는 곳이었다.

"저기, 톰. 지금 저는 기밀 정보를 알려드리려고 한다는 말씀을 먼저 드려야겠어요……."

그러자 톰은 따뜻한 미소를 커다랗게 지었다. 신뢰감을 주는 미소였다.

"걱정하지 마세요. 당신이 이 일과 연관이 있다는 건 아무도 모르게 할 겁니다. 저한테 회사 이메일 계정으로 정보를 보내지만 않는다면야 누가 알겠어요."

"그야 당연히 그렇죠. 누가 그러겠어요."

사실 그 생각은 미처 못했었다.

나는 로열 페트롤리엄사가 브랜드 개선 캠페인을 계획하고 있다는 사실을 알려주었다. 톰 역시 회사가 여러 개의 재생에너지 회사를 인수했다는 사실을 알고 있었다.

"석유 회사들은 다 이런 식으로 자신을 포장하고 싶어 합니다. 환경 문제에 대한 공감대가 퍼지고 있어서 가능한 한 친환경적인 모습으로 비춰지려고 하죠. 우리는 벌써 이런 식의 '친환경적 브랜드 세탁'을 폭로하는 캠페인을 몇 개 해왔어요. 물론 우리에게 내부 정보를 슬쩍 흘려주신다면 우리가 선수를 칠 수 있겠죠. 헤헤……."

"맞아요. 저도 그 생각을 했어요. 우리가 동시에 뭔가를 내놓고 로열 페트롤리엄사가 계획하고 있는 언론 플레이를 이용한다면 훨씬 더 큰 효과를 거둘 수 있을 거예요. 그쪽 계획은 완전히 역효과가 나겠죠."

"다시 오명을 씌울 수도 있을 겁니다."

"바로 그거죠. 사실 저는 우리 쪽에서 쓸 이미지를 생각해봤어요. 새로운 로고에 석유를 온통 끼얹어놓는 거예요."

"좋은데요. 그러면 새로운 사명이 될 줄임말 'RP'를 패러디해서 R. I. P.^Rest in Peace (서양에서 '삼가 명복을 빕니다'라는 말로 쓰인다―옮긴이)로 만들 수도 있겠어요."

우리는 둘 다 웃음을 터뜨렸다. 나는 노트북 메모장에 그 아이디어를 적어놓으며 말했다.

"좋아요. 제가 생각하고 있던 건 소셜 미디어를 최대한 이용해보자는 거였어요. 사용자들은 로열 페트롤리엄사의 브랜드를 다시 만드는 데 참여할 수도 있을 테니까요. 슬로건을 만든다거나 하는 식으로요. 쌍방향 소통이 가능한 걸로 말이죠."

"우와, 그러네요. 그리고 진짜 로열 페트롤리엄사 홈페이지처럼 보이는 걸 하나 만들면 정말 대단할 것 같아요. 우리는 새로운 홈페이지 디자인이 어떤지 아니까, 그걸 베끼면 사람들은 로열 페트롤리엄사가 슬로건을 공모한다고 생각할 거 아닙니까. 아, 이거 완전 소셜 네트워크를 강타하겠는데요. 두고 보세요!"

우리는 가짜 로열 페트롤리엄 캠페인에 쓸 도발적인 사진이 뭐가 있을까 생각하기 시작했다. 북극에서 헤엄치는 북극곰들, 원유를 뒤집어쓴 갈매기, 카리브 해협에서 석유를 파는 플랫폼 등등이 떠올랐다. 몇 분 후, 웃음과 창의성이 어우러져 폭발하는 가운데 우리가 꾸미는 음모의 기본 뼈대가 잡혔다. 그리고 동시에, 나는 이 캐나다 남자의 믿을 만한 파란색 눈을 보며 아주 즐거운 시간을 보냈다는 말을 해야겠다. 그는 사람의 말을 들을 줄 알았고, 어떻게 노는지 알고 있었다. 그래서 오랫동안 잊고 있었던 짜릿함을 내 안에서 끌어냈던 것이다. 그에게선 좋은 향기가 났다. 바닐라 향이었다. 그의 존재감을 느끼며, 나는 그 어느 때보다도 고양이 같은 기분이 들었다.

21

절대 잊을 수 없는 포옹

하나는 공식 버전, 또 하나는 패러디 버전으로 로열 페트롤리엄 홈페이지 두 개가 개발되는 동안, 내가 살고 있는 브룸힐 로드에서는 이바나와의 이웃 간 교류가 강화되기 시작했다. 그녀가 직접 만나는 걸 아직 바라고 있지 않기 때문에 여전히 편지만을 주고받는 관계였다. 처음으로 쓴 편지에서 그녀는 내 삶에 관해 많은 질문을 했지만 정작 자신에 대해서는 거의 알려주지 않았다.

내가 이바나의 우아한 서체를 칭찬했기 때문에, 그녀는 사고 이후 캘리그래피를 배우면서 큰 위안을 얻었다고 알려주었다. 캘리그래피는 말이 필요 없는 활동이고, 또 그림과 달리 특별히 예술적 기술이 없어도 할 수 있었다. 모든 글자들은 네다섯 개의 같은 선 긋기를 다르게 조합해서 만들 수 있다고 강조했으며, 자신이 배운 글자와 직접 만든 다양한 스타일의 서체를 나에게 보여줬다. 언셜체(고대의 대문자 서체로 4세기에서 8세기 동안 라틴어와 그리스어 필사본에서 주로 사용되었다―옮긴이), 휴먼체, 블랙레터체, 러스틱체rustic(고대 로마 시대의 서체다―옮긴이) 등……

고양이는 내게 행복하라고 말했다 367

이바나가 서체 말고 이야기하는 주제는 자신의 신앙이었다. 이바나는 사고를 당한 뒤 성경과 메주고리예의 성모 발현을 통해 절망에서 벗어나 구원을 받았다고 말했다. 그리고 이렇게 캘리그래피와 종교에 대한 두 열정이 합쳐져서 빚어낸 독특한 프로젝트에 그녀는 몇 년 동안 종사해왔다고 했다. 바로 중세 시대 수도사들이 썼던 것같이 라틴어 성경 필사본을 만드는 일이었다.

그녀는 자신의 삶이나 가족 이야기는 거의 꺼내지 않았다. 다만 런던에 살고 있는 나이 든 이모에 대한 언급을 가끔 할 뿐이었다. 내가 때때로 방문하는 소리를 들었던 게 바로 그녀의 이모였다. 처음 편지를 보냈을 때 나는 이바나에게 어느 나라 출신이냐고 물었지만 거기에 대한 답은 없었다. 하지만 그녀의 성을 보거나 메주고리예의 성모 신앙, 그리고 이런 질문에 입을 다무는 것을 보면 이바나는 발칸 반도 국가 출신으로 아마도 90년대에 그 지역을 산산조각 낸 끔찍한 전쟁의 피해자인 것 같았다.

내 짐작은 푸엔테 데에서 돌아오고 나서 확답을 받았다. 몇 번 편지를 주고받으면서 그녀는 어린 시절을 유고슬라비아 공산주의 치하에서 보냈다는 이야기를 했고, 남편인 안드레이와 딸 아냐에 대해서도 말해주었다. 또 베를린 장벽이 무너지기 바로 전에 사라예보에 있는 가톨릭 학교의 교사가 되었다는 말도 했다. 그 내용을 읽은 나는 심한 두려움에 사로잡혔다. 몇 년 뒤 거기서 벌어진 잔인한 무력 충돌에 대해서 상세하게 알고 있었기 때문이다. 대학에서 언론학부를 다니며 공부했을 때라 동유럽과는 먼 곳에 있었지만, 그때 나는 우리 조부모님을 스페인에서 추방시킨 전쟁이 일어난 지 반세기나 지났는데도 이런 일이 유럽에서 또 일어날 수 있다는 사실에 아주 큰 충격을 받았었다.

마침내 이바나는 세르비아 군대가 사라예보를 4년 동안 포위했을 때 그녀의 가족이 고립되었던 상황에 대해 말해주었다. 나는 편지를 읽으면서 폭격을 당하고 있는 상황에다 음식도, 전기도 없고 물도 구하기 힘든 도시에서 정상적인 삶을 어떻게든 유지하려 했던 삶이 어땠는지 알게 되었다. 이바나는 도시가 포위되었던 동안 계속 학교에서 아이들을 가르쳤지만, 수업의 반가량은 진행할 수가 없었다고 했다. 도시로 계속해서 날아오는 박격포 때문에 남녀노소를 가리지 않고 수천 명의 사람들이 죽거나 부상을 당했기 때문이었다.

이바나의 가족을 덮친 비극은 의외의 방법으로 닥쳤다. 그녀의 남편은 이웃 사람과 함께 자기들의 집에 가스관을 설치했던 것이다. 자신들이 무슨 짓을 하고 있는지도 분명히 알지 못한 채였다. 어느 날 밤, 그들의 딸인 아냐가 화장실에 가고 싶다며 촛불을 켜달라고 했고, 안드레이는 성냥을 그었다. 이바나는 그 후 일어난 일에 대해서 이렇게 썼다.

기억나는 건 커다란 빛뿐이에요. 나는 두 손으로 얼굴을 가렸고, 끔찍한 소리가 났어요. 난 항상 소리가 들려요. 매일요. 무슨 소리를 들어도 그 소리로 들려서 난 미쳐가요. 나는 항상 귀마개를 끼고 있어요. 라디오나 텔레비전도 들을 수 없어요. 소리 없는 텔레비전만 봐요.

그녀가 병원에서 부상을 치료하는 동안 어떤 무슬림 여자와 같은 병실을 썼는데, 그 여자가 이바나에게 캘리그라피를 가르쳐줬다고 했다. 그래서 이바나는 처음엔 아랍 문서로 캘리그래피를 배웠다.

전쟁이 끝난 뒤, 영국 변호사와 결혼한 이바나의 이모는 이바나가 런던으로 이민 올 수 있게 도와주었고, 그렇게 이바나는 이 아파트로 이사 오게 되었다. 소리를 참을 수 없을 뿐 아니라 얼굴에 입은 상처 때문에 그녀는 일종의 은둔자가 되어, 이따금씩 찾아오는 이모를 만날 때를 제외하면 세상에서 완전히 고립된 삶을 살았다. 이런 이유로 나와 이렇게 사귄다는 사실이 지난 몇 년 이래로 이바나의 삶에서 제일 중요한 사건이 되었고, 그렇다는 사실은 편지에서도 점차 분명하게 드러났다. 이바나는 언제나 이런 말로 편지를 시작했다. "복 받은 사라 씨, 저는 새로운 편지를 받아서 하느님과 성모님께 감사드려요." 그리고 내가 그녀에게 지난번 보낸 내용에 답변을 한 다음, 내가 좋은 남편을 찾을 수 있도록 항상 기도하고 있다고 말했다. 그리고 티토의 독재 정권 치하의 삶과 학교에서 가르치던 아이들, 또 포위되었던 당시 상황과 이제는 자신을 천국에서 기다리고 있을 안드레이와 아냐에 대해서, 그리고 메주고리예의 성모 현현과 인류를 향한 '성모님'의 전갈 등에 대해 썼다.

이바나와 대화할 수 있는 길을 연 것은 내 시야를 틔워주는 경험이기도 했다. 비록 우리는 서로 다르고, 이렇게 마음을 터놓았는데도 그녀를 직접 만날 수는 없다는 이상한 관계이기는 하지만 말이다. 그녀의 이야기를 통해 하나씩 의문점이 풀리기 시작하면서, 내 문제는 결국 그렇게 대단한 게 아니라고 했던 시빌의 말이 맞았음을 깨달았고, 그래서 나는 참 운이 좋은 사람이라고 생각하게 되었다. 내가 뭐라고 외롭다고, 세상은 불공평하다고, 나는 고통받고 있다고 불평할 수 있나? 진짜 잔인한 게 뭔지, 고통이 뭔지 나는 감도

잡을 수가 없었다. 가장 충격적이었던 것은, 본인이 살고 있던 도시를 포위한 세르비아인들을 용서했다는 이바나의 말이었다.

저는 세르비아인들을 미워했어요. 내 손으로 한 명을 물에 빠뜨려 죽일 수도 있었어요. 그들은 사라예보를 파괴하고 우리 학교 애들을 폭격하고 우리를 쥐처럼 살게 만들었어요. 세르비아인들은 내 남편 안드레이와 딸 아냐를 죽게 했어요. 하지만 이제 나는 세르비아인들이 나처럼 잘못 생각했을 뿐이라는 사실을 알아요. 그들의 미움은 내 마음과 같아요. 모두 실수예요. 성모님과 예수님 덕분에 이제 나는 용서할 수 있어요. 하느님의 사랑은 언제나 동일해요.

이 말을 난 이해할 수도, 믿을 수도 없었다. 나도 호아킨을 용서할 수가 없는 상황인데, 어떻게 이바나는 자기 민족과 남편과 딸을 살해한 이들을 용서할 수 있단 말인가? 그런 생각은 하고 싶지도 않았다. 하지만 이것 역시 시빌이 했던 말이라는 게 떠올랐다.

"네 마음을 주변 사람들에게 열어봐. 널 성가시게 하는 이웃집 여자한테도, 무책임한 네 동생에게도, 심지어 호아킨에게도 열어봐."

한편으로, 나는 그때쯤 만년필을 하나 사서 이바나가 편지에 쓴 아름다운 서체를 베끼기 시작했다. 그래서 그 서체를 이바나에게 쓰는 편지뿐만 아니라 아침에 소설을 쓰는 시간에도 사용해나갔다. 그렇게 만년필을 이용해 손 글씨를 쓰는 느낌은 어쩐지 달랐다. 다시 한 번 열 살짜리 소녀였던 내 모습으로 되돌아가는 느낌, 또한 키보드와 스크린을 가지고 글을 써서 손 글씨체가 엉망이 되기 전 훨씬 더 우아한 필기체로 글씨를 쓰던 과거의 나와도 이어지는 느낌이 들었다. 그리고 이렇게 아름다운 글씨체로 나의 소설이 눈앞에 펼쳐지는 걸 보는 것도 즐거웠다. 세르반테스라도 된 느낌이랄까.

그럼에도 불구하고, 몇 주가 지나자 이바나와의 관계가 어쩐지 숨 막히게 느껴지기 시작했다. 그녀에게 편지를 한 통 보내면 불과 몇 시간 만에 엄청나게 긴 답장이 문 밑으로 들어왔다. 내가 편지를 쓰지 않으면 하루나 이틀 뒤에 또 편지가 와서 왜 편지를 쓰지 않았는지, 혹시 나에게 무슨 일이 생긴 건 아닌지 걱정하고 있으며 내가 그립고, 나를 위해 기도하고 있다는 내용을 보게 되었다. 그리고 그녀는 편지로 계속해서 예수 그리스도를 믿으라고 끈질기게 권유하면서, 성경 인물인 사라를 들먹이며 사라가 어떻게 회심했는지 알려주고 보스니아 메주고리예에서 어린이들에게 현현한 성모와 성경 말씀에 대해서 계속 이야기했다. 나는 이바나의 신앙을 존중했다. 나 역시 지난 몇 달 동안 나의 영적인 면을 회복시켜준 초월적 순간을 경험하기도 했으니까. 자연사 박물관에서나 푸엔테 데의 별빛 아래에서, 또 매일 하는 명상 시간에 깊이 빠져들어가면서. 하지만 천주교 신앙을 버린 지도 참 오래되었고, 성모의 기적이니 현현이니 하는 것들은 노골적인 사기까지는 아니라도 전부 순전한 미신으로밖에 여겨지지 않았다. 호아킨과 너무 오래 살아서인지는 몰라도 그런 이야기를 참고 들어줄 수가 없었다.

말하자면, 나는 이바나 우젤락의 절친한 친구로 살아간다는 책임감뿐만 아니라, 현실적으로도 그녀가 외부 세상과 맺는 유일한 접점이라는 책임감이 좀 벅차다는 느낌을 받게 되었다. 게다가 사실을 말하자면 우리는 나눌 수 있는 게 별로 없었다. 그녀는 새로운 기술에 대해 아무것도 모르고 관심도 없었기 때문에, 나는 그녀에게 내 일에 대해서 말할 수가 없었다. 또 한편으로 이바나가 겪은 비극의 정도가 너무 높아서, 난 그녀에게 내 문제에 대해서 말하고 싶은 마음이 없었다. 마음이 내키는 것보다 더 많은 관심을 이바나에게 줘야 한다는 의무감이 느껴졌고, 이런 상황 때문에 그녀를 향한 호의가 조금씩 줄어드는 형편이었다.

나는 이런 상황에 대해 몇 번이고 시빌에게 불평을 했고, 시빌은 집중하는 태도로 내 이야기를 들었지만, 그때 시빌은 더 이상 나에게 말을 거의 하지 않았다. 기껏해야 가끔씩 내가 알아들을 수도 없게 야옹거리며 울 뿐이었다. 사실상 나는 과연 시빌이 나한테 말을 했을 때가 있었다는 게 진짜인지 의심이 들기 시작했다. 혹시 내 상상력이 나를 갖고 논 건 아니었을까.

이런 상황이라 점점 불안한 생각에 사로잡혔다. 메주고리예의 성모의 현현이 이바나가 말한 대로 매월 25일에 정확히 일어난다는 게 말도 안 되는 상상에 불과하다면, 내가 말하는 고양이와 한 이 일들은 다 뭐란 말인가? 이 고양이도 성모처럼 그냥 허구적인 존재일까? 우리 인간들은 정말 이런 종류의 환상이 필요한 걸까? 그리고 이 모든 것 뒤에 있는 진실은 뭘까? 고양이나 성모 같은 동화 속 허구적 존재를 통해서 일종의 진실에 도달하는 게 가능할 수도 있다는 걸까? 나는 진짜 셜록홈스의 가짜 박물관에서 깨달은 것을 떠올려보았다. 아니면 그곳을 가짜 셜록홈스의 진짜 박물관이라고 봐야 하나?

사실이야 어쨌든, 나는 시빌의 조언을 이해할 수 있도록 언제나 가까이 고양이의 목소리를 귀기울여 들었다. 이바나에 대한 시빌의 반응을 보면 가끔씩 내가 알아들을 수 있다고 생각하는 말은 그저 야옹대는 속에 섞여 나오는 '들어봐'라는 말뿐이었다. 그런데 그게 바로 나의 문제였던 거다. 그녀의 상황이 참 딱하기는 하지만 이 사랑스러운 여자의 말을 너무 많이 들어서 내가 지쳐버렸으니까.

게다가 어쩔 수 없이, 로열 페트롤리엄 프로젝트가 막바지에 달할수록 상황은 더욱 나빠졌다. 새 브랜드 출시일은 9월 1일로 잡혀 있었고 거기서 하루도 늦출 수가 없었다. 모든 일은 쌓여만 갔다. 사용성을 최종적으로 점검하고 홈페이지의 수천 페이지가 전부 잘 돌아가게끔 교정하고 수정하는 일에 더해 내게 새로 주어진 프로젝트 두 개도 시작해야 했다. 동시에 나는 로열 페트롤리엄사의 패러디 페이지 역시 시작된다는 생각에 너무 불안해지기 시작했다. 과연 그 여파는 어떨까. 게다가 톰과의 관계는 말할 것도 없었다. 나는 그가 너무 좋아져버렸지만, 사실은 그 남자에 대해서 아는 게 거의 없었다. 여자 친구가 있는지조차 모른다. 아님 혹시 남자 친구가 있을지도.

나는 이바나의 편지를 뜯지도 않고 일주일 동안 그냥 쌓아두었고, 이제는 편지를 보기만 해도 마음이 불안했다. 그러던 어느 날 밤, 내가 오늘도 새로 받은 편지를 집어 들어 쌓아둔 편지 무더기에 던져놓자, 시빌이 또 구슬픈 목소리로 우는 게 아닌가. 그 목소리를 들으면 항상 똑같은 말이 들렸다.

"들어봐!"

"들어봐, 들어봐……. 넌 꼭 앵무새 같구나, 시빌. 나는 이바나 말을 들어주는 게 질렸어. 지긋지긋하다고. 그 여자 말을 들어주는 사람이 왜 꼭 나여야 해? 다른 사람보고 들으라고 그래! 이바나는 내가 필요한 게 아니야. 다른 사람들을 만나야 한다고. 그 여자 일에

374

관심이 더 있고, 캘리그래피랑 그 여자 고향이랑, 사라예보랑, 전쟁이랑, 그 비극적인 이야기랑, 잘나신 메주고리예 성모님에 관심이 있는 사람이랑 만나는 게 맞는다고!"

고양이는 아무 말도 하지 않았다. 내 말만이 방에 울려 퍼졌을 뿐이다. 그러자 나는 나 자신의 소리를 듣게 되었다. 그리고 이바나가 정말로 바라는 것이 무엇인지 듣게 된 것이다. 이제야 시빌이 내게 말하려던 것이 무엇인지 이해가 갔다.

나는 이바나에게 짤막한 편지를 썼다.

이바나에게,
당신에게 선물을 하나 드리고 싶어요. 하지만 그건 직접 드려야 하는 거예요. 혹시 당신을 만나러 갈 수 있을까요?
사라 드림.

그날 밤 나는 아무런 답장을 받지 못했다. 다음 날도 편지는 오지 않았다. 그리고 드디어 두 가지 프로젝트가 공개될 날이 하루 앞으로 다가왔다.

나는 참을성 있게 기다리는 데 소질이 없었다. 긴장감 때문에 사방이 답답하게만 느껴졌다. 지금 난 고양이가 필요했다. 지난 몇 달간 지금 이 순간을 사는 기술과 현재를 받아들이고 앞으로 상황이 정말 어떻게 될지 관찰하는 등등의 연습을 했던 건 맞다. 하지만 지금 나는 너무 많은 일을 한꺼번에 기다리고 있는 참이다.

그날 오후 나는 엄청난 속도로 자전거 페달을 밟아 내 스트레스를 미친 듯이 태우면서 집으로 돌아왔다. 마음속에서는 동시에 여러 방향으로 더 빠르게 페달이 돌아가고 있었다. 설상가상으로, 완즈워스 브릿지까지 오자 반쯤 설치된 옥외 광고판에 새로운 로열 페트롤리엄 로고와 딱 마주쳐버렸다. 이런 광고판이 수천 개가 더 된다. 내일이면 신문과 라디오, 텔레비전에 실린 광고가 온 나라에 뒤덮일 것이다. 그리고 거대한 새 기업 홈페이지가 태블릿과 핸드폰, 각종 소셜 미디어를 겨냥해서 다양한 버전으로 등장해 화려한 개막을 알릴 것이다. 그리고 좀 간소하지만 내용은 훨씬 기억에 남을 만큼 풍자적인 버전의 홈페이지도 등장하겠지. 어떤 일이 일어나길 바라는 건지 이젠 내 마음도 알 수가 없었다. 그냥 지금 드는 생각은 어디 깊은 지하 벙커에 가서 숨어버렸으면 하는 것뿐이었다.

시빌의 위로를 좀 받고 싶은 마음으로 나는 집에 도착했다. 고양이에게 이야기를 하고 쓰다듬으면서 이 세상 모든 게 잘 돌아가고 있다는 느낌을 받고 싶었다. 하지만 고양이는 나가고 없었다. 고양이 요가를 해보았지만 소용이 없었다. 머릿속이 너무 울려댔다. 저녁을 먹고 싶은 마음도 들지 않았다. 톰에게 전화를 하고 싶었지만, 그래봤자 훨씬 더 긴장만 될 뿐일 터라 전화하고 싶지가 않았다. 그동안, 이바나에게 주려는 선물은 뜯지 않은 포장 그대로 테이블 위에 놓인 채였다. 얼마 전까지만 해도 끝없이 밀려드는 편지에 숨이 막힐 지경이었는데, 지금은 그녀의 답장을 받고 싶었다. 내가 마지막으로 보낸 편지에 이바나가 겁을 먹은 것 같았다.

갑자기 나는 현관에 인기척을 느꼈다. 옆집 문이 열린 것이다. 나는 꼼짝도 할 수가 없었다.

"야오오오옹."

시빌이었다. 거기서 뭘 한 거지? 내가 문을 열자 고양이가 입에

접은 종이쪽지를 물고 있는 게 보였다. 그 안에는 아름다운 서체로 이렇게 쓰여 있었다.

　　오고 싶으면 오세요, 사라.

　나는 네모난 선물 상자를 집어 들었다. 나는 상자를 파란 천으로 싸서 노란 리본으로 싸두었다. 포장지를 쓰면 선물을 뜯다가 나는 소리가 거슬릴 수도 있어서였다.

　복도로 나가자 이바나의 현관문이 반쯤 열린 것이 보였다. 그 안은 어두운 아파트였다. 그걸 보니 갑자기 이상한 생각이 떠올랐다. 이바나가 칼을 들고 나를 기다리고 있을 거란 망상이었다.

　나는 문가로 다가갔다. 그러자 아파트 저쪽 구석, 하나밖에 없는 창문에 커튼을 드리운 옆으로 이바나가 서 있는 모습이 보였다. 그녀는 내가 처음 보았을 때 입었던 긴 치마 차림에 어두운색 헤드스카프로 얼굴을 반쯤 가린 채였다. 오른손에는 은색 캘리그래피 펜을 쥐고 있었다. 지금까지 내가 '칼'일지도 모른다고 생각했던 게 사실은 펜이었던 것이다.

　우리는 잠시 동안 움직이지 않고 서 있었다. 이윽고 이바나는 고개를 살짝 숙이고 머리에 쓴 스카프가 드러낸 얼굴을 그림자로 가렸다. 나는 안으로 들어간 다음 소리가 나지 않도록 아주 조심스럽게 문을 닫았다. 이 집은 우리 집보다 조금 넓었지만 천장은 우리 집만큼 높지 않았다. 방에 보이는 책상 위에는 가지런히 정돈된 종이 더미와 예스러운 램프가 있었다. 부엌은 우리 집과 똑같았고 소파도 비슷했지만, 침대는 더블이 아니라 꽃무늬 퀼트 천이 깔린 싱글 침대였다. 침대 위로 벽에 커다란 십자가가 걸려 있었고, 성모 마리아 상이 테이블과 책상 위에도 있고 벽에도 달린 게 보였다.

나는 몇 걸음 다가가 선물을 든 손을 뻗었다. 그녀는 두 손으로 선물을 받고 고개를 조금 들었다. 그러자 주름지고 일그러진 피부 가운데로 불안한 눈빛이 빛나는 모습이 보였다. 방 안은 어두웠지만 그녀의 얼굴이 손상되었다는 걸 잘 알 수 있었다. 하지만 나는 이제 안다. 그녀의 외형은 겉껍질에 불과하고, 그 속에는 내 친구 이바나가 있다는 사실을. 내가 미소 짓자 그녀의 눈도 같이 미소를 지었다.

이윽고 이바나는 책상을 가서 인내심 어린 손길로 받은 선물을 펼쳐보기 시작했다. 마치 생일날 선물을 받은 소녀 같은 모습이었다. 안에는 차갑고 딱딱한 태블릿이 있었다. 한쪽은 검고 평평하며 부드러운 면이었고, 다른 쪽은 은빛에 모서리가 둥글었다. 이바나는 그걸 자세히 들여다보았고, 검은색 표면 한쪽에 작고 동그란 단추가 있는 걸 발견했다. 그걸 누르자 스크린에 불이 확 들어오면서 빛나는 흰색 바탕에 검은 글자들이 나타났다. 거기에는 이렇게 쓰여 있었다.

이바나에게,

이 장치가 마음에 들 거예요. 여기서는 아무 소리도 안 나지만 이걸 사용하면 얼굴을 보이지 않고서도 세상과 소통할 수 있답니다. 이 안에는 성경을 비롯해서 메주고리예 성모님의 말씀이랑 사라예보 사진이 있어요. 온갖 종류의 캘리그래피는 물론 그 밖에도 더 많은 게 있죠. 괜찮다면 제가 사용법을 알려드릴게요.

그리고 가상 키보드와 함께 화면에 이런 말이 떴다.

그럼 해볼래요?

이바나는 손끝으로 태블릿을 들어 올리고는 믿을 수 없다는 놀라운 표정으로 화면을 바라보았다. 그러더니 나를 보았고, 이내 다시 이 기묘하고 신기한 장치로 시선을 돌렸다. 그녀는 태블릿을 테이블에 놓고서 가상 키보드를 만져보려 했다가, 손끝이 누르는 대로 글자가 재빨리 화면에 뜨는 광경을 보고 깜짝 놀랐다. 그녀는 눈빛으로 다시 미소 지었다. 나는 그녀에게 방금 쓴 글을 삭제할 수 있는 키를 알려준 다음 다시 글을 썼다.

해볼래요?

이바나는 주저하는 듯했다. 그녀는 천천히 한 손가락으로 글자를 쳤다.

그럴 수 없어요. 너무 큰 선물이에요.

나는 대답했다.

내가 좋은 남자를 만나서 결혼하게 되면, 당신의 멋진 필체로 청첩장을 써달라고 부탁할게요.

이바나는 다시 미소를 짓고서 좀 더 자신감 있게 글을 썼다.

해볼게요!

이윽고 그녀는 나를 꼭 안았다. 절대 잊을 수 없을 포옹이었다. 그리고 시빌은 문가에 서서 인간 둘이 조용히 우는 모습을 바라보았다.

22

고양이의 마지막 장난

다음 날, 전 세계 신문사와 라디오, TV 방송국의 편집부는 로열 페트롤리엄의 새 이미지에 대한 보도자료 이메일을 두 개 받았다. 보도자료는 스타일과 내용이 비슷했고, 'RP: 새로운 에너지'라는 같은 제목과 초록색 태양의 같은 로고를 담고 있었다. 사실 많은 신문사 편집자들은 이 보도자료가 같은 회사에서 만든 두 가지 버전이라고 생각했다. 하지만 두 자료는 두 가지 중요한 지점에서 달랐다.

첫째, 그 안에 담긴 웹사이트 주소와 세부 내용이 살짝 달랐다. 하지만 대부분의 사람들은 디자인이 다른 것은 물론 주소가 하나는 rp.com이고 다른 하나는 rpglobal.com으로 다르다는 사실을 눈치채지 못했다. 두 번째 다른 점이야말로 백미인데, 두 보도자료 중 하나만이 로열 페트롤리엄사가 혁신적인 특징을 담고 있다는 사실을 강조했다. 바로 사용자들이 새로운 광고 캠페인의 슬로건을 제안한 다음 가장 좋은 슬로건을 투표를 통해 순위를 매길 수 있다는 점이었다. 이 새로운 기능을 짚고 넘어가지 않을 만한 언론인들은 없었다. 이런 광고 방식은 분명히 소셜 미디어의 새 시대에 발맞춘 것이지만 아직은 좀 위험한 시도 아닌가. 그리고 정말로 그 결과는 모두를 깜짝 놀라게 했다.

내가 사무실 문으로 들어섰을 때, 필의 컴퓨터 앞에서 웃고 떠드는 예닐곱 명의 사람이 눈에 들어왔다. 필은 나에게 오라고 했다.

"이리 와보세요, 새러! 이걸 보시면 믿을 수 없는 일이 벌어졌다는 걸 알게 될걸요."

"응? 뭔데요?"

나는 안절부절못하겠는 속마음을 애써 감추었다. 심장이 미친 듯이 뛰고 있었다. 뭔지 너무 뻔했다. 하지만 사람들 모두 나만큼이나 흥분한 상태였다. 필의 컴퓨터 주위에 모인 사람들은 엄청나게 소란을 피웠다. 가까이 가보자, 톰과 내가 고안했던 광고 제안 캠페인이 벌써 성공을 거뒀다는 사실을 바로 알 수 있었다. 아직 이른 시간인데도 벌써 사용자들이 창작한 '광고'가 수십 개 올라와 있었고, 분명히 모두 로열 페트롤리엄사를 비난하는 내용이었다. 그중 어떤 건 정말로 기발했다. 그리고 가장 감동적이었던 건 캐시와 웬디, 필을 비롯한 모든 사람들이 나와 똑같은 마음으로 이걸 재미있다고 생각한다는 점이었다. 물론 사장이 들어온다면 그런 내색을 애써 하지 않으려 하겠지만.

내가 처음으로 본 광고는 아주 평화로운 바닷가의 한가운데에 석유 시추 플랫폼이 있는 사진으로 만든 것이었다.

지구 온난화 덕택에 영국 해협은 곧 새로운 지중해가 될 겁니다.
RP: 새로운 에너지

"우와, 로열 페트롤리엄 쪽 사람들은 제정신이 아니겠는걸!"

"어마어마한 실패가 되겠지!"

"누가 이런 걸 꾸몄을까?"

필이 다음 광고를 클릭하는 동안에도 처음 본 광고에 댓글들이 빠른 속도로 연이어 달리는 중이었다. 다음 광고는 이라크의 석유 정제소 사진으로 만든 거였다.

전쟁 없는 세상요? 죄송하지만 필요 없습니다.

RP: 새로운 에너지

"오오오! 이거 정곡을 찔렀는데?"

"어머나, 세상에!"

"여러분, 이거 봐요. #RPbadvert가 트위터에서 유행하고 있어요!"

동료들이 웃어대며 자기들도 과감하게 슬로건을 만들어서 올려봐도 될까 논의하는 동안, 나는 내 자리로 돌아와 컴퓨터를 켜고 숨을 고르며 가짜 광고들을 훑어보았다. 광고 중에서 제일 인기 있는 건 북극해에서 녹아내리는 빙판 조각으로 헤엄쳐가는 북극곰의 사진이었다.

머지않아 북극곰의 공격을 두려워하실 필요가 없게 될 겁니다.

RP: 새로운 에너지

모두가 대참사라고 생각하는 곳에서 우리는 기회를 생각합니다.

RP: 새로운 에너지

태양열 에너지는 가라! 우리는 북극을 녹일 테다!

RP: 새로운 에너지

이 얼음을 모두 지옥으로 보내버리지 못해 속상해요.

RP: 새로운 에너지

새로운 광고는 1분이 멀다 하고 계속 올라왔다. 그래서 'RP: 새로운 에너지'라는 말을 구글창에 쳐보자, 로열 페트롤리엄사 광고가 대실패했다는 내용을 다룬 뉴스 머리기사들이 몇 개 보였다. 'RP의 새 광고가 맞은 재앙', 'RP 사례로 본 소셜 미디어 광고 캠페인의 위험성', 'RP가 자기 PR을 뒤엎어버렸다' 등의 제목이었다. 이 상황은 자체로 새로운 기삿거리를 양산했다. BBC 같은 조심스러운 방송국조차 '로열 페트롤리엄사의 새로운 광고를 저격한 패러디 사이트'라는 제목으로 기사를 내보낸 것이다.

10시가 되자 우리는 긴급 팀 회의 호출을 받고 컨퍼런스 회의실에 모였다. 모두 합친 인원이 서른 명이 넘었기 때문에, 우리는 앉지 못하고 가운데 있는 테이블에 빙 둘러 섰다. 앤 볼프슨이 회의를 주재했다. 언제나 그렇든 누구 머리를 날려버렸으면 딱 좋겠는데, 그게 누구여야 할지는 모르겠다는 목소리였다.

"지금까지 일어난 일에 대해서 여러분 모두가 들었을 거라고 생각합니다. 저는 로열 페트롤리엄사의 리처드 씨와 이야기를 했습니다. 이 사건을 놓고 우리도 정말이지 깜짝 놀랐다고 말씀을 드렸죠.

이건 정말 심각한 일입니다. 우리 고객과의 관계는 물론이고 컨설턴트로서 우리의 평판을 위협하고 있단 말입니다."

그 순간 구석에 있던 직원 두어 명이 농담을 주고받았다. 앤은 화가 나서 얼굴이 하얗게 질렸다.

"이게 웃깁니까?"

앤은 그들에게로 다가가며 쏘아붙였다. 내 앞을 지나가는 그녀의 하이힐 소리가 귀에 거슬렸다.

"웃기냐고요?"

"아닙니다. 죄송합니다."

그중 하나가 눈을 내리깔며 말했다. 회의실엔 완전한 적막이 흘렀다.

그레이가 분위기를 부드럽게 바꾸려는 마음에 이렇게 말했다.

"진정하세요, 앤. 그 패러디 웹사이트가 참 잘 만들었다는 건 인정하셔야죠. 사실 입소문 마케팅 측면에서 보자면 배워야 할 점도 많다고 생각함……."

앤은 그레이의 말을 딱 잘랐다.

"그게 창의성이 있는지 없는지는 내 알 바 아닙니다. 우리는 모두 기밀 협정문서에 서명을 했어요. 우리 팀에서는 이 일에 연루된 사람이 아무도 없기를 바랍니다. 나는 리처드 씨에게 내부 조사를 벌일 거라 약속했어요. 하지만 먼저 이 자리에서 여러분께 묻고 싶습니다. 여기에 대해서 뭔가 아는 사람이 있나요?"

이제 내 차례다.

나는 주저하며 말을 꺼냈다.

"앤, 제가 뭔가 알 것 같은데요."

회의실 안의 있던 모든 사람의 시선이 즉시 내게로 쏠렸다.

"정말입니까? 뭘 알고 있죠?"

앤이 놀란 목소리로 물었다.

나는 한 발짝 앞으로 나왔다. 그리고 또 한 발짝을 내디뎠다. 그렇게 나는 앤 쪽으로 가까이 다가갔다. 그레이는 어안이 벙벙한 표정으로 나를 응시하고 있었다.

"죄송한데요, 앤. 잠깐만 옆으로 비켜주시겠어요?"

나는 앤 바로 앞에 서서 말했다. 앤은 당황한 듯했지만 옆으로 움직였다. 그러자 누군가 화이트보드에 파란색 마커로 써놓은 메시지가 드러났다.

모든 동물의 이름으로 내가 그랬다.

너희도 동물이라고!

그 말 아래에 '고양이'의 익숙한 발자국 서명이 보였다.

회색 수염 선장은 더 이상 참지 못하고 그 자리에서 포복절도하고야 말았다. 그리고 그 웃음은 방 전체로 퍼져갔다. 다만 앤만이 흰색 벽보다 더 하얗게 변한 얼굴로 분통을 터뜨렸을 뿐이다. 그건 넷사이언스 사무실에 숨어든 고양이의 마지막 장난이었고, 분명히 앞으로 이 사무실의 전설로 오랫동안 기억되리라.

* * *

그날 오전, 나는 톰에게서 문자를 받았다.

우리 집 근처로 오세요. 같이 축하해요.

벤이 그러는데 자기도 가겠대요.

시빌도 데려오면 어때요?

톰은 프린스 앨버트 로드 16번지에서 만나자고 했다. 웹 지도로 찾아보니 캠덴 타운 쪽 리젠트 파크의 구석 부분이었다. 그날 나는 사무실에서 넷사이언스 계정으로 그에게 이메일을 보낼 수 없었던 것은 물론 전화조차 걸 엄두를 내지 못했다. 조바심 나고 흥분한 가운데 나를 이해해주는 사람과 이 기쁨을 나누고 싶어서 죽을 것만 같았다. 그런 마음으로 나는 시빌을 자전거 바구니에 태우고 만나기로 한 장소로 페달을 밟았다. 차려입은 흰 바탕에 빨간 꽃무늬 원피스는 새로 한 머리 스타일과 탄탄해진 다리에 아주 잘 어울렸다.

톰과 나 사이에 무슨 일이 있었느냐고? 우리는 비록 딱 한 번 얼굴을 본 적 있을 뿐이었고, 그것도 드림 스테이션에서 만났던 거지만, 그때를 생각할 때마다 현기증이 났다. 이런 감정은 정말 오랜만이다. 끼를 부린다는 게 어떤 건지 잊고 있었는데. 하지만 나는 스스로가 피어오르고 있으며 그래서 사랑받을 자격이 있다고 느꼈다. 그리고 의심의 여지 없이, 나는 이 남자를 좋아하고 있다. 그 말은 최소한 이제 내가 호아킨과의 관계에서 받았던 상처를 극복하기 시작했다는 뜻이다. 이 세계에는 남자가 많으니까.

나는 프린스 앨버트 로드에 다다랐다. 하지만 16번지가 어딘지 찾을 수가 없었다. 14번지와 15번지는 커다랗고 우아한 하얀색 저택이었다. 이 근처에 톰이 사는 게 맞다면, 그는 분명 보기보다 부유한 게 틀림없었다. 15번지 다음에는 오래된 회색 석조 교회가 보였지만, 여기에는 번지수가 달려 있지 않았다. 그리고 그 너머는 17번지였다. 거리의 반대편으로는 아무런 번지가 없었다. 길은 리젠트파크의 경계를 흐르는 수로를 따라 나 있었기 때문이다. 교회 앞에는 작은 다리가 있어서 수로를 건너 공원으로 이어졌고, 다리의 입구에는 하얀 기둥 둘이 양옆으로 서 있었다. 나는 자전거에서 내려서 다리 한가운데로 자전거를 끌고 간 다음, 검은색 난간 한쪽에 자전거를 세워두었다.

시빌과 나는 강물을 내려다보며 물 위에 비친 우리 모습을 보았다. 그러자 타워 브릿지에서 서 있었던 캄캄한 밤이 떠올랐다. 템스 강의 요동치는 물결은 지금처럼 햇살 좋은 오후 공원의 나무들 사이를 가로지르며 유유히 흐르는 이 수로의 차분한 표면과는 판이하게 달랐다. 나는 그 이후로 배운 모든 것을 생각해봤다. 내 몸과 마음을 돌보는 법, 좋은 일에 감사하고 나쁜 일을 받아들이는 법, 내 사람들과 가까이 지내는 법, 어린 시절의 꿈을 따라가는 법, 닫힌 방의 벽을 부수는 법, 나의 동물적인 천성을 발견하는 법, 내 자신을 거울 속의 형상에서 해방시키는 법, 마음을 열고 놀며 맛보고 듣고 관찰하는 법, 그리고 무엇보다도 순간에 충실한 삶을 사는 법을 배웠다. 사실 이 시기 동안 강도 높고 의식적으로 멋지게 살 수 있었던 순간을 상당히 많이 경험했기에, 고양이 스승님과 훈련을 시작한 지 불과 여섯 달밖에 되지 않았다는 게 믿기지가 않았다. 나는 내 고양이의 머리와 목을 쓰다듬으며 말했다.

"내가 예전의 내 모습으로 살지 않도록 해줘서 고마워, 친구야. 나는 지금의 삶이 훨씬 더 즐거워."

시빌은 바구니 안에서 가르랑거리며 배를 뒤집어 보였다. 나는 시빌이 내게 가르쳐준 완전한 마음의 충만함을 느끼며, 고양이의 간지럼을 타는 지점을 찾아서 그 몸 아래를 긁고 문질렀다. 우리가 함께 키워온 독특한 이해심의 눈빛으로 고양이의 눈을 바라보며, 나는 시빌이 그 기분 좋은 느낌을 최대한 받으려 신기한 자세로 비트는 몸과 그 부드러운 털을 만끽했다. 확실히 고양이는 이런 데 전문가였다.

"너 진짜 나한테 한 마디도 안 할 거니? 요 장난꾸러기! 물론 넌 날 완전히 이해하고 있긴 하니까……."

시빌은 그저 가르랑거리기만 할 뿐이었다. 하지만 그 순간, 나의 훈련이 끝났음을 난 알게 되었다. 드디어 내가 도달해야 할 지점까지 왔다는 느낌이었다. 그 지점은 목표나 결승점이 아니고 종착지도 아니었다. 그건 나의 길, 내가 걸어가야 할 길이었다. 시빌은 그저 내가 걷는 기술을 발견했을 뿐이라고 말했을 것이다. 걸을 때는 걷는 데 집중한다는 기술. 살아갈 때는 삶에 집중하는 기술. 때로는 자신감에 넘치다가도 때로는 두려워하고, 때로는 행복하다가도 때로는 슬프겠지만, 어떤 때든 열린 마음가짐으로 변화를, 별들의 회전과 존재의 춤을 받아들이는 것이다. 나는 내 발길이 이끄는 곳이라면 어디든지 따를 준비가 되어 있었다. 앞으로 하게 되는 일이 꿈에 그리던 직업이든 아니든, 백마 탄 왕자님이 나타나든 안 나타나든, 아이가 있든 없든 나는 그 길을 갈 것이다.

갑자기 무언가가 시빌의 눈길을 사로잡았다. 고양이는 고개를 홱 돌렸다. 바구니 둘레를 퍼덕거리며 날기 시작한 나비였다. 노르스름한 주황색 날개를 지닌 나비였다. 시빌은 한쪽 앞발을 바구니

끝에 걸치고 일어서서 다른 쪽 앞발을 나비에게 뻗어 장난을 치며 선 채로 빙빙 돌았다. 그러자 몇 주 전에 꾸었던 꿈이 떠올랐다. 수로랑 나비, 그리고 고양이……

"사라!"

톰이 다리 저편에서 올라오며 나를 불렀다. 가슴이 뛰었다. 톰은 청바지에 빨갛고 하얀 줄무늬 티셔츠 차림이었다. 벤은 목줄에 묶인 채 그와 함께 걸어왔다. 아름답고 기품 있는 래브라도 리트리버로, 주인의 머리카락처럼 황금색 털을 지닌 개였다.

"냄새를 맡아보고 어떤지 말해줘."

나는 시빌에게 속삭였다.

톰은 나를 보고 환한 미소를 지었고, 그의 개는 꼬리를 흔들었다. 우리는 서로를 껴안았다. 이런 건 처음이었지만 우리 둘의 몸은 아주 자연스럽고 우아하게, 또 풍성한 즐거움으로 맞닿아서 마치 누가 보면 평생 알고 지내온 사이 같았을 거다.

"축하해요, 사라. 정말로요. 당신 아주 잘해냈어요."

"당신도 축하해요. 그리고 이 즐거운 아이도 축하해요. 또 지구 상의 모든 동물들에게도 축하를 보내야겠죠. 안녕. 너 정말 붙임성이 좋구나!"

나는 래브라도를 쓰다듬기 시작했다. 벤은 왕성한 호기심으로 내 냄새를 맡으며 아까보다 훨씬 더 격렬하게 꼬리를 흔들었다. 고양이는 바구니 안에서 우리를 지켜봤지만, 그때는 내려오려 하지 않았다. 어쩐지 털을 곤두세우고 귀와 꼬리를 착 내려뜨린 채였다.

"얘, 시빌. 내려와."

나는 시빌에게 말한 다음 톰에게 물었다.

"개와 고양이라니, 어떨까요……."

"모르겠네요. 확실한 건 우리가 외교 수완을 있는 대로 발휘해서 이 아이들을 서로 잘 소개시켜야 한다는 거죠."

그렇게 소개를 위한 협상에는 시간이 좀 걸렸다. 내가 바구니 안에서 발톱을 끝까지 세운 시빌을 쓰다듬는 동안, 톰은 래브라도가 너무 가까이 오지 못하게 막았다. 서로는 참 많이도 냄새를 맡았다. 그리고 시빌이 개의 주둥이에 앞발을 몇 번 대고 나자, 둘은 서로의 존재에 익숙해지기 시작했다. 마침내, 톰이 개의 목줄을 잡고 안전을 보장할 거라는 사실을 깨달은 시빌은 내키지는 않지만 아래로 내려오기로 했다. 그리고 조심스럽게 거리를 유지하며 벤 주위를 빙빙 돌았다.

"정말로 이 근방에 사세요?"

나는 자전거를 난간에 묶으며 톰에게 물었다.

"네. 집이 근처예요."

"와. 정말 좋은 데 사시네요!"

"그렇죠. 나쁘지 않아요."

그러더니 톰은 급히 대화를 돌렸다.

"벤이 산책하러 가자네요. 같이 갈래요?"

우리 넷은 리젠트 파크를 한가로이 거닐었다. 날씨 좋은 오후라 잔디밭은 일광욕을 하는 젊은이들과 넥타이를 느슨하게 풀어헤친 회사원들, 또 오리를 쫓아다니는 아이들로 가득했다. 벤과 시빌이 자유롭게 뛰노는 동안, 톰과 나는 그날의 승리에 대해, 또 제일 웃겼던 로열 페트롤리엄 광고들과 앤이 모두를 모은 앞에서 수수께끼의 메시지로 쇼를 벌인 '고양이'에 대해 활기차게 수다를 떨었다.

"그러면 회사 측은 당신을 해고할 건 아니겠군요."

"아직은 아니죠."

"그거 속상한데요. 지금부터 드림 스테이션에서 만날 수 있게 될 줄 알았는데."

"음, 솔직히 말하자면요, 나는 프로젝트를 준비 중이에요."

"아, 정말요?"

"아직 아이디어 단계이긴 한데요. 우리 옆집에 사는 사람이 집에서 나갈 수가 없는 형편이라 제가 인터넷을 통해 바깥세상과 소통을 할 수 있도록 도와줬거든요. 그래서 신기술에 대해서 많이 모르는 장애인들을 위해 그런 종류의 서비스를 시작하는 걸 생각하고 있었어요. 아마도 첨단 기술 개발 회사 한두 군데는 그런 프로젝트를 후원하는 데 관심이 있을 거예요. 누가 알겠어요? 넷사이언스사가 해줄지."

"나는 살면서 이상한 일들을 많이 봐왔죠. 당신이 뭔가 이런 아주 색다른 일을 하는 데 돈을 주는 사람을 만나게 된다면 아주 재미있을 겁니다. 그리고 오늘 당신이 벌인 일을 보고 나니까 정말로 잘할 거라는 확신이 들어요. 그런 일을 하려면 용기가 좀 필요하잖아요!"

"뭐, 그건 사실 다 우리 고양이 덕분이에요……."

그렇게 우리는 시빌과 벤에 대해서 이야기하기 시작했다. 이야기는 개와 고양이라는 동물, 또 동물의 지혜 전반에 대한 주제로 넘어갔다. 그리고 벤의 이야기를 하다가 톰은 2년 전 자기 아내인 클라라와 이혼하게 된 이야기를 꺼냈다. 그는 풀밭에 앉아 개의 등을 쓰다듬으며 말했다.

"내가 이혼한 다음에 벤은 나를 입양했어요. 그때 나는 삶에 대한 믿음은 물론이고 사람과 온 세상에 대한 믿음도 전부 잃어버린 상태였죠. 하지만 이 녀석의 즐거움 넘치는 천성이 나한테도 옮아 버리더라고요. 내 얼굴을 핥는 것 좀 보세요! 내가 아는 건 다 벤이 가르쳐 준 거죠."

"무슨 말인지 알겠어요. 내가 같이 살던 남자 친구랑 헤어졌을 때 이 조그만 고양이가 내 인생을 구해줬거든요. 진짜예요. 안 그래, 시빌?"

나는 톰을 따라 호숫가 잔디밭에 앉았다. 호수 위로 보트 몇 대가 떠 있었다. 그걸 보니 호아킨과 내가 런던에 처음 온 해에 우리가 빌렸던 보트가 떠올랐다. 하지만 그 추억이 떠올라도 더 이상 괴롭지 않았다. 호아킨에 대한 나의 원한은 사라진 것 같았다. 난 그를 용서한 걸까? 호아킨의 배신은 지금 생각해봐도 정말 잔인하고 이기적이며 겁쟁이나 할 법한 짓이었다. 하지만 난 아마도 그 모든 증오심을 품고 가는 데 지쳐버린 건지도 모른다. 결국 그러면 나만 힘들 뿐이니까. 어쩌면 나는 이해하게 된 건지도 모른다. 호아킨이 그런 짓을 할 수 있는 위인이라면, 그 불쌍한 악마 같은 놈은 무지와 공포라는 두꺼운 벽 속에 갇힌 채 이 우주의 미아가 된 게 틀림없다. 그도 아니라면, 호아킨은 자기 갈 길이 있고, 나는 나의 길이 있다는 사실을 받아들일 정도로 내 가슴이 성장한 건지도 모른다.

"결혼했는데 어쩌다가 이혼하게 된 건가요?"

나는 톰에게 이렇게 물었다. 앞에 있는 개가 믿을 만한지 아닌지 아직 모르겠기에 자전거 바구니 속에 몸을 숨긴 고양이의 심정이었다.

"정말 알고 싶어요?"

나는 짐짓 태연한 척 말했다.

"음, 자세하게 알 필요는 없어요. 그냥 이혼한 게 당신 잘못인 건 아닌지, 당신이 정말 나쁜 놈이었는지 아닌지만 알면 돼요. 나는 만나는 남자들마다 좀 적어놓거든요. 혹시 그중 하나를 좋아하게 될 경우를 대비해서요."

"아, 맞는 말이죠!"

톰은 이렇게 말하더니 좀 더 격식을 차리고는 목을 가다듬었다.

"그렇다면 좋아요. 내 경우에는 그 누구의 잘못도 아니었다고 생각해요. 사실 나는 아직도 클라라와 잘 지내고 있거든요. 그저 처음에 생각했던 것만큼 우리가 잘 맞지 않는다는 게 드러났을 뿐이었어요. 우리가 미국에서 같이 살 때는 모든 일이 순조로웠죠. 클라라는 영국인이지만 우리가 처음 만난 건 뉴욕의 디자인 스쿨에서였어요. 우리는 결혼해서 맨해튼에서 일하기 시작했고, 그때는 모든게 아주 좋았죠. 문제는 우리가 런던으로 이사 와서였어요. 클라라가 자기 가족과 예전에 알고 지내던 사람들을 다시 만나게 되면서 문제가 생겼어요. 소위 말하는 귀족 집안 출신이었거든요. 아시죠? 여우 사냥 나가는 사람들 말입니다. 나도 그렇다는 사실은 알고 있었어요. 전에 친척들을 몇 번 만난 적도 있었으니까요. 하지만 그런 사람들과 항상 함께 있는 건 또 다른 문제였어요. 클라라는 자기가 속한 영국의 귀족 집단 안에서는 다른 식으로 행동했어요. 그래서 내 행동에 짜증을 내더라고요. 심지어 내가 말하는 방식까지도 마음에 들어하지 않았죠. 나 역시 아내의 거만한 분위기에 짜증이 나곤 했고요. 나는 테니스나 크리켓이나 폴로에는 관심이 없는데 어쩌겠어요? 아내의 친구들이 대부분 참을 수 없이 싫은데 어떡합니까? 불쌍한 여우들이 죽는 게 난 싫은데? 그래서 결론을 말하자면, 우리는 이유 없이 서로를 미워하게 되어버렸죠. 그 이유란 게 상대방이 테이블 위 포크를 집는 방식이 마음에 들지 않아서였고요. 당신은 어땠나요? 슬픈 이야기가 있어요?"

"아, 내 사정은 훨씬 간단했어요. 남자 친구가 거의 2년 동안 바람 피운 걸 알아냈거든요."

"아아아. 그렇군요. 그래요. 그러면 힘들죠. 왜 나쁜 놈들을 걸러내려는 건지 알겠어요. 음, 어쨌든 혹시 내가 의심이 되거든 벤에게 조언을 구해보세요."

"어떻게 생각하니, 벤? 이 남자 믿을 수 있니?"

나는 우리 사이에 누워 머리를 들어 올린 개에게 이렇게 물었다.

톰은 은근한 눈짓을 하며 벤의 한쪽 귀를 들어 올리고 속삭였다.

"자, 말 좀 해줘, 벤. 나를 철썩같이 믿어도 된다고 해줘. 죽을 때까지 그래도 된다고. 그러면 나중에 이만한 스테이크를 줄게. 응? 착하지?"

벤이 입가 이쪽저쪽으로 혀를 날름거리며 꼬리를 마구 흔드는 모습이 믿어도 좋다고 말하는 것 같았다. 이렇게 개가 호의와 진심을 보이는 모습에는 누구라도 무장해제가 될 수밖에 없는 마력이 있어서 방어 자세를 풀지 않기가 어려운 법이다. 하지만 나는 아직 시빌의 판결을 기다리는 중이었다. 톰의 냄새를 맡으라는 임무를 받은 고양이는 상당히 진지하게 그 일을 받아들이고는, 길게 누운 톰의 몸 여기저기에 몰래 코를 갖다댔다. 시빌은 상당히 오랫동안 수염을 쫙 펴고 톰의 목과 금발 고수머리에 얼마 떨어지지 않은 곳에서 냄새를 맡았다. 이윽고 고양이는 탐색을 마치고 꼬리를 들어

올린 자세로 톰의 곁에 앉아 한 쪽으로 빠르게 고개를 까딱거렸다. 나는 시빌이 하는 몸짓의 의미를 이제 아주 잘 알고 있는지라, 의심의 여지없이 무슨 말을 하려는 건지 알았다.

"뭘 기다리고 있어, 아가씨? 어서 덤벼들어!"

두말할 필요도 없었다. 나는 고양이처럼 잔디밭에 한 손을 대고 몸을 받쳤다. 그리고 다른 쪽 손가락을 하나 들어, 아직 자기 개와 이야기하며 움직이고 있던 톰의 턱을 올렸다. 그러자 그는 말을 멈추었다. 우리 눈이 마주쳤다. 그렇게 우리는 서로의 영혼 깊은 곳까지 바라보았다. 이윽고 내 입술이 그의 입술을 찾았고, 그의 입술 역시 내 입술을 찾았다. 태양은 하늘에서 밝게 빛났고, 대지는 우리를 받쳐주었으며 우리의 심장은 함께 뛰었다. 버로우 마켓에서 샀던 잊지 못할 맛의 딸기를 즐기듯, 나는 그 키스를 맛보았다. 그때와 꼭 마찬가지로 강렬함과 야생성과 고양이의 즐거움을 느끼면서 말이다. 지금 이 순간의 현재를 맛보았다는 외에 달리 어떻게 표현할 수 있을까. 그걸 바라보던 벤은 자기 주둥이에서 몇 센티밖에 떨어지지 않은 곳에서 우리가 보여주는 애정행각에 살짝 질투가 난 게 분명했다. 벤은 우리 사이에 끼어들어서 혀를 마구 날름거렸고, 어쩔 수 없이 로맨틱한 분위기는 전부 깨지고 그만 한바탕 웃음이 벌어지고야 말았다. 그러자 시빌이 얼굴을 찡그리고 '불쌍한 원숭이들 그냥 놔둬'라는 비난의 눈빛을 개에게 쏘아대는 걸 난 보았다.

잠시 동안 우리는 무어라 할 말을 찾지 못했다. 톰은 내 손을 잡고 쓰다듬기 시작했다. 지금 나는 그의 미소만큼 환한 미소를 짓고 있었다. 그러다 마침내 입을 열었다.

"있죠, 톰. 한 달 뒤가 내 생일이에요. 생일 파티에 와줄래요? 당신한테 맨 먼저 초대한다는 말 한 거예요."

그는 내 손을 계속 쓰다듬으며 말했다.

"갈게요. 언제예요?"

"음. 10월 9일이에요. 그런데 나는 축하할 일이 정말 많거든요. 그리고 올해 나를 도와준 사람들한테 전부 고맙다고 해야 해요. 가족이랑 친구들이랑……. 그래서 이틀 동안 40시간짜리 파티를 벌일 계획을 짜고 있어요."

그러자 톰은 눈을 둥그렇게 뜨며 말했다.

"와, 대단한 계획이네요. 마음에 들어요! 40시간이란 말이죠? 그중 몇 시간은 나한테 썼으면 좋겠는데."

나는 일어서면서 말했다.

"적어도 그중 반은 예약해놓을게요. 그런데, 당신 집 보여줄 거 아니었나요?"

그러자 톰은 벌떡 일어서서 달리기 시작했다.

"가자, 벤. 아가씨들을 집으로 모셔야지."

잊지 못할 순간이었다. 나를 처음 만났을 때 시빌이 해주었던 말이 담은 진실을 인정하게 되었던 순간이었으니까. 삶이란 환상적인 것이다. 그의 개와 내 고양이가 믿을 만하다 보증한 잘생기고 착한 남자를 따라, 여름의 끝자락에 런던의 공원을 따라 걷는 기분이라니. 감각과 색채와 향기와 신성한 에너지가 폭포처럼 흘러내려 내 살갗을 지나 나란 존재의 가장 깊은 바닥까지 이르러 채우도록 내 마음을 우주에 열어젖혔던 때가 바로 그 순간이었다. 나는 마치 이 세상에서 제일 행복한 나비가 되어 날고 있는 듯한 느낌이 들었다.

그런데 우리가 공원 끝에 다다르자, 톰은 수로 위의 다리를 건너지 않고 물가 쪽으로 몇 발짝 내려가더니 보트에 타는 게 아닌가. 긴 보트는 바로 내가 꿈에서 본 보트처럼 파란색과 흰색 칠이 되어 있었다. 그때 나는 이 하우스 보트가 톰이 사는 집이라는 사실을 깨달았다. 어느 날은 리젠트 파크의 백조들 사이에서 정박했다가, 다른 날은 캠덴이나 윈저 성에 들르는 떠다니는 집인 것이다. 그 사실을 깨달았던 순간이란 아름답거나 기억할 만하다고 표현하기에는 부족했다. 이 우주에 존재하는 마법을 발견한 순간, 아니 재발견한 순간이라고 해야 하지 않을까.

감사의 글

- 고양이에게 관심을 가져준 인간들, 그래서 내 글의 영감을 주었던 인간들에게 고마움을 표하고 싶다. 노자, 에리히 프롬, 존 카밧진, 틱낫한, 마하트마 간디, 펠리스 로드리게스 드 라 푸엔테, 제인 구달, 에드 윌슨, 구스타보 디엑스를 비롯하여 시바난다, 사티아난다와 니라카라 학교에서 명상과 요가를 내게 가르쳐준 많은 스승님들도 그분들 중 하나다.

- 나를 아글라이아에 초대해준 프란코와 아드리안나에게 감사를 표한다. 그곳은 개와 닭, 두꺼비, 도마뱀과 새들이 함께하는 지상 낙원이다. 나는 이 소설의 상당 부분을 그곳에서 썼으며, 진짜 시빌이 지금 그곳에서 살고 있다.

- 나를 아름다운 다락방에 묵게 해준 알보 대학교의 비르테 시임에게 감사한다. 벽에 셜록홈스의 파이프(진짜일까?)가 걸려 있던 그곳에서 나는 이 글을 마무리지었다.

- 『Gatos felices, dueños felices』의 저자 산티아고 가르시아 카라발로와 『The secret life of cat owners』의 저자 브루스 포글에게 감사한

다. 두 작가의 책을 읽고 나는 고양이의 심리와 고양이들이 인간과 맺는 관계에 대해서 알게 되었다.

- 긍정심리학 운동을 펼친 마틴 셀리그만에게 감사한다.

- 나의 동업자이자 친구인 예수스 다미안 페르난데스에게 감사하고, 또 사이엔트 사의 사기장교들인 매트 바인슈타인과 미구엘 올리바레스(그는 '나이트클럽 스위치'를 만들었다)를 비롯해 유머와 즐겁게 노는 것의 중요성을 옹호하는 모든 이들에게 감사한다.

- 내가 예상하지 못했던 일련의 금식을 하게끔 작전을 짰던 울리 디머에게 감사한다.

- 「은빛 백양나무들Los alamos de plata」의 시인 페데리코 가르시아 로르카에게 감사한다.

- 〈Ayer se fue〉를 부른 가수 호세 루이스 페랄레스에게 감사한다.

- 자신의 저서 『El dedo y la luna. Cuentos zen, haikus y koans』에서 닫힌 문이라는 풀 수 없는 수수께끼를 제시했던 알레한드로 조도로프스키에게 감사한다.

- '행복이 보이는 집'이라는 멋진 표현을 만든 곤잘로 바이예 잉글란에게 감사한다.

- 기후 변화에 반대하는 종이부채라는 아이디어를 제시한 바르다 그룹의 레미 파르멘티어에게 감사한다. 그는 기후정상회담 때 정말로 그 부채를 만들어 썼다.

- 그린피스(특히 트레이시 프라우젤에게)와 Articready.com 캠페인을 만들고 참여한 모든 이들에게 감사한다. 그들이 준 아이디어 몇 개를 나는 이 소설에서 직접 사용했다.

- 광고가 우리에게 무엇을 전달하는지 의문을 제기하는 애드버스

터 재단을 비롯하여 배드버츠 같은 여러 단체들에게 감사한다.

- 드림 스테이션이라는 곳을 생각나게 해준 임팩트 허브 마드리드 Impact Hub Madrid와 전 세계에 있는 모든 임팩트 허브의 꿈쟁이들에게 감사한다.

- 언제든 즉석에서 나의 선생님이 되어주었던 놀이 친구들에게 감사한다. 특히 자비에 파스토어와 앱서디아의 회원들은 이 소설의 등장인물들과 이야기를 많이 창작하는 데 도움을 주었다.

- 고양이에 대한 지식을 비롯하여 플롯의 주요 소재에 대해 많은 지식을 알려준 스티브, 페르난도, 아란차와 세시에게 감사한다.

- 이 소설을 비롯해 여러 편집상의 모험을 제안하고 나와 함께해준 자라나의 담당 대리인 마르타 세비야에게 감사한다.

- 나를 믿어준 에디시오네스 B의 마리사 토네제에게 감사한다. 그녀가 내 글을 꼼꼼하게 읽어주고 제안과 교정을 해주었기에 최종 원고가 엄청나게 향상되었다.

- 멋진 우리 가족과 우리 친구들, 다양한 분야에서 나와 함께 일하는 동료들에게 감사한다. 이 소설에 숨어 있는 진실은 내가 그들과 함께 공유한 것이다.

- 이 글을 읽어주고 의견을 말해준 엘레나와 구드룬에게 감사한다.

- 나에게 정말 많은 것을 가르쳐주었고 앞으로도 그렇게 해줄 인간 아닌 동물들에게 감사한다.

- 내 원고를 교정해주고 매일 현재에 충실한 삶과 진정한 사랑, 우주의 마법을 발견하게 해주는 에마에게 감사한다.

고양이는 내게 행복하라고 말했다

초판 1쇄 발행 2016년 10월 27일
초판 9쇄 발행 2019년 3월 26일
개정판 4쇄 발행 2022년 2월 4일

지은이 에두아르도 하우레기
옮긴이 심연희
펴낸이 김선식

경영총괄 김은영
콘텐츠사업2팀장 김보람 **콘텐츠사업2팀** 이은혜, 박하빈, 이상화, 채윤지
마케팅본부장 권장규 **마케팅3팀** 이미진, 배한진
미디어홍보본부장 정명찬
홍보팀 안지혜, 김민정, 이소영, 김은지, 박재연, 오수미, 박지수
뉴미디어팀 허지호, 임유나, 송희진, 홍수경
저작권팀 한승빈, 김재원 **편집관리팀** 조세현, 백설희
경영관리본부 허대우, 하미선, 박상민, 윤이경, 김소영, 이소희, 이우철, 김재경, 최완규, 이지우, 김혜진, 오지영
외부스태프 디자인 문성미

펴낸곳 다산북스 **출판등록** 2005년 12월 23일 제313-2005-00277호
주소 경기도 파주시 회동길 37-14 3, 4층
전화 02-704-1724(기획편집) 02-6217-1726(마케팅) 02-704-1724(경영관리)
팩스 02-703-2219 **이메일** dasanbooks@dasanbooks.com
홈페이지 www.dasanbooks.com **블로그** blog.naver.com/dasan_books
종이 · 인쇄 · 제본 · 후가공 (주)갑우문화사

ISBN 979-11-306-3097-7 (03870)